843

Über das Buch:
Schon Sokrates klagte über die Jugend in Athen, sie sei auch nicht mehr das, was sie früher einmal gewesen war. Derlei rentnerhaftes Genörgel ist Joachim Lottmanns Sache nicht. Onkel Jolo, der Ich-Erzähler seines Romans, feiert das Neue: Gestern ist doof, heute ist klasse, morgen ist Ecstasy. Das gilt auch für die jungen Leute um seinen Neffen Elias, eben die Jugend von heute. Als erster Erwachsener lebt der Erzähler unter ihnen, und damit im Herz unserer Kultur, die eine Jugendkultur ist. Er erforscht ihre Rituale, vergleicht diese neueste deutsche Jugend mit ihren Vorgängern, hört ihre Musik, besucht ihre Partys, nimmt ihre Drogen, schwärmt für ihre Frauen und versucht unter Einsatz seines Lebens, diese Herrscher von morgen zu verstehen.

»Mai, Juni, Juli« war der Roman der ausgehenden 80er Jahre: eine wütende und großkotzige Abrechnung mit der nicht enden wollenden deutschen Nachkriegsliteratur, für die *Frankfurter Allgemeine Sonntagszeitung* gehört er zu den »anderen Klassikern«.

»Die Jugend von heute« ist der Roman des beginnenden 21. Jahrhunderts: ein Dokument der Zeit nach dem Börsen-Boom, der Medienblase, der Spaßgesellschaft und so, dazu eine Achterbahnfahrt der Gefühle und das Protokoll eines hemmungslosen Höllentrips.

Der Autor:
Joachim Lottmann, 1956 in Hamburg als Sohn des Lyrikers und FDP-Mitbegründers Joachim Lottmann geboren, lebt mit seiner Frau Caroline im Belgischen Viertel in Köln und bemüht sich, in den Organen Jungle World, Freitag, die tageszeitung, de:bug, Neues Deutschland und ak (Analyse und Kritik) zu publizieren.

Weiterer Titel bei K&W
»Mai, Juni, Juli«, Roman, KiWi 767, 2003.

Joachim Lottmann
Die Jugend von heute

Roman

Kiepenheuer & Witsch

Die Website mit dem Film zum Buch: www.young-kraut.de

1. Auflage 2004

© 2004 by Verlag Kiepenheuer & Witsch, Köln
Alle Rechte vorbehalten. Kein Teil des Werkes darf in irgendeiner Form
(durch Fotografie, Mikrofilm oder ein anderes Verfahren)
ohne schriftliche Genehmigung des Verlages reproduziert
oder unter Verwendung elektronischer Systeme verarbeitet,
vervielfältigt oder verbreitet werden.
Umschlaggestaltung: Barbara Thoben, Köln
Umschlagillustration: © Dieter Brandenburg
Satz: Pinkuin Satz und Datentechnik, Berlin
Druck und Bindearbeiten: Clausen & Bosse, Leck
ISBN 3-462-03426-X

Meinen Eltern

Wie sie die Straßen langgehen
So unaufhaltsam und schön
Cool in der Gegend rumstehen
Und jeder weiß, sie werden die
   Herrscher der Welt sein.
Die meisten sind nur telefonisch
   erreichbar
Sie haben ihre Lektionen gelernt.
Punkt eins: Mit Geld weint es sich
   leichter, Baby
Und zweitens ...

Aus: Blumfeld »Jugend von heute«
(Jenseits von Jedem, WEA/ZickZack)

Ich wollte nie mehr schreiben und nur noch eines: weg! Weg von Berlin. Alles andere war egal.

Ich erzählte das natürlich ein bißchen herum, und so kamen ein paar Getreue, die mir das ausreden wollten. Sie verstanden nicht, daß es mir nicht um die Stadt, sondern um die Jugend ging. Die Jugend mochte mich nicht. Die Jugend war Berlin. Noch nie war ich so permanent so gnadenlos *nicht geliebt* worden wie da, dreieinhalb Jahre lang. Dreieinhalb Jahre lang keine Geliebte! Was für eine Folter.

Mein Neffe Elias wollte mich trotzdem zum Bleiben bewegen. Er fuhr im Nachtzug von München nach Berlin, um mir ins Gewissen zu reden. Es kostete 49 Euro, ich mußte ihm das Geld wiedergeben.

Er hatte in meinem ersten Berliner Jahr bei mir gewohnt und währenddessen Abitur gemacht, später zog er zu seinem Jugendfreund Lukas, und seine Cousine Hase übernahm sein Zimmer in der Kleinen Präsidentenstraße am Hackeschen Markt. Dann zog auch noch Hase weg, und ich war der Kälte Berlins allein ausgesetzt. Das war objektiv nicht überlebbar.

Ich fuhr zu Lukas, um meinen Neffen zu begrüßen. Er sah aus wie immer, wie ewige 18. Unter einem schwarzen Anzug trug er mehrere offene verschiedenfarbige Hemden.

»Jolo, du darfst hier nicht weggehen«, begann er nach einer Umarmung. Wie alle Berliner Jugendlichen hatte er die Hiphop-Gesten der schwarzen US-Amerikaner adaptiert. Leicht angeekelt erwiderte ich die diversen Bewegungen mit Hand, Faust und Kopf. Ich konnte das ganz gut, weil Elias es mir beigebracht hatte. Auch Hases Freunde waren alle Hiphopper, so daß ich nie aus der Übung kam. Nur hatte Hase vor allem weibliche Freunde, und die benahmen sich weniger affig.

»Eli, die Stadt ist pleite, und zwar schon lange und jetzt wirklich. Im Winter werden hier nicht mehr die U-Bahnen fahren! Rette sich, wer kann!«

Lukas wohnte in einer 30 Quadratmeter kleinen, äußerst gemütlich wirkenden Zweiraumwohnung im Bötzowviertel am Friedrichshain. Das Wort »gemütlich« war mir schon lange nicht mehr in den Sinn gekommen. Tausend winzige Gegenstände ließen eher an eine Mädchenwohnung denken, oder an einen Weihnachtsbasar, wegen der vielen kleinen Lampen. Natürlich lag schwerer Dopegeruch über all dem Zeug.

Vermutlich konnte Lukas den beginnenden Winter noch überleben, zumal er angeblich eine echte Freundin hatte, blond und normal, wie es hieß. Aber das stimmte schon nicht mehr. Elias deutete an, es gäbe da eine Art Freundschaftsverfall. Die Fotos der keineswegs schönen, aber sehr blonden Freundin vergilbten bereits an den Wänden wie alte Honeckerportraits. Sie selbst ward nicht mehr gesehen und rief auch nicht an. Die Mutter rief jetzt immer an. Elias nahm ab und verleugnete seinen Freund.

Lukas machte einen traurigen Eindruck. Er war einst aus München gekommen. Vielleicht war Elias auch angereist, um *ihm* zu helfen und nicht mir, oder beiden. Lukas war offenbar dem Dope verfallen. Elias hatte im Internet eine neue Droge entdeckt, die unser aller Leben, vor allem Lukas', aber noch mehr meines, revolutionieren sollte. Denn auch ich hatte ein vergleichbares Problem: Obwohl ansonsten gesund, nahm ich fast täglich große Mengen Schmerztabletten.

Ich war in Berlin Migräniker geworden. Und schlafsüchtig. Vor lauter Lebensangst schlief ich jeden Tag 16 Stunden. Es war einfach anders nicht auszuhalten, dieses Leben ohne Liebe.

Nun erklärte Elias, die perfekte Droge für uns zu haben, die alles schlagartig ändern würde: Samsunit. Chemisch ausgedrückt Deltahydroxybutamol. Zum Beweis ging er mit uns ins Netz, und wir lasen ein paar Stunden lang – im Netz vergeht die Zeit schnell – alles, was es darüber gab. Es war zwar alles auf englisch (ich kann kein Englisch), aber Elias ließ es per Mausklick ins Deutsche transformieren. Ich wußte damals noch gar nicht, daß das geht. Zwischendurch schlief Lukas ein, da er eine Überdosis Gras inhaliert hatte.

Elias sagte, mit der neuen Droge Samsunit könne ich in Berlin bleiben und die Fahne der Literatur hochhalten. Ich entgegnete mit tiefer Stimme, ich schriebe als nächstes ein sehr ernstes Buch über meine Eltern. Mein Motto sei »Nie wieder 44, nie wieder Pop-Autor«. Jenseits der 40 mache es keinen Spaß mehr, in Clubs abzuhängen.

Elias widersprach. Er glaubte einfach nicht an das Alter. Dafür glaubte er an das Geschlecht, was ich wiederum nicht tat. Geschlechtertrennung war für mich genauso ein Konstrukt wie Rassentrennung. Elis Glaube an den biologischen und gottgegebenen Unterschied zwischen Mann und Frau manifestierte sich in pausenlosen Subtheorien und Diskursen darüber, mit denen er auch früher meine Nerven zersägte. Er las sogar all die reaktionären Frauenzeitschriften von Elle bis Petra und BRAVO GIRL, weil da dieser Bullshit täglich ausgewalzt wurde.

In Deutschland war dieses »Die Frau an sich will ja ...«-Geplapper besonders beliebt, da man viel Übung in der Zerteilung der Menschheit in biologisch solche und biologisch andere hatte.

Was wir über Samsunit lasen, war so verblüffend, daß es mich am Ende überzeugte, obwohl ich mein Leben lang geglaubt hatte, jede Droge koste ihren Preis. Künstlicher Hochgenuß und künstliche Leistung ergäben stets mit ihrem Gegenteil (den Erscheinungen des Entzugs) eine Summe von plus/minus null.

Doch nun las ich etwas ganz anderes. Es handele sich bei Samsunit um eine körpereigene Substanz ohne Suchtpotential, die antidepressiv und angstlösend wirke sowie euphorisierend und sozialisierend. Bei höherer Dosierung sei eine verstärkte, sexuell anregende Sensibilität zu verzeichnen. Es hilft zuverlässig gegen Schlafstörungen und gegen Suchtabhängigkeiten. Es wird innerhalb von zwei Stunden in der Leber metabolisiert, das heißt in vom Körper besser ausscheidbare Substanzen umgewandelt, und als Kohlenstoffdioxyd abgeatmet. Es ist dann im Körper nicht mehr nachweisbar. Mit einem Wort: Es mußte sich um einen wahren Zaubertrank handeln!

Wir lasen dann noch die Selbsterfahrungsberichte aus aller Welt dazu im Netz. Irre. Leider konnte man nur die Zutaten, aber nicht die komplett gemixte Substanz per Kreditkarte bestellen. Selber mixen wollten wir nicht. Also beschlossen wir, uns das fertige Medikament von einem Arzt unseres Vertrauens verschreiben zu lassen. Meinem Hausarzt Dr. Hartmann. Gelang dies, war auf der Stelle alles besser. Damit würde ich nicht als gebrochener Mann, sondern als Glücksritter die verhaßte Stadt verlassen. Ich konnte mich in Hochstimmung von allen sogenannten Freunden verabschieden:

»Seht her, ihr depressiven Flaschen, ich wechsle die Seiten, ich bin klüger als ihr, ich bin gut drauf, ich lache!«

Und dann würde ich das ernste Buch über die eigenen Eltern schreiben und damit als Autor gefeiert werden. Ich wußte: Ohne die Heiterkeitsdroge konnte ich keine fünf Seiten über meine langweiligen Eltern schreiben. Na ja, langweilig waren sie nicht, oder wenn doch, konnte ich das nur im Schreiben herauskriegen.

Dennoch bekam ich ein Gefühl von Schläfrigkeit, wenn ich an das Buch dachte. Ich war im Sommer erstmals seit 30 Jahren wieder an den Ort der Kindheit gefahren, nach *Grottamare*, mit meiner Kölner Freundin April.

Sie ist wunderbar, die April, sehr schlank, sehr aufrecht. Eine gewisse klare Schönheit. Der dunkle Typ, von der Haarfarbe her, mit schönen Konturen im Gesicht, markant. Ich fand schon, als wir uns kurz vor Grottamare wieder ineinander verliebten, daß sie ein äußerst ansprechendes Äußeres hatte. Wenn sie mich ansah, tat sie es intensiv, ohne aufdringlich zu sein. Sie war da, interessierte sich für die Sache, blieb aber auf eine vornehme Weise zurückhaltend. Und sie war wieder meine Freundin! Nach 15 Jahren! Es war kaum zu fassen. Auch andere verstanden es nicht, schon gar nicht, wer mich einmal mit meiner Nichte Hase gesehen hatte, oder eben mit Elias, mit all den quatschenden Teenies, mit denen ich mich auf erschreckende Weise gut verstand und sie so gar nicht.

Diese Kölner Freundin war wirklich eine ganz besonders alte Kölner Freundin, denn wir waren schon in den 80er Jahren, schon vor dem Mauerfall, der Zeitenwende und so weiter, ein Paar gewesen, sozusagen als blutjunge damalige Westdeutsche. Inzwischen waren wir ganz anders, keineswegs weiter, im Gegenteil.

Die Kölner Freundin hatte im Laufe ihres Lebens vieles verloren. Nie hätte ich sie wieder lieben können, wüßte ich nicht, wie sie als Mädchen gewesen war. Nämlich naiv, liebevoll und natürlich. In den Jahren, in denen sie in New

York gelebt hatte, war sie zur typischen arroganten Manhattan-Lady verkommen, fast schon wie eine Singlefrau.

Gewiß, ich war auch nur noch eine Fratze meiner selbst, ein Gegenteil des schwerelosen Spaßvogels von einst. Aus Jean-Pierre Léod war Gerhart Polt geworden, und um so erstaunlicher war es, daß sie, die gnadenlos erfolgreiche Fotokünstlerin mit eigener Agentur, eigenem Pferd und eigener Eigentumswohnung, mich immer noch mochte, mich, der ich Destiny's Child hörte und im »Sexy Stretch« Autogramme gab, um es milde auszudrücken.

Sie mußte in mir etwas sehen, das ich selbst nicht kannte und das dennoch dasein mußte. Pathetisch gesagt: meine wahre Größe. Sie war die einzige, die sie sah. Und was immer man gegen sie vorbringen konnte – sie war immer an meiner Seite, wenn ich sie brauchte. Sie las mir jeden Wunsch von den Augen ab, und natürlich fragte ich mich manchmal: Was soll ich denn mit einer Frau, die *perfekt* ist?! Und fuhr dann wieder ab, nach ein paar Tagen. Oder fuhr gar nicht erst nach Köln und blieb in der Hauptstadt.

Zu Geschäftsleuten konnte sie schneidend und hart sein, aber das störte mich nicht. Mich schien sie wirklich zu lieben. Sie verzieh mir jeden Fehler, ja, sie übersah die Fehler, lachte über meine Frauengeschichten, blieb verführerisch. So eine Frau mußte man erst einmal finden! Es dauerte, bis ich begriff, welchen Schatz ich da besaß, und wußte, daß ich nur mit ihr nach *Grottamare* hatte fahren können.

Dieser Ort der Kindheit, an den ich also zurückkehrte mitsamt der bezaubernden April, liegt an der italienischen Adriaküste auf der Höhe von Rom. 14 Jahre lang hintereinander hatten wir die großen Sommerferien dort verbracht, die Eltern und wir Kinder. Warum ich das erzähle? Ach ja, ich wollte sagen, daß ich meinen Roman »Eltern« nur mit Hilfe dieser Internetzauberdroge schreiben konnte.

Am nächsten Tag fuhr ich zu meinem Hausarzt. Die vielen Internetseiten hatte ich ausgedruckt bei mir. Der Mann, eigentlich ein großartiger Mensch und Donald-Judd-Fan, 46 Jahre alt, »blendend« gut aussehend, lachte unnötig laut auf, als er die wenigen eher bösen Stellen in dem Text fand: »Wie bei Ecstasy-Tabletten handelt es sich um eine höchst gefährliche Substanz, die zunächst euphorisiert, dann Übelkeit, Erbrechen und Atemnot bis zu schweren Atembeschwerden, Anfällen und Komazuständen erzeugt. Den Konsumenten, die meist aus der Technoszene stammen, droht ein totaler Horrortrip!«

Er las nicht weiter und gab mir die Seiten zurück. Er holte ein dickes Buch, schlug die Wirksubstanz nach.

»Das dürfen nur Narkoseärzte in speziellen Krankenhäusern bei besonderen Operationen verwenden, zum Beispiel bei der Trennung von siamesischen Zwillingen. Es eignet sich nur zur Vollnarkose in gefährlichen Situationen. Ich kann das als einfacher Arzt gar nicht verschreiben, und ein normaler Apotheker kann es nicht herausgeben. Er muß vorher eine eidesstattliche Erklärung in dreifacher Ausführung unterschreiben!«

Ich sagte:

»Herr Hartmann. Sie sind mein Hausarzt. Sie haben alle meine Bücher gelesen. Sie waren dabei, als die Tochter meines Bruders geboren wurde. Wir sind im selben Sportverein. Sie können mich nicht einfach so wegschicken, jetzt, da ich Berlin verlasse und Sie um Hilfe bitten muß.«

Als er das hörte, erschrak er. Die Nachricht, ich könne Berlin verlassen, löste bei ihm erkennbar Entsetzen aus. Diese Reaktion hatte ich in den Tagen davor schon öfter beobachtet. Diese ganzen anderen zugezogenen Nach-Wende-Berliner dachten dann eine Sekunde lang, und man konnte es auf ihrer Stirn lesen: »Wenn der Lohmer geht, gehen alle.« Sie versuchten sofort, mich zum Bleiben zu bewegen.

Auch Dr. Hartmann fand nun derlei Worte. Und er wurde plötzlich persönlich. Mit seiner Frau und den Kindern sei er gerade in New Mexico gewesen, habe sich das Land-Art-Objekt von Walter de Maria angesehen, das Lightning Field. Er wußte, daß meine Freundin Fotokünstlerin ist, und sparte nicht mit Namen und Hipnesszeichen. Und er wollte sich bis Dienstag umhören, was es mit dem Medikament auf sich habe. Dann maß er meinen Blutdruck. Ich war 20 Punkte besser als beim letzten Mal.

»Wie oft laufen Sie?« fragte er.

»Zweimal die Woche.«

»Laufen Sie dreimal die Woche.« Ich war entlassen.

Wieder bei Elias, schlug mir der Marihuanaqualm noch schwerer als sonst entgegen. Schon als 13jähriger hatte er gedampft. Mit 14 nahm er LSD, und zwar ziemlich viel, vielleicht 20 Trips in dem Jahr. Dann hörte er auf, weil er mit der Nachbarstochter ging, die zugleich seine Halbcousine war. Fünf Jahre ging das erstaunlich gut. Die beiden waren wie Geister, immer still und händchenhaltend und unzertrennlich, wie die Zwillinge in »Shining«. Nach dem Ende wechselte der Junge nach Berlin, ging dort zur Schule und wollte die geisterhafte Geliebte und das Haschisch vergessen, dem er nun wieder verfallen war.

In dem Berliner Jahr war er noch clean. In unserem Club Sexy Stretch, der sich im Erdgeschoß des Hauses in der Kleinen Präsidentenstraße befand, spielte er den Majordomus, jede Nacht bis zum Hellwerden, wobei er niemals trank oder rauchte. Tagsüber drehte er Filme fürs Fernsehen und machte nebenher sein Abitur, das natürlich in Berlin besonders leicht war.

Jetzt aber begegnete mir der alte Drogenfreak von einst, was mich deprimierte. Wir sprachen über Mädchen, Sex, Filme, nicht über Musik, außer über Snoop Dogg, den generationenübergreifenden Helden des Gangsta-Rap.

Es wurden noch drei oder vier Joints gebaut. Elias überredete Lukas, mit seiner blonden Freundin endlich Schluß zu machen. Es gab eine Nicole, mit der Lukas für den Abend verabredet war.

»Wie groß ist die Wahrscheinlichkeit, daß da dann gebohnert wird?« fragte Elias neutral.

»Na schon 80, 90 Prozent.«

Lukas sagte das gequält, aber nicht, weil ihm die Vorstellung nicht gefiel, sondern weil er sich mit der Entscheidung quälte, welcher Frau er den Vorzug geben sollte. Er war unentschlossen. Wenn er die Blonde abschob, bekam er dadurch nicht automatisch die andere. Es war zu befürchten, daß er dann auf lange Sicht genauso ein verwahrloster Single werden würde wie alle jungen Männer in der verfluchten Hauptstadt. Wir sprachen über die neue Droge. Mein Bericht fiel eher negativ aus. Ich sagte den beiden nicht, daß Dr. Hartmann noch etwas Hoffnung übriggelassen hatte.

»Wir müssen weiter darum kämpfen«, meinte Eli, »denn es ist zwar wohl ein langer Weg, aber wenn wir die Droge haben, ist sie mit Sicherheit besser als alles, was bisher in unserem Leben passiert ist.«

Ich besuchte Elias nun täglich. Das erinnerte mich an unsere gemeinsame Zeit Anfang des Jahrtausends, als Berlin noch boomte und hipper war als New York. Aber jetzt passierte nicht mehr viel. Meistens fand ich einen der Jungen schlafend vor, hingeworfen auf ein Sofa, das Gesicht in ein Kissen vergraben, leicht schwitzend in den Military-Jugendklamotten, während der andere aus dem Computer Stücke von St. Thomas, Blackalicious und Blonde Red downloadete. Sie hatten Hanfpflanzen im Fenster und diese fünfstöckigen Hi-Fi-Türme, von denen ich dachte, es gäbe sie nicht mehr. Aber in der Kifferjugend blieb die Zeit stehen, und Berlin wurde wieder zu jener alldeutschen Drogenhauptstadt, die es vor der Wende gewesen war.

Elias warf gequält den schlafenden Kopf hin und her, ohne die Augen aufzumachen. Lukas las die »Süddeutsche Zeitung«. Das kleine Fenster der unsanierten Altbau-Arbeiterwohnung ließ das ohnehin kaum vorhandene Novemberlicht nicht durch. Ich sagte laut, daß ich dieses finstere Stalingrad nun verlassen würde, noch heute. In meiner Wohnung befände sich nur noch ein gepackter Koffer.

Elias schnellte hoch. Sein Gesicht war rot vom Schlaf und sah etwas blöde aus. Aber er sagte etwas Interessantes.

»Wir fahren jetzt nach Tempelhof, damit du mal checkst, wie es in Deutschland außerhalb Berlins aussieht!«

Er meinte, Tempelhof sei wie Hamburg oder Frankfurt, wie Kiel, wie Hannover. Oder zumindest so, wie diese

Städte schon bald sein würden: oll und überaltert, ohne Jugend, wirtschaftlich am Boden.
Wir fuhren wirklich hin.
»Guck sie dir an, die verbockten Gesichter!« rief er aus, als wir den Flughafen schon vor uns sahen. Den Flughafen Tempelhof, der wenige Monate später auch noch geschlossen werden sollte. Ich fuhr das Auto auf den Bürgersteig, stellte den Motor ab. Eine 50jährige wurde dabei unschön abgedrängt. Die Ausdruckslosigkeit wich nicht aus ihrem ausgelöschten Blick. Was hatte sie noch zu erwarten? Sie hatte fertig, wie alle hier. Elias hielt seine kleine Rede, deretwegen er mich besucht hatte:
»Die Deutschen sind das unglücklichste Volk der Welt, total vergreist, kraftlos, visionslos ... die Stimmung ist doch exakt so wie unmittelbar vor Hitlers Machtergreifung: völlig im Eimer. Aber es kommt kein Hitler mehr ...«
Innerhalb Deutschlands ließe es sich nur noch in Teilen Berlins aushalten, wo noch junge Menschen seien. Ich sah aus dem Autofenster. Die vorbeiziehende Schar verbrannter Existenzen erinnerte mich an die endlosen Trecks sudetendeutscher Flüchtlinge bei Kriegsende. Selbst die deutschen Kriegsgefangenen in alten Wochenschauen wirkten noch lustiger als diese Gestalten hier. Kein einziger trug noch ein anständiges Kleidungsstück, einen Stoffmantel, einen Anzug. Überall diese Jogginghosen-Wendeverlierer aus Frankfurt/Oder, wie Roger Willemsen sie beschrieb. Alle über 30 hatten tiefe Ringe unter den Augen. Was nahmen die bloß für Gifte zu sich?
Ich hatte einmal gelesen, daß über die Hälfte aller Deutschen zwischen 50 und 55 in psychotherapeutischer Behandlung war oder dringend eine solche brauchte. Hunderte Milliarden von Euro flossen jährlich in diese Kanäle. Mit dem Geld hätte man ganz Afrika aufbauen können.

Es fiel mir schwer, die Leute weiter zu beobachten. Aufgeschwemmte, unsportliche Fettsäcke, auf uns zuwankend, schwankend, verblödet im lebenslangen Konsumieren, lange vor der Zeit und ohne Not invalide, lebende Tote, unfit und unvital. Die wenigen verbleibenden Kinder benahmen sich wie Könige, wie Tyrannen. Kein Wunder, sie waren die letzten Menschen in diesem Romero-Film. Die ahnten schon jetzt, daß sie ihr Leben nicht in der Rentnerhölle Deutschland verbringen würden. Sollte jeder von ihnen später 23 Rentner durchfüttern? Sie wären ja verrückt!

Diese Kinder sprachen unnatürlich laut. Wie selbstverständlich ignorierten sie jede Diskretion, jede Höflichkeit. Als schrien sie sich im dunklen Wald Mut zu, plärrten und redeten sie stets weit über Zimmerlautstärke. Sie lebten in dem Bewußtsein, alles an ihnen sei göttlich interessant. Ihre Mütter waren in der Regel im Großmutteralter. Und diesen Großmuttermüttern mußte man noch gratulieren. Glückwunsch, Mädels! Daß ihr es gerade noch gerafft und geschafft habt! Für eure Singlefreundinnen kommt jede Einsicht zu spät. Sie finden sich im ewigen Altersheim wieder. Und verweilen dort länger, als früher eine ganze Lebensspanne währte ...

»Guck sie dir an, diese Nazis ...« höhnte Elias.

Für ihn waren alle Rentner in Deutschland Nazis. Da übernahm er die Vereinfachungen unserer Nachbarn im Ausland. Die Frauen mit ihren Brillen und superkurzen Haaren sahen auch wirklich zum Fürchten aus. Der eisige Ostwind blies in ihre extrem uneleganten, unfemininen Sportswearklamotten. An der Bushaltestelle, die wir überblickten, hielten die Busse immer mehrere Minuten lang, weil die Alten so lange zum Einsteigen brauchten. Wir sahen 60jährige mit langen grauen Haaren, hinten zum Zopf gebunden, daneben gleichaltrige Tussen mit Piercingringen im Ohr und wahrscheinlich Tattoos am welken Körper. Sie trugen Rucksäcke und verachteten Autos und anderen Fortschritt, wohl weil sie dreimal durch die Führerscheinprüfung gefallen waren. Dann wieder schwiemelige Kapotthütchen-Typen im Janker oder Trenchcoat, wie schlecht gecastet aus dem letzten »Ärzte«-Spot: ein Panoptikum des Horrors.

»Machen wir den Kleid-Test!« rief Elias. »Wenn von den nächsten hundert Frauen, die kommen, eine einzige keine Hose trägt, sondern ein Kleid, kriegst du zehn Euro.«

Er gewann das Geld. Bald konnte ich nicht mehr hineinsehen in die dumpfe Zombieherde, in der Heide Simonis, unsere einzige Ministerpräsidentin, wie ein Teenager gewirkt hätte. Ich sah Großeltern, denen die Enkel fehlten. Auf vier Großelternteile kam gerade noch ein knapper Enkel, um den gestritten und gebuhlt wurde und der sich wie ein Diktator benahm. Und überall traf mich unerwartet dieser verdeckte, messerscharfe, schneidende, vorwurfsvolle Blick der Alten, so abgrundtief hassend und verbittert, von dem ein sensibler Inder, träfe ihn dieser Blick, sofort Kopfschmerzen bekäme! Ich bat Eli, das Experiment abzubrechen. Ich hatte genug gesehen.

Trotzdem verließ ich Berlin kurz darauf für immer, in Richtung Hamburg, meiner alten Heimatstadt.

Elias hatte sich aber ausbedungen, mich zu begleiten. Er hatte so lieb gefragt, daß ich nicht nein sagen konnte. Kinder wissen immer ganz genau, wie sie einen herumkriegen können: Sie erzählen einfach rührende Geschichten. Und so erzählte er mir an dem Abend unvermittelt, wie er seine bisher einzige Freundin kennengelernt hatte, in der Frühpubertät und gänzlich unschuldig, also sexuell gesehen (daß er sich zu dieser Zeit schon Drogen reinhaute wie Snoop Doggs Stiefvater, änderte daran nichts). Dieses Mädchen war Griechin gewesen, sehr schlank, sehr hellhäutig, sehr schwarzhaarig, und hatte den größten und straffesten Busen gehabt, den man sich vorstellen konnte, laut Elias.

»Diese Busen! Du hättest diese Busen sehen sollen ...«

Er sah mich an, und seine Augen leuchteten. Man schreibt das so hin: sie leuchteten. Aber sie leuchteten wirklich, als reflektierten sie eine Kerze, oder als stünde er direkt vor dem brennenden Weihnachtsbaum.

Peu à peu hätten sie sich gegenseitig körperlich kennengelernt, hätten sich alles gezeigt, wie in einem privaten Biologie-Unterricht. Dann waren sie von zu Hause ausgerissen.

Er brachte mir einen Kaffee und zündete sich selbst einen Joint an. Das war ein Fehler. Denn durch den Joint bekam er den gefürchteten sogenannten Laber-Flash. Er redete hektisch, unkoordiniert und wirr, und sentimental.

Währenddessen versuchte er, den Reisekoffer fertigzupakken, den er nach Hamburg mitnehmen wollte. Er brauchte die halbe Nacht dazu.

Ich legte mich erst mal hin, neben Lukas, der auch gerade mal wieder schlief. Wir wollten eine gemütliche Nachtfahrt mit meinem Wartburg Tourist 353 S unternehmen, da mußte ich ausgeruht sein. Ich fand aber keinen Schlaf, weil Eli begann, höchst lautstark Songs von 50 Cent und Doktor Dre zu brennen. Damit wir auf der langen Fahrt Musik hätten.

Warum Lukas schon wieder schlief, war nicht auszumachen. Er stöhnte herzergreifend in seinen sicherlich traurigen Träumen. Von dem Gestank des illegalen Schwarzbrennens wachte er auf und hatte schlechte Laune. Es ging ihm nicht gut. Seine blonde Freundin hatte ihren Besuch für den nächsten Morgen angesagt; sie kam mit dem Nachtzug aus der unversehrten bayerischen Landeshauptstadt München. Auch deswegen mußte Elias erst mal weg, Stichwort Bohnern.

Eli und Lukas schliefen zwar seit ihrer Kindheit gern im selben Bett, aber nicht, wenn die Frau Freundin kam. Die führte ein strenges Regiment, das Lukas auch dringend brauchte. Er war ziemlich verwahrlost in Berlin, wodurch er allerdings sexier wirkte. Statt des braven Hansi-Hinterseer-Schnitts fielen ihm die schwarzen Locken nun wild vor die Augen, man hätte ihn für Roque Santa Cruz halten können.

Durch den Laber-Flash hatte ich Kopfschmerzen bekommen, mehr noch: Migräne. Ich stand auf, Eli hatte immer noch nicht gepackt. Dafür hatte er acht neue Theorien über die Arier in der Vorzeit, über das integrale Bewußtsein von Ken Wilber, über den Gegensatz von Liebe und Besitz in der Zweierbeziehung, über den Einzug der Pornographie in den Gangsta-Rap, über neue Wege, an die Internet-Superdroge Samsunit ranzukommen. Ich fragte nach.

»Du kennst jemanden, der das Zeug selbst zusammengerührt und ausprobiert hat?!«

So war es. Ein Freund eines Freundes aus München, der vor Jahren nach Berlin gezogen war. Die Zutaten waren alle legal käuflich. Man brauchte so ein Pulver, das mußte man auf dem Herd mit ganz normalem Wasser so lange kochen, bis das Wasser verdampft war und das Pulver als Salz geronnen am Boden klebte. Dieses Salz mischte man wieder mit einer weiteren Substanz, und fertig war Samsunit. Dieser Drogenfreund hatte zwei Jahre lang damit alle anderen Drogen ersetzt, auch Zigaretten und Alkohol. Diese Zeit nannte er im Rückblick seine »pornographische Phase«. Die sexuelle Lust inklusive Potenz sei unbeschreiblich gewesen. Er habe schließlich aufgehört, da es »einfach zu gut« gewesen sei. Schon unheimlich. Er mochte nicht mehr länger glauben, daß es keinerlei Nachteile gebe. Den Standpunkt habe er heute noch, obwohl bei ihm alles gutgegangen sei. Er lebe mit seiner Freundin glücklich, beruflich erfolgreich und völlig drogenfrei in einem häßlichen Loft in Spree-Nähe. Ich fand, daß das richtig gut klang.

Lukas beugte sich sorgenzerfurcht über den Schreibtisch. Der nahende Besuch der dominanten Freundin verursachte ihm Kopfschmerzen. Elias zog einen nagelneuen Joint aus dem Ärmel. Der nächste Laber-Flash konnte kommen. Es war zwei Uhr nachts, als wir endlich loskamen. Meine Migräne war so stark wie ein Orkan geworden.

»Weißt du, wen ich gern bohnern möchte?« fragte Elias in prächtiger Stimmung, als wir die alte DDR-Autobahn nördlich Berlins erreicht hatten.

»Nein, wen denn?«

»Julia Gormann. Die mußt du noch aufstellen, bevor du ganz weggehst.«

»Ich bin schon weggegangen, Junge, gerade eben.«

»Und weißt du, wer auch noch gut wäre?«

»Nein.«

»Rebecca Haase. Ich sag zu ihr, wenn ich sie 's nächste Mal sehe, ob sie Lust auf was rauchen und Sex hat. Ich sag dir: Sie wird's machen.«

Er lehnte sich genüßlich im Sessel der großen Limousine zurück und zog vier Sekunden lang ohne Pause am Glimmstengel. Schon seit einer Ewigkeit war dieser Joint an, und er wurde nicht kleiner. Der Rauch und der Grasgeruch ließen mein Migränehirn schier platzen. Und nun setzte der Laber-Flash mit ungeheurer Wucht erneut ein. Elias wurde fickerig, kreischend, unvernünftig, lachte, jodelte, sang falsch und wurde sentimental.

»Ich mag dich!« sagte er und starrte mich unverwandt an, mit lieben leuchtenden Augen, ein Honiggesicht, mit verzücktem Mund und brennender Zigarette daneben, die furchtbar stank. Ich fuhr das Verdeck nach hinten. Sofort wurde es eiskalt, mindestens minus sieben Grad. Mein Hals hatte sich schon von den Lüftungsversuchen davor entzündet. Nein, es war nicht auszuhalten.

Ich hielt an einer Raststätte und joggte um dieselbe. Joggen hatte früher oft meine Migräne vertrieben. Diesmal nicht. Ich hoffte, Elias würde auf der langen Ladefläche hinter der Rückbank schlafen, wenn ich zurückkam. Wie dumm von mir. Er war aufgekratzter als vorher. Vor sich hatte er säuberlich elf Joints aufgereiht, die er für die kleine Fahrt vorbereitet hatte. Es hatte keinen Sinn. Es war vier Uhr morgens, als ich umkehrte. Um fünf Uhr waren wir wieder in Berlin, um halb sechs Uhr in meiner Wohnung. Der Ausbruchsversuch war gescheitert, jedenfalls dieser.

Nach dieser Pleite mied ich Lukas' Wohnung und die Gesellschaft der beiden. Dafür besuchte mich Elias nun öfters in meiner Wohnung am Hackeschen Markt, die ich mit der schönen Jaina und DJ bewohnte. Jaina war für meine Nichte Hase gekommen und bewohnte das sogenannte Mädchenzimmer. DJ war ebenfalls weiblich, 23 Jahre alt und stammte aus Japan. Sie wohnte in der Wohnung, weil sie sich mit der schönen Jaina gut verstand und kein Mann war. Und weil ich so selten da war.

Ich hatte den Mädchen gesagt, daß ich Berlin verlassen und die Wohnung aufgeben würde, und hatte ihnen zum 31. Dezember gekündigt. Das trübte die Stimmung aber keineswegs, seltsamerweise. Ich hatte das Gefühl, daß die beiden Beautys sich erst jetzt für mich als Mensch zu interessieren begannen. Ich hatte ihnen immer 500 Euro von der Miete erlassen, was in ihnen vielleicht jenes Unbehagen auslöste, das eine junge Frau gegenüber einem älteren Mann hat, der ihr regelmäßig Geld schenkt. Ich weiß es nicht. Womöglich bildeten sie sich ein, ich wollte sexuell etwas von ihnen.

Jaina war 22 Jahre alt und kam aus Persien. Da sie schöner war, als man sich eine Frau aus 1001 Nacht auch nur erträumen konnte, hatte ich sie zu Anfang ganz unverbindlich gefragt, ob sie mit mir schlafen würde (wirklich nur, um das Thema sofort vom Tisch zu haben). Ihre Antwort werde ich nie vergessen. Sie ist nicht wiederzugeben. Nun aber kümmerten sich die beiden endlich um mich, jetzt, da alles zu Ende ging.

DJ war eine hübsche, kleine Asiatin, und es gefiel mir, daß sie endlich ohne Handtuch unter die Dusche sprang und die Tür nicht mehr verriegelte. Von Jaina bekam ich Massagen und durfte, wenn ich Migräne hatte, bei ihr im Bett übernachten. Daß Elias neuerdings Stammgast in unserem Heim war, verstärkte die gute Stimmung. Vielleicht war sogar er es, der die Frauen hinter meinem Rücken anstachelte, nett zu mir zu sein. Damit ich in Berlin blieb. Sicher dachte der Junge, ich sei durch Erotik korrumpierbar. Als wenn mich zwei blutjunge Studentinnen in meinen gewiß reiflich überlegten Entscheidungen beeinflussen könnten!

Jedenfalls sprachen plötzlich alle wieder von Berlin. Das Neue Berlin sei tot, aber das Neue Neue Berlin sei eine historische Weiterentwicklung und noch mal um eine Dimension besser. Die Botschaft hörte ich wohl, allein mir fehlte vollständig der Glaube. Ich widersprach heftig.

»Berlin hat fertig, Leute. Die Stadt ist unübersichtlich und unheimlich geworden. Hier geht der Bestattungsunternehmer um. Und jeder spürt doch …«

Da ich unter Freunden war, verschwieg ich auch mein Hauptmotiv nicht: Ich hatte in dreieinhalb Jahren keine einzige Frau in Berlin erobern können.

»Und Bastienne?« fragte Jaina.

»War die berühmte Ausnahme, die die Regel bestätigt.«

»Aber eine Frau reicht doch?« buchstabierte die Japanerin in ihrer üblichen Naivität.

»Und ob! Ich hätte sie auch gern behalten. Aber Elias hat sie mir ausgeredet. Er redet allen seinen Freunden das Mädchen aus. Bei Lukas macht er es auch gerade …«

Elias erklärte den beiden, Bastienne sei eine unfreundliche Frau gewesen. Ich gab zu bedenken, sie sei eine Hardcore-Ausgabe von Sahra Wagenknecht gewesen, was die Mädchen nicht verstanden und Eli unerheblich fand.

Wenn ich morgens aufwachte, spürte ich sie deutlicher denn je: die Berlin-Endzeit-Depression. Ich erwachte immer sehr langsam und mußte mich erst gewöhnen: an den Tag, die Situation, diese untergehende Stadt. Es schien schon zu dämmern, wenn ich von Elias den ersten Tee gebracht bekam. Ich hatte ihm gesagt, daß er als Kiffer keine Chance im Leben hätte. Er erwiderte lachend, das Gute am Kiffen sei, daß einem das dann herzlich egal sei.

Unten im Haus, im Sexy Stretch, gab es freitags Lesungen. Diesmal kamen wir zu spät, trafen aber Raoul Hundertmark, einen jungen Typ, dem der Club gehörte und das Haus dazu. Er hatte gerade einen zweiten Club gekauft, nämlich das alte und berühmte Café Peking, zu DDR-Zeiten die Nummer-eins-Disco der Republik.

Hier tanzten verknöcherte Unteroffiziere der Volksarmee Foxtrott und Samba mit undefinierbaren freudlosen Damen. Ich war selbst einmal mit Anja Fröhlich dagewesen. Mich wunderte damals, daß sie uns reinließen. Angeblich hatten sie die strengste Tür im Ostblock. Und ich hatte gar keine Uniform an und Anja kein Kostüm. Vielleicht beeindruckte sie die schwarze Ernst-Bloch-Brille, die ich damals trug. Hundertmark hatte den ganzen Komplex gekauft und errichtete eine Kreativhölle darin, oder was das war. Er schrie mir ins Ohr:

»Da kommen meine Leute und ziehen das hoch! Alle kreativen Moves der Stadt bekommen ihr Zentrum! Und wir machen alles selbst! Der Wowereit kann später mal reinflattern und Beifall klatschen ...«

Ich erwähnte meine Absicht, Berlin demnächst zu verlassen. Er riß die Augen auf und machte klar:

»Dann muß ich dir auf der Stelle meinen neuen Club zeigen!«

In Schlangenlinien fuhren wir zum Café Peking. Hundertmark schwärmte von dem neuen Superclub, bei dem auch ich mitmachen müsse. Hier könne er mir genau jene Öffentlichkeit herstellen, die ich brauche.

Tatsächlich war diese Location großartig. Der Club WWF, offiziell wie inoffiziell höchst angesagt, war dort untergebracht, füllte aber nur ein Achtel der Fläche. Hundertmark wollte in dem Gebäude einen internationalen Club aufbauen, der sich, wie er meinte, »als Plattform zum Austausch kreativen Potentials« verstehen werde, »unisexy, genreunabhängig, interdisziplinär« und für Leute jeden Alters und »jeder Penunze«, wie er säuselte, »egal ob Golden Spoon oder Dingo, Hauptsache Leidenschaft in seiner Mache«.

Im Keller war Platz für ausufernde Saunalandschaften, kecke Springbrunnen in den beiden Gärten im Erdgeschoß und eine dicke Lobby auf dem Dach, das war es, was er wollte: Eine eigene Lobby, »nur um in Ruhe gelassen zu werden. Die Medien werden sich draufstürzen wie eine Meute total ausgehungerter Wölfe! Aber wir werden ihnen nur einen Knochen hinwerfen und das meiste geheimhalten. Was sie nur noch wilder machen wird …«

Es war ihm zu glauben. Der Mann hatte auch bisher schon seine Pläne umgesetzt. Das Sexy Stretch war der einzige Club, in dem Ost- und Westjugend eine gemeinsame neue Kultur entwickelten, wenn man so wollte: der einzige Ort echter deutscher Wiedervereinigung. Und nun das alles hoch zehn! Das mußte Deutschland erschüttern.

»Im Grunde ist die jetzige Krise wunderbar. Sie wirft das Land auf Null zurück. Wir sind am Ende, also am Anfang. Wie hieß doch dieser Rossellini-Film kurz nach dem Krieg … Germania hora zero oder so, Deutschland der Stunde Null. Die haben wir jetzt!«

Die Stunde Null. Das war es. So lautete das Motto. Ich solle auf keinen Fall gehen. Seine Goldzähne blitzten:
»Ich mag dich nämlich! Ich habe dich in deiner Ungreifbarkeit dann doch gesehen. In all deinen Schattierungen und Varianten habe ich gerade dich als eine PERSON gesehen, anders als die Leute, die ein klares Profil haben und die mir dann für immer abhanden gekommen sind, durch alle Gullys gerutscht sind. Gerade DU mußt in Berlin bleiben!«

Und dann tat er etwas für mich völlig Überraschendes – er sprach über sich. Früher hatten die Leute immer eine Reserve gegen mich gehabt, auch Hundertmark, da sie angeblich Angst hatten, ich schriebe über sie. Was natürlich Quatsch war. Ich dachte mir immer alles aus, es *klang* nur so abgeguckt. Er sprach über seinen vierjährigen Sohn Hugo:

»Mit zwei hatte er das Alphabet drauf, mit vier liest er, und diese frühkindliche Neigung zur Abstraktion hat mir anfänglich ein wenig Sorgen gemacht, aber das ist die Liebe seiner Mutter. Daran scheitern ja die meisten, weil man ihnen als Kind die Seele genommen hat, an der Gutmütigkeit und der Leidensbereitschaft. Wir müssen füreinander dasein, deshalb habe ich meine Schwiegereltern ins Haus geholt. Der Kleine soll alles haben, Ansprache wenn er's braucht; die meisten wurden doch zu selten aus dem Kinderwagen genommen, daher auch die Verklemmungen und Ängste. Auch ich habe Ängste. Meiner Mutter zu verdanken. Schreiend liegengelassen hat man mich. Das kriegt man nicht mehr raus. Das Verlorenheitsgefühl, man kultiviert es. Eher, weil es einen sowieso beherrscht. Die Brust hat man mir verweigert! Das erste und einzige wirkliche Geborgenheitsgefühl, der mütterliche Herzschlag, die Kopfstütze, die Umarmung verwehrt – was einem bleibt, ist mangelnde Bindungsfähigkeit, unsteter Blick, desolater Kiefer, schlechte Zähne – Selbstzerstörungstrieb. Meine Eltern, diese Victims, sind heute noch total in sich gestülpt und kommen aus ihrer deutsch-trotzigen Rolle nicht raus. Verkappte Faschos.«

So merkte ich, daß er wirklich auf mich baute.

Das WWF war übervoll der schönen neuen Frauen, wie ich zerknirscht zugeben mußte. Die Musik war anders geworden. Irgendeine neue Mischung aus Techno und etwas, für das ich keine Worte hatte. Jedenfalls kein Hiphop. Fast alle Frauen trugen schwarze Herren-Feinripp-Unterhemden, was sie stark und nackt zugleich machte, irgendwie besonders physisch, als müssten sie gleich in die Schicht einfahren, nach dem Abdancen. Die Männer sahen nicht mehr ganz so hanselhaft bescheuert aus wie noch vor Monaten, als die meisten ihre dicken Schul-Wollmützen sogar auf dem Dancefloor aufbehielten und ihnen die Übergröße-Hosen herunterhingen wie bei gewindelten Kleinkindern. Die Frauen sahen wirklich cool aus. Alle so ernst, keine spielte Spielchen, und alle so nackt, so rückenfrei. Sie tanzten auch echt gut, ermüdungsfrei wie Naturfedern.

Elias, der mir hatte versprechen müssen, nicht mehr zu kiffen, bekam von einem unsicheren kleinen Mädchen eine Tüte angeboten. Er zog ein paarmal, und der widerwärtige Laber-Flash setzte wieder ein. Es war vier Uhr morgens. Gerade hatte ich mich so wohl gefühlt. Der Club begann sich noch zu füllen. Und nun das! Eli laberte los. Ich bekam nach zehn Minuten Kopfschmerzen. Ich bat ihn, den Abend abzubrechen. Er hörte mich nicht mehr. Ich schüttelte ihn:

»Elinger! Laß uns gehen!! Wo ist der Autoschlüssel?!«

Er lachte irr und wirr, plapperte weiter. Erst um halb sechs saßen wir im Auto. Hundertmark fuhr uns nach Hause. Auch er hatte gekifft. Auch er redete ziemlich aggressiv.

»Andere Städte sind, was sie sind, Alter. Berlin ist Niemandsland. Niedergang und Aufbau verschmelzen hier ...«

Wir fuhren durch verlassene Glas- und Stahlviertel, Investitionsruinen des Neuen Berlin, wahre Ghost-Towns der Postmoderne. Einmal stiegen wir aus, weil Hundertmark, gelernter Architekt, Subventionsmißbrauch am Bau erklären wollte. Die Luft war frisch, die glitzernde Ruinenstadt ungewohnt, aber nicht unangenehm.

»Genau hier wird unser Zugriff noch einzusetzen haben!« deklamierte der New-Age-Kulturimperator streng.

Nachdem wir das alles gesehen hatten, kam mir auch Mitte nicht mehr so trostlos vor. Das lud sich gegenseitig auf. Hundertmark fuhr weiter. Ich sagte zu Eli:

»Komm, laß uns den Nachbarinnen noch gute Nacht sagen.«

»Gut. Betrunken genug dazu sind wir ja.«

Wir meinten die netten Straßennutten, die vor der Kleinen und Großen Präsidentenstraße postiert waren. Wir sprachen mit Claudia, Alizia, Steffi, Jeannie und Angie. Keine hatte einen Freier. Es war minus acht Grad kalt. Angie sah zehn Jahre älter aus als im letzten Jahr, also wie 28. Wartete ich noch ein Jahr, war sie in meinem Alter und paßte zu mir. Sie wirkte äußerst enttäuscht. Vom Leben, vom Beruf, von den Männern, von mir:

»Du hast auf meine SMS nie mehr geantwortet.«

Ich entschuldigte mich wortreich, merkte aber, daß es nicht ging. Ihre Enttäuschung saß zu tief. Das verunsicherte mich. Ich wollte gehen.

»Laß uns lieber morgen treffen. Bist du denn morgen hier?«

»Ich bin doch immer hier, wo soll ich denn sonst sein!« Sie weinte fast. Wir schlichen uns davon.

»Wie kann man ihr helfen?« fragte Eli.

»Wir müssen sie rauskaufen.«

»Genau. Mit der neuen Wunderdroge werden wir so leistungsstark und erfolgreich, daß wir Angie auch noch rauskaufen können ...«

So trösteten wir uns. Beim Einschlafen dachte ich intensiv an sie. Es war ein trauriges, aber auch beglückendes Gefühl. Arme kleine Angela ...

Wir wollten Angie wieder besuchen. Elias schrieb eine SMS unter meinem Namen: »Es war so schön, dich gestern wiedergesehen zu haben. Auch mein Neffe Elias findet dich sehr nett und interessant. Hoffentlich haben wir in Zukunft wieder mehr Kontakt.«

Elias wollte wissen, was Angela für wieviel Geld wie lange ganz genau machte. Die anderen Nutten, die an der Kleinen Präsidentenstraße standen und denen wir Hallo gesagt hatten, hatten ihm bereits erste und widersprüchliche Antworten gegeben. Für nur sechzig Euro wollten sie ihn angeblich eine ganze Stunde lang »verwöhnen«. Das hieß Massage, Französisch mit Kondom, schön aufs Zimmer gehen und noch irgendwas. Konnte man so eine ganze Stunde füllen? War das Mädchen auch wirklich nackt? Durfte man es streicheln? Ihm die Haare kämmen? Befehle geben und es im Zimmer hin- und herschicken? Und galt das alles auch für die schöne Angie? Und bekam er einen Sondertarif, da Angie mich kannte? Würde sie zu ihm besonders nett sein? Er versicherte mir glaubhaft, mit ihr gar nicht schlafen zu wollen, sondern auf dieses obskure »Verwöhnprogramm« in voller Länge scharf zu sein.

»Eli, das ist doch alles Bluff. Alle Nutten hier reden erst mal vom Verwöhnen, aber dann holen sie dir einen runter, und nach zwei Minuten suchst du das Weite.«

Er protestierte: »Nein, ich lege mich auf den Bauch und

lasse mich erst mal total verwöhnen. Sie muß mit der Ganzkörper-Massage beginnen ...«

Angela wurde für ihn zur fixen Idee. Ich solle ihr sagen, er sei noch Jungfrau und sie müsse ihm alles beibringen. Sie müsse die ganze Nacht bei ihm bleiben. Ich müsse meinen Einfluß auf sie geltend machen, daß er ihr auch befehlen dürfe, ihn zu küssen und so weiter ...

Ich sagte, ich wolle es versuchen. Immerhin habe sie zwei meiner Bücher im Regal stehen, was um so bemerkenswerter sei, da sie nicht lesen könne. Ich hielte sie für ein sehr anständiges Mädchen mit einer hehren Berufsauffassung, fast sozialdemokratisch und gewerkschaftlich geprägt:

»Die glaubt wirklich, einen ordentlichen Arbeitsplatz innezuhaben.«

Am nächsten Abend saßen oder, besser, lagen wir wieder im Cruising Car von Hundertmark und rauschten durch die Berliner Nacht. Fett dampfte Jazzanova durch die smoothige Luxussuite auf Rädern. Hundertmark fuhr selbst, wieder in Schlangenlinien, immer mit anderthalb Händen am Joint. Neben ihm so ein Verbrechergesicht, gutaussehend und verroht, hinten Elias, ich und Elias' amie du jour, Freundin des Tages, ein 15jähriges Ossi-Girl aus Wandlitz.

Als die zur Welt kam, war Daddy noch ein Gott von Honeckers Gnaden. Sie war der helle Typ, blond, mit viel zu großen, smaragdgrünen Augen, interessierte sich aber weder für Eli noch für Hundertmark, sondern für den so rohen wie unbedeutenden Beifahrer Hundertmarks.

Der Chef war gesprächig, warf abgehackte Sentenzen nach hinten in meine Richtung. Es ging um sein neues Großprojekt im Café Peking, bei dem ich mitmachen sollte.

»Hast du gehört, daß Deutschland als Thema international ziemlich angesagt ist? Modemacherinnen wie Eva Gronbach packen den Reichsadler auf Puma-Pumps und nähen aus der Deutschlandfahne Minikleider, die Szene in London flippt aus, New York kreischt nach Berlin. Hier rein packen sie alle ihre wilden Sehnsüchte und verarbeiten ihre Desillusion über die Tatsache, daß die eigene Metropole verödet. Die Welt schaut auf Berlin, und wir sorgen dafür, daß sie das Richtige zu sehen kriegen. Wir kommen über die internationale Schiene ... Café Peking, dieser gewaltige Klotz mitten im Zentrum der alten DDR-Hauptstadt, wird wie ein riesiger Fernseher in die Stadt hineinstrahlen ... Aber merken wird man es erst in New York. In New York wird es *das* Thema sein, und ein halbes Jahr später schwenken die blöden Deutschen dann endlich ein ...«

Ich fand das logisch. Eigentlich interessierten sich die Deutschen in ewiger Selbstverleugnung nur für Amerika. Erst wenn Amerika sein Okay gab, konnte ein Trend hier laufen. Ich brüllte in die Graswolke hinein:

»Du hast recht! Im Mai 1945 ist Deutschland bei den Deutschen ausgelöscht worden. Es besteht aber weiter im Bewußtsein der anderen Völker als eine Art virtuelles Deutschland, und dieses Bewußtsein fragt immer wieder diesen Stoff nach, will bedient werden!«

»Und wir bedienen es, um bekannt zu werden!« rief Raoul überglücklich.

Sein Plan war aufzusteigen, um die Öffentlichkeit darauf hinzuweisen, daß unter den »Brandings von offiziellen Botschaften und den Images aktueller Wahrheiten die Luftblase des niemals einzulösenden Versprechens« gährte. Daß Nike in Indonesien Kinder übelst ausbeutete und gleichzeitig deren Erzeugnisse mit der richtigen Kampagne an die Enkel der Sklaven in Amerika verkaufte. Daher durfte Nike einfach nicht mehr cool sein.

»Wir haben die falschen Idole! Hinter den Fassaden des Realen wird oft nur die Orgie der von den Mächtigen gewünschten Realität veranstaltet, und daher gilt es, die anagraphische Toleranz des alten Systems zu hintergehen.«

Der gute Hundertmark. Er sagte solche komplizierten Sätze immer ohne mit der Wimper zu zucken. Er kam voll in Fahrt.

»In unserem neuen Kosmos, dem Peking, errichten wir eine chinesische Mauer und lassen nur den rein, der bereit ist, sein Leben zu investieren in seine Arbeit, in seine selbstgesetzte Aufgabe. Das sind die neuen Mitglieder. Wir bilden eine internationale Elite und senden später von hier aus unsere Botschaften ins Weltnetz, außerparlamentarisch, denn die Demokratie hat ausgedient, solange sich die Volksgewählten in ihren gierigen Interessen nicht unterscheiden und umherlaufen wie Lemminge. Jeder, der zukünftig Macht ausüben will, soll mit seinem Leben in der Verantwortung stehen. Zur Hilfe gibt man ihm Statute, Experten und Computerprogramme.«

Die tausendfachen Umbauarbeiten bei der innenarchitektonischen Gestaltung des Großkunstwerks übernahmen Hundertmarks bewährte Kolonnen, die auch schon das Sexy Stretch zum Nulltarif aufgestellt hatten: Gesinnungsgenossen aus aller Herren Länder, Künstler, Schwule, Abenteurer und Straßenköter. Café Peking konnte das größte gezielt antikapitalistische Projekt seit dem Mauerfall werden. Die Medien würden durchdrehen und so weiter.

So ging es Nacht für Nacht. Wir saßen in der dicken Stretch-Limo, die fetten Bräute schnupfend im Fond, Elias mit der hübschen 15jährigen Viola total verknallt vorne, ich als verklemmter deutscher Schriftsteller stocksteif mittendrin.

Eines Abends war dann auch Lukas wieder mit dabei. Er

hatte eine junge Afrikanerin aufgestellt, in die ich mich sofort verguckte. Sie hieß Miranda Magebrachehel. Es war schwer, ihren Namen herauszubekommen, auch, ihn auszusprechen. Eigentlich hatte ich längst genug von »der Jugend«. Ich hatte mich ein letztes Mal in den Clubs umsehen wollen, und dann – tschüß! Auf in ein erwachsenes Leben ohne Hiphop, Night Ladies und all den Blödsinn. Endlich ruhig werden.

Doch dann, an meinem letzten Abend, war diese schwarze Afrikanerin da, Miranda, in die ich mich verliebte. Na, es konnte mir nur guttun, dachte ich und gab Gas. Go on, Berlin, noch eine Runde! Bis ich merkte, daß dieser schöne dunkelhäutige Mensch viel interessanter war als alle anderen im Hummer-Jeep. Oder verwechselte ich etwas? Was ich an ihr interessant fand, war eigentlich nur, daß sie *mich* interessant fand.

Anscheinend war das für mich höchst ungewöhnlich. Durch ihre übertriebenen Reaktionen auf alles, was ich sagte, merkte ich erst, wie wenig sonst die Menschen auf mich reagierten.

Einmal holte Lukas mich ab und hatte sie, Miranda Magebrachehel, auf dem Beifahrersitz. Ich saß hinten. Bei jedem Satz, den ich sagte, riß das Mädchen den Kopf nach hinten, lachte, wollte mehr wissen. Man sah, daß ihre Wahrnehmung plötzlich mit Informationen durchschlagen wurde, die sie als bemerkenswert ungewöhnlich einstufte, somit »erkannte«. Ich hatte solch ein »Erkennen« normalerweise nur umgekehrt, also daß ich einen bestimmten Abweichungsgrad bei seltenen anderen Menschen erkenne. Zuletzt war es mir vor zehn Jahren bei Alexander Kluge so ergangen, und selbst bei dem würde es mir heute nicht mehr so gehen.

Nun also sie. Erstaunlich war außerdem, daß sie Komplimente machte. Niemand sonst macht in der Jugend noch Komplimente oder sagt etwas Nettes. Nur ich tat das noch und war deshalb leidlich beliebt. Sie aber sagte oft, meine Augen würden leuchten, oder sie sei froh, mich kennengelernt zu haben, das würde vielleicht viel in ihrem Leben in Bewegung bringen. Wann hört ein Mann je solche Worte? Andererseits war es schwer, etwas über *sie* zu erfahren. Ich wußte nur: Sie war eine Schwarze. Hatte sie überhaupt Telefon?

Nach einigen Tagen erst hatte ich mühsam alles herausrecherchiert: Name, Anschrift, Telefon, Alter, Herkunft. Sie kam aus Eritrea. Sie war bei einer alten Großtante aufgewachsen, einer politischen Aktivistin, die noch den Einmarsch der faschistischen Truppen Italiens miterlebt hatte. Unermüdlich hatte sie gegen den Duce gekämpft, gegen den marxistischen Usurpator Mengistu, gegen den aufkommenden Mediendiktator Berlusconi – bis sie starb. Von da an hatte Miranda keinen Menschen mehr auf der Welt gehabt. Aber eigentlich fiel sie schon im Alter von zehn Jahren in die Einsamkeit. Da kam sie nämlich mit der Großtante als politisches Flüchtlingskind nach Deutschland. In der Klasse spielte kein Kind mit ihr. Da Miranda aber stark war, begann sie, die Mädchen zu verprügeln. Eine Lösung war das nicht.

»Wie geht's deinem Shrink?« fragte Lukas nach hinten.

Ich saß grundsätzlich im Fond, da mir das schnelle Fahren Angst machte. Miranda saß nun auch immer da. Ich erzählte gern von meinen wechselnden Therapeuten, ich war inzwischen beim 23sten. Miranda begeisterte diese Vorstellung. Immer in Therapie! Geil! Das hatte sie noch nicht gehört. Ich mußte ihr alles erzählen.

Auch Lukas hörte diese Bulletins immer gern, der gute Junge, schön wie Miranda, die beiden hätten atemberaubend gut zueinander gepaßt. Aber Lukas wollte sie nicht. Und Miranda sagte bestimmt: »Er ist es nicht.« Und später: »Der Richtige wird erst kommen. Er ist schon da, läuft schon rum, wir sind uns nur noch nicht begegnet.« Sie sah einen dabei leidenschaftlich an. Kein Zweifel: Sie war Esoterikerin. Sie glaubte an solche Sätze. Es gibt nur den einen, und wenn man offen ist, wird er zu einem kommen. Kein Gott fädelt das ein, aber irgendeine andere diffuse feinstoffliche Macht, die globale Anziehung, das PSI, die Illuminaten. Ich wunderte mich, denn die politische Großtante hätte das sicher anders gesehen.

Eines Nachmittags saßen Miranda und ich in einem Öko-Café und aßen Butterkuchen. Miranda meinte, ich solle Schlagsahne dazu nehmen, die machten sie dort besonders gut. Und da hatte sie recht. Die Schlagsahne schmeckte so, wie frische Schlagsahne in meiner Kindheit geschmeckt hatte. Ich merkte auf einmal, daß nicht nur die Früchte, die Blumen, das Obst Geruch und Geschmack durch die Chemie eingebüßt hatten, sondern natürlich auch und besonders alle Milchprodukte. Und nun hier: der Geschmack, die Aura, das Erleben von damals. Ich kam richtig ins Grübeln.
»Du bist so nachdenklich.«
»Ich glaube, das ist das erste Kindheitserlebnis, das ich überhaupt habe. Ich war als Zweijähriger auf einer Bühne, da war ein Schlagsahne-Wettessen. Wer die meiste Schlagsahne essen konnte, hatte gewonnen. Ich war äußerst erfreut über die Schlagsahne, ich glaube, meine Eltern waren damals schon arm. Ich sah auf die vielen Leute, es war so eine Art Stadthalle oder Aula, und dann war es viel zuviel Schlagsahne. Ich verlor die Kontrolle über das ganze Geschehen, vor allem deshalb, weil alle mich ganz schrecklich auslachten …«

Das war nun wirklich eine langweilige Anekdote. Aber Miranda begann jetzt erst richtig, mich auszupressen.

»War sie denn gut, die Schlagsahne?«

»Ja, es war zunächst einmal für mich ein unfaßbares Glück. Sie schmeckte wie diese hier ... Aber es fällt mir schwer, über Dinge aus der Kindheit zu erzählen, weil ... ich mich für uninteressant halte.«

»Aber ich finde dich interessant.«

»Nein, *du* bist interessant, das liegt doch auf der Hand, du hast so eine wundervolle Stimme, du ...«

»Ach, erzähle mir noch mehr aus deiner Kindheit.«

Ich holte tief Luft. Es gelang mir nicht, abzulenken. So erzählte ich stockend ein paar lose Grundgedanken, die mir mit Ach und Krach noch über meine ersten Lebensjahre in den Sinn kamen:

»Also meine Eltern hatten ... so eine ... ich glaube, *Wäscherei* gegründet, aus einer Schnapsidee heraus. Das war mir immer recht peinlich. Mein Vater war Lehrer, und auch das war mir peinlich. So erzählte ich allen, da er ja auch politisch tätig war, er sei auf dem Wege, Bundeskanzler zu werden.«

»Was war so peinlich an einer Wäscherei?«

»Ach, anderer Leute schmutzige Wäsche zu waschen ... nein, meine Mutter wollte doch eigentlich Bücher schreiben. Sie hat aber nur eines geschrieben. Vielleicht sollte ich es einmal lesen, es steht neuerdings bei mir im Regal. Man hat es mir einmal vorgelesen, als ich noch ein Kind war. Ich glaube, ich war sehr unsicher. Ich muß wohl schon damals kein Selbstwertgefühl besessen haben, so daß es zu diesem Quatsch, diesen Angebereien kam. Nie hätte ich zugeben können, daß wir nur eine Lehrerfamilie mit angeschlossenem Geschäft und einer Nebenkarriere in der Politik sowie literarischen Ambitionen waren. Die Eltern der anderen

Kinder waren Helden, die hatten tolle Berufe, Kranführer oder Kassiererin oder noch was Hübscheres. Die Mutter von Irene Ryll arbeitete sogar aushilfsweise im Blumengeschäft!«

»Die schmutzige Wäsche haben doch die Maschinen gewaschen, nicht deine Mutter.«

»Stimmt, und für alles Grobe waren die Angestellten da. Aber ich hatte trotzdem kein Selbstwertgefühl, irgendwie, glaube ich. Es ist anders nicht zu erklären. Ich wurde auch von Anfang an oft weggegeben. Manchmal monatelang, einmal drei, einmal sieben Monate lang. Schon als Baby. Ob mir das gutgetan hat? Man wird es niemals herauskriegen. Alle Shrinks sind an dieser Frage gescheitert. Man wird auch nie wissen, ob meine Mutter besonders liebevoll und mütterlich war – wie alle denken – oder das Gegenteil.

Es gibt da so eine Therapeutin, die mir immer einreden wollte, die Frau hätte in mir nur ihre Projektion gesehen und nie mich selbst. So was kann man immer behaupten. Ich hätte mich als Baby nicht im ruhigen, liebevollen, erwartungslosen Blick der Mutter spiegeln können. Schön gesagt! Natürlich habe ich Erinnerungen an die spätere Kindheit, und zumindest da könnte ich eine These aufstellen: Der Vater hat mit uns Kindern nie gesprochen, und die Mutter hat zumindest mir nie zugehört. Doch was heißt das nun wieder? Welcher Erwachsene hört einem Fünfjährigen wirklich zu, Tag für Tag, Millionen von Stunden? Das ist objektiv für einen Erwachsenen nicht interessant. Er würde es ja auch vor dem KiKa-Fernsehkanal nicht länger als wenige Sekunden aushalten.

Interessant an der These mit der Spiegelung ist nur eines: Seit ich dich kenne, habe ich auf einmal eine Ahnung davon, wie sich mütterliche Zuneigung anfühlen könnte. Ich bin gern in deiner Nähe, weil es mich beruhigt ...«

Das stimmte. Ich ging gern mit ihr spazieren. Wir hatten dabei kaum ein Ziel. Wie ein loses Blatt wurde Miranda mal hierhin, mal dorthin geweht, mal in diese Boutique, mal in jene, und ich folgte ihr. Oft wurde sie auch müde und hatte keine Lust mehr, blieb einfach stehen. Nie kaufte sie etwas, denn sie hatte wahrscheinlich kein Geld. Sie sprach wenig, und ich selbst spürte kein Bedürfnis, das Schweigen zu unterbrechen.

Bedachte man, daß mich alle Menschen anstrengten, ereignete sich gerade ein Wunder. Denn Miranda strengte mich nicht an. Ich überlegte bereits, ob ich in meiner Kindheit einmal eine sogenannte Nanny gehabt hatte, ein schwarzes Kindermädchen. Oder ob es daran lag, daß Miranda selbst in einer Weise erzogen worden war, die sie später mütterlich, das heißt vertrauenserweckend aussehen ließ. Aber sie hatte ja gar keine eigene Mutter gekannt! Die alte Großtante hatte sie vom ersten Tag an großgezogen.

Miranda behauptete von sich, ein klassischer Außenseiter zu sein. Noch nie hatte sie jemanden getroffen, der auch so war wie sie und der ihr das Gefühl der Einsamkeit hatte nehmen können. Ich war überrascht, denn sie war schon älter als 23 Jahre, auch wenn sie jünger aussah. Ich hatte mit 23 die ersten Menschen getroffen, die so waren wie ich. Also andere versprengte Außenseiter, sozial abgestiegene Bourgeois mit scharfem Blick für ökonomische Zusammenhänge. Leute, die ohne eigenes Zutun die gesamte Gesellschaft wie unter Glas sahen, diesen Kapitalismus.

Solch ein Mensch war womöglich auch sie, oder ihre Großtante war es vielleicht gewesen. Womöglich war die eine verstoßene Cousine von Haile Selassie, dem Löwen von Addis Abeba und Chef aller Raggamuffins. Wenn das Hundertmark wüßte!

Miranda wurde immer interessanter. Übrigens hatte sie

die schönste, geradeste Nase, die ich je an einer Schwarzen sah, die Nase einer Norwegerin. Und ihre Haut war nicht schwarz, sondern grauschwarz, wie mit Silber vermengte Asche. Man konnte Miranda weiß Gott als Königin in einem Herr-der-Ringe-Clip auftreten lassen oder sowas. Ich fragte mich, warum nicht viel mehr Menschen ihre Schönheit entdeckten und ihr verfielen. Wurde sie wirklich nur als Schwarze gesehen, nicht als außergewöhnlich schöne Schwarze? War das in Deutschland immer noch so? Sah der neue Kulturimperator vom Café Peking in ihr etwa eine »Superpussy«, die seinen Laden mit Sex aufladen sollte? Nein, denn er sagte mir eines Tages:

»Ist 'ne Schlaftablette, deine neue Freundin. Nur 'ne Partyprinzessin und nichts dahinter. Paß bloß auf, mit der läuft eh nichts.«

Ich würde gerne sagen, das sei mir ganz recht gewesen. Aber es stimmt nicht. Das Wissen, sie niemals anfassen zu dürfen, machte mir Angst. Mein Wunsch, von ihr in den Arm genommen zu werden und dabei friedlich einzuschlafen, war von Anfang an groß gewesen. Ich wollte endlich das Baby sein, das ich nie hatte sein dürfen, als es dafür an der Zeit gewesen war. Irgendwann würde ich den Wunsch nicht mehr unterdrücken können, und dann kam es für mich bestimmt zu demütigenden Momenten.

Übrigens ließ Hundertmark neuerdings ein Manifest mit zehn eisernen Geboten zirkulieren. Elias las sie mir vor, und die Sache klang auf jeden Fall inspiriert und kein bißchen peinlich. Die Rebellion nahm also wirklich ihren Lauf. Peinlich war mir nur, daß ich Justus versprochen hatte, in seinem Kulturpalast vor laufenden Kameras einen Roman zu verfertigen. Ich stellte mir vor, dort ginge es bald so zu wie jetzt bereits im Sexy Stretch-Building.

Wenn Miranda und ich dort die Wohnung betraten, lagen

in allen Zimmern junge Leute auf Feldbetten und »sleepten«. So nannten sie das Schlafen am hellen Tage. Übrigens kam es nie zu Sex dabei. Die Mädchen schliefen auf den wenigen richtigen Betten und auch nicht bei Tage. Die gingen bei Tage arbeiten, also Castings besuchen, Akquise für eine kreative Firma machen, im Lokal des Vaters helfen oder sogar putzen. Für die Jungen war es schon zuviel, einmal in der Woche den Abwasch zu bewältigen. Jeder fühlte sich als junger Faßbinder, fast alle kamen von der Filmhochschule. Mit einem Wort: das junge Berlin. Man könnte gähnen, wenn es nicht so schön wäre. Ich gönnte der Jugend von heute von Herzen ihr kleines Stück vom ewigen Boheme-Kuchen, der ja immer kleiner geworden war. Aber das war natürlich nicht alles, was diese Jugend ausmachte. Wirklich erschreckend war, daß diese ganzen Kids von alleinerziehenden Medientanten überhaupt keinen Bezug zum anderen Geschlecht bekamen. Eine groteske Situation.

Sogar Miranda gehörte zu dieser Generation. Typisch war, wie sie von ihrer großen Liebe sprach:

»Also, er ist Werber. Das finde ich schon mal gut. Obwohl, es kann vielleicht auch nicht so gut sein, das weiß ich nicht, wir müßten einmal darüber reden. Er war auch schon ganz in meiner Nähe, und das ist nun echt *magic*. Er war in meiner Straße, stell dir vor! Und ich war nicht da. Und eine Freundin sagt zu mir am nächsten Tag: Du, ich hab den da und da gesehen, in dem Café um die Ecke, und ich denke, ich fasse es nicht! Das war am 12. Februar, das weiß ich noch ganz genau. Dann habe ich ihn einmal in der Agentur flüchtig gesehen, aber er hat *mich* nicht gesehen. Ist das nicht wahnsinnig? Das hat doch was zu bedeuten! Und an dem Tag hat er auch dieses eine T-Shirt angehabt mit der Erdbeere drauf, und ich *mag* doch Erdbeeren! Dabei konnte er das gar nicht wissen. Na ja, das war jedenfalls im April.

Dann ist im Sommer wenig passiert, bis ich ihn im September zufällig in einem Club gesehen hab, im Maria am Ostbahnhof. Und ich sag, hallo, na, wer stellt was auf? Weißt du, *ich* hab es gesagt, obwohl ich es nie sage, ich warte immer, bis der andere die Initiative ergreift, immer, aus Prinzip. Plötzlich hör ich mich selber sprechen und ihn angraben. Es war dann auch echt total nett, er ist wirklich so hammermäßig gewesen, wie ich gedacht hab. Ich hab mich nicht geirrt, er ist echt total süß.«

»Und ihr seid dann zu ihm gefahren?«

»Nein, da war dann was mit Franko, ich glaub, er mußte was aufstellen, weil Franko keine Zigaretten mehr hatte. Aber es war in Ordnung. Ich wollte ihm sogar meine Telefonnummer geben, hab's aber wieder vergessen. Er hatte mir seine sogar schon gegeben, aber beim Speichern war das Display irgendwie verrutscht.«

»Und dann?«

»Ja, das war's! Seitdem habe ich ihn nicht mehr gesehen...«

Also seit neun Wochen.

Es ist an der Zeit, das genaue Alter der Beteiligten zu verraten. Damit der Leser das Ausmaß der gesellschaftlichen Fehlentwicklung erkennt. Die äthiopische Schönheitskönigin ist 30 Jahre alt. Der echt süße Junge alias die Liebe ihres Lebens ist 32 Jahre alt. Beide sind sie in ihrer mental-sexuellen Entwicklung in der Pubertät stehengeblieben. Wie so ziemlich alle ihre Freunde.

Das hat die Aids-Lüge aus jener Generation gemacht. Zwar titeln endlich die ersten Zeitungen »Gibt es Aids überhaupt noch?«, aber es ist zu spät. Gut möglich, daß Miranda noch in verstärkter Weise von der allgemeinen Aids-Hysterie angegriffen wurde, da sie aus Afrika kommt. Ich nahm an, daß sie sogar beim Essen Kondome über Messer und Gabel stülpte. Aber im Grunde waren alle nach 1970 Geborenen so.

Einen Augenblick lang mußte ich an meine eigene Jugend denken. Hatte ich denn eine gehabt? Mir fiel auf, daß ich das Thema ebenso mied wie das meiner peinlichen Eltern. Offenbar fand ich auch meine Jugend peinlich. Fotos, die mich mit langen Haaren zeigten, versteckte ich. Ich fand es auch bei anderen peinlich, wenn sie über ihre Jugend redeten, zum Beispiel Harald Schmidt und sein Assistent Andrack. Ich verstand das seltsame Geschmunzel nicht, dieses »Höhöhö, sind wir blöd gewesen als junge Idealisten«. Damals so bescheuert, heute so großartig, was ist das Leben doch witzig!

Ich war in der Jugend kein Idealist. Ich war auch kein Idiot. Ich war genauso fremd wie heute. Ich habe mich von der ersten Sekunde an mit Mädchen verstanden und mit Männern nicht. Ich habe vom ersten Date an geküßt. Mir ist nie das Display im Handy verrutscht. Ich habe jedem Mädchen, das ich mochte, gesagt, daß ich es mochte. Es wurde mir stets gedankt.

Wenn ich das mit der Jugend von heute verglich, was ich ja nie tat, kam ich zu einer überraschenden Schlußfolgerung. Die von mir so bewunderte und angagierte Jugend von heute war vollkommen krank. Und zwar in einem Ausmaß, das noch keiner vor mir erkannt hatte. Mehr noch: Definierte man die Jugend als die Zeit nach der Kindheit und vor der Berufstätigkeit, so gab es seit den 90er Jahren gar keine Jugend mehr. Keiner erreichte mehr postpubertäre Reife. Ich war der letzte lebende Teenager. Ich hatte es noch erlebt: Petting, Matratzenpartys, Pink Floyd, Liebesbriefe, nackt im Wald liegen und sich stundenlang in die Augen schauen. Derartiges ist der Jugend von heute ganz und gar unbekannt. Das kennen sie noch nicht einmal aus dem Kino.

Sieht man sich die zehn erfolgreichsten Filme der aktuellen Woche an, so ist nicht nur kein Liebesfilm darunter. Auch in den Actionfilmen sind zunehmend die weiblichen Rollen gar nicht mehr besetzt. Es sind gänzlich homosexuelle Filme. Selbst der brutalste Western früher – wahrlich ein homoerotisches Genre – hatte noch Platz für die eine weiße, blonde Frau, um die sich alles drehte. In Men In Black IV laufen nur noch männliche Lederfetischisten durchs Bild. Im Publikum sitzen die 13- bis 19jährigen Scheidungskinder der vaterlosen Gesellschaft. Was würden die wohl dazu sagen, wenn ich denen erzählte, wie es früher war? Ist es nicht ganz einfach meine Pflicht vor der Geschichte, es zu versuchen?

Ich hatte eine Jugend, aber dafür hatte ich keine Pubertät. Ich war nämlich seltsam, und deshalb wurde ich in den Jahren der Pubertät gemieden. Vielleicht war ich auch einfach langweilig. Was hatte ich zu bieten? In der Kindheit war ich noch hip gewesen. Wir hatten eine große, entlegene Altbauwohnung, in der nie einer zum Beaufsichtigen erschien, und ich brachte gern Klassenkameraden mit, denen ich Beatlesplatten vorspielte und die ich damit beeindruckte. Sie waren verblüfft, daß man als Kind so unbeaufsichtigt und frei leben konnte, dankten brav und gingen wieder zurück in ihre wirbeligen Kleinbürgerfamilien. Sicher konnten sie es schätzen, daß ich soviel redete und seltsame Ideen hatte. So gründete ich einmal eine Bande, die Tag und Nacht eine Mitschülerin beobachten und mir darüber berichten mußte.

Mit Einsetzen der Pubertät hörte das auf. Ich hatte keine Ideen mehr. Ich wurde völlig unsicher und versuchte nur noch, mich über den jeweils nächsten Tag zu retten.

Nun hörte ich, daß es Miranda genauso ergangen war. Die politische Großtante verschwand plötzlich, ging zurück nach Eritrea. Das erst zehnjährige Mädchen blieb in Hamburg, eingeschult auf das Lohmühlen-Gymnasium in Uhlenhorst-Winterhude. Die Mitschülerinnen weigerten sich weiter, mit ihr zu spielen. Sie vereinsamte völlig, fühlte sich unnormal, anders, fremd, scheußlich. Ich protestierte:

»Das war doch alles ein Mißverständnis. Hamburger lieben niedliche schwarze zehnjährige Mädchen. Es war einfach nur die ganz normale hamburgische Zurückhaltung, für die die Hamburger in der Welt bekannt sind. Der Hamburger an sich braucht Jahre, bis er mit jemandem warm wird. Dafür hält die Freundschaft dann ein Leben!«

Miranda schüttelte traurig den schönen runden Kopf. So viele Jahre hatte sie nicht Zeit gehabt, nachdem sie in Uhlenhorst aufgeschlagen war wie ein Komet. Ein bißchen mehr spontane Hilfe wäre schon gut gewesen. Ich war erschrocken.

»Aber Miranda, du kannst doch von Hamburgern nicht *Spontaneität* erwarten! Das ist, als würde man von Bayern einen Wahlsieg der SPD ... oder ...«

Ich durfte nicht politisch reden. Miranda gehörte der Jugend an – soziologisch gesehen – und mied daher dieses Feld. Alles Politische war a priori daneben. Wer politische Worte in den Mund nahm, rückte sich damit selbst ruckzuck ins Abseits. So verbesserte ich mich schnell:

»Das ist, als würde man denken, ein Fisch könne fliegen. Hamburger sind doch Fischköppe. Die können nur schwimmen, stumm, im kalten Wasser.«

Mir fiel wieder ein, warum ich meinen Vater peinlich fand, als Kind. Miranda hatte mich das ja gefragt. Ich hatte zunächst gesagt, weil er Lehrer war und weil alle Kinder

Lehrer nicht mögen. Lehrer seien fast so unbeliebt wie Polizisten. Aber stimmte das? Haben Kinder etwas gegen Lehrer? Gegen Polizisten schon mal bestimmt nicht. Polizisten sind toll und Lehrer Respektspersonen. Nein, mein Vater war ein Politiker, und *das* fanden alle peinlich! Im postfaschistischen Deutschland galten und gelten demokratische Menschen als Jammerlappen, Schwätzer, uncoole Figuren, Intriganten, Schieber, Juden. Das war nun einmal unser Volkskern. Beliebt waren nur die wenigen schwarzen Schafe, die wirklich fies und uncool waren und Millionen verschoben, wie Kohl.

Vielleicht hatte Mirandas Lehrerin in der Klasse gesagt, sie sei ein politisches Flüchtlingskind? Das hätte erklärt, warum die hohen Töchter ihre hamburgische Noblesse aufgaben und ihr immer mal wieder ein Bein stellten, wenn sie die Treppe runterlief. Es führte dazu, daß sie sich in den Pausen nur noch im Klo einschloß. In jeder Pause flüchtete sie als erste in Richtung Toilette, die unspontanen weißen Mädels hinterher.

Die Lehrer bekamen schließlich Wind davon und »thematisierten« die ganze Situation vor der Klasse. Alles kam raus, auch, daß niemand mit dieser Außerirdischen spielen wollte. Die Mädchen wurden nun genau dazu verdonnert. In einer hochfeinen Unterrichtseinheit über das Eigene und das Andere, angeführt durch eine Astrid-Lindgren-Geschichte über das rothaarige Mädchen Tiki, das sich gegen Vorurteile gegenüber roten Haaren durchsetzen muß, brachte man der postfaschistischen Horde humanes Verhalten bei. Anschließend gab es jeden Tag ein Mädchen, das mit Miranda spielen mußte. Dieser Job war nicht beliebt, da Miranda inzwischen dazu übergegangen war, die ihr zugewiesenen Probanden zu verprügeln.

Ich erzählte ihr nun die wahre Geschichte meines Vaters. Es war nämlich nicht so, daß Miranda gern über sich erzählte. Eigentlich sagte sie nie etwas über diese ihre »Geschichte«. Weder Elias noch Lukas wußten, wo sie herkam, ob sie adoptiert war, ob sie gemischte Eltern hatte, ob ihr Werdegang etwas mit Deutschen zu tun hatte. Wenn es jemanden gab, der im Übermaße das hatte, was man Schicksal nennt, dann Miranda. Alles an ihr strahlte das aus: Ich habe ein Schicksal. Aber keiner fragte danach. Man wußte nicht einmal, ob sie Abitur hatte. Alle fanden statt dessen, sie sei geheimnisvoll.

Die Jugend von heute gebraucht dafür gern das englische Wort *magic*. Und betrachtet es als eine feststehende Eigenschaft, nicht etwa als ein Defizit an Information. So konnte Franko über sie urteilen, sie sei zwar *magic*, aber im Bett eine Nullnummer. »So ein Teasergirl. Macht dich total scharf, weil sie hammermäßig einläuft, aber dann passiert nix.«

Auch Franko hat die 30 schon erreicht, und man kann die Hoffnung aufgeben, er würde die Frauen noch einmal verstehen. Aber Franko ist kein schlechter Typ. Er ist ein guter Typ. Von allen verfügbaren sogar der beste. Und wenn er schon so reagiert, dürfte klar sein: Miranda ist in Deutschland 20 Jahre lang ausschließlich als Sexualobjekt wahrgenommen worden, als im wahrsten Sinne des Wortes obskures Objekt der Begierde.

Daß sie nun aber gerade mir ihr Schicksal zu erzählen begann, hatte einen verblüffenden Grund: Sie merkte, wie schwer es mir fiel, über die eigene Jugend zu reden. Und immer, wenn ich mich dennoch überwand, auf eine ihrer diesbezüglichen Fragen zu antworten, erzählte sie mir anschließend frank und frei ein weiteres Stückchen aus ihrer Biographie.

Mein Vater war nach dem Krieg politisch geworden. Warum, weiß ich nicht. Ich habe nie mit ihm darüber gesprochen. Auch andere haben das nicht getan. Erst lange nach seinem Tod kam ich durch großes Glück mit einem Klassenkameraden von ihm ins Gespräch. Dieser sagte, mein Vater sei als liberaler Hitzkopf aus dem Krieg herausgekommen. So ein feuriger Redner, wie Daniel Cohn-Bendit. Ich habe mich gefragt, wieso er dann nicht im KZ gestorben ist. Offenbar hatte ihn erst das Kriegsende politisiert. Andererseits war sein älterer Bruder wegen Zugehörigkeit zum Kreisauer Kreis verdeckt liquidiert worden. Womöglich hatte ihn das mit etwas Verspätung inhaltlich beeinflußt? Oder fühlte er sich als Teil des Familienschicksals, mit dem Auftrag, die Niederlage, die die Familie gegen die Nazis erlitten hatte, zu rächen? Die Nazis hatten ja nicht gegen Deutschland gesiegt oder gegen die Kommunisten, sondern gegen die Demokratie. Also mußte man diese wieder aufbauen. Das alles konnte ich Miranda nicht sagen. Ich fing anders an:

»Mein Vater war Politiker, in der FDP. Du kennst doch die FDP?«

»Natürlich.«

»Er wollte immer in den Bundestag, ein Leben lang. Dafür hat er viel getan. Die Familie hat mitgezittert. Er war nur ein kleiner Provinzfürst. Die Familie hat da viel zu leiden gehabt. Wir Kinder mußten bei minus fünf Grad die Flugblätter verteilen, da war das Bild des Vaters drauf und die Überschrift ›Wählt Johannes Lohmer!‹«

»Er hieß so wie du?!«

»Ja. In der Schule sagten wir ja immer, unser Vater würde eines Tages Bundeskanzler werden.«

»Und war das denn nicht auch so?«

Ich mußte lachen. Ich lache selten und wunderte mich

nun, denn es war kein kurzes, intuitives, reagierendes Lachen, quasi als Kommentar zum eben Gehörten, sondern hielt an. Die Jugend von heute würde sagen: Ich lachte ab. Also wohl eine gute Minute lang, in der ich dieses seltsame Ablachen nicht kontrollieren konnte. Endlich japste ich:

»Das ist makaber ... also wirklich. Weißt du, wieviel Prozent der Stimmen er in drei Bundestags- und vier Landtagswahlen bekommen hat: null Komma neun Prozent!!«

Ich kreischte fast. Über 99 Prozent der Menschen waren GEGEN ihn gewesen, über einen Zeitraum von 15 Jahren. Ich wußte gar nicht, was ich dazu sagen sollte. Schließlich fragte Miranda, ob es nicht auch schöne Stunden mit ihm gegeben habe.

Wir saßen in einem neuen Nepp-Lokal in Mitte, in das uns Franko geschleppt hatte. Er saß mit Eli und Elis neuer blonden Freundin, der 15jährigen Funktionärstochter aus Wandlitz, weiter hinten. Elias hatte die physisch attraktive, aber gänzlich dumme Ostbraut bei einer Modelagentur untergebracht. Dreimal täglich rief er mich an und gab die Fortschritte bei der sexuellen Eroberung durch.

»Jetzt hat sie mich schon fast auf den Mund geküßt! Die ganze Nacht haben wir geredet. Ich durfte ihren Rücken massieren, dabei ist sie eingeschlafen.« Oder: »Ich hab ihr jetzt die superharte glasklare Ansage gemacht! Ich hab ihr erklärt: Alles, was ein Mann von einer Frau braucht, sind zwei Dinge – absolute Bewunderung und absolute Zärtlichkeit. Und alles, was eine Frau von einem Mann braucht, sind folgende zwei Dinge: absolute Sicherheit und absolute Freiheit. Nach dieser heavy Ansage habe ich sie alleingelassen. Zwei Tage werde ich sie braten lassen. Dann ist sie fertig. Dann steht die Connection. Dann hab ich das totale Commitment, Alter ...«

Da konnte man nur rufen »Toi, toi, toi, kleiner Mann!« und ihm die Daumen drücken.

Arme Jugend von heute. Ich war froh, mit der herrlichen Miranda reden zu können. Statt trockener, glasklarer Ansagen gab es Reisen in die Vergangenheit, in die Welt der Gefühle, nach Afrika und nach Bayrisch-Kongo, wie wir unser Exil familienintern nannten.

Schöne Stunden mit meinem Vater? Vielleicht war er, waren er und sie, meine Mutter, gar nicht so gescheitert, wie ich immer dachte? Im Sommer, in den großen Schulferien, in Grottamare muß es auch schöne Stunden gegeben haben.

16 Mal fuhren wir an den gleichen Ort, weil mein Vater ihn liebte. »Nicht schon wieder Grottamare!« protestierte meine Mutter, und auch wir Kinder protestierten. Wir langweilten uns in Grottamare zu Tode. Genau wie in unserem Städtchen in Bayrisch-Kongo hatten wir auch in Grottamare kein einziges Kind zum Spielen. Unsere Eltern hatten es geschafft, einen Ort an der Adria zu finden, in dem es keinen einzigen weiteren Touristen gab. Die Italiener waren nett und gut anzuschauen – sie gefielen mir gut, sie sahen so schön aus, ihre Zähne waren so weiß –, aber sie sprachen kein Deutsch. Deshalb mußten mein Bruder – er heißt übrigens Gerald – und ich den ganzen Tag alleine spielen. Keine Schule brachte Abwechslung. Es war kommunikationstechnisch der GAU, das weiß ich noch. Und trotzdem: Meine Eltern mußten sich doch wohl gefühlt haben. Oder wenigstens der Vater. Oder eben doch auch wir Kinder, denn das Wasser war herrlich warm, einfach sensationell angenehm.

Ich war als Kind sehr wasserscheu, weil Wasser immer so feucht und *kalt* war. Aber in Grottamare war es warm und großartig. Die Wellen angenehm niedrig, die Sonne hoch und zuverlässig heiß, der Strand üppig und angefüllt mit italienischen Stimmen. Ich liebte den Klang dieser Sprache. Im Alter von sechs Monaten war ich schon einmal für ein Jahr in Italien gewesen. Meine Eltern hatten in Mailand ein Geschäft eröffnet. Die erste Sprache, die ich erlernte, war Italienisch, nicht Deutsch. Später verlernte ich es wieder, nur der Klang blieb im Gedächtnis.

Wenn man im Wasser stand und zum Strand blickte, sah man unser weißes Haus im Berg. Gleich nach dem Strand stieg nämlich ein kleines Gebirge auf, durch das eine Straße und eine Eisenbahnlinie geführt werden mußte. Die Häuser klebten am Berg, kleine dünne gepflasterte Fußwege gingen nach oben, seit dem Mittelalter schon oder noch früher. In 100 Meter Höhe gab es eine kleine Kirche und einen winzigen Marktplatz mit einem Kolonialwarengeschäft und einem Restaurant. Alle Häuser waren ockerfarben, nur unser Haus war strahlend weiß. Ich sagte:

»In Italien gab es schöne Stunden mit dem Vater. Er spielte Fußball mit uns am Strand. Er spielte sogar Karten mit uns. Jeder hatte einen Lieblingsverein. Mitten in den Ferien startete immer die Bundesliga. Papi und Gerli fieberten mit dem HSV, ich mit Schalke 04. Unsere Mutter las den ganzen Tag. Geredet hat keiner mit uns. Eigentlich hätten wir das ja gewöhnt sein müssen. Aber so war es nicht. Wir waren süchtig danach, daß jemand mit uns redete. Wir waren Junkies, die noch nie an Heroin herangekommen waren. Leute, die den Stoff gar nicht kannten und trotzdem ständig auf Entzug waren.«

Miranda erzählte von ihrer politischen Großtante.

»Also meine Großtante hat sehr *viel* mit mir geredet. Sie hat mir die ganze Welt erklärt. Nachts hat sie mich im Arm gehalten und mir gesagt, wo die Sterne herkommen. Wir haben in den Himmel geguckt, und sie hat es mir erklärt ...«

»Was, sie hat dir sagen können, wo die Sterne herkommen?! Das weiß ja ich noch nicht mal! ... Na ja, sicher war die Großtante viel klüger als ich.«

Miranda nickte ernst und nachdrücklich. Aber mehr sagte sie dann nicht dazu. Keinen weiteren Satz, obwohl ich weiterbohrte.

Ich brauchte ein paar Tage, bis ich den Grund erkannte. Einmal zeigte ich ihr ein Fotoalbum aus meiner Kindheit. Sie sah sich jedes Foto stundenlang an, während ich die Fotos eher unangenehm und nichtssagend fand. Als sie mit dem Album fertig war, fing sie von vorne an.

Ich fragte sie, ob sie auch ein Fotoalbum hätte, und sie bejahte. Sie zeigte es mir aber trotzdem nicht. Als ich ging, gab sie mir ein Schwarzweißfoto als Geschenk mit. Das Licht in dem Bild fiel in einer Weise auf ihre Haut, daß sie weiß wirkte. Miranda als weißes Mädchen. Sicher wußte sie das gar nicht. Ich selbst sah es nicht sofort, da ich von dem völlig symmetrischen Gesicht, der geraden Nase, der hohen Stirn und den unvergleichlichen Lippen eingenommen war. Die Lippen waren voll und dennoch sehr gezeichnet und geschwungen. Ihr Kinn war schmal, die Ohren waren fein und enganliegend. Ein rundum schöner Mensch.

Einmal gingen wir die Oranienburger Straße entlang spazieren. Sie sagte:

»Ich bin so froh, dich kennengelernt zu haben. Du darfst Berlin nicht verlassen. Es ist so gut, daß ich dich jetzt kenne.«

Das wäre ein schöner Satz gewesen, hätte sie ihn nicht dreimal hintereinander gesagt. Oder hätte sie noch irgend etwas anderes gesagt. Aber es schien ihr immer schwerer zu fallen, überhaupt noch etwas zu sagen, und da das so war, sagte sie ständig, sie sei so froh, daß sie mich habe. Sie sagte es aus einer gewissen Verzweiflung heraus. Als wolle sie sagen: »Denke nicht, daß ich dich nicht mag, wenn ich nichts mehr sagen kann.«

Die Frage war, warum gerade sie, deren Schicksal Bücher hätte füllen können, diesbezüglich stumm war. Die Antwort war so einfach: Sie war als Kind und Jugendliche stets verletzt worden, wenn sie davon anfing. Die anderen Kinder verstanden da nur Bahnhof, verdrehten die Augen oder konfrontierten sie mit eigenen Vorstellungen über Mirandas Heimat, die mit der Wirklichkeit nichts zu tun hatten. Sagte Miranda auf entsprechende Fragen, sie käme aus Afrika, erntete sie Hohn und Gelächter. Es war, als hätte sie gesagt, man habe sie aus der Kloschüssel gezogen. Die nächste Frage war dann, ob ihre Familie Menschenfresser gewesen seien. So blieb ihr bei dem Thema bis heute ein unüberwindliches Unbehagen. Und wenn später Männer mit ihr sprachen und vom Small talk zu ernsteren Themen übergingen, mußten sie beim Punkt Eritrea dennoch passen. Kannten sie nicht. Wo sollte das sein? Bürgerkrieg? Das war sicher diese Sache, wo eine Million Hutu fünf Millionen Tutsi mit bloßer Hand erschlagen hatten oder so ähnlich. Lieber schnell das Thema wechseln. Ab ins Bett mit der Rassefrau und dann: tschüß! Bevor sie noch mal in den Blutrausch kommt, he he.

Die Wahrheit war, daß Miranda sich in kein Bett ziehen ließ. Manchmal gebrauchte sie Formulierungen, die sogar darauf schließen ließen, sie sei noch Jungfrau. So sagte sie:

»Ich habe mich den Männern nicht geöffnet, und das war sehr klug von mir. Es wäre zu einer Katastrophe gekommen.«

Und das in einer Zivilisation, in der die Defloration von jugendlichen Mädchen ein absolutes Muß ist. Es gibt im heutigen Deutschland keine Frau mit 30, die noch Jungfrau ist. Gleichwohl wollte ich mehr darüber wissen. Also erzählte ich erst mal über mich.

»Wenn ich sage, ich hatte keine Freunde mit 13, 14 Jahren, so stimmt das nicht wirklich. Es gab zwei. Zwei Außenseiter...«

Der eine war ein Ungar und hieß Desiderius. Seine Familie war während des Ungarn-Aufstandes über die Grenze gekommen, aber er zog bald wieder weg, nach Amerika. Der andere hieß Charly Rahner, war hübsch, aber tödlich unsicher und linkisch. Das geborene Opfer für Attacken aller Art. Er wurde von seiner Mutter allein erzogen – damals im katholischen Niederbayern eine ziemliche Sünde. Er muß eine furchtbare Angst gehabt haben, in die Schule zu kommen.

Wir beide redeten gern und lebhaft miteinander. Nach dem Unterricht begleitete ich ihn immer nach Hause. Wir redeten und vergaßen die Zeit dabei, so daß wir plötzlich, mitten im Satz, vor seiner Tür standen. Daraufhin machten wir kehrt, und er begleitete mich zu meiner Wohnung am anderen Ende der Stadt. Plötzlich waren wir angekommen, wieder mitten im Satz. So machten wir wieder kehrt und gingen erneut zu ihm. Und so weiter.

So ging das jeden Tag. Tja, bis zu dem Morgen, da an der Tafel in großen krakeligen Buchstaben der denunziatorische Satz stand, von anonymer Hand angebracht: »Charly Rahner is a Warmer.« Das bedeutete, wie man mir mitteilte, daß mein Freund homosexuell veranlagt sei. Das stimmte zwar nicht, aber um in den Skandal nicht hineingezogen zu werden, brach ich die Verbindung mit ihm ab. Er starb dann, als wir schon nicht mehr in dem Dorf wohnten, an einem Gehirnschlag. Er war eines Tages nicht mehr in die Schule gekommen, weil er tot im Bett lag. Ich war zu dem Zeitpunkt bereits in Hamburg und dachte nur: »Der hat es einfach nicht mehr ausgehalten«. Mir wäre das gleiche passiert, hätte ich auch nur einen Tag länger an diesem Ort bleiben müssen.

Im Vergleich zur Jugend von Straubing, denn so hieß der Ort, war die Jugend von heute geradezu die Speerspitze des Menschheitsfortschritts. Also, warum sollte ich meckern über Jungfrauen in Berlin und über durchgeknallte Club-Betreiber?

Ich war zehn Tage in Südafrika unterwegs gewesen, und als ich zurückkam, hatte sich viel verändert. Andere Städte sind immer gleich, sie besitzen den Heimatfaktor, aber in Berlin bleibt nie ein Stein auf dem anderen. Sogar Südafrika war wie immer, also langweilig, ein bißchen wie Düsseldorf.

Elias empfing mich in seinem Zimmer im Sexy Stretch-Building. Er hatte es aufgeräumt – eine Revolution! David, ein neuer Freund, zugezogen aus Hamburg, schwarze Hautfarbe, schlief im Flur, und Angelus, ein alter Freund aus München, durfte als Tagschläfer im Bett der schönen Jaina liegen. Angelus war angeblich Masochist, also ein *richtiger*, was in seinem Alter und bei seiner Schönheit Kopfschütteln hervorrufen mußte.

Elias erzählte mir alles sozusagen brühwarm. Er wirkte sehr erfreut, mich endlich wieder bei sich zu haben, dennoch ruhig und sanft. Seine Aufregung zeigte sich nur in der Art seiner Erzählung: Er hörte einfach nicht auf. Er vermasselte jede Pointe, weil er übergangslos zur nächsten Geschichte überging. Aber natürlich war ich froh, nach all den Goethe-Vorträgen in Kapstadt über interkulturelle Kompetenz endlich wieder handfestes Material zu bekommen. So hatte Lukas in meiner Abwesenheit doch tatsächlich Miranda gebohnert, zumindest die Nacht mit ihr verbracht und sie ausgezogen bis auf das letzte Hemd! Und Elias hatte mit dieser Gabriela, die er im Café Peking aufgegabelt hatte, gebohnert – und zwar diesmal *wirklich*. Das wußte ich bereits, ließ es mir aber gern noch mal berichten.

Also – White Trash, Franko gräbt sie an, dann ins Cookies, noch mehr Alkohol, und so weiter. Zack, und die ganze Nacht, das Mädchen seitdem hörig. Verkürzt gesagt. Dann Momo, eine Tschechin, wie das süße Mädel aus Brochs »Die Schlafwandler«. Aber keine Penetration. Dafür vier Nächte hintereinander.

»Sie sagt, wenn sie mit mir schläft, würde sie sich unsterblich in mich verlieben, also für immer, und das will sie nicht. Aber sie ist soooo liebevoll, und ich bin total angetan von ihrem Körper. Ich muß den ganzen Tag an ihren Körper denken. Ich bin auch tagsüber wie im Rausch davon. Die letzten Nächte war sie bei mir. Sie ist sooo lieb. Sie taugt mir schon sehr, nur Viola und Hase sind noch besser. Als Freundin und Partnerin ist Gabriela besser, die stellt echt was auf. Vom Gesicht her und vom Body ist Viola natürlich unschlagbar, bei Viola bin ich noch mehr im Rausch, wenn ich sie getroffen hab oder wenn ich bei ihr übernachtet habe.«

»Warum nimmst du nicht Viola?«

»Tu ich doch. Wir haben schon zwei Nächte miteinander gekuschelt. Sie ist noch in der Krise. Ihr Freund, dieser Schauspieler aus GZSZ, hat doch mit ihr Schluß gemacht.«

»Wie ist das möglich? Sie ist die größte Schönheit, die ich kenne. Wie kann er mit ihr *aufhören*?«

Ich war wirklich fassungslos.

Sofort zeigte mir Eli Filme, die er mit seiner Digi-Cam von ihr gemacht hatte. Viola in der Küche, Viola schlafend, Viola Absinth trinkend im Bett vor einer Kerze, Viola Zigaretten kaufend, Viola weinend. Sie weinte ja viel.

Manchmal nahm sie ihn mit nach Wandlitz, wo sie mit ihren ehemaligen Funktionärseltern wohnte. Verhärmte, geschaßte Kader, Zuarbeiter der Oberbonzen damals. Der Bruder nahm Heroin, der Vater hatte sich abgesetzt, eigentlich waren nur noch die trinkende Mutter und ihr neuer

Mann übrig sowie ein kleinerer Bruder, 1989 geboren, das übliche DDR-Schicksal. Zu Hause schwiegen alle verbissen oder schimpften auf die korrupte Führung unter Honecker oder auf die neuen Zustände, aber eigentlich tranken sie nur, wie auch schon vor der Wende. Ein ziemliches Elend, in das sich Elias da begab. Klar, daß Viola dauernd weinte sowie im Bett völlig passiv blieb. Aber sie war halt so berauschend schön. Und erst 15. Eli rechnete es vor:

»Wenn ich jetzt mit ihr zusammenkomme, ist sie in zehn Jahren immer noch gut in Schuß. Zehn Jahre lang Spaß, und sie ist trotzdem erst 25. Von der hat man doch echt was!«

»Da hast du recht. Ich wünschte, ich könnte das von meiner Freundin auch sagen. Aber als ich mit ihr zusammenkam, war sie schon 28 Jahre alt!«

Eli erschauerte. Ich versicherte ihm, ich würde meine Freundin dennoch lieben. Munter fuhr er fort.

»Am wichtigsten ist allerdings Hase. Mit ihr könnte ich eine Dynastie gründen. Es ist das langfristigste Projekt ...«

Meine Nichte Hase war mit ihm entfernt verwandt, er kannte sie von klein auf. Klar konnte er mit dieser Blutsverwandten theoretisch eine verderbt inzüchtige Dynastie aufziehen. Tatsächlich war Hase ihm erstaunlich wesensverwandt: willensstark, euphorisch, sexbesessen und komplett ungebildet. Nun hatte er endlich die erste Nacht mit ihr verbracht. Ich ließ es mir en détail erzählen.

»Aber dann ist da noch Saphia. Ihr Vater kommt aus Tansania, ihre Mutter aus dem arabischen Raum. Saphia stellt echt was auf. Sie ist Unternehmensberaterin.«

»Schon wieder? Ist nicht auch Gabriela Unternehmensberaterin?«

»Ja, ja. Saphia stellt wahnsinnig was auf. Wenn du eine Lesung in Timbuktu haben willst – sie stellt's auf!«

»Aber du stellst doch selbst soviel auf, Eli. Fünf Frauen in zehn Tagen, das macht dir keiner nach.«

»Ja, nicht?«

»Ich bin stolz auf dich, mein Junge.«

Er schwieg zum ersten Mal eine Sekunde, glühte nur glücklich vor sich hin. Er war ohne Vater aufgewachsen, wußte nicht, wer ausgerechnet ihn, den armen kleinen Eli, gezeugt haben mochte. Immer nur war ich dagewesen, Onkel Jolo. Er sah mir ähnlich, so daß immer mal wieder das Gerücht aufkam, ich sei der Vater. Zumal ich in der entsprechenden Zeit mit der eineiigen Zwillingsschwester seiner Mutter zusammen war. Die beiden machten sich manchmal den Spaß, sich für die andere auszugeben, denn sie sahen zum Verwechseln gleich aus.

Aber ich war der Vater definitiv nicht, und nun, da Eli kein Kind mehr war, sah man es auch. Die Ähnlichkeit rührte nur daher, daß wir uns mochten und oft denselben Gesichtsausdruck hatten. Und meine Bedeutung für ihn rührte nur daher, daß ich das – mit einer Ausnahme – einzige männliche Element in einem Leben voller Frauen war. Er war in einer Kommune aufgewachsen, die aus fünf erwachsenen Frauen sowie einer jüngeren Schwester, zahllosen assoziierten Freundinnen und einem langhaarigen Guru bestand – und mir. Ich war der einzige – außer dem Guru, der allerdings frauenfixiert war –, der dem heranwachsenden Jungen die Augen über das alles dominierende Geschlecht öffnen konnte.

So nahm ich ihn an seinem 13. Geburtstag beiseite und gab ihm ein paar Tips, die er offenbar ernst nahm. Somit hatte er dem Heer Berliner Jungs, die allesamt vaterlos waren wie er, etwas voraus: mich. Immerhin!

»Ich habe Hase noch nicht gebohnert, aber fast. Wir knutschten so rum, befriedigten uns, ich steckte meinen

Finger in die Dose, sie hatte ihre Hand bei mir am Rohr ... you want more details?«

»Danke, Eli, im Prinzip hast du es ja schon erzählt. Wie ging es denn zu Ende? Wie seid ihr verblieben? Was waren die letzten Worte?«

»Gar nicht! Wir haben nichts verabredet. Sind einfach auseinandergegangen am nächsten Morgen, weil sie irgendeinen Termin ganz früh hatte.«

»Was? Sie sagte ›Man sieht sich‹ oder so was und dampfte davon?!«

»Ja, irgendwie. Und das Seltsame war: Schon eine Stunde später habe ich nicht mehr an *sie* gedacht, sondern an Momos schönen Körper! Ich mußte den ganzen Tag an Momos Körper denken, obwohl ich mit Hase im Bett gewesen war! Crazy, gell?«

Ich nickte, zog die Stirn in Falten. Keine schöne Entwicklung. Es hätte mir gefallen, wenn er und Nichte Hase ein Paar geworden wären. Dann wäre alles in der Familie geblieben, das ganze Potential. Ich mochte Hase, und es gefiel mir nicht, daß sie sich seit Jahren an brutale türkische Männer verschwendete. Sie hatte schon viel von ihrem jugendlichen Charme dadurch eingebüßt. Oft traf ich mich nicht mehr mit ihr, weil ich die blauen Flecken und zugeschlagenen Augen nicht mehr sehen konnte.

Elias wäre ihr Retter gewesen und sie seine Retterin. Sie hätte ihn von der sexuellen Dauerobsession befreit, vom Bohnern, das keins war, vom Denken daran. Von Sätzen wie dem, der jetzt folgte:

»Was sagst du denn nun dazu, daß Lukas Miranda gebohnert hat?!«

»Hat er denn? Ich dachte, sie hätten nur geknutscht?«

»Ja, weil Miranda Angst hat, sie würde sich, wenn er sie bohnern würde, in ihn verlieben.«

»Wie oft ich das schon gehört habe, Herrgott! Was sind das denn für Idioten, die nie miteinander schlafen!«

»Aber Kuscheln kann manchmal viel schöner sein. Stell dir vor, die schöne Miranda, und ganz zärtlich, und man schmust mit ihr die ganze Nacht ...«

Ich winkte ab. Ich hatte es schon so oft vernommen. Natürlich hatte das Argument bei Miranda ganz besonders viel für sich. Schon eine Stunde »Kuscheln« mit ihr erschien mir lustvoller als zehn Nächte mit Christina Aguilera. Ich schlug Eli daher vor, Miranda und Lukas auf der Stelle zu besuchen. Vielleicht erwischten wir sie gerade beim Poppen. Gegönnt hätte ich es beiden.

»Nein, ich habe uns mit Saphia, Gabriela und Hase verabredet, später mit David und Angelus. Mit allen, die ich für dich aufgestellt habe in der Zwischenzeit!«

Ich sagte ihm, daß ich bereits mit einem Schriftsteller in Mitte verabredet sei, dem 32jährigen Autor des Romans »Phosphor«. Das war ein Bestseller gerade in Jugendkreisen. Doch Elias winkte ab. Er fand den Mann »old school«. Der hatte schon Kinder und schlief immer mit derselben Frau. So fuhren wir Richtung Café Peking, um Hase in ihrem neuen Club nbi beim Tabledance zuzugucken.

Da es aber noch früh war, bestand ich auf einen kleinen Abstecher zu Miranda. Eli fuhr schon vor, um Saphia und Gabriela abzuholen, und setzte mich bei Miranda ab. Da ganz in der Nähe mein Wartburg Tourist 353 Super stand, lief ich mit Miranda zum Wartburg, und wir fuhren ein bißchen durch die Stadt.

Es war bereits die Vorweihnachtszeit. Die Johanniskirche hatte ein Karussell und Glühweinbuden aufgestellt, für Kinder und Senioren. Wir stiegen aus und guckten uns das an. Aus dem Kirchenschiff drang leise Musik, eine Orgel versuchte sich in ersten weihnachtlichen Akkorden. Eine weißhaarige Kirchenangestellte fragte Miranda, was sie denn wolle.

»Nur mal gucken. Was machen Sie denn so?«

»Wir haben viele verschiedene Veranstaltungen. Die Johanniskirche ganz speziell ist berühmt für ihre hervorragende Jugend- und Seniorenarbeit. Für die Jugendarbeit ist Herr Hansen zuständig, der seine Sache ganz phantastisch macht!«

Ich fragte, wo die Jugend denn sei, ich sähe nur Senioren. Auf dem Karussell fuhr kein einziges Kind, wohl aber ein paar infantil gewordene Alte.

»Die Johanniskirche bemüht sich vor allem um junge Eltern und ihre kleinen Kinder im Vorschulalter.«

»Ja, wo sind die denn?« fragte ich.

Die Frau gab keine Antwort. Sie sah verbissen ins Leere. Wir wandten uns wieder ab und betraten das Kirchenschiff. Miranda meinte nach einiger Zeit, sie wolle nun beten. Mir fiel ein, daß sie Christin war. Ich glaube, sie hatte mir das irgendwann gesagt. An ihrem Gesicht, das noch ernster wurde als ohnehin schon, sah ich, daß sie nun betete.

Ich starrte nach vorn zum Altar. Auf der Empore saßen acht oder neun Senioren, die »O Haupt voll Blut und Wunden« improvisierten. Entweder sangen sie schlecht, oder sie übten noch. Es waren acht alte Frauen und ein alter Mann. Ihr Singen zog sich säuerlich-jungfräulich, aber durchaus auch frohgestimmt durch das hohe, breite, ausladende Kirchengebäude. Miranda blickte wieder normal. Ich sagte:

»Du bist also eine echte Christin.« Sie nickte.

»Ich kenne die Bibel ganz und gar, alle Geschichten, *alle*!«

Mich beeindruckte das nicht, da ich die Bibelgeschichten zu 99 Prozent abscheulich fand. Natürlich waren sie wesentlich besser als irgendwelche germanischen Sagen oder blöde skandinavische Märchen, aber ich las Musil und Heine einfach lieber, oder »1979« von Christian Kracht. Wieviel leichter hätte es Miranda in ihrem Leben gehabt, hätte sie Kracht und Musil statt der Bibel gelesen. Die Bibel blockierte wie eine aggressive Software alle anderen Programme in ihrem Hirn. So daß die Seiten leer blieben. Mirandas Gehirn kam mir wie ein herrliches Hardcover-Buch mit 432 blütenweiß leuchtenden, leeren, gänzlich unbedruckten Seiten vor, während mein eigenes Gehirn den wunderbar edierten Neudruck von »Mann ohne Eigenschaften« darstellte.

Wenn beide Bücher miteinander reden wollten – denn sie mochten sich von Anfang an und sehnten sich nach einer Freundschaft – mußte sich das Musilbuch alle Buchstaben auf den Seiten wegdenken. Es mußte sich genauso blütenweiß leuchtend leer vorstellen wie das Mirandabuch, das übrigens den viel schöneren Einband hatte. Dieses Die-Buchstaben-Wegdenken war furchtbar anstrengend. Das Mirandabuch aber hatte es noch schwerer: Es mußte so tun, als hätte es ebenfalls etwas Gedrucktes im Bauch. Als verstünde es all die Buchstaben im »Mann ohne Eigenschaften«. Dabei stocherte es absolut im Nebel! In der Ursuppe der Unbildung. Wenn man so will: im Urzustand der Jugend von heute.

Die Jugend von heute war komplexer und somit intelligenter als frühere Jahrgänge. Sie war interessanter. Sie war auch emotional weiter entwickelt. Und gerade weil das so war, konnte man gut erkennen, daß Bildung weit wichtiger war, als man bisher angenommen hatte. Fast konnte man das Bibelwort abwandeln: »Was nützet euch alles Hab und Gut dieser Welt, denn ihr habet die Bildung nicht.« Alle Liebe, aller gute Wille, alle Intelligenz – und in Mirandas Fall kam noch hinzu: alle Schönheit ihres Geschlechts –

führte nicht heraus aus dem Nebel und der Bangigkeit der Unwissenheit. Prompt fing sie wieder an, von Verliebtheiten und Sternzeichen zu faseln. Es klang wie das Pfeifen im dunklen Wald:

»Ich glaub, ich bin wieder verliebt. In Oliver. Du glaubst nicht, was mir da passiert ist ...«

Sie erzählte mir zum zweiten Mal die Olivergeschichte. Das war der 37jährige Werbetexter, der sein Auto im selben Viertel geparkt hatte, in dem Miranda wohnte. Ich sagte, ich kenne die Geschichte bereits; ob da nichts Neues passiert sei. Ob sie jetzt wenigstens seine Telefonnummer habe. Hatte sie nicht. Gar nichts war passiert in den letzten 14 Tagen.

»Hauptsache, ich kenne sein Sternzeichen. Stell dir vor, er ist Skorpion! Weißt du, was das heißt: *Skorpion*!!«

»Nicht so laut, wir sind in der Kirche. Meinst du, Jesus hört es gern, wenn du hier diesen Aberglauben verbreitest?«

»Weißt du, Skorpione, die vor dem 1. November geboren sind, sind gar keine richtigen Skorpione. Es sind Fake-Skorpione. Und rate mal, wann Oliver geboren ist!«

»Wir sind in der Kirche! Es interessiert mich nicht. Außerdem bist du nicht in Oliver verliebt, weil du ihn noch gar nicht kennengelernt hast. Du solltest in Lukas verliebt sein!«

»Waas? In Lukas? Nie im Leben! Niemals! Nie und nimmer. Das wäre ja das Letzte! Wie kommst du denn *darauf*?«

Ich wollte ihr nicht sagen, daß ich wußte, daß Lukas sie die ganze Nacht befummelt hatte und sie ihn. Er küßte bestimmt besser als der 37jährige Werbetexter. Er war reizend. Warum war es so abwegig, daß sie ihn lieber mochte als den verkommenen Werbearsch? Ich wußte natürlich die Antwort: Lukas war real, der andere eingebildet. Die Jugend von heute parkte alle Gefühle im Virtuellen, das machte der Umgang mit dem Internet.

»Ach, ich möchte mich so gern verlieben! Sag mir, was muß ich tun, damit ich mich verliebe?«

Sagte Miranda. Noch vor einer Sekunde *war* sie verliebt gewesen, in nämlichen Oliver. Die weißhaarige Vocalgruppe war nun mit ihrem ersten Song am Start, den sie tatsächlich schon singen konnte, ganz ohne Proben. Die alten Leiber strafften sich, der Mann hob den Taktstock:

»Ich folge dir nach,
Ich will hier bei dir stehen,
Verachte mich doch nicht!
Durch Speichel und Schmach;
Von dir will ich nicht gehen,
Am Kreuz will ich dich noch umfangen,
Bis dir dein Herze bricht.
Dich laß ich nicht aus meiner Brust,
Wenn dein Haupt wird erblassen
Im letzten Todesstoß,
Und wenn du endlich scheiden mußt,
Alsdann will ich dich fassen,
Sollst du dein Grab in mir erlangen,
In meinen Arm und Schoß!«

Was sollte ich sagen? Ich machte einen kühnen Sprung und fragte nach ihren Eltern. Ob die auch echte Christen seien.

»Sie sind tot. Schon seitdem ich 15 bin.«

»Sie wurden ... erschossen?«

Sie sah mich erstaunt an. »Woher weißt du das?«

»Wie ich dir schon sagte, glaube ich, daß du ein ungewöhnliches Schicksal hast. Ich sehe es dir irgendwie an.«

»Ich bin aber nicht traurig gewesen. Irgendwann muß jeder gehen.«

Ich beobachtete sie.
War sie wirklich nicht traurig?
»Sie wurden zusammen erschossen«, betonte sie noch einmal. Sie sah wirklich nicht traurig aus. Ob das des Rätsels Lösung war: die unterlassene Trauerarbeit? Alice Miller hätte aufgeschrien.

Ich wartete ein bißchen. Miranda sank auf der Kirchenbank ein, ihre Schultern fielen herab. Nun war sie in Gedanken, ohne zu beten. Ihr alabasterfarbenes Gesicht wirkte nun rein und unberührt, wie das eines Kindes – und von Trauer umflort. Ihr Mund, ihre Oberlippe, ihre Wimpern: alles dunkler als sonst, als fiele ein Schatten auf ihr Haupt.

Ich saß rechts neben ihr. Meine große Hand umfaßte ihre Wange, ihren Kopf, wir küßten uns, entfernten uns wieder voneinander. Es war eine jener kurzen und undramatischen Gesten, die bei uns immer mal wieder vorkamen, zu unserer Art der Freundschaft gehörten. Ich dachte mir nichts dabei, denn im Vergleich zu dem, was Lukas mit ihrem Körper anstellte, war es weniger als nichts.

Miranda schwieg. Im Schweigen war sie immer gut. Sobald sie schwieg, ging einem das Herz auf. Darauf konnte man wetten. Man konnte die Uhr danach stellen. Fünf Minuten Schweigen, und das Herz begann wohlig weich und warm zu schlagen. Bis sie wieder etwas über Skorpione und Wassermänner sagte.

Eine Mexikanerin kam vorbei und blinzelte Miranda zu. Sie wollte damit signalisieren: »Hallo Multikulti, willkommen im Club!«

»Christen kennen keine Hautfarbe«, führte ich aus. »In Köln war ich einmal in einem Hauskreis mit zwei Deutschen und 18 Ausländern. Da gab es kein Verständigungsproblem.«

Miranda bezweifelte das. Ich konnte mir trotzdem Miranda gut als Christin in einer deutschen Gemeinde vorstellen, aber nicht in Berlin, sondern in Hamburg-Harvestehude. Dort wohnten die meisten Millionäre pro Quadratmeter in ganz Europa.

»Weißt du, in Harvestehude sitzen diese reichen, blonden, kinderreichen, traditionsbewußten ... und eben tiefreligiösen Trophy Women herum, in der Nikolai-Gemeinde, im Gemeinderat. Es hieß immer schon: Wer im Gemeinderat der Raketenkirche sitzt, regiert die Stadt.«

»Ich will die Stadt aber nicht *regieren*.«

»Schon klar. Aber so einen reichen, blonden, unverdorbenen jungen Kerl hättest du doch gern zum Mann, oder?«

»Ja. Einen 20jährigen, der kein Päckchen zu tragen hat. Das Päckchen hat man ja selbst zu tragen. Schön wär es, einen heilen, unkaputten Typen zu haben. So wie sich reiche ältere Männer eine unverdorbene junge Frau zum Heiraten holen. Das ist eine tolle Idee. Schluß mit den kranken Typen!«

Ich erwiderte, Liebe gäbe es aber nur unter Leuten, die sich ähnlich seien und sich daher verstünden. Wütend bestand sie auf ihrem Standpunkt: Immer habe sie sich mit Problemkindern abgequält, da sie selbst ein Problemkind sei, und das habe nichts gebracht. Sie wolle jetzt den unverdorbenen, unperversen Aristokraten zum Heiraten; als Liebhaber würde sie sich die anderen aufbewahren.

Ich überlegte. Was redete sie da für einen Junk? Waren das reale Gedanken? Oder waren das wieder diese Hülsen, die automatische Textprogramme in die Horoskopseiten der Frauenzeitschriften stanzten, à la »Die ungeraden Tage gut für die Ehe, der Wochenanfang günstig für Liebhaber«? Hatte Miranda überhaupt schon sogenannte Liebhaber gehabt? Ich fragte:

»Miranda, bist du eigentlich schon einmal mit einem Jungen *gegangen*?«

Sie zögerte mehrere Sekunden lang.

»Ja. Aber es war von meiner Seite sehr berechnend gewesen. Ich habe es noch nie erlebt, daß jemand mich geliebt hat, den ich geliebt habe.«

Die Berliner Krankheit also. Selten hatte es jemand so knapp auf den Punkt gebracht. In Berlin liebte niemand den, der ihn liebte. Nicht in der Jugend. Und in Berlin gab es nur Jugend. Und Rentner natürlich, aber die zählten nicht, die wurden sowenig wahrgenommen wie ihre Wesensverwandten, die Toten.

Wir verließen die Kirche, gingen am Paul-Lincke-Ufer spazieren, aber nur ein paar hundert Meter. Elias wartete ja im Café Peking auf mich.

Miranda fing wieder von dem Traummann an, ich konnte es kaum fassen. Er habe ein Tattoo, hörte ich. Lange ertrug ich es nicht mehr, solche Texte zu fressen. Um es mal im Jugendjargon auszudrücken. Ich sagte barsch:

»Ein Tattoo? Schon abgelehnt!«

Sie wechselte erschrocken das Thema. Sie seien auf Kamelen geflohen, damals bei der Flucht von Eritrea nach Khartum, der Hauptstadt des Sudan. Sie seien fünf Kinder gewesen, sie, ihre Schwester und drei Brüder.

»Es hat Spaß gemacht. Wirklich, es hat richtig Spaß gemacht, die ganze Flucht auf den Kamelen. Ich war zehn Jahre alt. In der Kirche von Khartum habe ich gebetet, daß wir nach Deutschland kommen. Das Land, in dem Honig und Wasser fließt ...«

Ihre Schwester heiratete einen Pastor. Miranda sah mir tief in die Augen. Auch sie spielte mit dem Gedanken. Pfarrersfrau in Deutschland – das war's doch! Ein blonder nordischer Gutmensch als Pastor, eine Schönheit und Christin aus der dritten Welt als Pastorin, dazu viele süße multikulturelle Kinder: Die Gemeinde stünde Kopf! Wir kamen an einer Litfaßsäule mit einer H&M-Werbung vorbei: mit einer schwarzen und einer weißen Nackten, nämlich Naomi Campbell und Nadja Auermann, die Unterwäsche vorführten. Beide Frauen waren schön, schlank, und eben sehr ausgezogen.

»Wie findest du das?« fragte ich.

»Gut.«

»Und wenn in Rap-Videos Frauen grundsätzlich als naturgeile, fickwillige Nutten dargestellt werden?«

»Na, die Jungs sehen aber auch wirklich gut aus.«

»Die sehen einfach wie Zuhälter aus!«

Sie kicherte. Sie hatte mit Pornographie offenbar weniger Probleme als ich. Für die Jugend von heute war das das Natürlichste der Welt. Einen Hiphopclip *ohne* pornographische Elemente hätte sie als zutiefst pervers und unheimlich empfunden. Ich bewunderte Miranda wortreich und verabschiedete mich.

»Wir umarmen uns nicht?« fragte sie.

Ich nahm sie in die Arme und drückte ihr kaltes, schwarzes Gesicht an meines. Sofort war ich wieder verliebt.

Im Café Peking hatte Eli Saphia, Gabriela, Hase, Elli, Ana, David, Franko, Momo zwei, Raoul Hundertmark und Lukas um sich versammelt. Raoul Hundertmark wurde von Franko von hinten an den Schultern massiert, während ihm seitlich ein anderer Junge einen langen Joint hielt. Später erfuhr ich, daß der Joint nur noch Attrappe war. Hundertmark war längst auf Samsunit umgestiegen. Ja, er hatte es wirklich geschafft! Er hatte die neue Superdroge aufgestellt, den noch völlig szeneunbekannten Zaubertrank! Hundertmark sah großartig aus. Die neue Droge bekam ihm gut. Er wirkte über alle Maßen glücklich. Allerdings leerte er auch bis zu zehn Ampullen pro Tag. Auch Elias hatte zehn Ampullen von ihm bekommen, ging damit aber sorgsam um.

»Ich habe es mehrmals genommen, und seitdem habe ich kein Bedürfnis nach anderen Drogen mehr. Sogar rauchen tu ich nicht mehr, also Zigaretten.«

Eli hatte rote Augen, wirkte aber ruhiger, ausgeglichener und gesünder als sonst. Er meinte, durch das neue Mittel würde er jetzt endlich viel Schlaf bekommen, als Rhythmus habe sich von sieben Uhr morgens bis 16 Uhr durchgesetzt, also gute neun Stunden solider Schlaf jeden Tag! Bald würde er das Leben eines Bauern führen, stetig und zuverlässig.

»Ich habe alle meine sexuellen Probleme gelöst«, erklärte er streng.

Er sagte den Satz, als sei ein langer, verlustreicher Krieg zu Ende. Gleich schob er eine Handvoll Theorien nach, von denen ich wußte, daß ich sie mir nicht würde merken können. Dieses Gemisch aus Sternzeichen, Coolnessgeboten, biologischem und esoterischem Determinismus.

»Frauen sind viel gestörter als Männer. Sie sind echt durch und durch kaputt. Total verunsichert. Sie sind so dankbar, wenn man ihnen ihre Unsicherheit nimmt. Das ist alles, was sie wollen. Daß man freundlich zu ihnen ist und nichts verlangt. Daß man uneigennützig ist. Daß man ihnen Liebe gibt und trotzdem nichts mit ihnen zu tun haben will. Das ist die Lösung des ganzen Rätsels. Man muß sie anlächeln. Man muß Liebe im Blick haben. Sie müssen merken: Der Mann ist vollkommen unabhängig. Der liebt, ohne bedürftig zu sein. Bei dir sehen sie das Notgeile im Blick, deshalb hast du keinen Erfolg. Bei mir dagegen ...«

»Wieso notgeil?! Ich habe eine Freundin, und nicht zu knapp!«

»Ja gut, du bist eine Ausnahme. Trotzdem haben viele Typen nicht den Erfolg, den ich habe. Guck mal, Momo eins hat zu mir gesagt, sie sei noch nie vorher mit einem Mann schon in der ersten Nacht gekommen ...«

»Wo ist denn Lukas?«

»Weißt du's schon? Lukas hat mit seiner Freundin Schluß gemacht! Er hat's endlich geschafft, ist frei! Er ist seine Mutter losgeworden!«

»Was?«

»Mira war doch das, was seine Mutter vorher für ihn war.«

Krude These. Mira war nicht Lukas' Mutter, sondern seine erste Freundin. Der Mensch, der ihn gerade dazu gebracht hatte, von seiner Mutter wegzuziehen, nach 26 Jahren. Ich hole tief Luft. Der arme Junge. Nun würde er sicher bald wieder zu Hause einziehen, das heißt, Berlin verlassen. Die Stadt wurde ja auch jeden Tag kälter. Es fielen nachts schon die ersten Schneeflocken, während in Westdeutschland noch das Laub an den Bäumen hing. Und nun ohne Freundin Mira im unaufgeräumten Studentenzimmer? Gar nicht aushaltbar.

Ich fand Lukas in einer Nebenbar des Café Peking, dem Salou, das gerade eröffnet hatte, zusammen mit dem nbi, in dem Hase bediente. Zusammen mit dem WWF gab es nun also schon drei Clubs im Café Peking. Hundertmark war aktiv wie eh und je. Der Sexy Stretch-Chef war zum Dreh- und Angelpunkt der Szene geworden.

Ich fragte Lukas, ob er wegen Miranda mit Mira Schluß gemacht habe.

»Ach nein, ach ach, überhaupt nicht.«

Mit der schwarzen Miranda hatte er zuletzt zwei Tage lang rumgehangen und geknutscht, gebohnert und so weiter – erzählte er –, und dann war es zum Streit gekommen. Sie hatte ihn gefragt, ob er schon einmal bei einer Nutte gewesen sei. Er hatte bejaht und erzählt, wie schrecklich es für ihn gewesen sei. Sie jedoch war geschockt. Sie meinte, das sei für sie unerträglich. Sie habe ihn für eine Art Heiligen gehalten. Nun sei ihr Bild von ihm zerstört. Sie hatte ihn aufgefordert, sofort ihre Wohnung zu verlassen und nie mehr wiederzukommen.

»Und deshalb hast du mit *Mira* Schluß gemacht?«

»Nein, ach ach, also wirklich ... das hab ich schon vorher getan, wegen Marion, meiner Partnerin in der ... Tanzschule. Ich mach doch jetzt einen Tanzkurs.«

Er lud mich zu seinem Geburtstag ein, der kurz darauf stattfand.

Ich ging zwar hin, erwartete aber nichts mehr. Im Grunde hatte ich genug von der Jugend von heute. Miranda kam nicht, und es kamen auch sonst fast keine Mädchen.

Elias war da und viele unbekannte Jungen aus Lukas' Computer-Hochschule, sogenannte Nerds. Das waren alles Leute, die seit fünf oder zehn Semestern die höhere Mathematik der Computertechnik studierten und entsprechend aussahen. Sie trugen Brillen und hatten noch niemals eine Frau umarmt. Tagsüber saßen sie zehn Stunden vor dem Screen und abends ebenfalls, diesmal vor den Pornosites aus dem Internet. Es war unmöglich, sich mit ihnen zu unterhalten. Aber es war klar: Auch sie waren die Jugend von heute, und zwar jener Teil, der eines Tages erwerbstätig sein würde. Sie hatten also ihre Existenzberechtigung, auch auf dieser Party, und ich zollte ihnen Respekt. Mit einem hielt ich sogar mehrere Minuten lang eine Unterhaltung durch.

»Was machst du zu Weihnachten?«

»Berlin, Chaos-Computer-Club.«

Der hatte immer über Weihnachten seine Jahreshauptversammlung. Ich hatte davon gehört. Eine Freundin von mir hatte einen Nerd geheiratet, der dort Funktionär war.

»Mensch, das klingt interessant«, sagte ich, »da geh ich auch hin.«

»Du nicht. Keine Chance.«

»Doch, doch, ich habe einen Presseausweis.«

Er lachte verächtlich und introvertiert:

»Dann erst recht nicht. Da passen die auf. Das hat vor Jahren schon einmal jemand versucht. Der wollte heimlich so Sachen schreiben, über das Urheberrecht und so ...«

Er bedeutete mir, der Chaos-Computer-Club habe etwas gegen das FBI und seine Helfershelfer.

»Hey, das finde ich interessant, eine gute Materie, da seh ich mich mal um! Gib mir deine Karte, dann rufe ich dich an, und du schmuggelst mich da rein!«

Ich ging davon aus, daß er in mir einen Freund sah. Immerhin kannte ich Lukas seit dessen zehntem Lebensjahr, und er war recht beliebt in der Hochschule. Der einzige Student, der wenigstens zeitweise eine Freundin hatte.

Die Nerds wußten natürlich gar nicht, was das ist, aber sie fühlten es. Lukas war nicht so komplett autistisch wie sie.

Ich hatte eine Idee: Da ich Berlin noch immer nicht verlassen hatte, konnte ich auch Weihnachten dort sein. Und dann konnte ich auch ruhig noch mal ausnahmsweise etwas *schreiben*. Nämlich einen Essay für die Frankfurter Allgemeine über das Jahrestreffen des Chaos-Computer-Clubs. Oder über die Nerd-Szene im allgemeinen. Ich kannte diese Sorte Mensch mehr als gut. In Berlin war sie besonders verbreitet. Die Freunde von Elias lungerten schon vor fünf Jahren vor einer Batterie Bildschirmen herum und spielten ihre LAN-Spiele, an 365 Tagen im Jahr – eine furchtbare Krankheit. Was war aus diesen Leuten geworden? Ich konnte ein bißchen recherchieren, ein paar Besuche machen und tausend Euro verdienen, an einem Wochenende, praktisch mein Weihnachtsgeld.

Ich rief den Ressortleiter des Feuilletons an und bekam den Auftrag. Und das war wieder ein vernünftiger Grund, um Elias und die Homies zu treffen.

Natürlich sah ich manchmal auch Erwachsene, aber immer seltener. Einmal besuchte ich ein literarisch interessiertes Ehepaar. Sie hatten erst ein halbes Jahr vorher geheiratet und redeten sich andauernd mit »mein Mann« und »meine Frau« an.

»Schön, daß du da bist. Mein Mann sitzt schon vor dem Fernseher.«

Der Mann rief vom Wohnzimmer herüber:

»Meine Frau hat mir die Sache mit Harald Schmidt schon erzählt.«

Harald Schmidt war entlassen worden. Ich sagte ernst:

»Harald Schmidt war der letzte eigenständige deutsche kulturelle Beitrag. Kein Wunder, daß er gehen mußte, als Haim Saban den Sender aufkaufte. Es herrscht die Weltkultur.«

»Aber mein Mann sagt, die Sendung war profitabel.«

»Eben. Deshalb wurde sie gefährlich für die Weltkultur. Haim Saban gehört nun die halbe deutsche Medienlandschaft. Prompt hört man wieder dieses ewig gestrige Gerassel über Jay Leno und David Letterman, dieses inhaltslose Gewitzel als großes Vorbild, nachdem Harald Schmidt genau diese Formate gnadenlos dekonstruiert und mit Bewußtsein aufgeladen hatte!«

»Meine Frau sagte mir vorhin, die Sendung sei vielleicht zu teuer gewesen ...«

Es langweilte mich, meine eigene Stimme zu hören. Die beiden Erwachsenen verstanden mich nicht. Die Jugend verstand mich auch nicht, war aber wenigstens noch jung. Sie *durfte* mich nicht verstehen. Und ohnehin wurde ich lieber nicht verstanden als falsch verstanden. Die beiden Eheleute mutmaßten nämlich, meine Bemerkung über Haim Saban könne womöglich eine unbewußte antiisraelische Grundierung enthalten, die zu prüfen allerdings unter ihrem Niveau sei oder so ähnlich. Auch der Terminus vom »eigenständigen deutschen Kulturbeitrag« klänge in ihren Ohren auf fatale Weise nach irgendwas, was sie sich auszusprechen weigerten. Ich wechselte mit fliegendem Atem das Thema.

Da war die Jugend von heute besser. Die fragte einfach:
»Gehört den Juden alles Geld der Welt?«
Und ich sagte versöhnlich:
»Nein, Kinder. Der nichtjüdischen weißen amerikanischen Oberschicht gehört das Geld der Welt.«
»Also gehört denen die Welt.«
»Klar. Wem alles gehört, dem gehört alles.«
»Dann ist Antisemitismus ja blöd.«
»Ihr sagt es, Kinder.«

Bei Lukas und in seiner Bude ärgerte ich mich höchstens über die widerwärtigen Musikvideos und Christina-Aguileras-Sondersendungen, die er sich jede Nacht aus dem Netz downloadete. Diese ganze Musikindustrie war für Kinder gemacht, für Menschen zumindest, die noch niemals vom Baum der Erkenntnis genascht hatten und es auch nie tun würden. Unsere Kultur, also die Jugendkultur, war erkenntnisimmun. Alle Körper waren knackig, und alle Gesichter waren die von Kindern.

Einmal sah ich, als Lukas und Elias schliefen, mit den beiden Nachbarinnen Elli und Ana auf MTV ein Interview mit Jessica Arber. Das war ein Mutant aus Kindergesicht und Sexbombe, rausgefischt aus 1500 Bewerberin-

nen. Jessica spielte die Tänzerin in einem Flashdance-goes-Rap-Movie, also sie tanzte und tanzte und tanzte. Am gleichen Tag war Johannes Heesters 100 Jahre alt geworden. Das bayerische Fernsehen zeigte ihn zusammen mit der blutjungen Marika Rökk in »Hallo Janine« von 1932. Als die Mädchen auf der Toilette waren und tuschelten, griff ich zur Fernbedienung. Gleich erkannte ich die Akkorde:
»Ich brauche keine Millionen,
mir fehlt kein Pfennig zum Glück ...«
Unbeschreibliches Wohlsein durchströmte meinen Körper. Es war, als habe Hundertmark eine Samsunit-Ampulle in meinen Blutkreislauf eingeführt.

Die Mädchen stolperten kichernd und turtelnd zurück, erschraken. Heesters war gerade im Bild.

»Das ist Johannes Heesters, Mädels! Da seht ihr mal, wie es in *meiner* Jugend zugegangen ist!«

»Iih ... ist der *schmierig* ... bäh! Tu das sofort weg!«

»Seid nicht so intolerant. Laut Programmheft soll es sich um einen liebenswürdigen Liebesfilm handeln. Den sehen wir jetzt. Danach können wir ja weitermachen mit 50 Cent, Snoop, Beyoncé, Shakira, Pink und all den anderen Prostituierten, die ihre Songs nicht einmal selbst schreiben!«

Es nutzte nichts. Jopi wurde abgeschaltet. Ich konnte aber durchsetzen, den Film wenigstens aufzunehmen. Ich nahm ihn mit als Videocassette und sah ihn am nächsten Tag zu Hause in der Kleinen Präsidentenstraße. Mit Elias, aber ohne Lukas und die Chicks. Später fuhren wir ins Cookies.

Das Cookies war fast so groß wie das Café Peking und der größte Laden in Mitte, strategisch günstig Unter den Linden gelegen. Zwei von Hundertmarks Leuten machten die Tür, nämlich Franko mit dem Verbrechergesicht und ein sympathischer Russe, den sie den General nannten. Der General hatte fünf Jahre die Tür beim Sexy Stretch gemacht, jetzt wurde er abgezogen, um weitere Großclubs in den Einflußbereich Hundertmarks zu bringen. Von allen Großclubs außerhalb des Café Pekings war das Cookies der größte. Ihn zu kontrollieren bedeutete die Hoheit über das deutsche Nachtleben. Stumpfe Trommeln schlugen uns entgegen, als wir an der Schlange, die weit in Richtung Brandenburger Tor reichte, vorbeigingen und vom General in Augenschein genommen wurden. Er erkannte uns nicht sofort.

»Sind Sie eingeladen?« fragte er mich.

Ich blickte auf Franko, der neben ihm stand. Franko sagte kein Wort, zeigte keinerlei Regung. Er wirkte wie ein steinerner Pharao. Aber irgendein kommunikatives Zeichen mußte er gegeben haben, denn der General sah ihn an und ließ mich daraufhin respektvoll passieren. Ich zwängte mich an zwei Provinzmädchen vorbei, die umsonst warteten und nicht reindurften. Ja, ja, das Nachtleben, immer wieder undurchschaubar.

Wir kamen in einen total dunklen, aber riesengroßen Raum, größer als die New Yorker Börse. Leute standen unschlüssig auf dem Parkett, warteten auf irgendwas, hatten kleine abgegriffene Zettelchen in der Hand. Manche tranken ein Bier, manche nicht. Einige checkten ihr Handy. Eine Frau tanzte. Alle Männer trugen Unterhemden, also T-Shirts, alle Frauen leichte Pullover. Alle sahen extrem unspektakulär aus, woran man das typische Publikum des Berliner Clublebens erkannte. Was verhandelten diese Leute da? Wozu waren sie hier? Auf welchen grünen Zweig wollten sie kommen?

Elias war schnell im Gespräch mit Franko, ich zog ihn beiseite.

»Eli, was geht hier ab? Was wollen die Menschen hier?«
Er verstand meine Frage nicht, obwohl er mich sonst blind verstand. Er war sehr helle und kannte mich von Geburt an, also seiner Geburt an.
»Du fragst, warum Leute ausgehen?«
»Genau!«
»Weil beim Ausgehen die Gesetze des Alltags aufgehoben sind. Jeder kann seine Träume leben.«
Die Leute sahen nach gar nichts aus. Am ehesten noch wie Konsumverächter. Aber natürlich nicht wie Ökos. Wahrscheinlich waren sie stolz darauf, gar nichts zu sein. Stellte man die Musik ab, befände man sich im Lehrerzimmer. Mit lauter selbstbewußten Lehrern. Hier hatte es keiner nötig, etwas auf Äußerlichkeiten zu geben. Die Musik klang ein bißchen wie zu meiner Zeit Human League. Mittelalte Lehrer, die als Teenies Human League gehört hatten, bereiteten sich auf die nächste Stunde vor. Ich ahnte, daß das Clubleben der Hauptstadt gelitten hatte, wie alles in Berlin.

Wir trafen David und Angelus. David versuchte gerade, Frauen aufzureißen, wie er sagte. Immerhin, das war ein Plan. Ich sah ihn aufmunternd an.
»Und wie willst du es machen?«
»Ich bestelle sie mir. Wie auf einem Bestellschein, weißt du, was ich meine? Ich kann sie mir bestellen.«
Er meinte wohl: sich herbeiwünschen.
»Es klappt nämlich auch wirklich so erstaunlich gut, also in der Vergangenheit hat das so angenehm gut und zuverlässig hingehauen, daß ich das sagen kann: Ich bestelle mir eine Frau, eine ganz bestimmte, abstrakte. Auf die kann ich warten, die kommt dann auch.«
Es sei eine Sache der Konzentration, ergänzte Elias.
David war Afrodeutscher, ebenso Jonas. Elias hatte Da-

vid durch Jonas kennengelernt. Ich wußte, daß Elias gern mit Jonas und David zu dritt in Clubs ging, weil er dann die größte Aufmerksamkeit der Bräute einfuhr. Die beiden großen Schwarzen standen an der Spitze der Sex-Charts – und der kleine weiße Elias war genau in der Mitte und ihr bester Kumpel! Traumhafte Situation. Es gab wohl kein deutsches Girl, das *nicht* mit den Schwarzen schlafen wollte. Trotzdem redete David voller Bitterkeit über jene Frauen, was mich überraschte.

Er beschwerte sich doch tatsächlich darüber, daß die Türkenjungs mit ihrer harten Hand mehr Chancen bei Frauen hätten als er, David, mit seiner respektvollen Art, die er von seiner alleinerziehenden deutschen Mutter mitbekommen hatte. Die Türken behandelten Frauen grundsätzlich als Untergebene. Da hieß es nur: Komm her, Frau, setz dich neben mich, halt den Mund. Und die Frauen gehorchten. Und zwar bereitwillig. Und gingen zum Türken und ließen ihn, David, links liegen. Seine Augen funkelten böse. Man merkte, daß es ein wunder Punkt bei ihm war. Voller Verachtung erzählte er ein paar Beispiele. Immer siegte die sogenannte harte Hand des Türken.

Ich erfuhr, daß David auch regelmäßig die MTV-Sendung »Dismissed« verfolgte. Das Thema fesselte ihn offenbar: Welcher Junge kriegte die Frau? Mit welchem Verhalten, mit welchem Trick? Anscheinend nahm David die Sendung ernst! Er glaubte wohl wirklich, die gezeigten Fälle seien echt. Haßerfüllt meinte er, die guten Jungs bekämen die Frau nie. Er würde ganz genau auf die Reaktionen der Frau achten. Es sei nur ein winziges Zucken, das von der Frau ausgehe, wenn sie die harte Hand spüre. Und schon sei der Gentleman gearscht. Der könne dann einpakken mit seinen Idealen. David stand kerzengerade im Raum, und trotz der Dunkelheit spürte man seine Erregung. Er sprach jetzt sehr laut. Elias zog ihn zum Mädchenklo, in dem bequeme Couchgarnituren zum Abchillen bereitstanden.

Alle liebten das neue Mädchenklo. Die Mädchen standen an den Spiegeln, die anderen, Jungs wie Mädchen, lümmelten sich auf den Sofas. Das Cookies war so riesig, daß auch die Toiletten Platz für fünfzig Leute boten. Das war nun wieder gut an Berlin. Kein diskriminierender Ausschluß für Männer mehr von den tollen Mädchentoiletten, dem wichtigsten Platz jeder Disco.

Um David auf andere Gedanken zu bringen, lenkte ich das Thema auf Angelus und sein seltsam devotes Verhältnis zum anderen Geschlecht. Angelus war in unseren Kreisen dafür bekannt, auf offener Straße dominante Frauen anzusprechen und sie zu fragen, ob er ihr Diener sein dürfe; er suche eine Herrin. Er wolle bestraft werden. Schon bei verbalen Erniedrigungen käme er ohne weitere Manipulation zum Orgasmus. Diese Sache verfolgte Angelus bereits seit sieben Jahren. Angeblich war es recht spaßig, mit ihm durch die Innenstädte zu laufen. Alle fünf Minuten sprach er eine Frau an.

Angelus saß neben David. Elias und ich saßen ihnen gegenüber. Angelus weigerte sich, über seine masochistische Ader zu sprechen; das nervte ihn. Ich stellte es auch falsch an. Anstatt ihn reden zu lassen, sprach ich von einer Sadistin, die ich selbst einmal gekannt und die mir das Leben kurzzeitig zur Hölle gemacht hatte. David mißverstand das schon wieder als Hinweis, daß Frauen schlecht seien, und machte weiter.

Plötzlich rief Elias, Hundertmark sei in dem Laden und habe die Nietzsche-Bücher dabei. Er hatte das über Handy gerade erfahren. »Nietzsche-Bücher« war das Codewort für Samsunit, unsere neue Zauberdroge. Eli meinte, auch ich solle mir endlich ein Zehner-Päckchen geben lassen. Hundertmark schätze mich sehr, mir würde das zustehen. Aber wie sollten wir den Obergangsta in der dunklen Riesendisco finden? Es gab zahllose Räume und Gänge, dazu VIP-Zonen, die er, aber nicht *wir* betreten durften.

So blieb es bei dem Plan, und wir fuhren später zu Lukas, der noch genug von dem Zeug hatte.

Kaum hatten wir die Ampullen getrunken, stieg die Stimmung. Elias tanzte rappend über den Teppich wie ein Schellenäffchen. Der Müll quoll über. Der Drucker spuckte Papier aus. Bierdosen, Ketchup, Aschenbecher und Turnschuhe wanderten durchs Zimmer. Elias verschwand im Badezimmer mit Julia, einer Fastneueroberung aus dem Cookies.

Erst einmal zuvor hatte er sie gesehen. Beim Nachhausegehen morgens um sechs. Sie wollte schon in ein Taxi steigen, er war völlig betrunken und sprach sie kurz entschlossen an. Der Coup de foudre. Dann kriegte er den Laber-Flash und hielt sie drei Stunden fest. 19 Jahre, ohne Wohnung, mal bei ihrem Onkel lebend, mal in irgend so einem Heim. Den Onkel konnte man sich gut vorstellen. Sie dagegen: eurasisches Gesicht, schlanke Beine, jung. Sie sang im Badezimmer Marlene-Dietrich-Songs aus den 20er Jahren, ich konnte es hören. Die Lieder hatte ich selbst auf CD. Daß so ein Berliner Mädchen sie jetzt sang, hatte etwas Ergreifendes. Samsunit hin oder her: Es war plötzlich das, was Hans Nieswandt in seinem DJ-Klassiker-Buch *»DJ Tage, DJ Nächte«* einen guten Abend nennt.

Bis Lukas' Nerd-Freunde wieder kamen. Lukas hatte sie per Handy informiert, daß was ging. Gleich kamen sie angehoppelt. Die dicken Brillen ins fahle Gesicht gesteckt und los. Natürlich wirkte das Samsunit ganz anders als bei uns. Sie laberten nicht über schlechte Frauen und harte

Hände, sondern über Spam-Filter und kostenlose AOL-Zugänge. Ich fuhr nach Hause.

Ein paar Tage lang wurde ich normal. Ich schrieb für die Zeitung »Dschungle World« einen Artikel über das neue Kursbuch »Wir Dreißigjährigen«. Ich tat einfach so, als seien Eli und seine Leute schon 30. Das stimmte ja auch: Die würden auch mit 30 noch so sein. Und die wirklich 30jährigen waren noch so wie vor zehn Jahren. Die kamen aus ihrer Pubertät nicht mehr heraus. Noch mit 60 würden sie schwul herumdrucksen und das andere Geschlecht für Fabelwesen halten. Das schrieb ich natürlich nicht. Unsere Kultur war wie gesagt eine Jugendkultur. Man mußte die Jugend geil finden, um mitmachen zu dürfen, und eigentlich hatte ich auch keine Lust, meine Homies zu verraten. Lieber schrieb ich über junge Leute, die mir unbekannt waren und unbekannt blieben.

Ein Freund meiner frisch verheirateten Freunde hatte mich eingeladen, seine Handelsschulklasse zu besuchen. Er war der typische Berliner Lehrer, alterslos und nett. Gerade war er Vater geworden, ich schätzte ihn auf Ende 30. Auch ihn verwendete ich für meinen Beitrag zum Thema »Wir Dreißigjährigen«, obwohl er mir später sagte, ein Altachtundsechziger zu sein und somit weit über 50. Wahrscheinlich war er 60. Er war womöglich einer von den NJA, den Neuen Jungen Alten. Seine Stimme war die eines Knaben. Und jetzt, da er Vater geworden war, sah er die Welt noch mal mit neuen Augen. Er hieß Axel. Die Schüler nannten ihn Quecki. Sie waren Handelsschüler und somit zwischen 16 und 26 Jahre alt.

»Vielleicht ist es ein Fehler, sich duzen zu lassen«, meinte ich, als ich das Tohuwabohu in seiner Klasse bemerkte. Alle redeten miteinander, aber keiner mit dem Lehrer.

»Ach, man kann diesen Kids nicht mit Autorität kommen, dazu haben sie zuviel durchgemacht. Sie reagieren nur auf Liebe. Und das muß man auch körperlich zeigen. Man muß sie einmal an die Schulter fassen und so was.«

Hörte ich recht? Der Typ betatschte die Ausländer, anstatt ihnen deutsche Bildung einzutrichtern? Die Klasse bestand offenbar ausschließlich aus Immigranten. Besonders eine warmblütige Polin fiel mir auf. 18 Jahre, rote Haare, ein Volltreffer, wie Eli sagen würde. Sie schob ihr hübsches Schmollmundgesicht und ihren Körper immer wieder effektvoll in meinen Blickkanal und redete gnadenlos auf mich ein, egal was im Unterricht gerade behandelt wurde.

Auch ein großgewachsener Türke namens Dohul verhielt sich so, als säßen wir zu zweit in einem Auto und müßten gegen den lauten Motor anschreien. Quecki hatte mich offenbar schon vorher als jemanden vorgestellt, der ein bedeutendes Buch über die deutsche Wiedervereinigung geschrieben hatte.

»Wer ist denn dein Lieblingsschüler?« flüsterte ich zu meinem Bekannten. Quecki wurde verlegen.

»Sollte es doch eigentlich gar nicht geben«, nuschelte er und lächelte schüchtern.

»Und die Polin?«

»Sie heißt Marta ...« Er wurde knallrot, der alte Knacker.

Die Klasse bestand aus Polen, Bosniern, Serben, Afghanen und natürlich Türken und Kurden. Dazu gab es noch einen Deutschen. Der war aber klein und nicht für voll zu nehmen. Er verschwand hinter den Rücken der großen Türkenjungen, wirkte wie 14, trug einen doofen Ossi-Haarschnitt. Ich fragte ihn prompt, wie er die Flucht in den Westen erlebt hätte, aber er reagierte nicht. Dafür kamen mir gleich fünf Türken und die Polin höchst freundlich zu Hilfe.

»Er nicht Flüchtling, er Deutscher. Wir geflohen, wir Ihnen erzählen ...«

Die Stunde war vergnüglich, ich erfuhr alles über die Kanakster hierzulande. Die Leute wirkten gut gelaunt. Ich glaube, es ging ihnen wirklich gut, hier in Deutschland. Ob sie auch was aufstellten, vielleicht sogar genausoviel wie Elias? Ich versuchte es einfach mit dem Jugendjargon, räusperte mich, schob das Kinn nach vorn:

»Hey, wer von euch Brüdern hat was aufgestellt am Wochenende? He? Gebt es mir! Wer hat es so richtig krachen lassen?«

Ein 19jähriger Afghane im weißen Wildledermantel war am schnellsten:

»War toll das Wochenende! Mit Brüdern getroffen, sechs Brüder, ein Cousin, haben wir zwei Mädchen angerufen. Sind wir in eine Wohnung gefahren, also nicht so eine schwule Wohnung wie beim Onur letztes Mal, ha ha ha, sondern richtig gute Wohnung in Schöneberg, haben wir getanzt, ich habe mit Mädchen geschlafen.«

»Echt?!« entfuhr es mir. »Du hast mit einem der beiden Mädchen richtig geschlafen?«

»Klar Mann, nicht nur so schwul rumgemacht, Mann.«

»Seid ihr denn jetzt Mann und Frau sozusagen?«

»Nein, das kommt immer wieder vor. Das geht schon. Also wenn man gut befreundet ist. Ich schlafe immer wieder mit Mädchen, eigentlich klappt es meistens. Also wenn die Stimmung so ist, man trifft sich mit Brüdern und Freunden, trinkt, erzählt Witze, und die Mädchen trinken auch, dann paßt das schon.«

»Was denn für Witze?«

»Soll ich dir erzählen einen oder was?«

»O ja! Einen wirklich guten, wenn's geht. Nicht so einen schwulen Blondinenwitz oder so.«

»Also ... ein Mann schläft zum ersten Mal mit Frau, hat geheiratet. Sie zeigt ihm plötzlich ein Schächtelchen und sagt: Schwör mir, daß du nie die Schachtel aufmachst. Er schwört. Am nächsten Tag, sie ist weg, er macht Schachtel auf. Da drin ist: drei Bohnen und ein 20-Euro-Schein. Er stellt Frau zur Rede: Warum hast du gemacht den Lärm? Sind doch nur die Sachen drin. Wozu überhaupt? Sie sagt: Die drei Bohnen sind für jeden Mann, mit dem ich geschlafen hab. Der Mann sagt: Du Schlampe! Und die 20 Euro? Sagt sie: Sind für das Pfund Bohnen, das ich schon verkauft hab.«

Ohrenbetäubendes Gewieher und Gekreische. Die Klasse lachte wie ein wildgewordener Pferdestall.

»Was für eine gottverdammte Schlampe!« rief ich bestätigend, um mir wieder Gehör zu verschaffen. Ich wollte wissen, wie es beim Nightlife der Kanakster weiterging.

Andere meldeten sich zu Wort. Angeblich gab es keinerlei Unterschiede nach Herkunftsländern, es gab nur »Freundschaft«. Das Wort fiel auffallend oft. Wenn ich den Kids glauben durfte, sahen sie nicht einmal zwischen Migranten und Deutschen einen Unterschied, also nicht bei den jungen Leuten. Es gab nur Freunde und den Rest der Menschheit. Wobei offenblieb, welche Gruppe größer war, denn sie hatten viele Freunde. Wenn ich an Elias und seine Leute dachte, machte das Sinn. Der Anteil der Deutschen entsprach ungefähr ihrem statistischen Anteil der entsprechenden Jahrgänge in den großen Städten. In Berlin schätzte ich ihn auf ein Drittel.

Junur sprach als nächster. Ein hochgewachsener Türke mit Krokodilunterhemd, freien, nackten Armen, einem Handtuch in der Hand und fetten schwarzen Lederarmbändern an den Handgelenken. Die gegelten Haare nach hinten gekämmt, Pferdeschwanz, Piercings an Nasenflügel,

Ohr und Hals, sah er wie ein Dompteur im alten Rom aus. Jedenfalls war das meine irre Assoziation. Auch er hatte Sex am Wochenende gehabt. Er mochte Berlin nicht sonderlich:

»All die schwarzen Häuser, und so dreckig, so häßlich. Da brauchst du schon einen Baum vor dem Fenster oder Vogelgezwitscher, um das auszuhalten. Kriegst du doch Depressionen, in Kreuzberg, wenn du auf die dunklen Häuser guckst.«

Trotzdem hatte er teil an dem Jugendparadies, das er und die anderen Schüler nun zeichneten. Immer mit Freunden unterwegs, immer trinken, Witze erzählen, mit Mädchen schlafen, im Auto cruisen. Ich fragte, ob »cruisen« nicht nur für Männer da sei. Ob sich auch Mädchen in die Schrottkisten trauten. Junus widersprach:

»Keine schlechten Autos. BMW, Mercedes, elegant, leise, schwarz lackiert, tiefergelegt. Natürlich ist das eher Männersache. Wir fahren langsam den Kottbusser Damm ab und erzählen uns Geschichten. Das ist wichtig. Deswegen darf das Auto nicht laut sein. Und dann sammeln wir Mädchen ein.«

»Wie müssen die denn aussehen?«

»Die Physik muß stimmen. Das Gesicht muß zum Körper passen. Die darf nicht ein fettes Gesicht und einen dürren Körper haben. Oder, noch schlimmer: einen fetten Körper zu einem dürren Gesicht. Das kommt nicht gut. Da verstehen wir keinen Spaß.«

»Was muß sie denn anhaben?«

»Miss Sixty vor allem, G-Star, Dolce & Gabbana. Aber Sachen sind nicht so wichtig. Sie muß ein offenes Gesicht haben, nicht so ein zugeklapptes. Sie muß ein Lächeln im Gesicht tragen!«

»Oh! Sie muß nett sein? Nicht cool?«

Alle nickten vielsagend, auch die Schülerinnen. Das war

nun doch eine Differenz zur Highschool-Elias-Welt, dem bildungsbürgerlichen Muttersöhnchen-Kosmos, in dem die Girls die Kälte geklonter Eisblumen haben mußten. Nein, Nachwuchsdominas bekamen bei den Kanakstern keine Schnitte.

Die Mädchen hier in der Klasse dagegen waren in Ordnung. Auf die Frage »Mögt ihr eure Mitschülerinnen?« kam es zu spontanen Jubelrufen, Umarmungen und Liebesbezeugungen. Die Angesprochenen revanchierten sich mit ähnlichen Aussagen über die Schüler. Sie seien alle Freunde, sie lachten den ganzen Tag miteinander, und die Schule sei die beste Schule auf der ganzen Welt. Quecki wurde schon wieder rot.

»Hier geht echt was ab in der Schule?« bohrte ich unauffällig nach.

»Jeden Tag, Mann! Gestern haben wir übriggebliebene Silvesterböller ins Lehrerzimmer geworfen ...«, wieder eine Lachsalve, wobei Queckis Röte schon wieder verblaßte, »und heute hat Dipak die Gardinen angezündet und abgebrannt!«

Voll lustig, diese Klasse! Hier wäre ich gern der Heinz Rühmann gewesen, der junggebliebene Hauptschüler, der nach 20 Jahren unerkannt das Handelsabitur macht. Die Leute erzählten immer freimütiger.

Natürlich stellte ich nun diese journalistischen Arschlochfragen wie »Kann ein albanischer Junge überhaupt mit einem serbischen Mädchen schlafen?«, entdeckte dabei aber die Geduld und Freundlichkeit dieses Teils der Jugend. Ein ums andere Mal lachten sie so ehrlich und spontan auf meine »Arte«-Fragerei und beteuerten so treuherzig, daß Religion und Rassenkunde ihnen nicht nur wurscht, sondern sogar unbekannt seien, daß ich ihnen das schlußendlich abnahm. Auch ich hatte mich noch nie in meinem Leben gefragt, ob es wohl falsch sei, eine Katholikin zu begehren (ich war evangelisch) oder eine Araberin (als Abendländer).

Alle erzählten mehr oder weniger aufgebracht über ihr tolles Leben zwischen Lokalen, Schuhgeschäften, getunten Autos, Spiel-Centern, privaten Besäufnissen und öffentlichen Nachtclubs – bis auf den Ossi, den einzigen Deutschen, der blieb stumm. Ich wollte wissen, ob der nicht auch irgend etwas könne, irgend etwas zu bieten habe. Die Polin rief, er könne Gedichte aufsagen. Das wollte ich natürlich sehen. Man schickte ihn nach vorne, und er leierte tatsächlich etwas Gereimtes herunter, das ich allerdings inhaltlich in keiner Weise verstand:

»Ein Esel zog über die Baustelle,
ist übers Haus geflogen
und lag am Meeresstrand und war
wie diese Seehundschnauze
so ganz und gar betrogen.«

Hä? Was laberte der kleine Macker da für schwule Scheiße? Die Schüler guckten verärgert weg. Diese Deutschen, komplett verrückt mal wieder. Eigentlich sah er sogar ganz niedlich aus. Sommersprossen, verträumte, leicht ins Blöde schwimmende meerblaue Augen. Na gut, abgehakt. Von dem Volk kam eben nicht mehr viel, das wußten wir ja.

Ein Mädchen drängte ihren aufreizend billig zurechtgemachten Luxusschneckenkörper nach vorn, um etwas zu sagen. Sie war mir gleich aufgefallen. Ein breiter weißer Ledergürtel mit silbernen Patronen lag über dem freien Jennifer-Lopez-Becken locker auf der sonnenstudiogebräunten Haut. Sie hatte superglatte lange Haare bis zum Hintern und trug hautenge Jeans, die so hauteng waren, daß jede

Bewegung ihrer streifenweißverfärbten Beine zu einem bedrohlichen Schwanken ihres schon erwähnten Jennifer-Lopez-Beckens führte und ihr ganzer Gang an eine chinesische Dschunke erinnerte, die ihre Ladung Opium gelassen durch stürmisches Gewässer bugsierte. Die Frau machte mich wirklich meschugge. Hinter ihr stand ihre Freundin, eine Bosnierin in dunkelgrüner Khaki-Uniform, mit schwarzen zusammengebundenen Haaren und einem künstlich wirkenden, strahlend weißen Lächeln. Erstere fragte mich mit wirklich weicher, warmherziger, wohl slawisch gefärbter Stimme, ob wir uns nach den Prüfungen einmal treffen wollten; es gäbe da viel zu erzählen, in aller Ruhe. Auch Quecki könne ja dabei sein. So wurde es ausgemacht.

Der Lehrer, sichtbar erregt durch den Vorschlag, wollte die Organisation übernehmen:

»Kinder, der Unterricht ruft. In unserer Freizeit treffen wir Herrn Lohmer gern noch mal, in einem gewissermaßen nichtöffentlichen Raum ...«

»Genau!« sagte ich. »In einer Wohnung vielleicht.«

Dipak meinte, es solle aber nicht so eine schwule Wohnung wie die vom Onur sein.

»Klar Mann, nicht irgend so ne schwule Wohnung, sondern meine, am Hackeschen Markt. Da geht echt was ab. Da haben wir Alcopops am Start, und Herr Queckmann darf endlich ein bißchen aus sich herausgehen!«

Die Posse johlte.

»Muß er nicht so schwul in der Ecke rumstehen, der Quecki ...«

»Genau. Ich mach euch dann mit meinem Neffen Elias bekannt. Und wir lesen gemeinsam den Artikel, den ich bis dahin über euch geschrieben habe.«

Ich sah, daß ein Junge noch eine Frage hatte. Die Sonnenbrille, die er die ganze Zeit aufgehabt hatte, steckte er nun nach oben auf den fast kahlrasierten Schädel.

»Du möchtest mich noch was fragen, Alter?« sprach ich ihn an.

»Ja Mann, was hast du da für ein seltsames schwules Handy bei dir? Was soll das? Willst du damit Nägel einschlagen oder was?«

Er hatte recht. Mein Handy war von 1997 und wog fast ein Kilo. Allein der Akku wog mehr als eine Schöller-Eiskrem-Familien-Tiefkühlpackung. Um damit zu telefonieren, mußte man eine lange Teleskopantenne herausziehen. Wir klärten den Fall und trennten uns voller Herzlichkeit.

In meinem Artikel, der ja dummerweise »Wir Dreißigjährigen« heißen mußte, behauptete ich dann wahrheitswidrig, die wichtigsten Elemente unserer Generation wären die Türken und Polen. Ich mußte ja Geld verdienen und rührte alles durcheinander. Natürlich rief zwischendurch der Redakteur an und wollte den Schwerpunkt auf »multikulturelle Sexualität« legen. Zum Glück war dann kurz darauf Elias am Apparat und brachte mich auf andere Gedanken.

Er war ein paarmal ohne mich unterwegs gewesen und hatte schon wieder neue Frauen aufgerissen. Er konnte das nicht lassen, selbst wenn man ihn alleinließ. Immer wieder neue Frauen, unglaublich. Er sprudelte los:

»Im Café Peking hat Hundertmark die Wand zwischen Jungen- und Mädchentoilette durchstoßen lassen, da sind jetzt Löcher und Spalten drin. Ich habe meinen Kopf durchgesteckt durch so ein Loch, und auf der anderen Seite war ein Mädchen und hat mich angesehen. Dann habe ich ihren Kopf durch das Loch gezogen, in den Bereich vom Jungenklo hinein, und hab sie abgeknutscht. Es hat ihr gefallen, denn sie sagte: ›Du bist süß!‹ Dann wollte Jonas sie auch knutschen, aber sie sagte: ›Ich will den anderen nicht sehen, ich will dich sehen!‹ Und da habe ich weitergemacht.«

Welch ein Triumph über das schwarze Sex-Symbol Jonas! Elias erzählte es gleich Angelus, und der kommentierte trocken, es habe ihn nie gestört, daß Frauen mit Schwarzen schlafen wollten, da das nur eine Mode gewesen sei. Dies wiederum erzählte Elias mir, und ich bedeutete ihm, er solle es keinem erzählen, da das rassistisch klinge. Der Junge lachte und verstand sofort.

»Aber was ist nun mit all den anderen Weibern, die du erobert hast? Viola und so weiter, Momo ohne Ende? Hat nicht sogar Momo eins gesagt, sie sei in der ersten Nacht mit dir zum Höhepunkt gekommen und das habe sonst noch keiner geschafft?«

»Hör zu: Ich gehe also raus aus dem Klo und warte auf das Mädchen. Und dann kommt sie auch. Und wir knutschen vor der Tür, ich beiße in ihren Nacken und so weiter. Und in dem Moment kommt Ana! Und guckt total verwirrt. Ich war bereits vollkommen auf Samsunit und sage nur: ›Wir sind verabredet für Sonntag.‹ Und sie sagt: ›Nein, ich kann Sonntag nicht‹, und ich sage: ›Okay‹ und knutsche weiter! Es war voll geil!«

Elias lachte laut. Soviel Spaß aber auch! Ein Geknutsche und Gedröhne und ... er schnappte nach Luft.

Dann wurde er ernst:

»Übrigens habe ich im Internet gelesen, daß Samsunit viel schlimmer ist, als wir dachten. Suchtauslösender als Heroin, mit Nebenwirkungen, die noch weitgehend unbekannt sind. Ich hab die Sites Hundertmark geschickt, aber er hat nur geantwortet: ›Jetzt mach dir nicht in die Hose.‹«

Und so nahm er das Zeug weiter. Auch ich freute mich

schon auf die nächste Lieferung. Ich hoffte auf 20 Ampullen. Immerhin war ich ein bedeutender deutscher Autor. Und der Winter in Berlin war selbst unter dem Umstand, daß ich kurz vor der Abreise stand, nicht auszuhalten.

Ich sagte zu den jungen Leuten, daß der Kanzler sich durchgesetzt habe. Die Agenda 2020 sei mit harter Hand ins Land getragen worden, oder 2010, die Zahl sei unwichtig, und nun ginge es aufwärts. Das Krisenjahr 2003 sei bald vorbei, und dann sei alles wieder gut mit Deutschland und seiner heimlichen Hauptstadt!

»Wieso heimlich?«

»Weil alle denken, Berlin sei längst draußen. Hamburg und München dagegen ...«

Ich referierte über die deutschen Greisenstädte. Es würde sich dann gelohnt haben, daß wir durchgehalten hätten so lange. Die Jugend von heute und unser Kanzler: Wir hatten die Stellung gehalten!

Elias schmunzelte. Er wollte auch nie mehr zurück. Wir nahmen uns vor, es an Heiligabend so richtig krachen zu lassen.

Trotzdem bekam ich Gewissensbisse. Mußte man nicht mal wieder dem Bürgertum Tribut zollen? Es war immerhin Adventszeit.

Ich besuchte eine Gesellschaft meines Jugendfreundes Levi. Da passierte aber nicht viel. Seine Frau hatte Geburtstag und bekam Parfums geschenkt, also Bodylotions und all die ekligen Produkte, die man in Geschäften kaufen konnte, die Douglas hießen und sich in jeder deutschen Stadt befanden. Jede Stadt hatte eine Fußgängerzone, eine Douglas-Parfümerie, zwei McDonald's, vier Prada-Boutiquen und diverse Bäckereien mit der Aufschrift Bistro. Das war nicht meine Welt. Wer da Geschenke kaufte, mußte verrückt sein.

Ich stand dann in dieser Gesellschaft auch mit offenem

Mund herum und brachte kein Wort heraus. Die Leute waren alle um die 40 und hatten kein Thema. Daß sie trotzdem redeten, machte mich nervös. Ich schlich mich ins Kinderzimmer und rief Elias an.

Das Kind war evakuiert worden. Das Zimmer war bis zur Decke vollgestellt mit kreischbunten Spielsachen der teuren und unbenutzt neuen Art, daß ich mich wie im Kaufhaus fühlte. Ein Kind hätte ich nicht gern in diesen Auslagen spielen sehen. Ich hätte gesagt: »Such dir ein Spielzeug aus, und geh damit in dein Zimmer, ich zahle an der Kasse.« Das Kind dieses Haushaltes war vier Jahre alt und somit ebenfalls ein Kind von Neuen Jungen Alten, denn Levi & Frau hatten bei der Zeugung die 40 schon weit überschritten. Trotzdem war es wohlgeraten, ich kannte es, ein kleiner Junge, der in langen Sätzen sprach. Ich mochte das Kind, es hieß Frédéric-Antoine. Die Levis waren keine Franzosen, sondern seit sechs Generationen deutsch, aber sie taten natürlich gern so. Deutsch war ja doof.

»Elias, was geht?«

»Weiß nicht. Jonas und David sind in Hamburg.«

»Warum denn das?!«

»Na, Familie …« Er seufzte.

»Ja, ja, klar … das Weihnachtsfest. Schluck!«

»Ich habe einen Jungen kennengelernt, der sagt, er habe die absolute Menschenkenntnis. Ich habe ihm all die Fotos gezeigt, die ich mit der Digi-Cam von den Frauen geschossen habe! Und er hat bei jeder sofort einen Kommentar abgegeben. Bei Ana hat er gesagt: ›Eine Bitch, aber mit der kannst du viel Spaß haben.‹« Er lachte fröhlich.

»Bei einem Bild von Angelus, wo er total nett und natürlich aussieht, also voll unverdächtig, hat er sofort gesagt: ›Der Mann hat ein Problem mit Frauen.‹ Bei Julia hat er nur gesagt: ›Schlampe.‹« Er lachte wieder.

Ich fragte ihn, ob wir nicht doch zu seiner Mutter fahren sollten. Ich hätte Angst vor dem bürgerlichen Ambiente, und bei seiner Mutter sei es gerade noch auszuhalten. Er meinte, das könne *er* machen, aber nicht ich. Die Mutter und die ganze Kommune würden nicht mit mir rechnen. Elias' Mutter lebte noch immer in einer seltsamen Lebensgemeinschaft mit politisch interessierten Leuten, die von Historikern »K I« genannt wurde.

Ich rief Miranda an und ging mit ihr in die Kirche. Der vierte Advent lag unmittelbar vor dem Heiligen Abend. Mein Anruf hatte bei ihr anscheinend echte Begeisterung ausgelöst. Wir gingen in eine große Kirche, die größte evangelische landesweit, den Berliner Dom. 2500 Gläubige drängten sich aneinander. Obwohl wir pünktlich waren, waren alle Bänke voll mit Menschen. Erhobenen Hauptes gingen wir ganz nach vorn, am Altar vorbei. Neben dem Altar waren noch zehn freie Plätze. Wir saßen dann neben irgendwelchen zivilen Kirchenfürsten und Großspendern. Diese Leute sahen anders aus als die Gläubigen. Richtig gut angezogen. Solche Leute sah man sonst nur in Teilen der alten BRD. In Berlin lief alles in Turnschuhen herum, auch heute. Es war ein Nike-Gottesdienst. Ich war froh, mit der schönen Miranda von den Brothers und Sisters getrennt und hervorgehoben zu sitzen. Bei der Kollekte verneigte sich der Pastor besonders tief vor uns, als wären wir zwei der so lange erwarteten Heiligen Drei Könige aus dem Morgenland, sprich Äthiopien.

Die übrigen Besucher starrten Miranda an, als wäre sie mindestens Waris Dirie. Dabei war sie viel hübscher als das ausgelutschte Supermodel aus den 90ern. Der Pastor hatte keinerlei rhetorische Ausbildung bekommen und murmelte unsicher seinen Text. Wie alle Pastoren war er bis auf die

Knochen verunsichert und schämte sich für jedes Wort, das er sagte. Ein Trauerspiel.

Die ganze Messe wurde hastig heruntergenudelt, als wolle man sich für jede Geste, jedes Ritual, jedes traditionelle Element entschuldigen. Der Pastor predigte mit einem Mikro in der Hand genau vor dem Altar, aber alle Blicke ruhten stundenlang auf Miranda. Der Mann sagte, der Mensch, der in einen Weihnachtsgottesdienst gehe, sei wie ein zerzauster alter Tannenbaum, der mit Lametta geschmückt werde und plötzlich schön aussehe:

»Und so stehen wir vor dem Baum und denken: Ach, wie schön und wertvoll bist du! Und auch wir Menschen sehen uns an, und wir denken plötzlich, wie schön und wertvoll sind die, die eben noch verletzt und verbittert aussahen.«

Ich flüsterte zu Miranda:

»Ich finde jetzt, daß du schön bist!«

Sie erwiderte ohne zu zögern:

»Und du wertvoll.«

Das war ein Witz. Dann zündeten wir eine Kerze an und gingen nach draußen.

Die Frau der reichen Großspenderfamilie war in Tränen ausgebrochen. Die Leute standen um sie herum und wußten nicht weiter. Es war so eine Art Zusammenbruch. Die Frau war um die 60, groß, grauhaarig, im schwarzen Pelzmantel, imposant. Ihr Mann, noch größer, im schwarzen langen Kaschmirmantel, legte unbeholfen den Arm um sie. So verharrte die Gruppe zehn Minuten lang, ohne daß sich etwas veränderte.

Was taten wir hier? Wer war diese Miranda? Warum befand ich mich mit 2500 Turnschuhträgern in dieser gottverlassenen Stadt? Wieso hatte ich nicht längst rübergemacht in den goldenen Westen, wie ich es geplant hatte? Während ich die Kerze entzündete, beschloß ich feierlich, das nun endlich nachzuholen. Ich fuhr Miranda nach Hause und entschied, sie nie wiederzusehen. Als wir in ihre Straße einbogen, sagte sie gut gelaunt:

»Weißt du, wozu ich jetzt Lust habe? Eine Tasse Kakao zu trinken.«

Wir führten das gute Gespräch. Sie fragte mich, warum ich Weihnachten nicht mit meiner Familie feierte.

»Welche Familie? Mit Rainer Langhans? Das ist ja wohl die Härte!«

Ich erklärte meine familiäre Vergangenheit.

Schon als Baby wurde ich oft weggegeben. Als Jungerwachsener fand ich mich dann in der Kommune 1 ein, als Nachzügler, wenn man so will: als Nesthäkchen. Die berühmte Kommune 1 war längst von Berlin nach München gezogen und einer ihrer Anführer, Langhans, Anfang der 80er Jahre ein esoterischer Pascha geworden. Die Nussmannschwestern hatten gerade den Schock von Paul Gettys Entführung überstanden und waren dabei, ein Teil des Kommuneharems zu werden.

Ich hatte davor in Amerika Gettys Frau Veronika kennengelernt, und die besaß eine geklonte Zwillingsschwester in Europa. Da ich Veronika im körperlichen Sinne besaß, glaubte ich auch über die deckungsgleiche eineiige Schwester verfügen zu können. Die allerdings lebte in besagter Kommune. Und so geriet ich in eine neue Familie, wurde Elias' Vater und Rainer Langhans' Prügelknabe. Die Weihnachten dort waren schrecklich.

»Aber wie waren sie in deiner richtigen Familie, in deiner echten Kindheit?«

»Darüber rede ich nicht gern.«

Sie wartete darauf, daß ich trotzdem redete. Mit harter Hand trieb sie mich zur Beichte.

»In Niederbayern damals wurden sozusagen die letzten Tage im Führerbunker nachgestellt, was die Stimmung anbetraf ...«

»Was?«

Ich erzählte, so gut ich konnte.

Es war schwer zu vermitteln, welche furchtbar schwere Glocke des Mißvergnügens an Weihnachten über unserer verrückt-verzweifelten und vollständig isolierten kleinen Migrantenfamilie lag.

Die Mutter war selbst am 24. im Geschäft, mußte aber trotzdem die Bescherung organisieren, was gar nicht ging. Der Vater fuhr mit dem ältesten Sohn – Gerald – in den Wald, um einen Baum zu schlagen. Ich war allein in der großen Wohnung und langweilte mich, wie immer. Draußen donnerten die Kirchenglocken wie näherkommendes Geschützfeuer. Die Mutter drang in die Wohnung ein mit Haß, Hysterie, Aggressivität, neudeutsch Streß genannt. Sie hatte lauter Sachen zu schleppen. Ihre Laune war mörderisch. Längst war 18 Uhr vorbei. Endlich kam der Baum. Sofort brach gnadenloser Streit los, wegen nichts. Der Vater schloß sich in sein Zimmer ein. Er haßte die schlechte Laune meiner Mutter. Er hatte die Nerven nicht dafür.

Um 19 Uhr fiel ihm regelmäßig ein, daß die Kinder die Weihnachtsgeschichte auswendig aufsagen können sollten. Er kam aus seinem Zimmer, noch immer im Unterhemd, eine Bibel in der Hand, und versuchte, uns das Zeug einzupauken. Wir fanden die Weihnachtsgeschichte geradezu unterirdisch doof. Drei Könige, die sich schätzen lassen sollten, einsam in der Wüste, mit Kisten voller Gold, aber ohne Personal, auf dem Weg zu einer Scheune mit lauter Tieren, die sich wie Menschen benahmen, und einem Baby, das vor Klugheit strotzte: Das hatte hinten und vorne weder Sinn noch Verstand. Längst brüllte der Vater nur noch, weil er die Kontrolle über die Situation vollständig verloren hatte. Die Mutter kochte bzw. backte derweil an dem, was sie seit Tagen »die schöne Gans« nannte. Jedesmal wurde ihr davon lebensgefährlich schlecht, und sie verbrachte die nächsten Tage hundeelend im Bett. Sie konnte nicht kochen und wußte nicht, daß man bei einer Gans das Fett abschöpfen muß.

Jedes Jahr also die gleiche Malaise mit dem verdorbenen Magen, wir Kinder kannten das schon. Die stehende Redewendung von der »schönen Gans« ließ uns nur die Augen verdrehen. Aus der Küche schrie sie so was wie »Ich rackere mich hier ab, damit wir alle die schöne Gans essen können, und ihr helft mir nicht einmal!«.

Der Vater geriet in Panik, da wir die Weihnachtsgeschichte nicht schnell genug oder gar nicht auswendig lernen konnten, und half mit Ohrfeigen nach. Seine Stimmung verdüsterte sich von Minute zu Minute. Auch das Schreien der Mutter ging allmählich in Weinen über.

Irgendwann wurde der Hebel umgelegt und auf »Es ist soweit!« und »Wie ist es doch schön!« geschaltet, so gegen Mitternacht. Der Baum brannte lichterloh, der Plattenspieler dudelte »Stille Nacht«, die Tür zum Saalzimmer wurde aufgestoßen, alle standen andächtig vor der Glitzerpracht, wie deutsche Staatsbesucher in Yad Vashem. Oder Fußballspieler in der Mauer bei Erwartung des Freistoßes. Man roch schon die fettige »schöne Gans«, die feindselig unser harrte. Unangenehm vernahm man die falsche Stimme der Mutter, die »Stille Nacht« mitsang und uns alle aufforderte, ebenfalls das so schöne Lied mitzusingen:

»Nun singt doch mal mit, Kinder, es ist doch so schön!«

Aber mein Vater war nicht Walter Kempowski, und seine Lippen blieben eisern zusammengepreßt. Vielleicht gab er sich innerlich dem großen deutschen Gemüt hin, dachte an Heiligabend in Stalingrad, keine Ahnung.

Eigentlich gehörten beide Eltern der rebellierenden Generation an, also haßten ihre Nazi-Eltern, meine Großeltern. Ich dagegen liebte meine Nazi-Großeltern, weil bei ihnen alles so ordentlich und ruhig war. Einmal hatte ich bei ihnen Weihnachten gefeiert, da klappte alles auf die Sekunde. Opi spielte wunderschön Geige, Omi begleitete ihn auf dem Klavier, ein paar Wagner-Themen, dann Besinnliches aus »Also sprach Zarathustra«, dann viel Liebe und Geschenke und auf Wunsch ein paar aufregende Anekdoten aus der Zeit der Luftangriffe. Opi war am 30. Januar 1933 in die Partei ein- und unmittelbar nach der Kriegswende 42/43 wieder ausgetreten. Ein Opportunist reinsten Wassers, geradlinig und seinem Wesen treu bis in den Tod. Ich liebte ihn. Bei ihm gab es nicht diesen lodernden Wahnsinn wie bei meinen sich hassenden Eltern.

Ich schloß mit einer Pointe:

»Das Seltsame ist jedoch, daß die Weihnachten in Rainer Langhans' Haremskommune genauso haßerfüllt und chaotisch ablaufen wie bei meinen echten Eltern. Deswegen will ich da dieses Jahr nicht hin, obwohl Elias und die Kinder mich beschwören.«

»Aber du liebst doch deine Eltern?«

»Welche jetzt? Denke ich an meinen leiblichen Vater zu Weihnachten, denke ich an Hitler, nein, an Donald Duck, bei *Langhans* denke ich an Hitler. Beide benehmen sich wie schimpfende Rohrspatzen, sind Choleriker und unglücklich.«

»Ich fragte, ob du sie liebst!«

»Klar doch.«

Ich schwieg beschämt. Auch Miranda blickte zu Boden, beziehungsweise auf die Tischplatte.

Wir waren im Café Cinema gelandet, einem Ossi-Café im Westen, das einzige und letzte, genau gesagt in Mitte. Mitte war vor der Wende Osten, nun gab es nur noch Wessis dort. Die letzten Ossis hockten an den alten Holztischen. Advent war ihnen egal, sie kannten nur Jugendweihe und Sommerurlaub. Die anderen Clubs in Mitte hatten an diesem hohen christlichen Feiertag geschlossen.

Miranda setzte eine hübsche randlose Lesebrille auf und blätterte in zerlesenen Ossi-Magazinen, im Eulenspiegel, in der Berliner Zeitung. Ich betrachtete sie. Ihre meterlangen Haare trug sie als Dreadlocks. Ihr Gesicht wirkte dadurch schmal. Apart stützte sie ihr Kinn auf eine Hand, eine Geste wie bei Dürer, so geziert, die Hand so gemalt schön. Die Fingernägel des Daumens und des kleinen Fingers berührten sich dabei. Ich überlegte, wer Miranda sei, ob ich sie kannte, ob sie mir helfen konnte oder ich ihr.

»Wie feierst du Weihnachten?« fragte ich.

»Mit meinen Geschwistern und ihren Kindern.«

»Echt?! Mit vielen kleinen und größeren Kindern, mit vielen *Leuten* so wie du?«

Eine tolle Vorstellung plötzlich. Die schöne Miranda gar nicht so allein und in die Welt geworfen. Leben statt Trauer! Aber als ich weiterfragte, wollte sie nichts mehr sagen. Sie sprach einfach nicht gern über sich. Statt dessen hörte ich den bekannten Seufzer:

»Ach, ich möchte mich so gerne verlieben!!«

»Was ist denn nun mit Lukas? Du hast ihn sehr verletzt. Du hast ihn aus der Wohnung geworfen, weil er, wie jeder Junge, mit 18 einmal im Bordell gewesen ist! Ist das wirklich wahr?«

Sie lachte und bestätigte es. Sie wirkte dabei glücklich. Und ich ahnte: Das war nicht der Grund gewesen. Sondern der willkommene Anlaß. Sie war zwei Tage mit ihm zusammengewesen und konnte nicht mehr. Für mehr hatte ein Gefühlskrüppel wie sie keine Kraft. So war sie froh, einen Anlaß zu finden, Lukas wieder loszuwerden. Ich sagte:

»Wenn du das wirklich glaubst, bist du krank. Und noch schlimmer: Dann kommen hundert Prozent der Männer nicht für dich in Frage, denn jeder Mann war *einmal* im Bordell.«

»Ich will eben einen Mann haben, der nicht beschmutzt ist. Dann warte ich so lange, bis er da ist. Gott wird mir helfen.«

Halleluja! Ob auch andere Mädchen so dachten? Taten sie wie Jungfrauen und verlangten dasselbe zölibatäre Verhalten auch von der Gegenseite? Dann steuerten wir auf eine sexlose und emotional völlig verkorkste Gesellschaft zu. Ich blickte auf Miranda, die wieder nichts sagte. Weil sie es nicht gewohnt war. Der Redevorrat reichte immer nur für das Kennenlerngespräch. Also Sternzeichen, Träume, Lieblingstyp, ein paar wenige esoterische Maximen. Fast hätte ich wieder nach Oliver gefragt, dem Werber. Aber sie kam von selbst drauf:

»Ich glaube, ich weiß schon, in wen ich mich verlieben werde. In Oliver. Nein, nicht in Oliver, ich habe schon einen anderen, in den ich mich, glaube ich, verliebt habe. Doch, ich meine, das wird was!«

»Wie heißt er denn?«

Sie wußte es noch nicht. Aber er hatte blonde Haare, genau wie Oliver. Sie hatte ihn vor ein paar Wochen oder Monaten gesehen, vielleicht würde sie ihn einmal wiedersehen.

»Aber dann könntest du doch gar nicht mit ihm reden. Du kannst doch mit Männern nicht reden. Schon gar nicht, wenn du verliebt bist.«

»Na und?«

»Na und? Jede Liebe beginnt damit, daß man sich

furchtbar viel zu sagen hat und stundenlang nicht voneinander loskommt und dabei die Zeit vergißt! Redend!!«

Sie lächelte nachsichtig. Wahrscheinlich dachte sie, daß man, wenn »der Richtige« erst da ist, kein Wort mehr sagen müßte. Daß Schweigen dann viel schöner und angebrachter sei. Die Jugend von heute eben. Das Reden verlernt und damit alles verlernt.

»Seit 15 Jahren wartest du auf den Traummann. Vielleicht versuchst du es einmal mit dem Realitätsmann?«

Zu meiner Überraschung schien sie genau zu wissen, was ich meinte. Ja, sagte sie sofort, sie arbeite daran, aber da gebe es nur minimale Fortschritte. Das sei furchtbar schwer. Aber manchmal versuche sie es.

»Miranda, wir werden uns doch auch noch in zehn Jahren kennen, nicht wahr? Auch wenn wir nicht miteinander reden können?«

»Ja, wir werden uns auch in zehn Jahren noch treffen. Irgendwann werden wir uns trennen. Aber nicht schon in zehn Jahren.«

Das meinte sie so. Sie hatte durchaus eine Ader zu den tieferen Wahrheiten, wie ich auch.

»Und du wirst *immer* dasein, und du wirst für mich dasein, einfach immer?«

»Ja. Ich werde gerade für dich immer dasein.«

Wir verabschiedeten uns vor ihrer Haustür.

»Hast du Lust auf eritreisches Essen, morgen?«

»Oh ja sehr! Aber morgen nicht. Übermorgen.«

»Komm morgen!« befahl sie und warf die Tür zu.

Tat ich aber nicht. Ich wußte, als alter Weihnachts-Phobiker, daß am 24. Dezember um 18 Uhr kein Mensch reise und alle Züge und Flugzeuge leer waren. So flog ich für 19 Euro nach München.

Abends legte ich einen Schlips an und fuhr zur besagten Hippie-Urkommune um Rainer Langhans. Meine Eltern lebten ja nicht mehr, also wollte ich dort Weihnachten feiern.

Barbara Nussmann hatte mich mehrmals eingeladen, aber ich hatte niemals zugesagt. Dafür kam ich jetzt überraschend. Die Dame des Hauses sah mich entsetzt an. Fünf Sekunden lang brachte sie kein Wort heraus. Sie sagte schließlich:

»Du, ich habe nicht mit dir gerechnet.«

»Aber du erkennst mich doch noch!«

»Ja ...«

»Ich kann ja schon mal reinkommen.«

»Aber ... der Rainer kommt gleich, und ich habe eigentlich nicht mit dir gerechnet ...«

Sie wiederholte sich. Ich betrat die Wohnung. Überall brannten Kerzen. Ich sagte, ich trinke vielleicht nur erst mal einen Tee. In Wirklichkeit war ich fest entschlossen, Weihnachten dort zu feiern. Ich setzte mich in die Küche. Barbara setzte ihre kochenden Tätigkeiten fort. Sie sah übrigens sehr schlecht aus. Nicht mehr wie Ende 20, sondern wie Ende 60. In den wenigen Monaten, die wir uns nicht gesehen hatten, war sie um 40 Jahre gealtert.

Da Elias' Mutter von Beginn an ein Spiegel meiner selbst gewesen war, konnte ich mir ausmalen, wie ich nun selbst aussah. Warum sah sie so schlecht aus? Sie hatte sich eine Glatze schneiden lassen. Statt ihrer herrlichen, blauschwarzen Locken wuchsen nun weißlich graue Stummelhaare auf dem zerfurchten Schädel. Wie alle deutschen Frauen kochte sie an Weihnachten den ganzen Tag, von früh an bis zur Bescherung und darüber hinaus.

Kaum saß ich, kam auch schon Rainer Langhans. Er hatte wie stets scheinbar schlechte Laune. Unter dieser scheinbar schlechten Laune aber versteckte sich, wie ich später merkte, eine beinhart echte schlechte Laune, eine unterirdisch-grottentief schlechte. Er trug einen weißen Daunen-Anorak aus Indien, dazu eine Rainer-Langhans-Löwenmähne, die inzwischen ebenfalls grau geworden war.

Er saß am kleinen Küchenkindertisch, knackte zwei Stunden lang Nüsse und sagte kein Wort. Manchmal sah man, wie seine Fingerknöchel weiß wurden vor Wut und sein Mund zum Strich, wie der ganze kleine Mann bebte vor Erregung und zurückgehaltener Aggression. Auch Barbara sagte zwei Stunden lang kein Wort. Ich sehnte mich nach den jungen Mädchen aus Elis Entourage zurück, diesen nichtssagenden Saphias, Gabrielas, Julias, Anas und Jainas mit ihrem munteren Hauptstadt-Talk.

Barbara und Rainer haßten sich, vor allem natürlich an Weihnachten. Sie belauerten einander, bis einer den ersten Stein warf, heißt: das erste Wort sprach. Es kam, natürlich, als Rainer den ersten Bissen des indischen Weihnachtsbratens im Mund hatte und Barbara ängstlich und doch auch vorwurfsvoll fragte:

»Schmeckt es nicht?«

»Nein ... also wirklich. Nein, es könnte weiß Gott besser sein ... also, das ist keine Meisterleistung, Herr im Himmel!«

Barbara, die 16 Stunden lang gekocht hatte, brach in Tränen aus. Rainer begann, gepreßte Verwünschungen auszustoßen.

Die Kinder kamen. Der kleine Elias begrüßte artig den Patriarchen und würdigte mich keines Blickes. Wenn der Patriarch in der Kommune weilte, zählte ich nichts. Elias' Schwester Valonia schloß sich, als sie hörte, ich sei da, sofort in ihrem Zimmer ein. Ich nahm meinen Mantel und ging zur Tür, denn die Bescherung sollte stattfinden, und ich hatte keine Geschenke dabei. Die glatzköpfige Hausherrin kam mir hinterhergelaufen und sagte betroffen:

»Jolo, ich weiß, daß ich dich vorhin so entsetzt angesehen habe, aber du sollst wissen, daß du dennoch willkommen warst.«

»Wirklich?«

»Ja, du kannst gerne wiederkommen.«

Daraufhin ging ich an ihr vorbei in die Wohnung hinein und hängte meinen Mantel wieder auf. Die Leute machten ihre Bescherung, und ich las währenddessen »In der finstren Nacht«, das Standardwerk Rainers.

Eli hatte eine neue digitale Videokamera geschenkt bekommen, mit der er alle filmte. Valonia kam aus ihrem Zimmer und ließ Aufnahmen von sich machen. Rainer wurde wie ein unbeweglicher Stein gefilmt. Barbara nahm mich zur Seite und sagte:

»Du hast ein Problem mit Rainer. Du mußt versuchen, wenigstens heute damit umgehen zu können.«

»Ich habe kein Problem mit Rainer. Du hast eins, und Eli, und alle, die mit ihm in einem Raum sitzen. Sie alle trauen sich in seiner Gegenwart nicht mehr zu reden.«

»Das bildest du dir ein.«

»Nee, das war *immer so*. Achte einmal drauf.«

Wir gingen in den Hauptraum zurück. Alle schwiegen ängstlich. Die Luft war zum Schneiden. Das nächste Essen wurde aufgetragen. Keiner traute sich, auch nur ein Wort zu sagen.

Keiner traute sich auch, mich wahrzunehmen und einen Blick mit mir zu tauschen. Man saß auf der Bühne wie bei einem Strindbergstück. Es war das gute alte deutsche Weihnachten, wie ich es mein Leben lang gekannt hatte. Der böse Vater, die verheulte Mutter, das tolle Geschenk, die unerträgliche Spannung. Ich wußte: Gleich würde der böse Vater explodieren und das tolle Geschenk zerstören.

Nachdem das Schweigen unerträglich geworden war, sagte Barbara Nussmann:

»Ich weiß gar nicht, wo Brigitte gerade in der –«

In dem Moment explodierte Rainer. Er redete im Stakkato wutentbrannt 20 Minuten auf die Wand ein, überschüttete sie mit Vorwürfen, die Kinder flüchteten, also auch ich. Ich verzog mich mit Eli vor den Fernseher. Wir sahen den Zeichentrickfilm »Das letzte Einhorn«, dann die Übertragung der katholischen Weihnachtsmesse aus dem Petersdom in Rom. Eine tolle Show! Der Papst hielt sich nur noch auf seinem silbernen Kreuzesstab aufrecht, war der fleischgewordene Schmerz. Eine Million Gläubige feierten den Superstar. Immer wieder wurde ihm ein Buch, ein heiliger Text, eine hippe Schrift vorgehalten, und er trug es auf unnachahmliche Art vor. Die Menge tanzte vor Glück. Es war der absolute Groove.

Danach legte ich die Uhr an, die meine Mutter mir am letzten Heiligen Abend geschenkt hatte. Ich sah auf die Uhr, ein Werbegeschenk des NDR, oder eine Aufmerksamkeit für verdiente Mitarbeiter. Meine Mutter hatte den NDR nach dem Krieg, 1947 genau gesagt, gegründet. Er hieß damals noch NDRW und sendete bis Köln und Bensberg. Tolle Leistung. Also, sie gehörte zur Gründungsmannschaft, als einzige Frau. Ihre erste Sendung hieß »Zwischen Hamburg und Haiti«. Während ich auf die Uhr schaute, beugte sich Rainer über mich, beäugte ebenfalls die Uhr:

»Was hast du denn da?«

»Eine Uhr. Hab ich geschenkt bekommen. Gut, was?«

Er lächelte beglückt. Zum ersten Mal lächelte er! Bis heute weiß ich nicht, wieso.

Die Kinder hingen an ihren Handys und verschickten SMS. Ich griff mir mein Handy und guckte nach, ob mir jemand so eine Mail geschickt hatte. Immerhin, eine Freundin von Lukas, ein Mädchen namens Annilise Schober, auch eine Afrodeutsche, ein extrem nettes hamburgisches Mädchen, hamburgischer als meine steifen Hochkampcousinen, hatte mir Happy X-mas gewünscht.

Beim Abfragen fielen mir all die vielen alten Mails auf, die meine Freundin April mir geschickt hatte. Das Aufkommen der Handy-Mails hatte dem Phänomen des Verliebens in ganz Europa enormen Auftrieb gegeben: Diese Mails heizen die Verliebtheit ungemein an. Es gab ja nichts Schöneres, als eine Mail von der Person, in die man ohnehin schon verliebt war, zu bekommen. Eine neue Mail von der April war aber nicht da. Nicht einmal auf meine letzte Mail hatte sie geantwortet.

Ich rief meine Ex-Frau Beate an. Sie war bei ihren Eltern und Brüdern im Bergischen Land. Sie sagte, sie würde seit Tagen 20 Stunden am Tag schlafen. Ich freute mich für sie.

Elias legte eine Videocassette mit einem indischen Film ein. Rainer Langhans war verschwunden. Da ich Kopfschmerzen bekommen hatte (eine Folge der Bauchschmerzen, die das indische Essen mir bereitet hatte), verschlechterte sich meine Stimmung etwas. Elias wollte mit mir zur Kirche Alt St. Peter fahren, um die Mitternachtsmesse zu sehen.

»Gibt es die denn jetzt auch auf indisch?« fragte ich.

Dann stritten wir uns über meine Freundin April, die ihm nicht gefiel. Er war eifersüchtig auf jedes weibliche Wesen, das zwischen ihm und einem seiner Freunde stand. Da ich ohnehin sauer auf ihn war, zudem Rainer zurückgekommen war und mit Barbara im Bad den diesjährigen definitiven Weihnachtskrach begonnen hatte, verließ ich die Wohnung.

Ich übernachtete in der Jugendherberge, die ebenso verwaist war wie die Flugzeuge an Heiligabend. Lukas, der bei Mira abgewiesen worden war – er hatte auf Elis Drängen mit ihr Schluß gemacht –, nahm mich tags darauf mit nach Berlin zurück. Alles in allem war es ein äußerst traditionelles Fest gewesen. Wieder zu Hause, packte ich noch ein paar vergessene Geschenke aus. Barbara hatte mir außerdem einen Zentner Lebkuchen, Kerzen und Mandarinen mitgegeben. Wieder las ich Rainers Frühwerk. Dann warf ich es wütend in den Ofen und las Oscar Wilde.

Von Elias hörte ich ein paar Tage nichts. Wenn er in München bei seiner Mutter war und im Dunstkreis Rainers, kannte er mich nicht mehr.

Dafür rief Lukas alle paar Minuten an.

»Mensch Jolo, was geht? Gehn wir jetzt nicht zum Jahrestreffen des Chaos-Computer-Clubs? Was machst du so? Hat die Miranda noch was gesagt über mich? Wie geht's dir denn überhaupt?«

»Ja, die Miranda, da gibt's natürlich Neues. Die Geschichte der Beziehung Lukas/Miranda muß danach in wesentlichen Teilen neu geschrieben werden. Angeblich ist sie dir weder böse, noch hat sie dich jemals angefaßt.«

»Mein Gott, wie sie lügt ... das weißt du doch?«

»Ja, ich glaube auch, daß sie lügt. Aber was ist eigentlich mit Elias? Ich erreiche ihn nicht mehr.«

»Ich auch nicht, Jolo! Der hat einen Zusammenbruch, jetzt, bei der Mutter. Der hat ja in Berlin drei Monate nur Party gemacht. Das war zuviel für ihn.«

Als ich Elias das vorhielt, kurz vor Silvester, als ich ihn dann *doch* erreichte oder besser gesagt er mich, zeigte er sich empört. Es sei genau umgekehrt. Lukas habe sich bei seiner Mutter verkrochen. Elias habe dagegen weiter Party gemacht. Er habe Julia wiedergetroffen.

»Welche Julia? Die, die schon gehen wollte und die du noch drei Stunden lang festgehalten hast, vor dem Taxistand?«

»Ja, die. Ich hab sie im Registration getroffen, das war schon sehr spät und ich war endsbetrunken.«

»Hast du nicht gesagt, sie hätte einen Freund und du hättest sie deswegen fallengelassen?«

»Sie hat keinen Freund. Ich mochte sie mal nicht, aber das ist vorbei. Als ich sie so anlaberte, kam Jonas vorbei, und sie war bereit, mit Jonas und mir in meine Wohnung mitzukommen!«

»Stark!«

»Dort redeten wir so ein paar Stunden, und als sie gehen wollte, hat sie ihre Mütze gesucht. Die hatte ich versteckt. Ich sagte: ›Ich helfe dir, die Mütze zu suchen, wenn du sagst, wie du mich findest.‹ Da hat sie nichts gesagt. Da hab ich es noch mal gesagt. Sie tat immer so, als habe sie nichts gehört. Du weißt, Mädchen machen das manchmal.«

»Wie sieht sie denn aus?«

»Süß. Zum Anpacken. So ein Power-Paket ist das. Sehr schlank, aber trotzdem mit so großen Rundungen, dabei eher klein; eben daß man hinlangen möchte, zugreifen. Ich habe mich nicht einschüchtern lassen und hab noch mal gefragt: ›Sag mir, wie du mich findest, sag mir, wie du mich findest.‹ Dann hat sie die Tür zugeschlagen und ist abgehauen. Ich bin hinterhergelaufen. An der U-Bahn habe ich sie eingeholt. Sie war wütend, stapfte mit beiden Füßen auf den Boden, sagte: ›Was willst du denn noch?!‹ Ich wiederholte die Frage. Da sagte sie: ›Ich weiß echt nicht, warum du dich so abstreßt. Du mußt doch endlich gemerkt haben, daß wir kein Paar werden.‹ Ich sagte: ›Das habe ich schon die ganze Zeit gewußt.‹ Da hat sie sich zu mir gebeugt, und wir haben uns ganz lange geküßt.«

»Zum ersten Mal?«

»Nein, wir hatten schon mal geknutscht, vor ein paar Wochen.«

»Das klingt nach beginnender Liebe, Eli ...«

Das sagte ich so. Weil es so nahelag, zu denken: Was sich liebt, das neckt sich. Die Wahrheit war, daß ich überhaupt nicht wußte, was in den Köpfen der jungen Leute vor sich ging. War dieses Power-Paket belustigt, gutherzig, betrunken ... gar nichts davon? Drei Stunden geknutscht vor ein paar Wochen, und nun so kalt und genervt, das klang wieder nach erstem Klassenfest und ersten erotischen Erfahrungen. Aber Julia war 19, Elias 23.

Ich mußte an seine beiden Verlobungen mit indischen Chat-Frauen denken. Er war beim ersten Mal von der indischen Familie bereits akzeptiert worden. Dann fuhr er nach Indien, das Ticket bezahlte ich (und auch das zweite für die zweite Verlobung), und dann begann das Drama. Das Mädchen lebte auf dem flachen Land, irgendwo am Ende der Welt.

Er hatte schon Nacktfotos von ihr auf dem Screen, aber er durfte sie nicht von Angesicht zu Angesicht sehen, nicht beim ersten Treffen. Er mußte in einem Restaurant sitzen und durfte sie und ihre Brüder aus der Ferne betrachten, acht Tische getrennt. Beim zweiten Treffen, Wochen später, waren die Eltern dabei. Beim dritten Treffen war er mit ihr allein. Und da passierte es: Er entdeckte, als sie einmal aufstand, daß sie leichte Zellulitis auf den Oberschenkeln hatte.

In dem Moment war die Frau für ihn gestorben. Er rief mich an, noch am selben Tag. Ich dachte, ich hörte nicht recht.

»Elias, das kannst du nicht machen! Ihr seid *verlobt*. Es geht um andere Dinge als eingebildete Elefantenhaut am Oberschenkel.«

Er war vollkommen ernst. Sehr streng, sehr selbstbewußt, sehr beherrscht. Seiner Sache absolut sicher. Er meinte, ich würde derlei nicht verstehen. Ich sei zu alt, um das zu verstehen. Es ginge ihm bei der Frau, die er heiraten werde, um vollständige äußerliche Perfektion. Das sei nicht so ein geiles oberflächliches Getue wie bei Leuten meines Alters, sondern ein ehernes Prinzip. Er wisse, daß ich diese Einstellung lächerlich fände, und deswegen habe er sie nie geäußert. Nun aber gehe es nicht anders.

»Aber Elichen, du hattest doch Nacktfotos von ihr in deiner Mailbox ... da sah sie doch wunderbar aus! Bist du dir sicher, die dicken Schenkel sind nicht nur eingebildet?«

»Gar nicht sicher. Aber ein Verdacht bereits genügt mir.«

»Du bist wahnsinnig geworden!«

»Ich wußte, du verstehst es nicht. Adieu.«

Er war erst Monate später zurück. Das alles geschah im Sommer des Jahres 2001. Im Jahr darauf die zweite Chat-Verlobte. Nun, Ende 2003, wußte ich, daß der Junge keineswegs verrückt war.

Alle Jungen seiner Generation dachten wie er und hatten ihre Chat-Verlobten in der Ukraine, in Pakistan und Kanada. Sie hielten das für vollkommen normal. Sie chatteten die ganze Nacht, zahlten jeden Monat 500 Euro für die Telefonrechnung und waren schon deswegen heillos verschuldet. Sie besaßen die Ganzkörpernacktfotos ihrer makellosen Perfektionsfrauen auf dem Bildschirm in der Ruhestellung (»sleep«). Mit den Frauen in ihrer Stadt gaben sie sich nicht ab, denn das waren Schlampen, die sich von

Ausländern ficken ließen. Das sagten sie natürlich nie, die Chat-Jungs, dachten es aber um so ergrimmter. Die Türken mit der harten Hand, die Afrodeutschen, die neuen Machos aus dem Osten ... ich kappte den Gedanken.

Wer war nun diese Julia? So ein Mädchen wie aus den Musikvideos? Ein Mädchen, das sogenannten Spaß wollte? Was war das, *Spaß*? Was hatte Julia, das Ana, Sophia, Momo eins und so weiter nicht hatten? Ich fragte Elias, was Julia studierte.

»Sie geht noch in die zwölfte Klasse der Waldorfschule.«

»Aha. Welche Musik hört sie?«

»Sie singt so französische Chansons aus den 50er Jahren. Das erzählte ich doch. Sie singt das sehr ... hm, komisch. Es würde dir total gefallen.«

Bestimmt hatten diese jungen Leute auch rührende Stellen, so aus Versehen, zufällig. Wie eben dieser Zufall, der das Kind Julia in der Waldorfschule auf alte Edith-Piaf-Platten gestoßen hatte ... ich wußte es nicht. In ein paar Jahren würde das weggewischt sein. Dann trug auch Julia Army-Hosen und Hilfiger-Unterhemden und hörte The Strokes. Die Jugend von heute war auf der ganzen Welt gleich. Harald Schmidt wurde gegen Anke Engelke ausgetauscht, das Abendland ging zugrunde.

Ich dachte plötzlich ganz wehmütig: Ach, wenn der gute Junge doch noch ein Mädchen abkriegte, das französische Lieder sang und keine Army-Hosen trug, ein letztes Mädchen dieser Art, dann könnte ich beruhigt sterben! Aber das war natürlich Illusion. Die Globalisierung, also Amerikanisierung war nicht rückgängig zu machen. So sagte ich gespielt positiv:

»Du stellst das auf, Junge! Julia wird deine erste Freundin im Jahre 2004.«

Wir legten auf. Sollte wenigstens er seinen Spaß haben.

Beim eritreischen Essen mit Miranda überwog der Ernst jede Art von Spaß. Sie brachte mich nämlich dazu, über meine hamburgischen Vorfahren in der Nazizeit zu sprechen und mich dabei sehr zu ereifern. Miranda meinte, sie habe einen Film von Guido Knopp über die Hamburger im Dritten Reich gesehen. Die Hamburger hätten sich damals übel aufgeführt. Ich sagte, das sei nun wirklich keine Nachricht. Ja ja, meinte Miranda, das sei schockierend gewesen. Sie sah mich böse an, denn ich war gebürtiger Hamburger.

»Journalistisch gesehen ist es keine Nachricht zu sagen: Überall auf der Wiese sind Gänseblümchen, und auch an dieser Stelle sind Gänseblümchen. Ich meine: Überall waren Nazis, auch in Hamburg. Aber in Hamburg war auch der Widerstand. *Das* ist die Nachricht in bezug auf Hamburg!«

»Ja, aber es gab auch Nazis.«

»Ja, überall. Aber nur in Hamburg gab es den Widerstand!«

»Du meinst, in deiner Scheißstadt sind die Nazis nie gesehen worden?!«

»Nein, aber du beleidigst meine Familie. Schon im Dezember 1932 wurden die Lohmerschen Eisenwerke geschlossen, weil der Vorstand unserer Hausbank von Nazis besetzt wurde und mein Großvater sagte: ›Mit Pack setze ich mich nicht an einen Tisch!‹«

»Woher soll ich das wissen? Außerdem gibst du damit selbst zu, daß es bei euch sehr wohl Nazis gab, sogar in eurer eigenen Bank.«

»Unserer Hausbank. Das war übrigens die Deutsche Bank.«

Ich sah mich nun gezwungen, die ganze Geschichte zu erzählen, und das tat ich höchst ungern, denn es war eine hochgradig erlogene und zurechtgebogene Geschichte, in der kein Klischee fehlte, von der jüdischen Großmutter bis zum Juden im Keller, der liquidierenden Gestapo und den Helden im Widerstand.

Meine Cousine Petra war in den 80er Jahren plötzlich darauf verfallen, Familiengeschichte zu betreiben. Vor allem interessierte sie sich für alles Jüdische. Angeblich gab es »Hinweise«, daß unsere Großmutter eine Jüdin gewesen sei. Die sehr blonde, blauäugige Dame, sehr hübsch, früh verstorben, nämlich bei der Geburt meines Vaters, sei die typische vollständig assimilierte Jüdin der damaligen höheren Stände gewesen.

Judentum und liberales Besitzbürgertum seien gerade und nur in Hamburg im 18. Jahrhundert miteinander verschmolzen, und die Familie Lohmer stände wie kaum eine andere in dieser schönen Tradition. Die Großmutter habe gar nicht gewußt, Jüdin zu sein.

Das alles sagte ich mit ernstem und zerknirschtem Gesicht Miranda. Und während ich das runterrasselte, dachte ich: Wer hatte meiner Cousine das alles erzählt?

Schon der erste Satz »Mit Pack setze ich mich nicht an einen Tisch« war vollkommen bodenlos. Wem wollte der distinguierte Großvater das entgegengeschleudert haben – dem Vorstand der Bank? Undenkbar. Der eigenen Familie – dann hätte es keine Kreditkündigungen gegeben. Den eigenen Managern, womöglich der Buchhaltung – das wäre ja blöd und juristisch fehlerhaft gewesen. Es war also so ein schöner Bibelsatz, von dem man weiß, daß er von einer Fassung zur nächsten umgeschrieben und verändert wurde. Auch Luther hatte anfangs nicht »Hier stehe ich und kann nicht anders« gerufen, sondern »Dann und wann ist der Einzige gnädig zu uns, den Hirten«. Es brauchte nur vier Jahrhunderte und 122 Abschriften, um den Wortlaut dergestalt zu verändern. Vielleicht hatte der Großvater den neuen Herrn der Hausbank zugerufen: »Heil Hitler, meine Herren, die Geschäfte stehen schlecht!« Und darauf wurden die Kreditlinien gekürzt. Zu Hause hatte er dann gesagt: »Mit denen werde ich vielleicht nicht mehr oft zu Tische sitzen.« Oder so.

Zu Miranda sagte ich nur, daß es sich um Familien-Legenden handele, die womöglich gar nicht stimmten.

»Was stimmt denn dann?«

»Sehr schwer zu sagen. Mein Vater – und der hat nun wirklich nie gelogen – erzählte immer, daß er sich mit den Nazikindern geprügelt hat. Er war nämlich nicht in der Hitlerjugend, sondern in der Harzburger Front.«

»Es gab aber auch in Hamburg echte Schweine. Leute, die von den Nazis profitiert haben. Lüg dir da nichts vor.«

»Verdammt noch mal, das kannst du mit mir nicht machen, nach all dem Blutzoll, den meine Familie ... die beiden Brüder meines Vaters, die von der Gestapo, weil sie im Kreisauer Kreis waren, auf furchtbare Weise ...«

»Ich dachte, das sei alles gelogen?«

»Ja ja, ich weiß ja auch nicht ... es ist ein wunder Punkt für mich, so oder so, ich rede nicht gern darüber, das mußt du doch verstehen!«

»Ich merke das.«

Ich wirkte verzweifelt, sie selbstgerecht und moralisch überlegen. Sie fühlte sich vollkommen bestätigt und hielt mich für einen verkappten Nazi. Das äußerte sie nicht direkt, aber als sie sagte, sie hielte mich für einen schlechten Autor, wußte ich, daß sie in Wirklichkeit das meinte. Das Essen endete mißvergnügt. Wenn die Jugend von heute politisch wurde, ging es immer schlecht aus.

Eine schwere Migräne folgte, und nachdem ich mich bis Silvester in die leere Wohnung eines Freundes zurückgezogen hatte, wollte ich wieder unter Leute. Ich frühstückte am Neujahrstag mit Gordon, dem Sohn eines entfernten Verwandten, und seiner 19jährigen Chat-Freundin aus Rußland, Schana.

Ich fand es erfreulich, daß endlich einer beim Chatten eine echte Freundin erwischt hatte. Wie war das möglich? Chatten war etwas für Loser, wie früher das Reagieren auf Kontaktanzeigen. Nur waren heute alle Loser, denn alle chatteten.

»Wie habt ihr euch kennengelernt? Ich meine, *nach* dem Chatten?«

Das Mädchen arbeitete bei McDonald's und ging noch aufs Gymnasium. Sie wirkte sehr offen und nett, eine Ballettschülerin aus Jekaterinburg. Sie erzählte die Geschichte der beiden. Gordon war 26 und strotzte vor Überlegenheit. Er sah sie nie an und hielt wohl auch nichts von ihr. Dabei war sie ausgesprochen hübsch, er häßlich. Sie hatte leuchtende, »beseelte« Augen, er wirkte versoffen und fett. Wie konnte sie auf ihn verfallen? Ihr Deutsch war perfekt, er nuschelte und lallte.

Sie erzählte von McDonald's:

»Bei McDonald's nehmen sie echt jeden. Es ist extrem hart da. Acht Stunden rumrennen und so. Und da arbeiten dann die letzten Leute. Trotzdem ist es die schönste Erfahrung, die ich im Berufsleben gemacht habe. Alle sind freundlich, alle helfen sich, alle interessieren sich für einen. Ich bin die einzige Deutsche. Sonst sind da nur Afrikaner, Palästinenser, Inder und so weiter. Alle machen Witze und lachen den ganzen Tag, trotz der harten Arbeit.«

Schana hielt sich also für eine Deutsche. Im Alter von acht Jahren war sie als Rußlanddeutsche spätausgesiedelt worden. Natürlich sprach die Familie kein Wort Deutsch mehr, nur die Großtante konnte noch »Oh Tannenbaum«

singen. Oder war es »Stille Nacht«? Jedenfalls nicht das Deutschlandlied.

Mir gefiel Schana ausgesprochen gut, zumal sie Schillerlocken trug, also goldene Kringellocken, die ich nur von alten Stichen kannte, und ein weißes Rüschenhemd. Ich wußte natürlich nicht, welche womöglich niederdrückenden Erfahrungen Gordon mit ihr gemacht hatte, vielleicht solche wie ich mit Miranda?

Später erzählte er, er arbeite in einem Club, er mache das Licht. Jede Nacht verbrachte er also bei den Kids – und was er sah, gefiel ihm nicht. Es gebe keine Kommunikation, die Typen schrien sich nur an. Er machte sie nach. Dann berichtete er eine Begebenheit, wie Elias sie nicht anders hätte erleben können. Zwei junge Bodybuilder-Jungs mit ausrasierten Augenbrauen und Bizeps, die sich ihre Oberkörper im Waschraum zeigten und »Bo ey!« riefen und dann mit zwei Britney-Spears-Schlampen ins Taxi kletterten, als der Club morgens um acht schloß. Gordon wand sich vor Ekel. Wieso eigentlich? Weil es sogar in Berlin-Mitte noch Proleten alten Schlags gab? Das sagte ich ihm, aber seine Antwort war nur, daß er grunzend das Zimmer verließ.

Die Freundin meinte:

»Im Internet fand ich ihn, ehrlich gesagt, abstoßend. Ich hätte nie etwas mit ihm angefangen, wenn nicht eine Freundin von mir gesagt hätte: ›Hey, den kenn ich, der ist gar nicht so, wie er tut. Der ist eher der liebe Typ.‹«

»Aber du kanntest ihn doch bereits aus dem Internet.«

»Wir haben viel gechattet, ja.«

»Hatte er dein Nacktbild?«

»Ja, gewissermaßen, also so mit Reizwäsche und so.«

Sie hatte eine unerhört gute Figur, sagenhaft schlank und pralle Brüste. Meinem Verwandten mußten die Augen aus den Höhlen getreten sein. Dennoch sah sie jetzt nicht so aus, als sei sie etwas anderes als ein schüchtern blühendes Blümchen mit guten Manieren, ein liebevolles Frauchen mit einem Herz aus Gold. Und warum ließ sich der in die Jahre gekommene Club-Hengst, der direkt an der Quelle saß, mit dieser Dostojewskifigur ein?

Er sagte später, er habe seit der Schulzeit kein gutes Buch mehr gelesen; ob ich ihm eine Liste mit den zehn besten Romanen schreiben könne. Ich fertigte die Liste, ohne nachzudenken, sofort an. Dreimal Goethe, zweimal Thomas Mann und Knut Hamsun waren darunter und natürlich Thomas Bernhard. Das arme Kind aus Rußland las gerade »Das Parfüm« von Süskind, was ich auf der Stelle unterband.

Ich besuchte die April in Köln, aber meine Freundin war meistens zickig. Dazu war in Köln nicht soviel los wie in der Hauptstadt, und so war ich dankbar, als ich am vierten Tag meines Aufenthalts eine SMS von meinem Neffen aus Berlin erhielt:

»Silvester nur mit großem Glück überlebt. Über alle Stränge geschossen und damit auch eine Zäsur gezogen. Old El, der Abstinente, ist zurück...«

Aha. Das Silvesterfeiern ohne mich hatte ihm nicht gutgetan. Man brauchte eben ab und zu eine liebende Freundin, die einen erdete, wie die Hippies früher sagten. Sicher hatte Hundertmark ihm zuviel Samsunit verpaßt. Ich läutete gleich mal durch, als die Freundin einkaufen war.

»Hey Elinger! Man hört, du seiest fast gestorben in der Neujahrsnacht! Was geht, laß hören!«

Seine Stimme wirkte verändert. So stockend. Das kannte

ich an dem lebenslustigen Jungen gar nicht. Er schien für jedes Wort Zeit zu brauchen:

»Ich hatte einen Blackout und erinnere mich nur noch, wie ich um zwölf Uhr an einer U-Bahnstation stehe, die ich nicht kenne, mit zwei Alkoholikern, und die beiden davon abhalte, mich in einen Notarztwagen zu schieben.«

»Zwölf Uhr mittags?«

»Ja.«

»Was war es, woran du dich als letztes erinnerst, bevor der Filmriß einsetzte?«

»Ich war mit Max im Maria am Ostbahnhof, wir stiegen in ein Taxi, es war acht Uhr.«

»Und davor?«

»Um sieben ging mein Handy kaputt, das war im Café Peking.«

So so. Hundertmark. Ich fragte nicht nach Drogen, da wir am Telefon nicht über Drogen redeten. Statt dessen fragte ich, wie er nach Hause gekommen sei.

»Ich kam in die Kleine Präsidentenstraße, nahm sofort zwei Aspirin und trank drei Liter Wasser. Die schöne Jaina war da und war ebenfalls völlig verkatert. Ich legte mich zu ihr und schlief drei Stunden. Dann wachte ich auf, und es ging mir so schlecht wie noch nie in meinem Leben. Jaina war weg. Die drei Liter Leitungswasser hatten mir überhaupt nicht gutgetan. Ich mußte an diese letzte Sequenz mit den beiden Pennern denken, das hatte sich wie ein dunkler Schatten über meine Seele gelegt, das wurde ich nicht mehr los; diese Mischung aus Traurigkeit und Elend. Und dann habe ich zum ersten Mal in meinem Leben nur geweint, stundenlang, von sieben bis Mitternacht, ganz laut.«

Er machte es vor. Es klang wie das Klagen des Jeremias, ganz alttestamentarisch. Ich sagte:

»Also wenn es so ist, dann hat es auch etwas zu bedeuten. Dann ist die Zäsur echt.«

»Ja, ich habe seitdem keine Zigarette mehr angerührt. Und nichts mehr getrunken.«

»Warst auch nicht mehr aus?«

»Nein.«

»Keine fetten Bräute mehr aufgestellt?!«

Er schniefte nur.

»Lukas sagt, du ziehst zu deiner Mutter zurück. In den Harem. Stimmt das?«

»Lukas *spinnt* in letzter Zeit. *Er* ist doch zu seiner Mutter zurückgezogen. Weil sie ihm einen Unfall vorgespielt hat. Die Hand angebrochen oder so was. Jetzt ›muß‹ er sie angeblich im Haushalt unterstützen und ständig um sie sein. Lächerlich!«

»Das hast du schon erzählt. Aber wie ist es mit dir? Du brennst doch langsam aus in Mitte. Laß uns alle wieder in den Harem ziehen. Ein paar Männer mehr können die Weiber da doch gut gebrauchen.«

»Und Rainer?«

»Hast doch gesehen, wie überlastet er ist. Bescherung erst bei Christa und Brigitte, dann bei Barbara und in der Nacht noch bei Veronika.«

»Über Rainer macht man keine Scherze, Jolo.«

Die April kam zurück vom Einkaufen, ich hängte ein. Wir schliefen miteinander und gingen dann ins Kino. Ich ging mit meiner Freundin pausenlos ins Kino. Dieser halböffentliche Raum war ideal für uns. Wir umklammerten uns dabei wie junge Affen und guckten geradeaus auf die Leinwand. Zum Glück hatten wir haargenau denselben Filmgeschmack.

Am frühen Nachmittag gingen wir in »Balzac und die kleine chinesische Schneiderin«. Das war so ein Schwulenfilm mit lauter schönen Knaben und einer Kindfrau, die süß sein sollte.

Ich fand das ganze Personal zum Kotzen. Dauernd wurden große Gefühle behauptet, aber niemals im Verhalten eingelöst. Die Leute guckten sich beim Reden nicht einmal in die Augen. Eigentlich redeten sie nie miteinander. Keiner reagierte auf die Rede des anderen, es gab weder Ich-Aussagen, wie die Therapeuten es nennen, noch Du-Aussagen, wie ich es nennen würde; eben überhaupt keine echte Kommunikation. Aber schmachtende Blicke, ein untergehendes Reich, ewige Liebe, große Naturkatastrophen – und natürlich Sex wie im MTV-Musikvideo.

Die »süße« elfjährige Schneiderin bekam ein Kind, obschon sie mit dem Erzeuger noch keine einzige gemeinsame Zigarette geraucht oder sonstwie gesmalltalkt hatte. Die beiden kalbsköpfigen Riesenbuben, immer nackt und schön, hatten auch ganz viele Gefühle, redeten aber ebensowenig darüber. Im ganzen Film gab es keinen einzigen Erwachsenen, und das hatte der Film mit den anderen gemein, die wir in den fünf Tagen sahen. Immer nur die Jugend, und die auch noch verblödet. Es schien überall auf der Welt das gleiche zu sein.

Mitte Januar wurde Elias zum Problem.

Seine Mutter nahm Kontakt mit mir auf. Ich solle nach München kommen und Elias zurück nach Berlin bringen. Wie Lukas habe er, allen Dementis zum Trotz, sein altes Kinderzimmer bezogen! Seine Ausbildung stehe auf dem Spiel, wenn er sich einfach bei seiner Erzeugerin »einniste«. Ich fand den Standpunkt nicht richtig, gab aber nach. In seinem Alter brauchte ein Junge den Vater, auch wenn ich das nicht war, wie Barbara tapfer behauptete. Ich fuhr nach Schwabing zum Harem.

»Yah, yah« von Outkast dröhnte mir entgegen, als ich die Tür aufschloß. Statt auf Barbara traf ich auf junge Menschen, die im Flur tanzten. Das sah ganz unschuldig aus. Alle Lampen waren an, keine verruchte Atmosphäre. Die Kinder tanzten wie früher, wie in den alten »Der Kommissar«-Verfilmungen. Eine nette Privatparty für eine Handvoll Freunde. Manche standen an der Wand und unterhielten sich gut gelaunt, die 0,7-Liter-Flasche Billig-Wodka halb ausgetrunken in der Hand. Die Musik war rührend kraftlos, ohne Bässe, wie aus einem Batterieplattenspieler.

Eli begrüßte mich strahlend. Wir umarmten uns. Ich hatte mich natürlich per SMS angemeldet.

»Eli, pack deine Sachen, ich bring dich jetzt nach Berlin.«

»Ja, aber zuerst mußt du Nadine kennenlernen ...«

Er stellte mir ein braves Münchner Mädel mit blonden

Locken vor. Sie hatte einen weißen Stoffmantel an, den sie den ganzen Abend nicht auszog, ein süßes K.u.K-Gesicht, allerdings mit Pickeln. Ich glaubte fast, einen Knicks zu erkennen, als ich ihr die Hand gab. Sie siezte mich und sagte:

»Ich wünsche Ihnen alles Gute in Ihrer Münchner Zeit und beruflich ebenfalls alles Gute und viel Erfolg!«

Dann wurde mir Jassi vorgestellt, eine 15jährige Halbspanierin. Sie trug viel Haut, hatte am Oberkörper nur ein kurzes Top ohne Träger, so ein handbreites schwarzes Stretchband, das sie immer nach oben zu zerren versuchte. Sie fummelte unentwegt an dem Stretchband herum, an dieser Eigenkonstruktion, die an dem hübschen, viel zu festen Busen abzugleiten drohte. Sie hatte schwarze Augen und schwarzes Kraushaar und grimassierte noch wie ein Kind. Eli nahm mich beiseite:

»Sweet, nicht wahr? Sie will unbedingt noch heute von Jonas gebohnert werden und ihre ersten pubertären Erfahrungen machen. Aber Jonas ist seiner Freundin treu. Er spielt mit ihr nur rum aus Höflichkeit. Jonas ist endshöflich und der beste Mensch. Wenn lauter geile Snails im Raum sind, tanzt er mit der Häßlichsten, damit die sich nicht schlecht fühlt. So ist Jonas!«

»Aber wenn Jonas es nicht macht, mußt du es ja machen?!«

»Ge-nau!« Er lachte fröhlich.

Ich packte ihn am Nacken.

»Mal ehrlich: Hast du da keine Blockade, irgendwann, plötzlich, nach einer halben Stunde oder so? Du machst so rum mit ihr, und plötzlich merkst du, sie ist ein Kind?«

Er wurde überraschenderweise böse.

»Weil sie fünfzehn ist?! Das war doch früher gang und gäbe, gerade in den 68er Zeiten, das haben doch alle gemacht! Sobald ein Mädchen 15 war, ist sie rauf aufs Motorrad und hat es mit einem 20jährigen Rocker getrieben. So war es immer, nur seit es diese politische Correctness gibt, soll es anders sein?«

»Und wenn du ins Gefängnis kommst?«

»Ha! Heute werden schon Leute freigesprochen, die ganz andere Sachen gemacht haben. Warum soll ein Jugendlicher bestraft werden, der mit einer 15jährigen rumgemacht hat, die das von ihm wollte?«

Elias sah sich also noch als Jugendlichen. Ich hatte nichts dagegen. Er stellte mir Judith vor, dann fünf oder sechs weitere »Jugendliche«, darunter den Bean, den Dommi, den Darryl und Angelus, den ich schon kannte. Alle waren außerordentlich höflich und freundlich zu mir und suchten meine Nähe. Elias mußte sie irgendwie manipuliert haben. Der älteste Jugendliche war Jonas, der aus Berlin, angeblich schon 29. Da er ein gutaussehendes Black-male-Model war, konnte man sein Alter nicht schätzen. Im Schnitt mochten die großen Jungs Anfang bis Mitte 20 sein, die sympathischen Münchnerinnen alle unter 20. Keiner hatte eine feste Anstellung bis auf Dommi. Der hatte sogar schon ein dreijähriges Kind.

Die Jungs schienen alle aus guten Familien zu kommen, die Mädchen nicht. Sie waren wohl auf der Straße angesprochen worden, was in München unter jungen Leuten durchaus üblich ist. Drei Taxen wurden bestellt, darunter ein Großraumtaxi. Wir fuhren ins Backstage.

Jonas, der Afrodeutsche, war fast zwei Meter groß und schön wie Muhammed Ali. Er tanzte mit der kindlichen Jassi, nahm ihren kleinen Po in seine großen Boxerhände, und sie quiekte:

»Ach, Jonas, tu das nicht, ich bin doch erst 15 und werde dabei gleich so gamsig!«

Das Backstage – mit so einem Scheißnamen könnte in Berlin kein Club den Eröffnungsabend überstehen – schien eine Art Oktoberfest für Clubgänger zu sein. In fünf großen Bierzelten tummelten sich Tausende von jungen Leuten von null Uhr bis morgens um acht. Elias stellte mir Julia vor.

»Da, die da! Das ist die, von der ich dir erzählt habe, Julia!«

»Die, der du bis zur U-Bahn hinterhergerannt bist?«

»Ja, nein, die da! Weiter rechts, mit dem Packinger-Körper!«

»Ach, die da!«

Sie kam näher, Elias stellte mich vor, sagte irgend etwas von Schriftsteller. Er sagte sogar, ich sei einer der 20 größten Schriftsteller der Postmoderne. Das sehr betrunkene Mädchen, dessen Gesicht von einem überdimensional langen Schirm einer Basecap verdeckt war, sagte gedehnt und doch deutlich:

»Also so etwas ... Sie hier ... an diesem Ort ... zu dieser Stunde ... was für eine Überraschung ...«

Sie war ungemein zierlich, mal wieder so ein kleines, aufreizendes Biest, wie Elias es wohl am liebsten hatte. Frauen mußten bei ihm immer den Kindskörper einer 13jährigen haben, die Frechheit einer frühreifen Schlampe, die Überlegenheit einer Yale-Professorin und die Grausamkeit einer rumänischen Ex-Diktatorengattin. Seltsamerweise traf dieser Mix auf die meisten Mädchen zu, die herumliefen oder die er kennenlernte. Es mußte sich um ein Phänomen unserer Zeit handeln. Ich hatte keine Chance, ihr Interesse zu erregen. Ein Pulk betrunkener Hools spülte uns von der Kleinen weg, die ohnehin schon grußlos in die andere Richtung geschwebt war.

Elias wisperte erregt:

»Sie hat alles hinter sich. Sie war schon mit 60jährigen essen und so. Im P1 hat sie sich mit prominenten Schweinen eingelassen, so sehr, daß sie das Lokal jetzt meidet wie ... wie der Teufel ...«

... das Weihwasser, meinte er. Die alten Vergleiche saßen nicht mehr so. Aha, sie war mit Leuten wie Schweinsteiger oder so in der Haussauna gewesen, dachte ich mir. Kein Wunder, daß sie mich keines Blickes mehr würdigte. Was sie wohl noch vom Leben wollte? Warum ging sie weiter aus, warum soff sie so? Das hatte ich mich vor vielen Jahren schon bei Kate Moss gefragt. Natürlich kann man die schlechteste aller Welten nur im Suff ertragen, die Model-Welt, den Endpunkt von Konsumismus und Äußerlichkeitswahn. Aber warum dann noch weitermachen? Eigentlich galt das sogar für Eli. Ich fragte ihn, was ihm das Ausgehen noch bringe. Er sah mich nur traurig an. Er wollte darüber nachdenken und es mir später sagen.

Jonas hatte auf ex eine Flasche Tequila leergemacht und benahm sich auf dem Dancefloor wie Klaus Kinski in »Paganini«, nämlich rasend. Die Leute mußten denken, daß sich nun ein echter Verrückter unters Publikum gemischt hatte. Eine Art Mensch, die man nur aus Büchern kannte, hätte man welche gelesen: ein Derwisch. Er sprang in weiten Sätzen in die Leute hinein, stieß sie weg, schlug mit den Ellenbogen um sich, riß die Arme hoch, lachte irre, guckte böse, bewegte sich ganz und gar unberechenbar. So unberechenbar, daß immer wieder beherzte bayerische Mannsbilder daran scheiterten, ihm ins Gesicht zu boxen. Nur einmal traf ihn so ein Lackl an der Kinnspitze, und er mußte zu Boden.

Ein paar Minuten saß er benommen am Rande des Geschehens. Wir zogen ihn in den Mittelgang, einer offenen

Passage zwischen den großen Zelten. Man lehnte an Holzverschlägen, noch ganz erhitzt, aber von oben rieselte Schnee in dicken Flocken aufs Haupt.

Jonas war wie betäubt. Er sah nicht, daß eine Blondine sich vor ihm aufgestellt hatte und mit ihm reden wollte. Es war Oona, an diesem Tag 16 geworden, sehr blond, sehr gut ausgestattet. Sie war die Verkörperung aller Blondinenwitze, also blond und objekthaft, ohne davon selbst zu wissen. Elias, der neben Jonas stand, sprach sie an. Ich zog Jonas zur Seite und holte ihn in den Wachzustand zurück. Von ihm erfuhr ich, wer Oona war.

»Na, das ist wohl eher dein Typ ...« meinte Eli später zu mir.

Er wollte mich nicht kränken, aber ich wußte, was er meinte. Oona hätte besser zu Hugh Hefner als zu ihm gepaßt. Ich erkannte gerade darin Elias' Chance. Er sollte endlich einmal ein Mädchen angraben, in das er nicht verliebt war. Denn bei den bösen kleinen Biestern guckte er immer so schüchtern-verliebt und frettchenhaft ängstlich, daß es zum Davonlaufen war.

Oona, die er nur mir zuliebe angesprochen hatte, behandelte er dagegen warmherzig und souverän freundlich. Ich versprach ihm:

»Eli, mit Oona kannst du mal sexuell auf den Geschmack kommen. Würdest du gern mit ihr bohnern?«

»Und ob ich das will! Aber hundert Pro! *Das* auf jeden Fall!«

»Na toll. Ein halbes Jahr oder anderthalb Jahre so eine Bohnerbeziehung mit der, und du bist für immer geprägt. Dann bist du so tausendprozentig heterosexuell, daß einem das Fürchten kommt.«

»Aber ich bin tausendprozentig heterosexuell!«

»Ja, ja. Aber mit dieser Superbombe willst du überhaupt

nichts anderes mehr. Da verstehst du gar nicht, warum man mit Mädchen noch *reden* soll.«

Er guckte interessiert. Aber auch fragend. Er dachte wohl: Warum sollte man mit Frauen nicht mehr reden wollen? Ich sagte, er solle ihre Telefonnummer holen. Sie sei das totale Objekt und überaus außergewöhnlich.

»Aber kein Mensch ist Objekt. Jeder Mensch ist ein Mensch, oder? Nur in der Wahrnehmung anderer wird man zum Objekt.«

»Aber wir sind nun mal unsere Wahrnehmung. Etwas anderes existiert nicht. Und wer solche übertriebenen erotischen Reize besitzt wie Oona, wird auch so wahrgenommen.«

Er gab mir recht. Er sprach sie erneut an und bekam ihre Telefonnummer. Ihre Reaktion war schon wieder ein Blondinenwitz. Mit aufgerissenen großen, ganz und gar arglosen, himmelblauen Barbiepuppenaugen sagte sie:

»Hier ist meine private Telefonnummer. Aber ich weiß wirklich nicht, was du damit willst!«

Jonas war wieder okay und stürzte sich erneut als Derwisch auf die Tanzfläche. Elias zog er mit sich. Diesmal wollte er nicht alleine tanzen. Zu zweit rempelten sie Hunderte von bayerischen Buben nieder. Es war ein Wunder, daß es zu keinem Aufstand kam. Die beiden hatten echt ihren Spaß. Sogar ich bekam gute Laune, als ich die beiden sah. So also konnte man ausflippen. Soviel Frohsinn war im Nightlife möglich!

Um halb vier fuhr man weiter in die Mandarin-Lounge. Das verstand ich nicht. Warum hatten die Kinder nicht genug?

»Eli, du wolltest mir noch mitteilen, was dir das Nachtleben bringt.«

»Das Tanzen und die Telefonnummer von Oona.«

»Gut! Das verstehe ich. Aber dann können wir doch jetzt nach Hause fahren. Barbara macht sich Sorgen. Wir wollen doch morgen nach Berlin fahren!«

»Ich stell heut nacht noch Julia auf!«

Das war ein Argument. Ich hatte ihn aber gesehen, wie er die kleine Tyrannin mit ängstlichem Blick angehimmelt hatte, und wußte, daß er kaum Chancen besaß.

»Laß das lieber, Elchen. Wir fahren nach Hause.«

»Nein, sie kommt schon zum Taxi.«

»Tut sie nicht.«

»Doch, sie hat es gesagt.« Er griff zum Handy, rief sie an.

»Hey, wo bist du, wann kommst du endlich, wir warten hier!«

Sie kam nicht. Er rief noch mal an. Dann tauchte sie als kleiner schwankender Punkt in der Ferne auf. Eli rannte auf sie zu, zog sie, die Widerstrebende, Richtung Großraumtaxi. In ihm warteten Jonas, die gamsige Jassi, Judith, Bean und ich. Julia wurde neben mich gesetzt. Sie wirkte sehr genervt und arrogant. Trotzdem startete ich die Konversation.

»Ich glaube, ich werde der kleinen Jassi ein Buch schikken lassen. Ich fand es rührend, daß sie Faust lesen muß in der Schule. Gell, Julia, du mußt nicht mehr Faust lesen?«

Sie antwortete sehr langsam und angeekelt:

»Das ... habe ich ... in Ansätzen ... gerade hinter mich ... gebracht.«

Sie sah mich nicht an, ließ aber den Kopf an meine Schulter sinken – und schlief ein! Ich war irritiert und hilflos. Das Gesicht eines kleinen Engels. Der Schirm der Mütze verrutschte, und ich konnte ihre dunkelroten Lippen sehen, ihre kleine Nase. Elias sagte noch, ich hätte diese und jene wichtigen Bücher geschrieben, aber sie hörte es nicht mehr ...

Vor der Mandarin-Lounge wachte sie auf, stieg aus dem Taxi, hielt ein entgegenkommendes anderes Taxi an und wollte verschwinden. Eli sauste hinterher.

»Was ist? Was machst du da? Wir wollen doch in den Club!«

Sie warf die Tür wieder zu, trottete mit Elias zum Eingang. Der Türsteher wollte aber nur mich hineinlassen. Jassi fror fürchterlich und zupfte an ihrem selbstgeschneidertem Stretch-Oberteil. Es sah zum Gotterbarmen aus, wie das Kind da grimassierend im Schneeregen stand und an dem Zeug herumfummelte. Undenkbar, daß der Türsteher sie reinließ. Auch Julia erkannte das und machte sich wieder aus dem Staub, nämlich als Elias mit dem Türsteher verhandelte. Im Nu war sie zwei Blocks entfernt. Eli rannte hinterher wie der Teufel hinter der armen Seele. Was für bedrückende Szenen!

Ich stand mit dem Türsteher im Innern des Clubs. Ein hübscher junger Mann, der mir sofort gestand, seinen Job zu hassen. Ich sagte, ich käme mir wie ein Arschloch vor, meine armen kleinen Freunde draußen im Stich zu lassen. Er lachte. Das könne er sich gut vorstellen. Aber er weigerte sich, die kleinen Schulmädchen in die Verbrecherhöhle zu lassen. Ein guter Typ. Mir fiel ein Stein vom Herzen. Wir konnten endlich den Abend beenden.

Zu meiner Verblüffung fuhren wir aber nicht zum Harem, sondern zu Jonas. Der hatte seine Wohnung bereits für das Kommende vorbereitet. Auf dem Tisch wartete eine nagelneue, blitzblanke, ungeöffnete Flasche Tequila auf die beiden Frischlinge Jassi und Judith. Sie mußten jetzt richtig trinken. Ich dachte: »Na gut, dann ist das eben ihre Bestimmung. Bin ich Gott? Soll ich etwa eingreifen? Es gibt Schlimmeres, Kriege und so weiter, Alter, Tod, Castingshows!« Aber ich hoffte, daß es wenigstens schnell ginge.

Doch es stockte nun. Ohne jeden Grund. Es war schon wieder so, daß die Sexualität einfach nicht vollzogen wurde.

Elias begann, langwierig zu kochen. Jonas sang selbstgeschriebene deutsche Rapsongs, was er sehr gut konnte. Auch Elias' Essen schmeckte sehr gut. Jassi dagegen war nun so blau, daß eine gute Handvoll frisch gewachsener Mädchenbusen dauernd durch das Stretchband rutschte. Sie war so gamsig geworden, daß die Zurückhaltung der jungen Männer wie Tierquälerei wirkte.

»Ich will nach Hause!« rief ich irgendwann ungewöhnlich unbeherrscht. Am liebsten hätte ich gerufen: »Nun bringt es endlich hinter euch!«, aber das hätten sie nicht verstanden. Elias wies mir ein Bett im Gästezimmer der Eigentumswohnung an. Ich schlief innerhalb einer Sekunde ein.

Am nächsten Morgen erfuhr ich, daß Judith mit dem Bus nach Hause gefahren war, nach Germering, während Jonas und Elias die lustige kleine Jassi durchgevögelt hatten. Dabei sollen die Zärtlichkeiten zwischen Jonas und Elias alle anderen sexuellen Aktivitäten aber in den Schatten gestellt haben. Was das bedeutete, wußte ich nicht. Ich hörte nur den rührenden Satz, das Kuscheln mit Jonas sei viel schöner gewesen als das Poppen mit Jassi. Fast hätte man es sich denken können. Ich hatte erst mal genug und verließ am späten Vormittag die Wohnung. Sollte Elias selbst sehen, wie er zurück nach Berlin kam.

Ich strich durch die Stadt, was mir plötzlich Spaß machte. Dieses München war kleiner geworden seit meinem letzten Aufenthalt Ende des letzten Jahrhunderts. Wirklich keine Millionenstadt mehr. Ich setzte mich ins Leopold. Das war ein Traditionslokal in der Leopoldstraße, in dem Frank Wedekind, Liesl Karlstadt, Erich Kästner und einfach alle verkehrten, die München vor 100 Jahren und danach großgemacht hatten. Es war zeitlos bayrisch. Ich konnte mir nicht vorstellen, daß es sich jemals veränderte. Holztische, Geweihe an den Wänden, Kachelöfen, die Bedienung im Dirndl. Nun aber säuselte Britney Spears aus versteckten Lautsprechern. An den Wänden hatte man kleine Halogenstrahler installiert. Auf den Holztischen lagen kleine viereckige Plastikuntersetzer. Ohne nachzudenken, fragte ich nach dem Geschäftsführer. Eine ältere Frau kam angeschlurft.

»Was haben Sie mit dem Lokal gemacht?« fragte ich.
»Ach, dös is scho seitm hoiben Johr so.«
»Warum spielen Sie Britney Spears im Leopold?«
»Woos?«
»Die Musik! Warum spielen Sie nicht mehr Hansi Hinterseer, oder andere Volksmusik?«
»Jo mei.«
»Und die Tische. Das sieht ja aus wie bei McDonald's!«
»Bitt' schön, der Herr.«
»Und die Karte! Seit wann schenken Sie Longdrinks aus?!«

»Wos derfs denn sein, der Herr?«
Ich seufzte. »Na, Weißwürscht' halt.«
Das Lokal war leer. Zwanzig Tische, aber fast kein Gast. Die Leute standen nicht mehr auf Tradition. Wie überall auf der Welt fegte der entfesselte US-Kapitalismus jede regionale Eigenart beiseite. München wurde Toronto. Alle Städte wurden Toronto, das wußte ich schon, aber sogar München? Das war hammermäßig. Toronto lag übrigens in Kanada, aber das machte nichts. Laut Michael Moore hielten 80 Prozent der Jugendlichen Kanada für einen Teil der Vereinigten Staaten.

Ich ging raus auf die Leo und kaufte bei E. Otto Schmidt, dem Lebkuchenkönig aus Nürnberg, ein Lebkuchenpaket. Es kostete 43,20 Euro. Dann bei Woolworth ein hanseatisches Streifenhemd für 5,99 Euro. Danach fuhr ich zum Sendlinger Tor, dann zum Stiglmeierplatz, dann zur Münchner Freiheit. Ich war sicher ein paar Stunden auf der Straße. Ich hörte überall nur ausländische Stimmen. In der Stadt mußten inzwischen weit mehr Ausländer als Deutsche leben, von bayrischen Ureinwohnern ganz zu schweigen. Vielleicht klangen die fremden Sprachen auch nur aggressiver. Oder sie wurden aggressiver ausgesprochen. Es handelte sich womöglich um den restriktiven Code, der allen Unterschichten gemein war, auch den deutschen, also das harte Aufeinanderkrachen der Konsonanten, das Fehlen jeglicher Sprachmelodie. Ich erschrak ständig, wenn sich wieder vier Kosovo-Burschen laut brüllend auf der Sitzbank vor mir verteilten. Oft hörte man auch eine Art Kanak-Sprak. Das war, wenn verschiedene Ethnien sich mittels eines deutschen Minimalwortschatzes von 80 Wörtern verständigten. Das Sprachdefizit wurde ausnahmslos durch Lautstärke kompensiert, und es klang noch scheußlicher als das Unterschichts-Albanisch.

Es war nicht klug, in München etwas gegen die Ausländer zu haben. Käme es zu Unruhen, würden eher die letzten Deutschen gelyncht werden als die große Mehrheit der alteingesessenen Asylanten. Im Dienste des großen Kapitals wurde ständig die EU erweitert. Aldi, Lidl und Media Markt saßen nun in zehn weiteren Staaten und kassierten ab, dafür saßen ihre Einwohner mittellos bei uns. Das interessierte aber keinen. Schon gar nicht die Jugend.

In der Münchner Abendzeitung las ich, daß 70 Prozent der Senioren Angst vor der EU-Erweiterung hätten, aber 80 Prozent der Jugendlichen dieselbe begrüßten. Ich glaubte nicht, daß Rentner noch Spuren von ökonomischem Sachverstand im Kopf hatten. Ich glaubte auch nicht, daß die Reporter der Abendzeitung nur noch ausländische Jugendliche zum Befragen vorgefunden hatten. Nein, wahrscheinlich war die Jugend wirklich tolerant und international. Ich hörte auch viele deutsche junge Leute, die Englisch miteinander sprachen. Einfach so. Weil sie es gerne sprachen.

Elias rief an. Er wollte wissen, was ich mache. Wir tauschten uns ein bißchen aus. Ich gratulierte ihm noch mal zu seiner letzten Eroberung. Natürlich dementierte er nun alles. Er war auch schlecht gelaunt.

»Du verstehst die Jugend nicht, wenn du glaubst, man macht einfach mal so einen Dreier. Das tut *niemand*. Das tun vielleicht alte Leute am Ende ihrer sexuellen Laufbahn. Für junge Leute ist die Sexualität heilig. Da läßt man niemanden reinschauen.«

Ich wechselte betroffen das Thema und schwadronierte von den vielen Ausländern, die ich gesehen hatte.

»Jolo, du solltest mal bei den Moslems wohnen, wie ich. Ich bring dich da heute unter.«

»Du wohnst gar nicht bei Barbara?«

»Nein, das ist nur Lukas' Propaganda, um die Pseudoehe mit seiner eigenen Mutter zu rechtfertigen.«

Er tat wie geheißen, und am Abend lernte ich Sharif und seinen Freund kennen. Ich blieb ein paar Tage. Die Wohnung wurde morgens mit arabischen Kindern überflutet. Ich hörte ihre Stimmen, aber wenn ich mittags aufstand, waren sie weg. Sharif war der »Mann mit der absoluten Menschenkenntnis«, von dem Eli schon am Telefon berichtet hatte. Ich zeigte ihm ein Foto meiner Freundin, und er sagte:

»Ha ha ha, nur ein Wort: DOMINANT! Sie ist ganz und gar und hundertprozentig dominant!«

»Hä? Ist mir noch gar nicht aufgefallen.«

Auf dem Foto schmiegte sie sich von unten wie ein kleines ängstliches Tierchen an mich, während ich manischherrisch direkt in die Linse starrte.

»Doch, eindeutig, sie sooo dominant, ha ha. Sie genau wissen, was wollen, und das auch exakt durchsetzen. Nicht mehr. Aber auch nicht weniger.«

Die April. Also so was. Es freute mich für sie. Die Moslems gefielen mir, aber die Wohnung war ein bißchen verwüstet. In dem Zimmer, das mir zugewiesen wurde, war jeder Quadratzentimeter mit Müll bedeckt: Verpackungen, schmutzige Socken und eklige Unterhosen, CDs, leere und volle Flaschen, Staub, Asche, Kerzen, afrikanische Instrumente, verbrauchte Spritzen, Tausende von Zigarettenkippen, ein durchgebrochenes IKEA-Bett mit einer müll- und fleckenübersäten Fickmatratze und ein großer Fernseher, der auf TV München eingestellt war.

Ich schlief gut in dem Zimmer, und um 21 Uhr sahen wir immer »Kommune«, die Endlos-Serie mit Rainer Langhans, die gerade wiederholt wurde. Ich räumte auf und ließ

Eli den Boden schrubben, aber die Vorhänge waren heruntergerissen, letzte Reste hingen in Fetzen herunter, so daß alle ins Fenster gucken und uns beim »Kommune«-Betrachten zusehen konnten.

Einmal kam Sharif mehrere Tage nicht nach Hause, und sein Freund machte sich große Sorgen. Er traute sich nicht, zur Polizei zu gehen, und konnte nur warten. Sein Handy hatte Sharif in der Wohnung gelassen. Wir trösteten den Freund, der so verweinte Augen hatte, daß ihm das Kajal in schwarzen Schlieren runterlief. Endlich war Sharif wieder da. Er hatte dicke Ringe unter den Augen und fast weiße, zitternde Lippen, aber er war glücklich. Auf Viagra hatte er 48 Stunden mit einer Frau durchgebohrt. Wir stellten keine Fragen. Sicher war die Frau jetzt sehr in ihn verliebt. Bald würde unsere sympathische kleine WG Zuwachs bekommen.

Um mich weiterzubilden, lieh Elias in der neuen Videothek Filme für uns aus. Er steckte seinen Daumen in den Scanner und bestellte. Ich war entsetzt.

»Eli, jetzt haben sie deinen Fingerabdruck! Für alle Zeiten bist du in aller Welt identifizierbar.«

»Stimmt. Diese neue Technik wird auch von der Großindustrie gesponsert.«

»Und warum machst du es dann?«

»Ich will die Filme haben! Du mußt ›Donnie Darko‹ sehen.«

»Warum?«

»Wenn du ›Donnie Darko‹ verstehst, verstehst du die Jugend.«

Das klang interessant. Ich war einverstanden. Wir sahen den Film nachts um drei Uhr. Um vier schlief Elias ein.

Ich sah wieder die üblichen Feindbilder, die in Millionen anderer Highschool-Filme, die unsere Kanäle verstopften, auch herumhüpften. Der Kampf der angeblichen Unkonventionalität gegen das Spießige. Die Lehrerin trug Brille und Dutt, die spießigen Eltern kriegten einen Schreikrampf, als sie die Tochter leicht bekleidet in einem Bett aus Rosenblüten mit einem Kerl erwischen. Und so weiter.

Natürlich fehlten auch die »bösen« Rocker nicht, die zähnefletschend Zoten rissen. Dieses ewige Gruselkabinett, in dem das Personal seit James Dean (ca. 1954) unverändert Dienst tat, sollte unsere Jugend darstellen? Das hätte Bush wohl gern. Ich glaubte es nicht.

Donnie Darko hatte natürlich auch wieder das Vierte Gesicht, konnte die Matrix besiegen und Zeitreisen unternehmen. Es wurde alles pseudowissenschaftlich begründet, so daß der erklärungshungrige junge Mensch denken mußte: Irgendwas wird schon dran sein. Die Welt wurde nämlich entweder niemals erklärt, nicht einmal ansatzweise, oder so spukhaft. Als würden Geister, fünfte Dimensionen, intergalaktische Intelligenzen und die Illuminaten alles steuern. Kein Wunder, daß alle jungen Leute, wirklich alle, vollständig ratlos waren. Vom Herrn der Ringe bis zum Terminator IV, überall blühte der schiere Unsinn, der da hochtrabend und ernst daherkam, dargereicht auf einem goldenen Tablett: »Voilà, es ist angerichtet: die reine Scheiße.«

Es war natürlich alles »nur« Märchenstruktur, und am Beginn, bei »Star Wars« vor 27 Jahren, stand auch noch Märchen drauf, wo Märchen drin war. Doch wurde in Amerika das Märchenhafte auch damals schon mißverstanden als das Unsinnige, das plötzlich Sinn machen soll. Der weise Gnom sagt: »Vertraue deinem inneren Schwert die Kraft an, und Gotland wird dem Glauben der Dreizehn unterliegen« oder ähnlichen Philo-Schrott. Er sagt es langsam und bedeutungsschwanger. Vergessen wir's.

Als Eli eingeschlafen war, machte ich schnell den Flachbildschirm aus. Aus den Boxen kam weiter der Ton. Ich fand den DVD-Adapter nicht, und Elias wachte auf.

»Gefällt dir der Film nicht?« fragte er enttäuscht.

»Doch, doch, Elichen.«

»Er ist toll, nicht?«

»Naja, Fantasy ist nicht so mein Ding, weißt du ja ... also der Junge ist schon sehr nett, aber warum muß er das Zweite Gesicht haben? Völlig unnötig! Er hat doch schon so eine nette Freundin.«

»Was hast du gegen Fantasy? ›Herr der Ringe‹ gab's doch auch zu deiner Zeit. Das hat doch Qualität!«

»Qualität?! Das ist Gehirnkrebs!«

»Nein, du mußt zugeben, daß es eine zeitlose Qualität hat.«

Ich gab ihm recht. Insgeheim blieb ich bei meiner Meinung. Als ich noch zur Schule ging, waren die »Herr-der-Ringe«-Leser die Doofen, schon damals. Die wurden alle später Kiffer und lebten heute von der Sozialhilfe. Die Doofheit hatte sich einfach nur global durchgesetzt. Ich setzte ein liebes Gesicht auf. Eli durchschaute mich trotzdem. Er legte die Stirn in Falten.

»Wenn du bei deiner undifferenzierten Meinung gegenüber dem Esoterischen bleibst, wirst du 80 Prozent der Jugend nicht erreichen. Denn für die ist eine Welt ohne das gar nicht vorstellbar.«

Eines Tages trafen wir Julia wieder. Das war die, die aus dem fahrenden Taxi gesprungen war, um Elias zu entkommen. Ich hätte nie gedacht, daß sie sich noch einmal mit ihm verabreden würde. Aber er rief sie an, und sie sagte ja. Zu Fuß gingen wir zur Münchner Freiheit, aßen noch eine Pizza im Stehen. Julia wollte im Zwischengeschoß auf uns warten. Elias rannte voraus, ich aß die Pizza zu Ende. Zu dritt gingen wir zur ostfriesischen Teestube am Pündterplatz. Die gab es schon, als ich noch zum Willi-Graf-Gymnasium gegangen war. Es stürmte und regnete und schneite, aber wir fühlten uns wohl. Julia und Eli gingen erst mal alleine in die Teestube, da ich noch eine SMS an meine Freundin schreiben mußte.

Als ich hineinkam, saß Julia auf einem Kindersessel, Eli groß vor ihr auf einem alten Sofa. Sie hatte sich kleiner gemacht. Wahrscheinlich hatte sie Angst vor mir, denn Eli hatte endskraß von mir geschwärmt. Das war ein altes Zusammenspiel von uns, der stillschweigende gegenseitige Hype.

Er erzählte dem Mädchen, ich sei der deutsche Rainald Goetz, und ich sagte dann in vertraulichen Momenten der Frau, Elias sei der heimliche Lover von Sofia Coppola. Beides stimmte irgendwie. Also auf irgendeiner höheren Ebene. Denn Elias war wirklich mit Sofia in San Francisco zur Schule gegangen, mit 14, ein knappes Jahr lang. Und ich war wirklich einmal mit Rainald Goetz in der S-Bahn gefahren. Nun wußten die Mädchen nie, wer Coppola und Goetz waren, aber der Hype funktionierte trotzdem. Denn wir erklärten natürlich voller Enthusiasmus diese angeblichen Kontakte.

Ich erzählte dann, wie es war, neben Francis Ford Coppola gewohnt zu haben, und wie die Kinder dann immer aus der Schule kamen. Und Elias erklärte den Snails den Beginn der deutschen Popliteratur. Sie hörten durchaus interessiert zu. Wenn ich mich dann noch rechtzeitig von »Crazy« distanzierte, wußten sie ungefähr, was ich machte.

Diesmal trieben wir es zu weit. Elias begann mit einer Geschichte aus Los Angeles. Er war neun Jahre alt gewesen. Ein fetter Angeberfreund Veronikas hatte auf seiner Geburtstagsparty eine Tonne Schnee bestellt. Bei plus 30

Grad machten die Gäste eine Schneeballschlacht. Ich toppte das mit einer noch größeren Angeberei:

»Die Amerikaner. Müssen immer angeben. Mein größtes Erlebnis dieser Art war, wie Paul Getty mich vom Flughafen abholte und mich zum Getty-Museum fuhr. Er zeigte mir sein eigenes Museum! Stellt euch das vor! Und es war zufällig das berühmteste Museum der Welt für antike Kunst.«

»Kennst du auch das neue Getty-Museum?« fragte Eli. Ich merkte, daß Julia auf das Thema nicht ansprang, und redete lieber über etwas anderes.

»Wo wohnst du gerade?«

»Bei meiner Mama. Aber Gilles ist da, ihr junger Liebhaber, der ist zwölf Jahre jünger als sie. Ich zieh am Sonntag um, zu meiner Schwester, die nach New York zieht. Vorher habe ich ein Jahr bei meinem Vater gewohnt, davor ein Vierteljahr mit meinem damaligen Freund und dazwischen bei Freunden und Freundinnen. Letzte Woche habe ich bei einer schlagenden Verbindung gewohnt, als erstes Mädchen.«

»Hast du denn da jemandem das Ohr abgeschlagen?«

»Nein. Aber ich fand's cool da. So konservativ. Fast wäre ich geblieben.«

Sie war sehr hübsch. Ein reizendes Kind, man konnte es nicht anders sagen. Elias machte keinen Hehl daraus, in sie verliebt zu sein. Ich hatte selten eine so perfekte Mischung aus kleiner Nase, hoher Stirn, schrägstehenden Augen und roten Lippen gesehen. Es war somit nur eine Frage von Minuten, bis der Satz fiel:

»Das ganze Wochenende war so kraß. Am Freitag so betrunken, und am Samstag dann dieses Shooting.«

»Du bist fotografiert worden?«

»Ja. So erotische Aufnahmen. Es hat Spaß gemacht. Ich

habe bestimmt, wie ich fotografiert werde, nicht der andere.«

Erst war es ihr ein bißchen unangenehm, aber nach ein paar Gläsern Champagner lief es richtig rund. Nach dem Shooting aß sie mit der Mutter. Danach rauchte sie einen Joint mit einem alten Freund. Das bekam ihr nicht. Sie lief zitternd im Zimmer auf und ab, konnte sich nicht mehr beruhigen. Ihre Psyche spielte verrückt, ihr Kreislauf erst recht. Das Erotik-Shooting, der Sekt, die Tüte, die Mutter – und außerdem dachte sie, daß sie nicht umziehen wollte, daß das ein Fehler sei. Aber sie konnte nicht nachdenken. Und dann stand noch ihr Ex-Freund in der Tür, der obdachlos geworden war und die Nacht bei ihr schlafen mußte. Das tat er auch. Mit ihr in ihrem Bett. Es war schrecklich. Sie hatte keinen Freund, und sie wollte auch keinen mehr.

»Ich habe früh die Erfahrung gemacht, daß ich jeden Mann haben kann. Jetzt macht es mir nur noch Spaß, mit ihnen zu spielen.«

Sie flirtete, bis der Mann zuschnappte, und damit war das Spiel zu Ende. Er hatte verloren, und Julia spielte mit dem nächsten. Das konnten viele werden pro Ausgehnacht. Noch nie hatte es einen gegeben, der nicht zuschnappte.

»Auch solche mit Freundin?«

Sie verschluckte sich fast vor Lachen. Was für eine dumme Frage. Aber dann mußte doch Elias das Spiel gesprengt haben, denn er hatte, noch bevor Julia das Startzeichen gegeben hatte, gerufen: »Du kannst mich haben! Du kannst mich haben!« Nun ja, vielleicht hatte sie ihn deswegen damals geküßt.

»Ich war zuletzt mit einem 25jährigen zusammen, Psychologie-Student im zehnten Semester, auch Fotomodel. Das war alles okay, nur daß ich überhaupt nichts davon gemerkt habe, daß er soviel Psychologie gelernt hatte. Ich sage euch, nichts! Da hat er fünf Jahre lang über die tiefsten Menschheitsprobleme geforscht, aber davon war nichts zu merken. Schließlich hat er mit seinem 40jährigen Manager rumgemacht.«

»Er hat mit seinem Manager geschlafen?!«

»Nein, nicht geschlafen, aber so rumgemacht. Er hat einfach nicht gewußt, was er wollte. Ich dagegen weiß es.«

»Was denn?«

»Ich will die größte Muse der Welt werden.«

Elias hatte mir das schon gesagt. Daß sie das wollte. Es war ein ungeheuerlicher Vorsatz. Und nicht nachvollziehbar. Was hatte sie davon?

»Was hast du davon, wenn du Muse bist? Der Künstler wird durch dich berühmt, und du?«

Sie zuckte mit den schmalen Schultern. Sie würde halt auch ein bißchen berühmt werden. Ich sagte, fast in Gedanken:

»Ich könnte mir das gut vorstellen, mit der Muse.«

Sie sah mich ruhig an und sagte gedehnt:

»Natürlich kannst du dir das vorstellen.«

Sie sah mich direkt an, mit halb geschlossenen Augen, und legte dabei kurz die Zunge auf die Oberlippe. Es sah so verboten aus, daß ich hoffte, Elias habe es nicht mitgekriegt. Und wenn doch, daß er glaubte, dieses kleine erotische Stakkato sei ihr nur unbewußt unterlaufen. Später überlegten wir, zu dritt in eine Almhütte zu fahren, und da machte sie das noch einmal.

Sie konnte die Männer wirklich in Sekunden verrückt machen. Sie wußte das, und es war nicht schön für sie. Sie wünschte sich, daß einmal ein Freund er selbst bliebe und nicht verrückt an ihr wurde. Aber bei den jungen Männern unserer Zeit konnte sie lange suchen. Die verstanden sowieso nur noch Bahnhof. Bewußtlose Körpermenschen, die nicht mehr wußten, wie rum man eine Zeitung liest, von oben oder von unten, da sie noch nie eine in der Hand gehalten hatten.

Während wir darüber redeten, dachte ich, daß Elias der Richtige für sie sein könnte, sagte es aber natürlich nicht.

Wir redeten über ihre Eltern und Geschwister sowie die nachrückenden Partner der Eltern nach der Scheidung in chronologischer Reihenfolge. Denn der junge Franzose Gilles war nicht der erste neue Partner. Auch der Papi hatte sich erst die eigene Sekretärin gegriffen und danach noch eine. Und dann eine vollkommen andere Frau, vom Typ her, so eine, die ihn herumkommandiert. Im Grunde genommen war es wohl so, daß die diversen Affären nicht so wichtig gewesen waren, wie in jeder gut funktionierenden Familie der Bourgeoisie – bis dieser Schönling Gilles kam. Ein Gefühlstyp. Einer, der vor Rührung flennte, wenn er es der Frau gut besorgt hatte. Armer Papi! Was für eine Heimsuchung! Er versuchte, die Kinder gegen den Weichling aufzuhetzen.

Ein Jahr lang kämpfte er, dann gab er auf. Gegen die Liebeskunst des Franzmannes konnte er nichts ins Feld führen. Alle drei Töchter – Mira, Julia und Sarah – verfolgten die Kämpfe mit Interesse und Anteilnahme, ohne Schaden zu nehmen. Sagte Julia. Ihr hastiges, unstetes Leben sah natürlich nach dem Gegenteil aus. Aber wer wußte es schon? Julia wußte es nicht mit letzter Sicherheit, wir auch nicht. Aber sie wollte als Muse bei uns einsteigen.

Wir überlegten, was unser erstes gemeinsames Abenteuer werden sollte. Bestimmt eine Reise! Aber wohin? Nach Amsterdam? Nach Regensburg, zur Walhalla – das schlug Julia vor. Elias meinte:

»Zum Walchensee. Das Hitlerlokal besuchen. Und bergsteigen.«

»Ja, in die Berge. Ich will in eine Almhütte«, sagte ich.
Julia sah mir in die Augen:
»Ja. Und darin übernachten ...«
»Genau. Wie in der deutschen Romantik vor 200 Jahren.«
Eigentlich sah sie aus wie Romy Schneider in ihrem ersten Spielfilm. In München sahen die Mädchen ja öfters so aus, was an der Nähe zu Österreich lag.

Nachdenklich ging ich am nächsten Tag durch die Straßen. Es fiel mir ein, daß ich meine Kindheit zum Teil in dieser herrlichen Stadt verbracht hatte. Meine Eltern fuhren von der tschechischen Grenze aus, wo wir wohnten, einmal im Monat nach München. Mit dem alten DKW Tourist 1000 war das eine Tagesreise. Man machte Station in Deggendorf, damals eine bedeutende Provinzmetropole auf dem Weg zur fernen Landeshauptstadt. Mehrere Eisenbahnstrecken kreuzten diesen Knotenpunkt, und man raunte sich zu, die Stadt habe mehr als 10 000 Einwohner. Der Wagen wurde aufgetankt, abgeschmiert, mit Kühlwasser versehen und bis Landshut gequält. Da stand die Sonne im Zenit. Man aß in einem bayrischen Rasthaus, wechselte die Zündkerzen, schlief im hinteren Wagenabschnitt ein knappes Stündchen. Dann ging es weiter nach München.
Ich wurde in München konfirmiert. Im Gemeindekeller von der Hiltenspergerkirche erlebte ich meine erste Party. Das Mädchen, das ich zum Tanzen aufforderte, war zwei Jahre jünger als ich, also elf. Wir unterhielten uns den ganzen Abend, und danach begleitete ich sie nach Hause. Sie wohnte in der Karl-Theodor-Straße Nr. 5, ich wußte es plötzlich wieder. Sie gefiel mir sehr gut. Sie hatte ein ehrliches Gesicht, lange kastanienbraune Haare, einen gelben Pullover und eine schwarze Bluse an, war recht dünn, und

ich hatte ein Problem damit, daß sie ja ein Kind war. Das war ich zwar auch, aber ich dachte, man dürfe Kinder nicht anfassen und vor allem nicht küssen, egal wie alt man selbst war. Das hatte ich aber getan. Höflich und interessiert blieb dieses Mädchen bei mir, beantwortete ernst jede Frage und stellte selbst viele. Sie war ein Mensch. Nach ihr kamen nur noch Karikaturen. Eben das Personal der Pubertät.

Diese goldene Kindheit in München hatte mit Hans-Jochen Vogel, Dieter Hildebrandt von der Lach- und Schießgesellschaft, dem Fasching, den Akademiefesten, dem U-Bahn-Bau und dem Olympiaturm zu tun. Die Flugzeuge landeten immer in Riem. Wir schliefen in der Brunnerstraße, das letzte dort gebaute Haus war das unserer Verwandten, direkt am Luitpoldpark.

München war damals die heimliche Hauptstadt Deutschlands. Die Mädchen gingen auf das Sophie-Scholl-Gymnasium, die Jungen auf das Willi-Graf-Gymnasium. Ich liebte die Mädchen, man konnte mit ihnen immer Spaß haben. Sie waren immer und jederzeit zu allem bereit, kannten keine Angst.

Der Feind waren die Eltern, die Lehrer und die Polizei. Mir war immer klar, daß man Kinder nur in München aufziehen konnte. Hier hatten sie das Jugendparadies auf Erden. Erst wenn sie zur Uni kamen, wurde es fad. Deshalb versuchten auch alle Münchner Schüler immer, die Schulzeit hinauszuziehen, und sie fielen dauernd durch. Viele machten erst mit 22 oder 23 Abitur, wie auch Elias. Danach war der Spaß vorbei. Die Leute wurden erwachsen und depressiv. Erst zehn Jahre später, wenn sie selbst Kinder in die Welt setzten, ging der Fun von vorne los.

Elias' jugendliche Freunde kamen in der ersten Hälfte der 80er Jahre zur Welt und hatten Eltern, die in der ersten Hälfte der 70er Jahre so jung gewesen waren wie sie heute.

1971 war Julias Vater so alt gewesen wie Julia heute, nämlich 19. Die Jugend von heute war somit das direkte Produkt der glücklichsten, sorgenfreiesten, reichsten und gebildetsten Jugend aller Zeiten, der 70er-Jahre-Jugend. Daher waren die alle so unbeschwert und offen, diese Happy Few. Ein paar Hunderttausend mochten es sein, die meisten davon aus Schwabing. Ich begann endlich wieder, Gefallen an dieser Jugend von heute zu finden. Denn es war die von gestern, und es gab sie nur hier. Die ewige Münchner Jugend. Die vom Hohenzollernplatz.

Ich war mir sicher, Elichen würde auch noch in fünf Jahren nach seinem Ausweis gefragt werden, vom Türsteher. Er würde keine Freundin haben und alle Frauen anbeten, die ihn abwiesen. Er würde immer 18 bleiben. Forever young. Er würde am Honzi stehen und einen anderen Jugendlichen um eine Zigarette fragen. Seine Jugend war zu schön. Er würde sie niemals abbrechen.

Ich schlief ein paar Nächte im Hotel, um den Jungen, der wieder abends seinen Joint rauchte und den Laber-Flash bekam, nicht pausenlos um mich zu haben. Wenn ich dann am nächsten Vormittag in die Wohnung zurückkam, lagen immer mehrere Menschen in seinem Bett. Und immer war ein Mädchen dabei. Ich jubelte innerlich. Eine eigene Freundin war der erste, unverzichtbare Schritt zum Erwachsenwerden. Auch er hatte als Kind schon einmal eine Freundin gehabt. Aber die dauerhafte körperliche Vereinigung mit einer eigenen Freundin, die ihm ganz und gar gehörte und nur ihm, war ihm im Erwachsenenalter noch nie vergönnt gewesen.

Am ersten Morgen sagte er mir, er habe die ganze Nacht mit Julia zwo geschmust, und es sei der absolute Hammer gewesen. Daß Jonas mit im Bett lag, zählte nicht. Jonas, der große, gutaussehende Schwarze, strahlte Vertrauen aus. In seiner Gegenwart hatte kein Mädchen Angst. Er war der gute Mensch der Stadt.

Am zweiten Morgen war er immer noch da, aber das Mädchen hatte gewechselt. Nun war es schon Julia eins, die die Zärtlichkeiten erwidert hatte oder jedenfalls zugelassen. Julia eins war eine um Dimensionen bessere Partie als Julia zwo. Ich führte im Bad ungesehen kleine Freudentänze auf. Der Junge schaffte es noch! Wer Julia eins schaffte, schaffte alle!

Am dritten Morgen lag Iljana in seinem Bett. Ohne Jonas. Elias machte ein mißmutiges Gesicht.

»Guten Morgen, El! Na, schlecht geschlafen?«

»Die ganze Nacht gekuschelt. Das gibt echt die guten Botenstoffe. Oder wie das heißt.«

»Gratuliere! Siehst auch ganz gut aus!«

»Die schlechte Nachricht: Ich habe dabei die ganze Zeit an Julia zwo gedacht.«

»Mit der lief wohl mehr?«

»Es war einfach die endskrasse Mega-Superspannung da, auch wenn sich nur unsere Knie berührt haben.«

»Nur die Knie?! Bist du sicher? Die ganze Nacht?«

»Ganz sicher. Ich hab gehört, wie ihr Herz raste. Es war der krasseste Film, den ich je mit einem Mädchen laufen hatte.«

»Wow. Und mit Iljana?«

»Naja ... nicht so toll. Sie nervt mit Gefühlen. Wir haben uns aufeinandergestürzt.«

»Was?! Wo habt ihr euch berührt?«

»Wir haben halt voll rumgemacht. Das ganze Programm und so.«

»Ge- gebohnert?!«

»Nein, natürlich nicht!«

»Also geküßt!«

»Nein, *das* nun als einziges nicht. Aber sonst alles. Ich hab sie geleckt, sie hat mir einen runtergeholt, nein, zwei sogar, am Morgen noch mal.«

»Aber nicht *geküßt*?«

»Nein, wo denkst du hin? Küssen hat immer gleich so eine Bedeutung. Dann geht es sofort um Gefühle und diese Debatten. Das war ja das Nervige. Plötzlich sagt sie, als ich schon aufgestanden war: ›Du, ich muß dir etwas sagen, das sehr wichtig ist.‹ Ich dachte schon, oh Gott, was wird das jetzt. Und so war's dann auch.«

Er steckte sich ärgerlich eine Zigarette an.

»Sie wollte über Gefühle reden?«

»Genau. Furchtbar. Zum Glück bist du dann gekommen.«

Irre! Ich hatte die beiden im Beziehungsgespräch unterbrochen. Das Mädchen hatte sich schnell angezogen und war in die Küche geschlüpft, um abzuwaschen. Dann hatte es sich zu uns gesetzt, Kaffee gebracht und ganz nett mit uns konversiert. Sie war schön, schrieb Drehbücher und ging auf die Filmhochschule. Sie mußte gebildeter sein als die Anas, Oonas, Suzannas und so weiter, denn sie kannte sogar die großen Buchverlage. Selbst Julia eins hätte Suhrkamp für eine Zigarettenmarke gehalten. Iljana las gerade Thomas Bernhard mit Vergnügen. Sie hielt »Im Kalkwerk« für ein humorvolles Buch. Diese phantastische Frau hatte sich in unseren Eli v e r l i e b t ...! Ich holte Luft.

»Elias! Was hat sie gesagt? Daß sie dich liebt?!«

»Jop.«

»Elias, die mußt du nehmen! Du bist ein gemachter Mann! Ich hab's immer gewußt, daß du die Kurve noch kriegst, Kleiner!«

Vor Rührung stiegen mir die Tränen hoch. Aber Elias wehrte barsch ab:

»Sollte ich nicht lieber mit Julia zwo der gemachte Mann sein? Bei ihr kriege ich viel mehr Power. Die Vibes mit ihr müßtest du kennen!«

Ich packte ihn unbeherrscht an seinem dünnen Hals und preßte hervor:

«Du Unseliger! Du Satansbraten! Du nimmst sie nur nicht, weil sie dich mag! Es ist immer dasselbe mit dir!«

Er lachte sein unbekümmertes, freies Kinderlachen.

»Ha ha ha, Jolo ...! Was ist denn mit dir los? Sie mag mich, weil ich sie NICHT mag! Das ist das blöde Spiel dabei, nicht umgekehrt, das kannst du mir glauben.«

Ich sah ihn verwirrt an. Ich brummte, das sei seine ewige Lebenslüge. Aber er war sich vollkommen sicher. Mühsam widersprach ich ein letztes Mal.

»Sie mag dich, weil du ungewöhnlich und liebenswert bist. Du siehst nett aus, hast diesen verrückten Milliardärs-Hintergrund, dazu den verrückten Langhans-Hintergrund, und wenn ein Mädchen mal nicht …«

Ich sprach nicht zu Ende. Elias hatte sich schon lachend und kopfschüttelnd abgewandt.

Eine maßlose Wut stieg in mir auf. Er verliebte sich in jede unbedeutende Tusse, wenn sie nur blöd genug war, ihn zu verkennen und abzuweisen. Denn nur bei solchen Tussen konnte er sicher sein, daß es zu keiner Beziehung kam. Er war ganz einfach schwul und wußte: Bei einer Beziehung mit einer Frau würde alles auffliegen. Und so wie er war seine ganze verdammte Generation. Weil sie alle bei der alleinerziehenden Mutter aufgewachsen waren. Weil der Vater versagt hatte. Weil ICH versagt hatte.

»Elias, nimm dieses Mädchen. Wenn sie sagt, sie hätte sich in dich verliebt, mußt du es einfach versuchen. Nur dieses eine Mal. Ein Mann wächst mit seiner Aufgabe. Du wirst sehen, du wirst dich dabei verändern. Tu es mir zuliebe.«

Nun lachte er hochfahrend und schrill. Er bedachte die arme junge Frau mit groben Beleidigungen. Und er glaubte jedes Wort davon selbst. Sein Verdrängungs- und Lebenslüge-Apparat funktionierte so reibungslos, daß er sich immer sicherer wurde.

»Dieses tote Stück Rind?! Mit DER soll ich was anfangen? Sie hat nicht die aller-aller-allerkleinsten femininen Strahlungen! Ich bin einfach zu sehr in ECHTE Frauen verliebt, als daß ich mit DER Transe rummachen wollte! Also echt jetzt, Mann.«

Was für eine Gemeinheit. Natürlich war dies kluge Mädchen ganz besonders feminin. Aber ich war von Elias' durchsichtigen Manövern so abgestoßen, daß ich ruhig wurde und das Thema wechselte.

Zu oft hatte ich es schon erlebt. Wahrscheinlich war ich die Ursache für den ganzen schizoiden Blödsinn. Er wußte, daß ich ihn nicht mehr lieben würde, wenn er ein echter Homosexueller würde. Ich haßte das Vereinsmeiertum der Schwulen, ihr Desinteresse an allem, was nicht mit ihrer Minderheit zu tun hatte. Mein eigener Elias solch ein Langweiler?! Das hätte ich nicht überlebt.

Und so hatte der Kleine einen Weg gefunden, ein Hetero zu sein und dennoch mit keiner Frau zusammenzukommen. Da war ihm ein echtes Kunststück gelungen, was nur deswegen möglich war, weil fast alle deutschen Muttersöhnchen diesen Weg wählten. Und wenn ich mir den Jungen so ansah, mußte ich sagen, daß er glücklich zu sein schien. Glücklicher als ich. Deshalb wollte ich ihn nicht länger in eine Richtung drängen, in die er nicht wollte. Trotzdem konnte ich mir nicht vorstellen, wie er auf dieser seiner Schiene erwachsen werden konnte. Vielleicht würde sich ein überraschender kollektiver Weg eröffnen, von dem die Journalisten heute noch nichts ahnten.

»Kommst du mit zum Wolke?« fragte Elias in mein Schweigen hinein.

»Der ... Wolke? Was ist denn da?«

»Pre-Drinken. Eine Stunde. Bevor die Party anfängt.«

»Natürlich komme ich mit. Klar!«

Er nickte ernst und ging in sein Zimmer, um sich umzuziehen.

An der Tankstelle neben dem Haus kauften wir billigen Bacardi und eine Zwei-Liter-Flasche Pepsi-Cola. Im Thai-

Restaurant an der Leopoldstraße holte Elias eine Tüte Eiswürfel, während ich draußen mit den Trinker-Utensilien wartete.

Mit der U-Bahn fuhren wir zum Scheidplatz, stiegen um, fuhren noch zwei Stationen. Elis Handy klingelte wie immer zuverlässig alle zwei Minuten. Freunde wollten wissen, wo er gerade steckte, was er machte, was er am Start hatte.

»Und, was geht? Wo seid ihr ... beim Albert ... habt ihr 'n Auto ... in der Regi? Warum, ist die Simone auch da? ... Nein, wir sind in der Steinheilstraße. Wir gehen gleich hoch.«

Wir schleppten das Zeug vier Stockwerke nach oben. Wir stießen auf drei Mädchen, eins davon war Jenny, die Asiatin, die vorübergehend da wohnte, zusammen mit den Jungen Dommi, Zitzer und Wolke. Jenny war höflich, wie die Japanerinnen in dem Film »Lost in Translation«.

»Guten Abend. Ich freue mich, daß ihr gekommen seid. Bitte fühlt euch wohl und habt eine gute Zeit.«

Gleich darauf verließen alle drei Mädchen die Wohnung, eines nach dem anderen, jedes für sich und überstürzt, wie ich fand. Die Jungs blieben. Elias mixte die Drinks. Wolke setzte sich an den Computer und klickte Lieder an, die noch im selben Moment aus angeschlossenen alten Lautsprechern schepperten. Bestimmt hatte er ein paar tausend Titel gespeichert oder sich speichern lassen, das ging ja in Sekunden. Alle Jungen hatten heutzutage das gesamte Liedgut der letzten 15 Jahre in ihrer Maschine. Was davor war, interessierte nicht mehr. Die Musikgeschichte begann Ende der 80er Jahre mit House, Hiphop, Acid, Trance, Techno, Jungle und Jazza Nova. Die letzte Gruppe der verhaßten Musik der Eltern war Guns 'n' Roses gewesen.

Noch ein Junge kam, der Bator, ein Freund aus Elis

Kindheit, ich hatte ihn zuletzt als Neunjährigen gesehen. Nun war er 25, trug eine Beatlesfrisur und sah ein bißchen räudig aus. Der Bator. Sein Vater war Mongole, seine Mutter von Geburt an Schwabingerin. Ich hatte ihn schon als Kind für verschlagen und unangenehm gehalten. Er hatte immer Barbara gegrüßt und mich nie, aus unerfindlichen Gründen. Ich war immer kurz davor gewesen, ihn zu packen und zu zischen: »Ein bißchen mehr Respekt, kleine Ratte, oder es setzt was!« Tat es aber nicht. Und jetzt war es wieder so. Er hatte eine unangenehme Ausstrahlung und begann als erstes, einen kleinen digitalen Walkman zu verticken, wie der letzte Türke:

»'n Vierziger! Ey, Mann! Ich hab ihn für 'n Siebziger bekommen. Der hat echt 'n 70er gekostet. 40 ist korrekt. Is überkorrekt.«

»'n Zwanziger.«

»'n Vierziger!«

Die Jungen chillten unbeeindruckt weiter, luden sich Songs runter. Sie lagen dabei bequem, einer in einem großen Bastsessel, zwei auf dem Boden, einer auf dem Bett. Natürlich stand der übliche Zwei-mal-zwei-Meter-Designer-Fauteuil in einer Ecke des Zimmers, und natürlich war er total zerwühlt. Eli machte es sich zwischen gemustertem, zerknülltem Bettzeug, alten Socken und Boxershorts, muffigen T-Shirts und Pizzaresten gemütlich. Die Möblierung bestand vor allem aus Technikteilen, woran man gleich das Jungenzimmer erkannte. Ausrangierte Computer, Hi-Fi-Türme, Monitore, Fernseher, CD-Player und so weiter.

In Jennys Zimmer standen dagegen nur Kleiderkoffer und hundert daraus entnommene Textilien. Und ein Schminkkoffer. Aber Jenny war auch auf der Durchreise. Sie interessierte nur die Frage »Was ziehe ich heute an?«.

Ich sah mich in Wolkes Zimmer um. An einem alten

Bauernschrank klebte ein großes, eingerissenes Nackt-Poster einer dicktittigen Blondine, wahrscheinlich Katie Price. Ich fand es abstoßend, andererseits war es der erste Hinweis auf Heterosexualität in dem Raum. Das war mir natürlich recht.

Noch ein Junge kam, Daryl, ein Afrodeutscher. Da Wolke einen koreanischen Vater hatte, war Elias der einzige Deutschdeutsche in der Runde. Die kulturelle Vielfalt machte es ihnen leicht, sich auf das zu werfen, was sie einte: Alter, Generation, Geschlecht. Also das Chillen, Musikhören, über Mädchen plaudern, die man gesehen hatte, aber noch nicht kannte. Dazwischen die beständigen Nightlife-Infos aus den Handys, so monoton und zuverlässig wie der Polizeifunk.

»Der Bean ist im Sausalitos. Ist aber nicht so gut. Die Nina soll noch kommen.«

»Bringt sie ihre Schwester mit?«

»Was cool ist, ist die Margarita-Happy-Hour in der Sausalitos-Bar.«

»Man weiß nicht, sind das die Strokes, oder ist das was Billiges.«

»Der Mäx hat gestern so cool gekocht, echt lecker.«

»Im P1 habe ich ihn gefragt, ob er schwul ist. Wegen dem Hut. Da ist er echt ausgerastet. Am Ende haben wir uns gegenseitig dauernd angeschrien, schwul zu sein …!« Elias gluckste vor Lachen.

Er sprach über Jamie, den Schwarzen aus New York. Angeblich checkte er Drehbücher für Universal. Er rief ihn an.

»Hi, here is Eli. I want to invite you to a party tonight. The party is very big, so you might come. Subway station Silberhornstraße.«

Anders als in Berlin spürte man hier auf Schritt und Tritt

noch Wohlstand. Die gute Schwabinger Bausubstanz, der wertvolle Dielenboden, die teuren Möbel von den Eltern, die prall gefüllten Kühlschränke mit echten Markenprodukten, Öko-Schinken und Bio-Orangeade. Da kam noch echte Nutella aufs Pfister-Brot, und wo Nutella drauf stand, war es auch drin. West-Berlin wurde von Nutella gar nicht mehr beliefert, seit Ende der Luftbrücke, weil die Leute da nur noch Surrogate kauften.

Ein weiterer Junge kam, Name unbekannt.
»Frohes Neues.«
»Wie war's in Italien?«
»Gut.«
»Kommst du mit auf die Party? Große Filmparty. Der Anlaß ist einfach nur, daß ›Das Wunder von Bern‹ so gut gelaufen ist.«

München war seit 1945 die deutsche Filmstadt. Fast alle diese Filme aus den 50er Jahren, die an Feiertagen in ARD und ZDF liefen, waren in München und Umgebung gedreht worden. Von der wirtschaftlichen Bedeutung her war München das deutsche Hollywood gewesen. Davon waren die Filmpartys übriggeblieben.

Jemand spielte aus Versehen Lenny Kravitz. Alle riefen ärgerlich:
»Mach's aus, bitte!«
Große Empörung, ohne Ironie. Lenny Kravitz war das Letzte, einer, der für nichts stand, der den Affen gemacht hatte für Banker und Werber, für bewußtlose Singlefrauen. Ein Kastrat der Herrschenden. Der Erwachsenen sozusagen. Wolke legte The Seed 2.0 von The Roots auf.

Der Bacardi und die Pepsi-Flasche waren schnell halb leer, schon nach 20 Minuten.
»Wie findest du die neue Timbaland? Gut produziert, gell?«

»So 'n alter Homeboy. Raucht nicht, kifft nicht.«
»Weil er 'n klaren Kopf braucht.«
Wolke trug eine selbstgestrickte halbrunde Haubenmütze, dazu eine Outkast-Frisur, also eher lang, und einen Latino-Schnurrbart. Die Jungs lachten, stießen sich an, fühlten sich wohl. Es war keinerlei Angst zu spüren. Jeder war vollkommen frei, jeder kannte jeden von Kindesbeinen an. Daryl trug eine alte, zerfranste, löchrige, viel zu weite Jeans. Die kleinen Aschenbecher quollen über. Alle achteten ein bißchen auf die Musik, so nebenher, erkannten die Stücke, reagierten darauf, kommentierten sie. Noch ein weiterer Junge kam.

Wo waren bloß die Freundinnen? Julia eins und zwei? Völlig ausgeschlossen, daß in dieser virilen Runde noch ein Mädchen Platz gefunden hätte.

Elias setzte sich nun an den Computer und lud die Stücke runter. Sofort stieg die Stimmung erheblich, näherte sich der Euphorie. Peaches, Kelis' Milkshake, Miss Kitten, Zombie Nation. Ohne die Weiber war es doch am schönsten, alte Stammtisch-Weisheit, schließlich waren wir in Bayern.

Eli trug ein dunkles Yves-Saint-Laurent-Streifenhemd und rote Nike-Schuhe mit weißen und schwarzen Einlagen von 1982, der zweite Jordan, von Armani designt, angeblich der begehrteste Sammlerschuh aller Zeiten. Sein Cousin hatte ihm den besorgt, Paul Getty der Vierte, Balthazar genannt, oder auch Balzi, wenn er in München war. In München benahm sich Balzi immer höflich, in Los Angeles nicht. Da war er das Ekel in Reinkultur, Son of J. R. Ewing, wenn man so wollte.

Eli spielte Kylie Minogue kurz an, ging dann in harten, pathetischen Hiphop über. Er trug längere Haare und sah, egal in welcher Einstellung, niemals älter als 20 aus, wie Tom Cruise, mit dem er objektiv eine starke Ähnlichkeit hatte. Auch Cruise sah ja lange Zeit nie älter als 20 aus, selbst heute noch manchmal, da er 40 ist. Es ist das Jungen-Gen.

Wolke begann, Bongo zu spielen zu den Stücken. Bator baute einen Joint. Er wollte noch immer seinen Digitalrecorder verticken. Er schien eine Art Recht darauf zu haben. Zu einem bestimmten Preis *mußten* die anderen kaufen, das schienen geheime Schulhof-Regeln zu sein, wie an der Börse. Kein Mensch durfte aufstehen und sagen: »Hey, Bator, du Scheusal, laß uns in Ruhe mit deinem Digi-Scheiß, wir haben kein Interesse!« Nein, er gehörte dazu. Er bekam seinen »respect«.

Auf dem Fußboden lag die Bild-Zeitung mit Daniel Küblböck im Dschungelcamp auf der ersten Seite. Auf einem langen wackeligen Wäscheständer verrotteten jede Menge schon wieder schmutzig aussehende, zerknüllte Wäschestücke, Handtücher, Unterhemden. Im ganzen Raum war kein einziges Buch zu entdecken. Die Anrufe häuften sich. Man spürte die Bewegung überall. Die ganze Jugend erhob sich aus den Korbsesseln, in gegenseitiger Absprache. Es war 0.45 Uhr. Eli spielte Panjabi MC. Bator schrie Daryl an:

»'n Vierziger – und? Ist der Deal gemacht?!«

Bator trug dunkelblaue Wildleder-Halbstiefel, Jeans, einen silberbeschlagenen Gürtel, halblange Haare. Er sah wie ein »moderner« Jugendlicher aus Tokio aus.

Die Jungen tanzten plötzlich, und zwei sangen eine Coverversion eines Beach-Boys-Stückes mit, sehr süß, rührend. Die Bacardi-Flasche wurde ausgetrunken und Wolkes Kleiderkammer geplündert. Sie probierten die Sachen an. Jeder drehte sich im Spiegel, hörte auf das Urteil der anderen. So hatte ich mir immer die Metrosexuellen vorgestellt.

»Die ist geil. Die würde ich anziehen.«
»Sag ich doch.«
Im Pulk und im besten Sinne angetrunken ging es per U-Bahn zur Filmparty. In München fahren die Bahnen sinnvollerweise auch um halb drei Uhr nachts noch völlig regulär. Wozu sind die Wochenendnächte wohl da? Zum Feiern natürlich. Und die Stadt ehrt ihre jungen Bürger mit den entsprechenden Fahrleistungen.

»Ich hab dir doch von Nathalie erzählt? Die, die mich zurück zum Sex gebracht hat? Die hat hier in die U-Bahn gepinkelt, und wir sind ganz nach hinten gegangen, um es nicht zu riechen. Und dann ist die Bahn losgefahren, und die Pisse ist durch den GESAMTEN Waggon bis zu uns geflossen ...«

Breites Lachen. Das sind die Geschichten, die man sich über Frauen erzählt. Es sind schon unheimliche Wesen, diese Chicks!

Elias wettete mit Daryl um hundert Euro um den Namen der nächsten U-Bahn-Station. Und gewann! Er ließ sich auf die Knie fallen und rief komplett ausgelassen und überglücklich:

»Hundert Euro!! Hundert Euro!! Ich habe hundert Euro gewonnen!!«

Daryl rupfte gereizt einen Schein aus seinem braunen Schweizer Lederportemonnaie. Im Laufschritt ging es durch den fallenden Schnee zum Eingang der großen Party. Wolke zog sich noch Geld aus dem EC-Automaten, lieferte sich mit Daryl eine Schneeballschlacht. Wir verloren kurz Elias, der hinter einer Litfaßsäule pinkelte. Schließlich pinkelten alle in Reihe hinter der Litfaßsäule.

Die Türsteher ließen alle rein. Sie wollten von Elias erst den Ausweis sehen, statt dessen zeigte ich meinen. Es war wie im korrupten Rußland. Die Leute nahmen Haltung an und winkten uns wichtigtuerisch durch. Fast hätten sie den Arm hochgerissen. Wo hatten die wohl mal gedient? Schlechte Musik schwemmte auf uns zu.

Prompt wurde hier pausenlos das gespielt, was in Wolkes Wohngemeinschaft die Ausnahme gewesen war: Prince und dergleichen, Funky Music, repressives Gesäusel schwarzer Sklavennaturen. Hier waren »Paare«, also reinrassige Heteros, Leute, die »geil« tanzen wollten mit ihren Partnerinnen und doch erbärmlich unsexy dabei aussahen. Kein Mastermind Holm Friebe hätte sich in diese Mutti- und-Vati-lassen's-krachen-Veranstaltung verirrt. Selbst der steinalte Rainald Goetz wäre eher zur 10-Jahre-VIVA-Party gegangen. Aber das war die deutsche Film- und Unterhaltungsindustrie. Die Leute sahen aus wie Sau, eben wie die Filme, die sie machten. Maria Schrader spielte immer mit und natürlich Hannelore Elsner.

Ich verstand plötzlich, warum meine Kids nicht in Paarbeziehungen leben wollten. Ich sah Frauen, die die Lippen schürzten, den rechten Arm hochreckten und lustig gebrochene »sexy« Posen einnahmen, während ihre Männer im schwarzen Anzug vor ihnen den Phil Collins versuchten. Ich konnte immer nur weggucken, oder besser gesagt, ich konnte es nicht, denn wo immer ich den Blick hinwandte, sah ich dieselben kleinbürgerlichen Poser.

Manche trugen schlecht sitzende Cordhosen und hatten ihren Pullover um den Hals und um ihr unbedrucktes weißes Unterhemd geknotet. So sah ich nicht einmal aus, wenn ich den Keller ausmistete. Sie umklammerten ängstlich eine häßliche Flasche Becks, während meine Jungs aus selbstgebastelten Molotow-Cocktails tranken: Apricot Brandy, drei Sorten Rum, Lime Juice, Zitrone und Rohrzucker.

Die Getränke waren frei, deswegen waren sie hier, und sie optimierten die guten Voraussetzungen zu Superdrinks.

Doch auch die größte Trunkenheit konnte nicht vergessen machen, was für Leute das waren, was für einen Gestank sie verbreiteten. Brillenträger im Sakko, die »lustige« Armbewegungen machten, die Hände künstlich flattern ließen und die Augen verdrehten. Frauen, die »figürlich« vor ihnen tanzten, den Schwanensee von Tschaikowsky oder was. Und mittendrin Robert Stadlober, der als einziger lokker wirkte, sozusagen NICHT ALT. Dabei waren die Typen gar nicht alle alt. Es war auch Jugend darunter. Aber es war die Jugend des Kultur-Establishments. Nicht eine Sekunde lang kam jene Stimmung des absoluten Rausches auf, die im Backstage ein paar Nächte vorher geherrscht hatte, weswegen schon bald der Vorschlag laut wurde, in den Kunstpark Ost zu wechseln.

Dort waren auch die Mädchen. Jonas war mit seiner Pipo schon da, ebenso Julia eins. Julia zwei war dagegen im »Pathos«, einem linksalternativen Laden. Überhaupt war Julia zwo linksalternativ eingestellt. Deswegen hatte Elias Bedenken, sich ihr ganz hinzugeben. Ich sagte ihm, das sei das Fundament. Er müsse das gutheißen. Ohne Fundament gäbe es doch nur Treibsand. Die gute alte Globalisierungsgegnerschaft sei die Garantie dafür, daß seine zukünftige Frau nicht eines Tages so aussähe wie die Frauen hier auf der Filmparty.

Eli fand die Party gar nicht so schlecht:

»Was hast du gegen den gegenwärtigen deutschen Film?«

»Das sind immer noch die Leute, die vor 35 Jahren so wunderbare Stars wie Marianne Koch und Johannes Heesters entmachtet haben! Was für ein Verbrechen ...«

Er verstand mich sofort. Die Frage war, ob wir ins Pathos zu Julia zwei oder in den Kunstpark Ost zu Julia eins fahren sollten.

»Julia eins hat diesen Faktor, daß sie noch gerettet werden muß. Das ist einfach sehr attraktiv.«
Das stimmte. Julia eins war hochgradig verwirrt. Die Scheidung ihrer lieben 70er-Jahre-Eltern und vor allem den Siegeszug des französischen Liebhabers hatte sie nie verkraftet. Elias konnte hier ein gutes Werk tun. Wir fuhren zum Kunstpark Ost, allerdings erst, als das kostenlose Maindrinking den Alkoholgehalt im Blut auf mehrere Promille gehoben hatte.
Elias mußte sich erst Mut antrinken, um Julia eins zu erobern. Die Homies machten sich einen Spaß daraus, so posig zu tanzen wie die Damen und Herren des Subventionsfilms. Sie stellten sich vor sie hin und äfften sie nach. Fast wurden sie rausgeschmissen.

Wir erreichten den Kunstpark um vier Uhr morgens. Tausende waren noch da, bestimmt nicht weniger als um Mitternacht. Wie im Backstage gab es viele ineinander übergehende Räume, oft Zelte, Holzverschläge, Hallen für sage und schreibe 17 einzelne Clubs! Im Vergleich dazu war Hundertmarks Café Peking ein Schülercafé der Bamberger Vorstadt. Aber natürlich war die Location hier weniger hip als ein Berliner Club. Die Provinz tobte sich hier aus. In aufgehängten Käfigen tanzten Go-go-Girls, die den Verstand verloren hatten: junge Schulmädchen aus Erding in Army-Hosen, obenrum nur mit Muttis Büstenhalter bekleidet, die sich »den Teufel aus dem Leib tanzten« (Eric Ode in »Der Kommissar«). Die überlangen Haare flogen hin und her, die Haut glänzte schweißnaß. Ich verstand nun, warum Jonas am Telefon zu Eli gesagt hatte:
»Wenn du die Päderastenschiene suchst, mußt du in den Kunstpark kommen.«
Ich fragte Eli, wie er prinzipiell zu Provinzgören stehe.

Er hob den Zeigefinger, sprach schwerfällig.

»Nach meiner Ideologie muß es ganz logischerweise Brillanten unter ihnen geben. Ich finde sie also gut.«

Wir kamen durch viele Chillrooms, in denen es wie im Restaurant aussah, wie im Café, also wo man reden konnte. Da saßen die Leute auf Holzstühlen, hingen zu dritt, fünft, sechst ab, hörten langweiligen Reggae. Wir sprachen über Julia eins bis vier und über die Frauen im allgemeinen. Elias' Zunge war schon etwas schwer, aber er gehörte zu den Menschen, die man nie für betrunken hielt, da ihre Rede stets inhaltlich faszinierte, selbst bei gestörter Artikulation. Julia zwo war aus dem Pathos inzwischen hergekommen, tanzte angeblich im Sentinel nur hundert Meter weiter.

»Tanzt Julia zwei denn? Ich dachte, die redet lieber.«

»Ja, wahrscheinlich redet sie. Im Sentinel geht es eher so alternativ zu. Vielleicht ist sie auch in einer der Lounges steckengeblieben. Aber auch Julia eins ist im Laden! Ich habe sie schon gesehen.«

»Nein!!«

»Doch. Es war aber madig. Sie ist gleich weitergegangen. Ich hab ihr noch gesagt, sie soll mich anrufen.«

Während er mit mir redete, führte er andere kleine strategische Gespräche auf dem Handy. Mit Angelus, David, Jonas, Pipo und Julia drei. Julia drei lernte ich kurz darauf kennen. Sie war direkt aus meinem Lieblingsfilm von 1938 »Münchnerinnen« entsprungen. Ich sagte es Eli. Sie trug ein Kleid, hatte Grübchen und lachte verlegen, wenn sie einem artig die Hand gab. War man nicht im Dirty Crash, sondern im Englischen Garten, wurde sie wahrscheinlich rot dabei. Elias sagte, die schwarze Lektorin, die er gesehen habe, sei in Wirklichkeit Kurdin.

»Welche schwarze Lektorin jetzt schon wieder?«

»Habe ich das nicht gesagt? Diese total süße Frau von

der Filmparty vorhin! Ich hab mich *endsgut* mit ihr unterhalten ... sie war so *süß*!«

Mir platzte der Kragen.

»Hör mal, Elinger, laß die Finger von schwarzen Frauen. Du weißt doch, was Lukas für Scheußlichkeiten mit Miranda erlebt hat«, sagte ich eifersüchtig.

»Wieso, die Nacht beginnt doch erst!« lachte er.

Ich erzählte ihm den neuesten Tratsch von Lukas. Auch ich hatte nämlich ein Handygespräch zwischendurch gehabt, auf meinem kiloschweren 1997er Motorola. Lukas hatte geklagt, Miranda habe ihn geschlagen. Er sei mit seiner neuen Liebe, der Tanzschulenfreundin Honey, verabredet gewesen und so weiter. Eli hörte nur mäßig interessiert zu.

»Und dann kam sie genau zu der Zeit, da Honey auch kam, zog sich aus, legte sich in Lukas' Bett und weigerte sich, die Wohnung wieder zu verlassen. Und dann fing sie auch noch an zu schlagen und zu schreien. Das ganze Haus hat die Schreie gehört. Miranda ist verrückt, wie wahrscheinlich alle schwarzen Frauen. Warum nimmst du nicht Julia zwei? Sie will dich haben und ist HIER!«

»Sie ist nicht schwarz, verdammt, sie ist Kurdin!« beharrte er.

»Egal! Was willst du mit einer Kurdin! Verdammt! Julia zwei ist deinetwegen gekommen. Nimm sie an der Hand und fahr mit ihr nach Hause. Es ist vier Uhr vorbei, du solltest längst im Bett sein, und zwar mit Julia!«

»Mit eins, zwei oder drei?«

»Mit Julia zwei!«

»Warum jetzt die?«

»Weil sie dich mag und weil sie ein anständiges Mädchen ist, das die Globalisierung bekämpft.«

»Aber ist Julia drei nicht viel süßer? Entspricht sie nicht viel eher dem Frauenbild des Films »Münchnerinnen«, wie du selbst gesagt hast? Und warum sollte ich im Bett sein, wo es noch nicht einmal fünf Uhr ist, im Januar! Direkt nach der Jahreswende sind die längsten Nächte. Erst um halb neun wird es hell.«

Mir gingen die Argumente aus. Ich sagte, er solle ja nicht schon so früh schlafen, aber sich im Bett befinden, eben mit einem anständigen Mädchen. Jetzt regte sich Elias auf.

»Unbedingt soll es eine Frau sein, muß es Sex sein, muß gepoppt werden wie im ›Playboy‹. Und ein Auto muß man haben und einen Status-Job und viel Geld. Und die Frau muß einen anbeten. Und anständig sein. Und treu bis in den Tod.«

»Es täte dir ganz gut, mal ein sogenanntes anständiges Mädchen zu haben, mein Sohn, das Ordnung in dein ekelhaftes De-facto-Schwulenleben bringt! Seit zehn Jahren seh' ich mir das an! Es ist nicht mehr zu ertragen! Dann doch lieber ein ›Playboy‹-Lifestyle als so was!«

Ich hatte wohl selbst schon etwas zuviel getrunken und war entsetzt über mich selber. Elias spürte das natürlich und sagte versöhnlich, er habe von Hundertmark noch ein paar Ampullen übrig. Ob wir nicht etwas gegen unsere schlechte Laune nehmen sollten. Ich war einverstanden. Offenbar feierte man in München noch länger als in der Hauptstadt, das ging nicht ohne Drogen.

»Hätte nie gedacht, daß es in Bayern noch härter abgeht als in Berlin«, stöhnte ich leise.

»In Berlin? Da gehen die Raves drei Tage lang. Und Drogen sind da von der ersten Minute an im Spiel. Du hast halt nur Glück, kein Raver geworden zu sein!«

Das stimmte. Wir nahmen das Zeug und fühlten uns gleich besser.

Ich merkte, daß meine Worte bei Elias trotzdem Wirkung gezeigt hatten. Er sah sich ängstlich nach einem Mädchen um. Er mußte mir nun beweisen, daß er kein verfickter latenter Schwuler war. Ich erkannte es mit Genugtuung. Manchmal half ich ihm mit einem leichten Wink, einem kleinen Blick in die entsprechende Richtung:

»Da, die da. Stramme Brüste.«

Elias revanchierte sich mit der Handy-News, Oona sei soeben gesichtet worden, von David. Oona! Bei dem bloßen Gedanken bekam ich eine Erektion. Elias nicht. Ich nahm noch einen Schluck.

»Warum hast du Julia eins nicht sofort nach unserem netten Treffen angerufen? Wir hätten doch direkt am nächsten Tag weitermachen können. Es war doch nett. Wozu etwas anderes tun?«

»Ich hätte sie frühestens nach vier Tagen wieder anrufen dürfen. So sind die Regeln. Es tut mir leid.«

»Warum würde eigentlich«, führte ich selbstgerecht und leicht lallend aus, »die garantierte Katastrophe passieren, wenn man das Mädchen einfach so zur Verabredung anriefe?«

»Wenn man die Regeln beherrscht, kann man sie auch brechen. Nur wenn man sie schlecht befolgt, ist es sehr ... sehr schlecht.«

Er sah mich äußerst ernst an. Ich verstand: Solch ein Verhalten wäre der GAU und nicht hinnehmbar. Das konnte ich von ihm nicht verlangen.

Wir wechselten über in andere Räume. In den Zwischenbereichen überlagerten sich die einzelnen Musikquellen zu einem interessanten Brei. Eli stellte mich neuen Leuten vor.

»Das ist mein Freund Jolo, der berühmte Schriftsteller. Er schreibt gerade über den Zustand in Deutschland.«

Neben uns fand eine Schlägerei statt. Elias achtete nicht darauf, obwohl die Fäuste fast seine Nase berührten.

»Paß auf, das ist hier lebensgefährlich! Geh da weg!«
Er lachte.
»Schlägereien gibt es nur, wenn beide sich absolut versichert haben, sich schlagen zu wollen. Also erst Beleidigung, dann Gegenbeleidigung, und dann noch viermal absichern und wiederholen und klarmachen: Wir-wollen-uns-jetzt-schlagen. Für mich absolut ungefährlich, Jolo.«
Wir trafen auf Angelus. Eli bat mich, sie einen Moment allein zu lassen. Ich nahm einen Schluck Eierlikör aus einem Behältnis, das ich für solche Fälle bei mir trug, eine kleine Plastikflasche, in der einst Penaten-Babyshampoo abgefüllt worden war. Das Shampoo schmeckte man schon lange nicht mehr, schon deswegen, weil der herbe Smell von Eierlikör alles übertraf. Als sie wiederkamen, wirkte Elias verändert. Was hatte Angelus mit ihm gemacht?
»Na, ihr beiden, was habt ihr getrieben? Ordentlich was zum Bohnern aufgestellt diese Nacht? Ha ha ha!«
Ich war ein bißchen unsicher und trank dagegen an. Eli und Angelus tauschten Blicke. Wir gingen in einen anderen Club, die Cohiba Bar, ein Latino-Schuppen. Ich sah nur noch Neger und Spanier, aber es gefiel mir, und ich setzte den Eierlikör erneut an die lustigen Lippen. Fünf Uhr morgens! Kinder, so früh am Morgen war ich seit meiner Abiturprüfung in den 80er Jahren nicht mehr wach gewesen! Die Leute tanzten nicht, sie hüpften und zuckten, und sie taten das schneller, als man das mit betrunkenen Augen überhaupt sehen konnte. Ich versuchte mitzutanzen und forderte auch die beiden verklemmten Vertreter der Jugend dazu auf:
»Hey, ihr Schwuchteln, jetzt mal das Tanzbein geschwungen! Allez hopp!«
Sie taten's nicht, sondern entfernten sich. Das Nachtleben gefiel mir auch so. Das Schöne an dieser Art Nachtle-

ben war ja, daß es keine Einschränkungen mehr gab. Jeder war ein Mensch, ein Geistwesen, nicht behindert durch Alter, Hautfarbe oder jedwede sonstige Zugehörigkeit. Ich war den Leutchen sympathisch, egal wie »daneben« ich mich aufführte. Wie schon im Backstage erlebte ich wieder dieses Rauschhafte, das ich in der Hauptstadt niemals gesehen hatte, diese echte, eben nicht gespielte Ekstase. Wie anders war die Stimmung unter den Ausländern als auf dem öden Filmfest. Wie gut, daß ich so offen war, eine immer offene Art hatte. So konnten mich alle hier akzeptieren und mich als einen der ihren sehen. Ich verstand einfach: Menschen tanzen gern! Das hatte nichts mit Sex, nichts mit Konsum zu tun, im Gegenteil. Hier tobte sich ein Antikonsumismus und Antisexismus aus, daß das System bedrohlich ins Wanken kam, der ganze Kapitalismus sozusagen. Mehr Tanz, mehr Menschen wie ich, und es wurde wirklich gefährlich für Mr. Bush und Starbucks! Irgendwann plötzlich ein Lied, das ich sogar kannte: »I want to be in America« von Trini Lopez. Es war wohl sechs Uhr morgens.

Um halb sieben sah ich Eli wieder. Ich traute meinen Augen kaum: Der gute Junge hatte sich ein Girl buchstäblich »gegriffen«, und zwar Jassi. Das war die 15jährige, die schon im Backstage dabeigewesen war. Die biegsame, leichtgewichtige, kleine Jassi mit den langen, dünnen Armen. Während mein Junge tolpatschig seinen linken Arm um ihren Körper legte und dabei einmal ganz rumkam bis an ihren rechten Beckenknochen, wobei diese ungelenke Jungenshand lüstern hoch und runterrutschte, hinauf zur Busenkugel, wieder runter zur Taille, zur Hüfte, diese Hand, die endlich greifen will, fühlen will, die den Rücken befühlt, den freien Bauch, die spürbar hervortretenden Rippen, die das ohnehin knappe T-Shirt hochzieht, die

Schulterblätter befühlt, erregt ist wie das ganze aufgeputschte Drogenhirn des Jungen, während das also geschah, waren Elias' Augen nur noch ausdruckslose schwarze Kohlen. Das waren nicht die ausgelöschten Augen eines Betrunkenen. Das war etwas noch Schlimmeres. Eli sah mich nicht mehr. Er roch an Jassis Hals, an ihren Ohren, an ihren Haaren. Er stand da wie ein Koloß, trotz der maßlosen Trunkenheit jemand, der sich total konzentriert, der jeden Moment dieser Körpererkundung genau registriert, wie die Marssonde Spirit, und im Gehirn abspeichert, also sich merkt, für später.

Samsunit und Viagra mußten einfach in Verbindung mit dem Zeug, das sonst noch in Barbaras Schränkchen stand, einen Weg freisprengen aus dem Kerker der ewigen Jungfräulichkeit. Am Ende fragte ja keiner, wie die Tat erfolgt war. Hauptsache, es klappte. Mein Sohn! Er würde endlich ein Mann werden. Ich drückte ihm die Daumen. Wenn er es schaffte, schaffte es die ganze Jugend von heute.

Er lächelte glücklich und beseelt, ganz er selbst, ohne Entfremdung, ohne Rollenspiel, ganz der liebevolle kleine Junge, als der er auf die Welt gekommen war vor vielen Jahren. Ich war bei der Geburt dabeigewesen. Die Augen waren blind, wie heute, der Körper war noch ohne Beherrschung, wie heute, aber das Gesicht war lieb und verträumt, damals wie heute.

Jassi tanzte trotz der verzweifelten Umklammerung weiter. Sie warf ihre beiden Äffchenarme ausgelassen um ihn, fuhr ihm durchs Haar, bog sich nach vorn und nach hinten, lachte, bewegte rhythmisch das Becken weiter, was eine ziemliche Leistung war. Ich ging nicht auf die beiden zu, da ich dazu zu betrunken war. Aber ich sah ihnen zu. Ich sah, wie Jassi lachte, wie ihr Zwerchfell bebte, wie sie tanzte, wie sie Rudimente von Hiphop-Bewegungen vollführte, wie Eli sie stumm grinsend mit offenem Mund festhielt, gnadenlos, unerbittlich, wie er sie griff, wie er fest entschlossen war, sie diese Nacht zu ficken. Jassi lachte sich schlapp, schüttelte sich, ließ den Kopf fallen, bog Elis zudringliche Arme zurück, schüttete sich aus vor Lachen. Sie hatte gewiß auch schon Samsunit im O-Saft gehabt, unwissentlich.

Da die beiden mich nicht sahen, ruderte ich schwerfällig zurück. Ich wollte die jungen Leute ihrem Glück überlassen. Hoffentlich hatten sie noch Geld für ein Taxi. Aber in diesen Dingen machte er nie etwas falsch. Ich war mit dem Kleinen schon in drei Kontinenten gewesen, und immer war er es, der den Weg ins Hotel zurückgefunden hatte. Ich hätte ihn auch jetzt gut gebrauchen können. Natürlich fand ich den Ausgang nicht. Statt dessen stieß ich auf Julia zwei. Sie stieß mich von hinten an und rief »Hallo«. Ich erkannte sie nicht sofort. Sie sagte, wer sie sei.

»Kennst du mich nicht mehr? Ich bin Julia!«

»Welche Julia? Eins, zwei ...?«

»Was?«

»Ach, Julia. Klar. Hallo!«

Ich schüttelte ihr erfreut die Hand. Sie rief:

»Wie geht es Elias?!«

»Danke! Wirklich gut ... er ist ... ihr werdet ein Paar, ich weiß es. Entschuldige ... ich meine: Ich finde, ihr paßt gut zusammen. Ihr würdet gut zusammenpassen, meine ich, ganz im Ernst, ach ... entschuldige bitte, ich bin furchtbar betrunken!«

»Ich muß dir unbedingt meine Schwester vorstellen!«

Ihre Augen leuchteten. Sie mochte ihn. Erst vor zwei Nächten hatte sie mit ihm »gekuschelt«, wie es im BRAVO-Deutsch hieß. Also geschmust die ganze Nacht. Also zusammengelegen. Gerieben, aber nicht geküßt. Das mußte man sich erst mal vorstellen! Die Maus war 19, da hatte sie wohl einen Kuß verdient. Außerdem kämpfte sie gegen den US-Kulturimperialismus. Schade, daß er sich gerade für Jassi entschieden hatte. Aber man wußte ja nie. Ich hielt es für meine Pflicht, ihm diese Option offenzuhalten.

»Ich glaube, er sucht dich ... er –«

»Dies ist meine Schwester Danae. Das ist Jolo!«

Die Schwester, noch mal ein paar Jahre jünger als Julia, sah mich befremdet von oben bis unten an. Sie konnte mich nicht einordnen. Ich half ihr schließlich, indem ich sagte, ich sei Elias' Vater.

»Ach so!«

Ihr Gesicht hellte sich schlagartig auf. Sie strahlte über beide Wangen, als träfe sie unverhofft auf Robbie Williams. Elias' Vater! Überhaupt: Elias! Der Name klang wohl besonders gut in der Familie. Die Schwester mußte sehr von ihm geschwärmt haben. Wie ich ja immer gesagt hatte: Julia zwei wollte Elis Freundin werden. Also zupacken! Ich sagte:

»Julia, du mußt Elias nach Hause bringen. Er klammert sich gerade an Jassi fest, aber das hat absolut nichts zu sagen. Ich weiß, daß er in dich verliebt ist. Er hat es mir gesagt.«

Dummerweise sah ich in diesem Moment auch noch Julia eins im Raum auftauchen, und die sah eigentlich viel besser als Julia zwei aus. Um nicht durcheinanderzukommen, verabschiedete ich mich von den Schwestern und suchte wieder den Ausgang. Der Eierlikör war fast leer. Ein letztes Mal schockte ich die Kinder mit der Shampoo-Flasche. Jetzt noch eine Ampulle von Hundertmarks Zaubertrank, und die Nacht hätte für mich weitergehen können. Statt dessen wurde mir leicht übel, und ich ging im Kreis, und nach einer Ewigkeit ließ ich mich auf einen bayrischen Holzstuhl fallen. Direkt vor mir: die geile Jassi. Mit diesem winzigen Hemdchen an. Hals, Arme und Bauch völlig frei. Die Hose saß tief, der weiße Gürtel mit den Silberbeschlägen nur eine Handbreit unter dem Beckenknochen. Ihr Oberkörper pendelte ziemlich weit nach vorn und nach hinten, wie ein Weidenbaum im Sturm, wobei dank ihrer enormen Elastizität das Gleichgewicht nie in Gefahr geriet. Sie wirkte weder glücklich noch ernst oder unernst, sondern einfach nur lustig-kindlich, so, als hätte sie sich noch niemals Gedanken um die Liebe gemacht. Als sei sie noch ganz bei den Eltern. Und die sollte jetzt einfach durchgevögelt werden wie eine liebeskranke Brasilianerin in den Wechseljahren? Und nur, weil ich Eli eine Schwuchtel genannt hatte? Wo war er überhaupt? Ach, jetzt sah ich ihn. Er war im Gespräch mit Julia zwei. Ich dachte gleich: »Alles wird gut!«

Aber das wurde es nicht.

Ich sah, daß Eli mit anderen Entgegenkommenden ein paar Formelsätze sprach und irgendwas organisierte. Irgendein neuer Club wurde wohl aufgestellt, in den man fahren wollte. Ich wollte mich erheben, merkte aber, daß es nicht mehr ging. Das verdammte Samsunit. Aus unerfindlichen Gründen war es acht Uhr geworden. Seltsam, da doch gar nichts passiert war seit halb sieben! Endlich entdeckte mich Elias und kam auf mich zu.

»Da bist du ja endlich! Was geht, Alter? Kommst du mit ins P1?«

»Ich will nach Hause ...« wimmerte ich.

»Hey, Jolo, du kannst doch jetzt nicht schon schlappmachen! Der Abend beginnt erst. Ich meine, der Höhepunkt kommt doch jetzt erst. Den darfst du auf keinen Fall verpassen.«

»Ich will ein Taxi. Ruf mir ein Taxi. Bring mich zu einem Taxi. Bitte!«

»Ich kann einfach nicht glauben, daß du dich schon wieder drücken willst!«
»Warum sollte ich mitkommen, Herrje ...«
»Jolo! Die schwarze Lektorin kommt auch mit!«
»Die ist Kurdin ...«
»Reiß dich zusammen. Julia drei ist schon da, im P1, die mochtest du doch. Komm schon. Nur noch ein Stündchen. Sei kein alter Mann.«
»Fahren wir dann sofort im Taxi nach Hause?«
»Auf jeden. Du kriegst noch eine Ampulle Samsunit, und dann stellen wir was auf, was du garantiert nicht bereust.«
»Muß das wirklich sein?«
»Hier, Jolo. Dein Schwuchtelfreund Eli rettet dich jetzt!«
Er gab mir die Ampulle. Ich brach das Glas oben weg und schlürfte das tödliche Zeug. Dann muß ich wohl aufgestanden sein. Doch das weiß ich nicht. Denn von nun an hatte ich einen Filmriß. Das war nicht nur nicht verwunderlich, sondern logisch: Samsunit war ein klinisches Narkosemittel. Nur in kleineren Dosierungen wirkte es euphorisierend und sexuell stimulierend. Wenn man zuviel nahm, fiel man in einen Tiefschlaf, der nicht einmal im Krankenhaus mit Hilfe von Gegenmitteln unterbrochen werden konnte. So stand es im Internet, als wir uns anfangs darüber informiert hatten. Die Leute im Krankenhaus, die das nicht wußten, brachten Samsunitschläfer mit Elektroschocks und dergleichen um, da sie den Tiefschlaf für etwas anderes hielten. Ich durfte also auf keinen Fall ins Krankenhaus. Ich erinnere mich noch daran, wie sie mich aus dem verdammten Kunstpark Ost schleiften. Oder konnte ich noch gehen? Die Straße glänzte naß und schwarz. Regen prasselte gleichmäßig nach unten. Kein Mensch war mehr auf der

Straße, nur wir. Eine Nacht zum Sonntag mitten im dunklen Januar. Wahrscheinlich waren nun auch alle, die ausgegangen waren, endlich in ihren Betten. Nur wir nicht. Der große Angelus packte Elias von hinten, umklammerte ihn, sang:

»Elias, du gefällst mir, Elias, du gefällst mir!«

Eli wimmerte »Hilfe!«, natürlich halb spaßig, und Jassi rief: »Ich wußte doch, daß ihr schwul seid!«, halb spaßig, halb ärgerlich. Angelus machte Penetrationsbewegungen. Ein Auto fuhr zischend vorbei, auf dem nassen Asphalt, die Reifen machten ein seltsames Geräusch, es hielt dann sogar, da waren Freunde von Elias drin. Ich wurde in das Auto gehievt. Elias hatte das alles aufgestellt, per Handy, und ich wurde in eine leerstehende Kate 80 Kilometer südlich von München gefahren, wo ich erst Tage später erwachte.

Mein erster Gedanke war:

»Wen er wohl gebohnert hat – Jassi oder Julia zwei?«

Doch dann wurde ich vernünftiger. Zumal ich merkte, daß mir mein Herz wehtat und vieles andere auch. Jeder Schritt schmerzte, als sei ich 100 Jahre alt und rheumatisch. Ich hatte es zu weit getrieben. Und Elias hatte garantiert weder mit Jassi noch mit Julia eins bis fünf und erst recht mit keiner schwarzen Lektorin geschlafen. Er hatte mit gar keiner geschlafen und würde es auch nie tun. Er war nämlich definitiv und absolut unbeeinflußbar. Wie die ganze deutsche Jugend war er offen und freundlich und ohne Vorurteil. Er kannte seine Grenzen und trug das mit Humor. Er wollte nicht anders sein, als er war, und er glaubte auch nicht eine Sekunde lang daran, daß man die Welt anders haben konnte, als sie war.

Als es mir nach Tagen kaum besserging, wußte ich, daß ich mein Leben wirklich ändern mußte. Ich war wahrscheinlich haarscharf am Herzkasperl vorbeigeschrammt; ich hätte nun auch tot sein können. Ich mußte nachdenken. Ich hatte mich zu sehr von mir entfernt. Wo war ich eigentlich hergekommen? Wo waren meine Wurzeln? Wer war ich? Ich unternahm jeden Tag eine leichte Wanderung rund um die Kate und erkundete das kleine Dorf in der Nähe. Ich ging am Stock, als wäre ich wirklich so alt, wie mein Personalausweis es nahelegte. Anfangs rief Eli noch regelmäßig an. Eines Morgens griff ich zu meinem Motorola C 160 und sagte atemlos:

»Na, Eli, was geht?«

»Hey, Mann, gut daß du endlich abnimmst. Du mußt bald wieder fit sein. Am Samstag ist die große Filmhochschul-Party!«

»Was?! Schon wieder?«

»Nein, eine andere Filmparty. Die große Jahresparty der Münchner Filmhochschule! Darfst du auf keinen Fall verpassen!«

»Äh ... ach so. Ja ja. Ist wohl sehr wichtig, nicht?«

»Allerdings! Ich hab schon jetzt soviel aufgestellt wie seit Wochen nicht. Vor allem habe ich Suzie kennengelernt, Suzie mit Z. Also man schreibt Suzie mit Z und mit ›ie‹, nicht einfach Susi. Ich habe sie im P1 angesprochen, als sie schon gehen wollte, und dann ist sie noch mitgekommen und hat bei mir gekuschelt!«

Ein stechender Schmerz zog sich von meinem linken Arm bis in die innerste Herzkammer. Ich mußte es ihm sagen.

»Elias, ich gehe nicht mit zur Filmparty. Ich hasse Partys. Ich habe sie immer gehaßt.«

»Aber warum denn?!«

Er war richtig sauer. Ich wollte aber nicht mit ihm streiten. So sagte ich:

»Ruf nicht mehr an. Ich rufe dich an.«

»Was?!«

»Ruf mich nicht mehr an!«

»Und WARUM nicht?«

»Ruf einfach nicht mehr an.« Ich legte auf.

Schnell schaltete ich das Handy ab.

Der Junge hatte auch in zehn Jahren noch keine Freundin, dann konnte ich ihn wieder anrufen und genau an diesem Punkt weitermachen. Dann war er 34, immer noch jünger als Oliver Kahn, der auch im P1 stand und seine Jugend nachholte. Aber jetzt mußte ich mich erst mal um meinen Herzinfarkt kümmern. Der stand unmittelbar bevor, und ich wollte ihn nicht. Ich schloß die Augen und wünschte mir, das Herz möge durchhalten und wieder ganz gesund werden. Zum Glück gehorchte es. Ich dachte: »Eine Woche ohne Eli, und ich bin wieder der alte.«

Es wurde trotzdem schwierig. Obwohl die Tage verstrichen, freudlos und doof, gingen die Beschwerden nicht weg. Vor allem ein Rheumaschmerz blieb mir im ganzen Körper erhalten. Zufällig las ich in der Bild-Zeitung, neuerdings bekämen vor allem junge Leute Rheuma, zum Beispiel die 14jährige Anna aus Thüringen: »Hilfe, ich habe die Oma-Krankheit!« Es handelte sich angeblich um eine Entzündung. Morgens kam sie nicht aus dem Bett, und abends hatte sie Depressionen.

Innerhalb von zwei Tagen hatte ich alles von dem Dorf, in dem die Kate lag, gesehen. Es war wohl eine Mustersiedlung, einst geplant und gesponsert von der damals bekannten deutschen Spielzeugfirma »Faller«. Alle Häuser waren nagelneu und einheitlich. Es gab nur ein Haus, das aber etwa achtzigmal. Dann gab es einen kleinen Bahnhof, eine Schranke, zwei elektrische Weichen, ein Rathaus, eine kleine Post und so weiter. Es gab auch eine Bäckerei, ein Fernseh- und Radiogeschäft, einen Blumenladen und ein Hotel mit Restauration.

Da wieder Schnee gefallen war, konnte man all diese Punkte nur kletternd erreichen, mit Stock und Winterstiefeln. Die Sonne schien, die Einheimischen standen vor ihren Häusern und betrachteten mich schweigend.

Mein Herz raste, und andauernd bekam ich Schweißausbrüche. Schon beim zweiten Spaziergang, als ich mir die Faller-Mustergeschäfte genauer ansah, entdeckte ich überall diese Schilder. Das Radiogeschäft stand zum Verkauf. Der Bäckerladen schloß demnächst »wegen Geschäftsaufgabe«. Die kleine Post gab bekannt: »Diese Filiale wird ab dem 1. Februar nach Zell am See verlegt.« Und so weiter. Das kleine Rathaus wurde verschlankt und geschlossen, der Bürgermeister entlassen, die Putzfrau ins Bordell der nächstliegenden Kreisstadt umgetopft und als ABM-Maßnahme weitergebildet.

So fuhr ich zurück nach Berlin. Ich hatte Berlin ja eigentlich verlassen wollen, aber nun mußte ich erst mal klären, wohin ich denn wollte. Vielleicht zurück in den sogenannten Harem, zu Barbara? Oder zu meiner offiziellen und langjährigen Freundin April?

In Berlin traf ich erst mal alte Freunde. Ich achtete darauf, niemanden zu treffen, der auch nur das kleinste Jugendzeichen am Körper trug. Als ich mit einer taz-Redakteurin im taz-Restaurant »Sale e tabacchi« neben zwei 40jährigen Schwulen saß, die Kapuzen-Sweatshirts trugen, forderte ich die beiden auf, sich woanders hinzusetzen. Zum Glück saß neben der Lenz eine sympathische alte bürgerliche Frau in Rüschenbluse und Rock, nämlich die taz-Chefin Effi Miko. Ich erkannte sie gar nicht. Im Fernsehen war sie natürlich immer auf »jugendlich« getrimmt, mit blauer Perücke und künstlichen Zahnlücken und so. Da mußte sie den Punk geben, schon wegen der Leser, aber eigentlich war sie schon über 60 und liebte ihre Enkel, die Reitstunden bekamen.

»Und – wie geht es dir denn so?« fragte die freundliche Lenz vorsichtig. Ich bedankte mich aufrichtig und fragte interessiert zurück. Sie fragte mich daraufhin, ob es auch in der Liebe gutgehe.

»Ja, oh ja, also eindeutig ja«, ich räusperte mich. »Zum Glück habe ich ja in der April jemanden gefunden, mit dem es immer ... bergauf geht. Also in der Liebe. Also auch in der, äh, Wildheit.«

»Du und wild?! Das möchte ich sehen!«
»Oh doch. Das ist erst mit den Jahren gekommen.«
»Wie ALT ist das Mädchen denn?«
Die Lenz sah mich verwundert an, vor allem, als ich sagte, sie sei so alt wie ich.
»Die ist doch erst 30!« rief sie aus.
»Na und? Bin ich denn soviel älter als 30? Entscheidend ist, daß wir quasi seit 15 Jahren zusammen sind. Deswegen ist sie MEIN Alter und hat mit der Jugend von heute nichts zu tun!«
Ich wurde fast böse. Für mich war die April so angenehm alt wie die taz-Chefin am Nebentisch. Ich steigerte mich in die Idee hinein, die April sei schon immer mein definitives Glück gewesen. Aber das Gespräch mit Lenz langweilte mich etwas. Worüber sollte man reden? Was hatte die gute Frau am Start? Ich fragte mitfühlend, ob es nicht traurig sei, daß ihr Freund noch immer in einer anderen Stadt wohne, noch dazu im berüchtigten Mannheim.
»Ja, schon. Aber wenn wir uns dann sehen, ist es doppelt schön. Und jetzt besucht er mich, morgen, und bleibt zwei Tage, und danach fahre ich mit ihm eine Woche lang ...«
»Nach MANNHEIM?!«
Sie bejahte und schenkte mir ihr schönstes Lächeln. Ihre Finger spielten selbstvergessen mit ihrer Wange und ihren Wangenknochen, was angenehm irre aussah – sie mußte ja sehr verliebt sein. Ich bekam wieder einen leichten Schweißausbruch. Ihr Mann leitete seit den Weberaufständen das ortsansässige Kampfblatt des Liberalismus, den Mannheimer General-Anzeiger. Dort war er stellvertretender Ressortleiter für Kultur & Buch sowie verantwortlicher Redakteur der Sportberichterstattung. Er sah nett aus. Das Wort »gutmütig« mußte für ihn neu erfunden werden. Dreiunddreißigkommadrei Jahre gewissenhafte lokale Prä-

senz! In Mannheim war der Journalist noch der bessere Pfarrer am Platze. Kein Wunder, daß die reizende Lenz in den schwergewichtigen Glatzkopf verliebt war. Wie schön war doch das Alter!

Dieser Mann hatte noch nie von »Dismissed« oder »Jack Ass« gehört und würde es in den verbleibenden Jährchen auch nicht mehr. VIVA hielt er für eine Operette von Franz Lehar, mit Evita Perón in der Hauptrolle. In seinen großen Pranken schmolz die zarte Lenz dahin wie Butter auf dem IKEA-Regal. Das war Leben! Ich wollte auch endlich wieder alt sein! Als hätte Effi Miko meine Gedanken erraten, blinzelte sie mir kapriziös zu.

Als nächstes traf ich Joachim Schaffner. Ich kannte ihn seit vielen Jahren, ohne je zu erfahren, was er beruflich machte. Höchstens, daß er Titanic-Autor war. Ich traf ihn nur aus einem Grunde: Er war über 30. He was my age. Auch mit ihm konnte ich gewiß das schöne Gefühl spüren, das ich einmal Generationensolidarität nennen möchte. Ich hatte ihn noch nie unter vier Augen getroffen, immer nur auf Pressepartys und Festen der linken Medienkultur. Nun wandelten wir zu zweit durch das Alte Museum und sahen uns die französische Genremalerei an. Boucher malte doch ganz bemerkenswert.

»Ce n'est pas Boucher, qui veut«, murmelte ich bewegt.

Joachim begeisterte sich an den minderjährigen Maitressen Ludwigs XV., etwa an dem 13jährigen Mädchen, das bäuchlings auf dem Sofa liegt und den Sohn des Sonnenkönigs gleichgültig erwartet. Ich mußte Schaffner von dem lebensgroßen Bild wegzerren, da er mit seinen Fingern die Leinwand zu berühren begann und die Wärter auf uns zuliefen.

»Joachim, es ist doch nur ein Bild!«

Die anderen waren auch nicht schlechter, allerdings stand nun immer ein Wärter hinter uns. Mir ging es immer noch nicht gut. Als ich die Treppen des Alten Museums hochstieg, rasselte die Lunge, und das Herz schlug an wie ein Hund an der Kette. Schweiß trat mir aus allen Poren, was mir gegenüber Schaffner peinlich war. Erst bei dem Fragonard-Gemälde »Lesendes Mädchen« beruhigte sich die Pumpe wieder. Die hatte wenigstens was an. Ich betrachtete genau das hübsche Profil, die Nase, das weiche Kinn, während Schaffner an dem Akt »Mädchen mit Hund« klebenblieb und alsbald abgeführt wurde. Wir trafen uns unten wieder und gingen ins Café am Hackeschen Markt.

»Sollen wir hier reingehen? Sieht etwas steif aus«, überlegte er.

Nebenan war das Café Cinema, das von Studentinnen aus dem Osten frequentiert wurde. Er ging erst mal dort hinein.

»Da ist es einfach zu voll.«

»Gehen wir in das andere, mein Lieber. Das hat schon Diedrich Diederichsen empfohlen.«

»Wirklich?«

»Oh ja. Er sagte einmal: Wenn man am Hackeschen einkehrt, sollte man unbedingt dieses Café wählen; denn es ist neutral und in jeder Hinsicht unaufdringlich.«

Er starrte mich an, die Kinnlade senkte sich langsam nach unten. Hatte ich wirklich mit dem großen Intellektuellen der 80er Jahre gesprochen? Hatte ich das nur gelesen? War der Meister tatsächlich dort eingekehrt? Hastig, sozusagen mit fliegenden Rockschößen, drängte er ins Innere.

Dort gefiel ihm das Serviermädchen. Er sagte das ganz offen. Er sagte mitten im Satz, er könne mir nicht mehr folgen, er habe sich in das Serviermädchen verguckt. Mir kam das wie ein Déjà-vu vor. Solche Sätze durfte Elias sagen, aber nicht der viel ältere, verdiente Titanic-Autor. Ich ignorierte den Satz einfach.

»Wie findest du Evanescence?« fragte ich drauflos.

»Wie bitte?«

»Ach so, du kennst die Top Twenty natürlich nicht mehr.«

»Nein!« sagte er drohend.

»Ich auch nicht. Es gibt halt zwei Arten von Intellektuellen, solche, die die Top Twenty noch in einer letzten hinteren Gehirnzelle abspeichern, als irgendwie doch noch relevanten Ausdruck zirkulierender Ideen, und solche, die es nicht tun. Ich respektiere beide Haltungen.«

Er lächelte süffisant. Wahrscheinlich dachte er: »Mit dem Überbau willst du vertuschen, daß du immer noch Mainstream hörst! Als wenn nicht alle in der Szene wüßten, daß du sogar die Bild-Zeitung liest!« Aber dann hob er den Kopf und fragte:

»Und?«

»Ach nichts ... Evanescence sagen eben, daß Christina Aguilera und Konsorten Verbrecher sind und so weiter.«

»Verbrecher.«

Er machte sich darüber lustig, das merkte ich. Also sagte ich:

»Also daß sie nur aufblasbare Sex-Puppen sind und sich als solche mißbrauchen lassen.«

»Verbrecher, die Puppen sind und sich mißbrauchen lassen?« Er zog die Mundwinkel spöttisch nach unten.

»Ja ja, aber ich wiederum finde, daß das nicht stimmt. Das Rumgeficke in den Musikvideos ist nichts anderes als ein hundertprozentiger Teil dieser ewigen und blöden amerikanischen Tanztradition, die es seit hundert Jahren gibt. Sie wollen immer ihren Body sprechen lassen, wollen immer rumhüpfen. Bloß nicht reden, sondern immer hüpfen. Nicht der Geist, sondern die Muskeln sollen es bringen. Ob das jetzt Pornographie heißt oder Fred Astaire, ist egal.«

»Aha...!«

Er wollte darüber nachdenken. Zu diesem Punkt kamen wir noch öfter. Erst war er spöttisch, dann wollte er darüber nachdenken. Und zwischendurch sagte er immer, wie toll die Bedienung sei. Er ging soweit, zu sagen, sie habe ein gutes »Chassis«. Das war zuviel für mich. Ich ging zu dem Mädchen und fragte nach ihrem Namen.

»Julia.«

Der Schweiß brach mir aus. Ich hätte sie sonst sofort gefragt, ob sie meinen Freund treffen wolle. Aber schon wieder dieser Name – furchtbar. Und wieder dieses Thema. Krankte denn nicht nur die Jugend, sondern ganz Westdeutschland daran? Wollten selbst seriöse linke Kommentatoren »geile Snails« aufreißen, weil die »einfach den perfekten Körper« hatten? Gedanken, die ich mir nicht mehr machen wollte. Der Abend war doch eigentlich ganz nett, und wir schlenderten schließlich zu seiner Wohnung um die Ecke, Mitte eben. Ich mußte an die vielen großen deutschen Mitte-Romane denken, und so beschloß ich, die Snail für den liebeskranken Menschen neben mir, der auch noch eine chronische Erkältung hatte, aufzustellen. In seiner Wohnung war es eiskalt und klamm. Ein alter DDR-Kachelofen war nicht in Betrieb. Ich sagte:

»Du mußt drei Wochen lang diesen Kohleofen auf volle Stärke hochbollern, dann geht die Erkältung weg. Und durch die neue Freundin natürlich.«

»Wieso *das* denn?«

»Na, nach etwa drei Wochen werden alle abgestorbenen Zellen ausgetauscht, durch die viele Zärtlichkeit. Das habe ich in Bild der Wissenschaft gelesen.«

War natürlich gelogen. Aber ich wollte ihm Mut machen.

Am nächsten Tag rief ich aber wirklich im Café am Hackeschen an und verlangte Julia. Der Patron reagierte mürrisch, holte sie nur ungern. Das war nicht recht, daß die neuen Serviererinnen aus der Vorstadt gleich Galanterien mit den Offizieren hatten. Dann Julia. Eine unglaublich unsichere, schüchterne Stimme, als wäre es das erste Mal, daß ihr jemand nachstellte.

»Ja?«

Ich erklärte alles. Ich sei ein Freund Joachim von Schaffners, der sie sehen wolle. Ich tat so, als müsse man den Genannten kennen.

»Waren Sie gestern von halb sieben bis viertel nach neun da?«

Ich rechnete nach. Genau. Das war die Zeit.

»Richtig! Joachim von Schaffner war der jüngere.«

»Ach ...«

Sie wirkte enttäuscht. Das verstand ich nicht. Joachim sah doch gut aus. Das Ganze wurde schon wieder zum Déjà-vu der Eliasphase. Schnell sagte ich:

»Ich gebe Ihnen jetzt die Nummer Herrn von Schaffners, die Sie bitte notieren wollen. Rufen Sie ihn an, er wird Ihnen alles Weitere sagen.«

Ich nannte die Nummer und beendete rasch das Gespräch. Ich wußte, sie würde in der ersten freien Minute anrufen, und Joachim würde so handeln wie Eli, schwunglos, erfolglos, arrogant, von Panik getrieben.

Fortan wollte ich mich an Menschen wenden, die ÄLTER waren als er und als ich. Etwa an Tante Herta, die seit 1943 glücklich verheiratet war. Mein Besuch stand ohnehin seit zwei Jahren aus. Ich hatte Herta vernachlässigt, und für wen? Für unreife Kinder ... Wie hatte ich nur das Alter so vernachlässigen können ...? Im Islam wäre mir das nicht passiert ... Die Terroristen wußten schon, was sie taten, weg mit der Infantilität des Westens und so weiter ...

Tante Herta wohnte in einem alten Jugendstilhaus ganz oben im vierten Stock und wurde von Jutta gepflegt, die zwei Straßen weiter wohnte, in einem Dachgeschoß. Das Treppensteigen fiel mir nun schwer. Anders als die alte Dame hatte ich das nicht trainiert, und außerdem hatte ich mich noch nicht ganz von dem Samsunit-Kreislaufkollaps erholt.

Ich klingelte. Es öffnete die hübsche Pflegerin. Wir fielen uns um den Hals, da wir früher einmal ein Verhältnis gehabt hatten, in unserer Jugend.

»Jutta! Aus dir ist ja eine richtige erwachsene Frau geworden! Wie hübsch du bist!«

»Du aber auch. Fesch siehst aus, wie der Strauß in seinen besten Jahren!«

Jutta war Münchnerin. Als Kind hatte sie dem bewunderten Landesvater einmal Blumen überreichen dürfen. Nun sah sie wirklich gut aus. Vor allem war sie 38 und hatte zwei minderjährige Töchter. Sie war nicht mehr »jung«, wenn auch nicht so richtig schön alt wie Herta. Die suchte mir alte Bücher über Gustaf Gründgens heraus, die sie kaum schleppen konnte. Plötzlich wollte ich wissen, ob es das einmal gegeben hatte: eine Jugend ohne Jugendkultur. Aber wie sollte ich das fragen? Ich setzte mehrmals an.

»Herta, was hast du eigentlich als junger Mensch gemacht? War die Zeit schön?«

Sofort erzählte sie von den Nazis, von Sophie Scholl, mit der sie studiert hatte, von den Flugblättern. Ich unterbrach sie.

»Nein, nicht das Politische. Ich meine: Hast du auch Spaß

gehabt als Mädchen, als Jugendliche? Hast du Platten gehört, getanzt, Fotos von Stars an die Wand gehängt?«

»Ich war im Zeltlager der Nazis, mit der Mädchengruppe. Als ich dann zurückgefahren bin, ist mir die Fahrradkette gerissen. Ich war erst nachts um drei zu Hause. Der Vater hat nur gesagt: ›Sofort Keller aufwischen!‹ Da mußte ich mitten in der Nacht den stinkenden alten Keller putzen.«

»Aber es hat doch vielleicht auch schöne Stunden gegeben? Im Kino, mit Johannes Heesters, O.W. Fischer und so weiter? Vielleicht hattest du ein Autogramm von Jopi? Dazu die Reichspartytage, die Love Parade, Sport und Spiele? Die haben doch soviel aufgestellt, die Nazis.«

»In München? Ich war doch dabei, als die Flugblätter in den Lichthof geworfen wurden. Ich hab selbst eins aufgehoben und gelesen. Wie ich zur Hälfte fertig war, hat mir das eine Kommilitonin, die ich nun gar nicht leiden konnte, aus der Hand geschlagen: ›Das liest man nicht!‹ Ich habe erst kürzlich die zweite Hälfte gelesen. Ja.«

»Aber Tante Herta! Da warst du doch schon älter. Wie fühltest du dich denn, als du noch nicht studiertest, sondern als junger Backfisch deinen Träumen nachhingst? Warst du oft verliebt, zum Beispiel?«

»Es ging ja schon vorher los. Der Gauleiter von München hielt eine Rede, im Deutschen Museum. Alle von der Akademie waren da. Und er wurde vulgär. ›Viele von euch Mädchen studieren Kunst nur, um sich abzulenken. Es mögen bald deutsche Männer von Saft und Kraft kommen, um euch eurer wahren Bestimmung zuzuführen!!‹ Er schrie so. Da habe ich mich umgedreht und gesagt: ›Ich muß mir nicht alles anhören‹, und bin gegangen. 80 Mädchen standen ebenfalls auf. Es entstand ein Tumult, der Skandal war da. Die ganze Stadt sprach davon. In der Nacht stand an 120 Gebäuden die Parole ›Nieder mit Hitler‹ …«

»Aber Tante Herta, du mußt dich doch auch an schöne Dinge erinnern können. Hitler war doch nicht alles. Wie stand es mit den Wochenenden, dem Sex, den Vergnügungen der Jugend?«

»Wenn man sich traf, wurde als erstes gefragt, wie man weltanschaulich dachte. Fast alle waren gegen die Nazis. Wenn dann doch einmal einer darunter war, hat man den Kontakt abgebrochen.«

»Warum zum Teufel waren denn die jungen Leute gegen die Nazis? Die haben doch eine tolle Show abgezogen, unter poptechnischen Gesichtspunkten, versteh' mich nicht falsch ...«

»Einmal sah ich, wie ein kleiner Trupp Gefangener über die Straße geführt wurde. Einer der Gefangenen tippelte auf Zehenspitzen die ganze Zeit. Ich wußte sofort: Der tippelt so, weil er nicht mehr laufen kann. Und in dem Moment, da er stehen bleibt, wird er erschossen. Das war das Grausamste, was ich in zwölf Nazijahren gesehen habe. Und das reichte. Jeder hatte irgend so ein Erlebnis gehabt.«

»Aber dennoch muß es auch einmal lustig gewesen sein in den Jugendjahren ... die Nichtnazis untereinander haben es doch bestimmt mal ordentlich krachen lassen!«

»Ich war dem männlichen Geschlecht nicht abgeneigt, überhaupt nicht. Einmal ging ich mit einer Freundin zum Bahnhof, und dort warteten zwei Soldaten. Meine Freundin sagte: ›Wart's ab, der eine wird dich gleich ansprechen.‹ Und so war es dann auch. Wir setzten uns zu viert in das Bahnhofscafé. Wir fragten die beiden, wie sie weltanschaulich dachten. Der eine Soldat sagte, daß er die Rassenlehre idiotisch fände. Gerade die Rassenvermischung brächte Intelligenz hervor, wie man wisse. Auf Inseln, wo es seit Menschengedenken derlei nicht gebe, lebten Kretins und Blödiane, wie zum Beispiel in Ostfriesland.«

»Und dann habt ihr euch geküßt?«

»Nein, er gefiel mir nicht. Ich war nur einmal verliebt in der Zeit. Aber der junge Mann hat davon nichts gewußt. Ich war dann ja auch bald an der Akademie.«

»Um so besser! Die Akademie- und Faschingsfeste waren doch legendär!«

»Ja. Ich lernte den Walter kennen, und wir haben geheiratet.«

Hm. Dann war es damals so wie heute? Oder heute war es wieder so wie vor 60 Jahren? Immer schön verklemmt und dann rein in die Dauerbeziehung? Oder war es zu allen Zeiten so, und steckte nicht auch ich nach 15 Jahren wieder in solch einer Dauerbeziehung, nämlich mit meiner lieben April? Ich fand die Idee scheußlich, meine geliebte Freundin gegen eine völlig fremde Frau zu tauschen. Ich wollte es aber endlich anders machen und verabredete mich mit Jutta, die ich immerhin schon kannte, für die Nacht. Sie pflegte Herta aus reiner Freundschaft. Sie liebte die alte Frau und ihren Mann, einen Maler der Nachkriegszeit, der seinem Stil bis ins dritte Jahrtausend treu blieb. Die Bilder waren wirklich phantastisch, wurden aber vom Kunstmarkt wenig geschätzt. Man traute den Deutschen der Wehrmachtsgeneration einfach keine abstrakte Malerei zu.

Das Handy klingelte, natürlich Elias. Ich sollte mir die Hoffnung nicht machen, ich würde ihn einfach loswerden.

»Eli, du sollst doch nicht mehr anrufen.«

»Du bist doch bloß depri. Du mußt wieder positiv werden. Weißt du, wie du wirklich wieder positiv werden würdest?«

»Nein. Ich will es nicht wissen. Ich sitze hier gerade mit einer überaus interessanten älteren Dame, und wir unterhalten uns über Malerei. Über die Malerei der Nachkriegszeit ...«

»Das klingt nach jeder Menge häßlicher Menschen um dich herum. Kein Wunder, daß du nicht gut drauf bist.«

»Elias, ich treffe mich nicht nur mit ... solchen Menschen. Ich bin mit einer attraktiven Frau nachher verabredet, die aussieht wie Catherine Deneuve. Wir machen sogar einen Ausflug in die Schweiz, morgen.«

»Wie alt ist die denn?«

»38.«

»Oh Gott, und in die Schweiz! Du machst einen Fehler, Jolo, das wird schrecklich. Kenne ich die?«

»Ja, du warst mal bei ihr. Diese Jutta, weißt du? Die mit den bürgerlichen Freunden, wo dir mal schlecht geworden ist.«

»Fuuurchtbar ...« Er klang bestürzt. Er war damals fast ohnmächtig geworden, weil ihm die Runde zu spießig gewesen war. Die hatten so falsch und häßlich gelacht, die Mittelständler, Kunstfreunde und Apotheker.

»Elias, ich will dich auch eine Zeitlang nicht sehen. Du hast die Hochschule geschmissen, und ich finde, daß du ein sinnloses Leben führst.«

»Jolo, red doch nicht so. Ich hab was aufgestellt, alles ist gut! Du irrst dich, du hast zu früh aufgegeben. Jetzt geht es los – es wird geküßt, geknutscht und gebohnert!«

»Ich glaube es nicht! Und du denkst allen Ernstes, mir ginge es darum? Daß du bohnerst? Du bist ja der totale Spinner! Ich will, daß du nicht dein ganzes Leben allein bleibst wie Rainer Langhans. Rainer mag ja göttlich sein, aber was ist das Göttliche im Vergleich zum Menschlichen? Nichts!«

Er kicherte. Natürlich fand er, daß das Göttliche mehr Spaß machte als das Menschliche. Seit seinem siebenten Lebensjahr wurde er im Harem als kleiner Heiliger verehrt. Das genoß er. Ich legte nach.

»Du glaubst natürlich, das Leben mit Gott sei viel höherwertiger als eine spießige Zweierbeziehung. Irrtum! Gott sind wir selber, da hat deine Cousine Hase ganz recht, und wer mit Gott spricht, führt nur endlose Selbstgespräche. Die zu nichts führen. Sieh dir Rainer an!«

»Rainer?«

»Kein geistiger Austausch seit 30 Jahren, weil er nur mit sich selbst kommuniziert. All seine Urteile über Menschen sind komplett daneben. Als spräche ein Blinder über Farben ... Aber ich kann das jetzt nicht mit dir besprechen. Ich bin hier zu Besuch.«

»Warum fängst du dann davon an?«

Er sagte das ganz ruhig. Vielleicht dachte er gerade: »Mir ins Gesicht sagen, traust du dich nicht, weil du weißt, daß es Quatsch ist und ich recht habe.« Und das stimmte vermutlich sogar. Da die alte Dame das Zimmer verlassen hatte und ich frei reden konnte, setzte ich mich auf ein Sofa und holte tief Luft.

»Elias, du weißt, daß ich unendlich viel von dir halte. Ich habe Valonia nicht gemocht, Ana nicht und Balthy nicht. Aber dich mochte ich um so mehr. So war das immer und wird immer so bleiben.«

»Die Leute da sind furchtbar, Jolo. Geh schnell weg da.«

»Mitnichten! Die Frau hat mit Sophie Scholl Graffiti gegen Hitler gesprayt ...«

»Geil!«

»... aber was ich sagen wollte: Auch wenn ich keineswegs klüger bin als du, im Gegenteil, ich bin deutlich weniger intelligent, kann ich doch sagen, daß du ein hoffnungsloser Fall bist. Ich habe den Glauben an dich verloren. Irgend etwas ist zerbrochen in mir in den letzten Tagen.«

»Was genau?«

Sollte ich von vorne beginnen? Never!

»Mach dir nichts draus. Du wirst weiter glücklich durchs Leben surfen, ohne jegliche Bedeutung.«

»Ich bin doch jetzt schon bedeutsamer als du.«

Das war kühn, weil falsch, aber nicht ganz falsch. In Hollywood hatte er eine Menge Freunde.

»Ich meine die innere Bedeutung, nicht die weltliche.«

»Jetzt werden wir esoterisch? Davon verstehe ich mehr als du.«

»Ich werde nie esoterisch. Das weißt du doch. Du darfst es auch nicht persönlich nehmen. Es wird sich nichts ändern, absolut nichts! Ich will nur NIE MEHR NACHTLEBEN.«

»Warum denn das?!«

»Weil es auf der ganzen Welt nichts Bedeutungsloseres und Folgenloseres gibt als ... die Suff-Situation.«

»Hemingway hat auch getrunken.«

»Elias! Ich will nicht mit dir reden! Laß mich in Ruhe, nur ein paar Wochen! Ich bin hier zu Gast, die reizende alte Dame muß jedes Wort mithören, das ist ja unhöflich bis zum Gehtnichtmehr. Machen wir ein anderes Mal weiter!«

»Wann bist du denn da fertig?«

»Gar nicht! Ich sagte doch, ich fahre mit der Jutta in die Schweiz.«

»Wie lange?«

»Solange das Bohnern Spaß macht.«

»Aber du hast doch die April!«

Er wirkte empört und betroffen. Kinder wollten immer, daß Erwachsene einander treu blieben. Er mochte die April nicht, aber in seinen Augen war sie eine von uns. Für die eigenen Leute mußte man durchs Feuer gehen, für die Homies, die Posse! So dachte die Jugend, die amerikanisierte, nach 3000 Ghettofilmen. Ich versuchte, ihn zu beruhigen.

»Wenn du mal so alt bist wie ich, willst du auch etwas

erleben. Ich kann nicht den ganzen Tag nur Bücher schreiben.«

»Dann bohner doch die April.«

»Wird gemacht, beim nächsten Mal. Ich muß jetzt wieder mit der Oma reden. Adieu!«

Ich legte auf und schaltete das Handy ab. Für Jutta brauchte ich kein Handy, die wohnte ja gleich um die Ecke. Mindestens eine Woche lang wollte ich mit Elias nicht mehr reden. Ich sprach noch ein Stündchen mit Herta und ging dann endlich zur Geliebten in den Dachstuhl. Ich machte nur noch noch mal kehrt, um die Tabletten zu holen.

Mein Plan diese Reise betreffend, diese meine erste Reise in die Schweiz, war fast bizarr: Um mich vorzubereiten, hatte ich Jutta und ihre Kinder schon in der Nacht vor der Abreise aufgesucht. Es war das erste Mal, daß ich die ganze Nacht über bleiben wollte, bei der, äh, Geliebten, was einen eher tiefenpsychologischen Grund hatte, den nicht ein jeder verstehen mag: Ich wollte nicht, daß ich von den negativen Aspekten meines Aufeinandertreffens mit ihr mitten in der Schweiz überrascht wurde; ich wollte mich bereits vorher daran gewöhnt haben.

So »schliefen« wir sozusagen schon in der Nacht zuvor miteinander, wenn man das Wort dafür verwenden darf, was ich bezweifle. Die Kinder bekamen von alldem nichts mit, denn ich kam erst um 23 Uhr, nach einigen Abschiedsschnäpsen mit Herta, hereingetorkelt, und morgens um sieben, als ich noch schlief, mußten sie bereits zur Grund- beziehungsweise zur Rudolf-Steiner-Schule.

Ausgestattet also mit drei Wirksubstanzen in bis dahin unvorstellbarer Dosierung, nämlich 200 mg Viagra, 1150 mg Lexotanil und 800 mg Ibuprofen, betrat ich die Wohnung, besser gesagt: Ich parkte den alten Wartburg Tourist vor dem mittelalterlichen Gebäude. Vorher hatte ich in der Nachtapotheke noch 1000 mg Lexotanil geholt, obwohl die schon vorhandenen 150 mg (also sechs Tabletteneinheiten) vollkommen ausgereicht hätten.

Zum ersten Mal war kein Vollmond. Normalerweise hängt über dem bombastisch-wuchtigen Martin-Luther-

Bau immer ein gräßlich heller Vollmond, was mich natürlich jedesmal irritiert: Kann denn so oft im Monat Vollmond sein? Komme ich immer nur, wenn gerade diese spezielle Vollmondphase ist? Bin ich etwa gar beeinflußt von diesen Banalitäten?

Nun, diesmal also nicht, und ich ging die Treppe hoch. Die Treppenstufen sind so breit und jede einzelne ist so hoch, daß man sich wie ein Kind fühlt und bald aus der Puste kommt. Schon im dritten oder vierten Stock beginnt das Herz heftig zu schlagen, und der Atem wird kurz. Es geht aber noch weiter. Nach dem vierten kommt ein fünfter Stock, dann ein Dachgeschoß und dann noch ein weiteres Treppchen zu einer weiteren in das gebirgshohe Dach hineingebauten Wohnung, und das ist die Wohnung von Jutta und ihren Kindern.

Ich rastete für ein paar Minuten im dritten Stock, nahm eine halbe Viagra und zwei Tabletteneinheiten Lexotanil. Das Lexotanil sollte mir gute Laune machen, ich meine, das war mein Plan. Ich wollte ja etwas erleben. Ich war nicht Elias, der am Ende immer versagte! Als Onkel und Schriftsteller mußte ich dem Knaben ein Vorbild sein und zeigen, wie es ging.

Jutta schlief schon. Sie hatte ihr Bett auf einer Empore innerhalb der hochgiebeligen Dachwohnung, zu der man mittels einer weiteren Treppe gelangte. Insgesamt legte man ungefähr hundertsiebzig mannshohe Stufen bis zu ihrem stets entkleideten Körper zurück. Sie lief auch sonst sommers wie winters am liebsten nackt in ihrer bemerkenswerten Dachwohnung herum. Ich legte mich zu ihr. Tatsächlich hatte ich gute Laune, und da die Lexotaniltabletten so schnell gar nicht wirken konnten, mußte es wohl an der Situation selbst liegen. Ich zog mich rasch aus, also auch den mitgebrachten Pyjama, und die Aktivitäten begannen.

Wie immer hatte ich erst Lust, aber anders als beim normalen Geschlechtsverkehr, wo die Lust stets zu neuer Lust führt und Lust und Lust sich sozusagen gegenseitig hochschaukeln, verbrauchte sich meine Lust von Kuß zu Kuß. Als Gegenbewegung dazu begann das Viagra recht schnell zu wirken, und es kam zu vielen Penetrationen. Das ging so: Ich vollführte also das, was Frauenrechtlerinnen zu Recht seit vielen Jahren so nennen, also Penetration, und erlebte, wie auf der anderen Seite eine mir nahezu unbegreifliche Erregung einsetzte. Diese Erregung erregt normalerweise wiederum den Mann, und je mehr er erregt ist, umso erregter wird noch mal die Frau. Man kennt das aus den Softpornovideos: Er ist erregt, sie ist erregt, alle sind erregt.

Doch nun zu mir: Ich wurde im Laufe der frauenfeindlichen Erregung entregt. Lediglich dieser Viagrasuperphallus, der da unbeeindruckbar und stumpf vor sich hin erigierte, hielt das Geschäft am Laufen. Und je mehr Jutta stöhnte und wimmerte, jaulte und winselte, schnaufte und weinte, desto fremder erschien sie mir, so sehr und so lange ich sie schon kannte. Sie schien schnell zum Orgasmus zu kommen, und diesen Orgasmus wiederholte sie wohl hundert- oder auch tausendmal. Ich konnte nicht mehr unterscheiden, ob sie gerade einen Orgasmus hatte oder nicht. An dem Tag konnte ich auch nicht mit letzter Sicherheit sagen, ob sie überhaupt einen echten, wasserdichten, definitiven Orgasmus hatte, also einen, bei dem sich Körper, Bett, Dachwohnung und beiwohnender Kater schütteln und nach dem erst mal Ruhe einkehrt. Nein, aber der Punkt ist, wie gesagt, daß ich mich von Minute zu Minute, von Viertelstunde zu Viertelstunde, fremder fühlte. Das lag womöglich daran, daß wir nicht miteinander sprachen. Aber andererseits erinnerte ich mich genau daran, daß ich in meiner

Jugend, beziehungsweise meiner reiferen Jugend, meinen sogenannten besten Jahren, also den Jahren von dreißig bis vierzig, auch nicht beim Geschlechtsverkehr sprach, ganz im Gegenteil.

Der Spaß bestand gerade darin, nicht zu sprechen. Ich weiß aber nicht mehr, ob ich seinerzeit ein inniges, menschliches Gefühl für die Geliebte neben mir empfand oder ob nicht auch damals schon Sex etwas angenehm Fremdartiges, Prickelndes, eben Erotisches war. Ja, ich mußte es gestehen, so todtraurig es auch war: Ich erinnerte mich nicht mehr an die schönsten Dinge in meinem Leben! Das war bedenklich.

Also – Jutta wurde mir zwar nicht immer fremder, aber ich selbst wurde mir immer fremder. Ich erlebte die Situation wie ein Außenstehender, wie einer, der völlig einsam war. Sekundenweise freute ich mich natürlich über die Erregung der Frau, weil ich, wie bei Feridun Zaimoglu zu lesen, mich freute, »der Alten wieder einen gegönnt« zu haben. Aber dann war ich schon wieder ratlos. Was tun? Das Verflixte war ja, daß die Wahrscheinlichkeit, einen eigenen Orgasmus zu bekommen, proportional zur zeitlichen Länge der Penetration abnahm. Je länger ich fickte, desto lustloser wurde ich. Und das ist etwas, das ich ja nun noch nicht kannte, das ich zum ersten Mal erlebte.

In meiner Jugend konnte ich mich darauf verlassen, daß die Stimulanz im Verbund mit der Zeitachse zu einer Steigerung führte: Es ging bergauf, und am Ende des Berges erreichte man dann logischerweise einen Höhepunkt. Doch jetzt: Ich drückte aufs Gas – und rollte trotzdem immer nur schwerfällig bergab. Ich ging ins Badezimmer und nahm eine weitere halbe Viagra und zwei weitere Tabletteneinheiten Lexotanil. (Lexotanil ist das stärkste und zugleich bedenklichste Psychopharmakum, das gegen Rezept auf dem Markt zu bekommen ist – mit verheerenden Nebenwirkungen.)

Die Folge war nicht meßbar. Es war und blieb alles so wie vorher. Auch die Laune steigerte sich nicht. Bei so viel Lexotanil hätte ich mich wie im gerade bevorstehenden Rosenmontagszug in Köln fühlen müssen. Aber es blieb bei diesen fühllosen Penetrationen, dem leiser werdenden Gewimmer der Frau. Manchmal begann ich einfach mit dem Reden. Ich dachte, wenn ich rede und wir uns wenigstens verbal austauschen, entstünde ein Gefühl des Miteinanders und der Gemeinschaft, und dann würde auch die Penetration mehr Spaß machen. Doch die Redeversuche versickerten stets nach zwei, drei Sätzen. Jutta schien das alte maskuline Gesetz zu befolgen, wonach beim Ficken gefälligst nicht zu quatschen sei.

Natürlich fragte ich mich, warum ich Jutta nicht zu lieben begann. Ich war doch immerhin tagsüber manchmal stundenweise WIRKLICH VERLIEBT in sie gewesen, damals, vor vielen Jahren! Jeder weiß, wie selten man wirklich verliebt ist, immer nur ein paarmal im Jahr, und so war es erstaunlich, was hier nachts alles NICHT passierte.

Nach einer guten weiteren Stunde, die unzählige Penetrationen, aber sonst nichts gesehen hatte, war ich froh, zu einer Idee Zuflucht nehmen zu können, die mir sonst niemals käme: Ich kam tatsächlich auf die Idee, einen Joint zu rauchen. Ich meine, was hatte ich zu verlieren? Mein Plan in bezug auf die Schweiz-Reise war praktisch schon so gut wie gescheitert. Ein bißchen Spaß hatte ich haben wollen, eben Sex, wie das heute hieß, Erfolg, Enthemmung, Selbstbestätigung, einen Ego-Schub, gute Haut, nein: gute Laune am Tag danach, am Tag der Entscheidung. Denn in der Schweiz ging es um etwas. Nichts machte einen Menschen so attraktiv wie eine gerade bestandene Liebesnacht.

Wie schön also, daß ich eine Geliebte besaß – auch wenn sie schon etwas älter war. Immerhin die erste Frau von fast vierzig in meinem Leben.

Also – der Joint. Der konnte die Sache noch retten. Es konnte nur besser werden. Jutta war eine Kifferin, also rauchte seit Jahrzehnten täglich Haschisch. Als ich diese Idee nun ausgesprochen hatte und sah, wie Jutta eine Sekunde später das Stöhnen beendete und mit der sachlichen Zubereitung des Joints begann, fiel mir (ich gebrauche dieses unfaßbar abgenutzte Bild sonst nie) ein Stein vom Herzen.

Ich lag auf dem Bauch, den Oberkörper auf den Ellenbogen gestützt, rauchte die Haschisch-Zigarette in kleinen, ruhigen, solipsistischen Zügen, starrte dabei auf den Boden vor mir, denn ich hatte den leicht erhobenen Kopf und den ganzen Körper dazu ans Bettende geschoben und den vor mir auf dem Boden stehenden Aschenbecher im Visier. Ich wollte nur rauchen und abaschen, an nichts anderes denken, und ich wollte auch nichts abgeben.

Ich wußte zwar, daß Jutta, von mir erwartete, daß ich nach jedem zweiten oder dritten Zug ihr den Joint, begleitet von einem verschwörerischen Schmunzeln, weiterreichte, aber ich hatte keine Lust dazu und tat es auch nicht. Sie mußte sich das Ding schon jedesmal selbst aus meiner Hand schrauben. Ich merkte, wie ich beim Rauchen (und ich rauchte eben NICHT exzessiv, nicht auf Lunge, sondern mit kurzem Atem, als wär's eine Zigarette) blitzartig ruhig wurde und gleich darauf einschlief. Gott sei Dank.

Am nächsten Morgen, dem großen Tag, nachdem ich Viagra im Werte von 120 Euro verpulvert hatte, war ich guter Laune: kein Wunder bei soviel Lexotanil im Kreislauf.

Da ich bereits zwei Tabletteneinheiten mittags und am frühen Abend genommen hatte, hatte ich sechs Tabletteneinheiten im Blut, die Dosis für eine ganze Woche also, aber es ging ja auch um viel. Nicht nur, daß ich es Eli und seiner Schlappschwanz-Generation einmal beweisen konnte! Nein, ich konnte auch bei meinem Verlag, der in Zürich residierte, wertvolle Punkte sammeln. Es ging um den definitiven beruflichen Durchbruch. Allerdings hätte ich bei *der* Überdosis auch fast schon tot sein können. Oder durchschlafen können bis Pfingsten. Aber so: wenigstens keine Depression am Morgen.

Ich freute mich auf die süßen Kinder. Die waren aber nicht mehr da, wie erwähnt. Jutta rannte stumm durchs Haus, hatte nur so etwas an, wofür die Spießer französische Wörter gebrauchen, ein *Sou-sou*, oder *Couscous* oder so was. Die schmalen Schultern hingen unschuldig an ihrem schlanken Körper, für Helmut Newton wäre es etwas gewesen. Blond, knochig, blaugraue Augen. Ihre Mundwinkel stets souverän lüstern wie bei Cathérine Deneuve, obwohl da auch 20 Jahre beruflicher Small talk aus der Galeristenszene ihre Spuren hinterlassen hatten.

Als sie sich unbeobachtet wähnte, schien sie zu weinen, sich eine Träne aus dem unglücklichen Gesicht zu wischen, und so war es schon ein Segen, daß wenigstens ich gute Laune hatte dank der Tabletten. Ich begann auch augenblicklich mit einer lustigen kleinen Geschichte, nämlich der Geschichte von Kai Billerbeek, der sich das Gesicht verbrannt hatte. Es interessierte sie nicht. Sie forderte mich auf, noch einmal ins Bett zu kommen, und ich schrie fast, die Fahrt nach Zürich müsse endlich beginnen. Ich konnte nicht mehr.

Eine Fahrt mit guter Laune, immerhin! Das hatte ich doch perfekt eingefädelt. Leider brauchte Jutta noch drei

Stunden zum Packen. Normalerweise hätte mich das wahnsinnig gemacht, dieses sinnlose Warten, da ich längst fertig war. Aber diesmal machte es mir nichts aus. Ich war so von den Gute-Laune-Tabletten bedudelt, daß die Zeit einfach verging. Schließlich saßen wir in ihrem senfgelben Cherokee und erreichten mühelos die Autobahn. Sonst ist es immer quälend, stundenlang durch die Innenstadt zu fahren. Natürlich steuerte Jutta. Ich wäre bei meinem Tablettenstand nicht fahrtüchtig gewesen.

Auch die Fahrt verging so schnell wie die Stunden des Wartens am Vormittag. Plötzlich waren wir in Zürich. In der Schweiz sozusagen.

Nie zuvor habe ich mit einem Menschen eine Autoreise ins neutrale Ausland gemacht, ohne dabei persönliche und biographische Geschichten und Philosophien auszutauschen. Diesmal nicht. Aus früheren Begegnungen und Unternehmungen mit Jutta wußte ich, daß das mit ihr nicht ging. Warum, weiß ich nicht. Wenn sie etwas sagte, bekam ich schlechte Laune, und wenn ich etwas erzählte, reagierte sie nicht. Wenn mein Gegenüber aber auf meine Worte nicht reagiert, also nicht lacht oder mit großen Augen und Ohren zuhört, dann bin ich normalerweise hochgradig irritiert und kann nicht weitersprechen. Alles, was ich aus meinem Leben erzählte, konnte Jutta offensichtlich nicht beeindrucken. Ich konnte ihr weder Märchen noch Gruselgeschichten erzählen: Sie war keine Studentin mehr und hatte im Zweifelsfall mehr erlebt als Elias.

Als ich schließlich an einer Tankstelle die Neue Zürcher Zeitung kaufte und Meldungen aus dem Wirtschaftsteil vorlas (»Arbeitslosigkeit in den USA dramatisch gesunken«), mußte ich mir ihre McJob-These von vor zehn Jahren anhören. Also die Arbeitslosigkeit sei gar nicht gesunken, im Gegenteil, alle verdienten nur sehr viel weniger.

Daß all das Elend auf den Straßen verschwunden ist, sei eine optische Täuschung oder so. In Wirklichkeit sei alles viel schlimmer geworden. In den USA herrschten Elend, Armut und Obdachlosigkeit, und die Kriminalität explodiere. Ich sah Jutta fassungslos an, durch die Nebelschwaden meiner Glückspillen hindurch. Sie hatte die letzten zehn Jahre vorwiegend in Manhattan gewohnt. Sie war jeden Mittag und jeden Abend zum Lunch und zum Dinner gewesen, wie gesagt: JEDEN. Sie hatte zehntausend angeregte Konversationen mit irgendwelchen Halb- oder Viertelkreativen gehabt. Und SOLCH ein Scheiß kam dabei heraus. Nicht EIN neuer Gedanke in zehn Jahren. Ich fragte müde:
»Auch die Kriminalitätsrate ist auf dem historischen Tief. Zweifelst du die Statistiken an? Darf ich dich so verstehen, Annette Bening?«
»Du darfst nicht auf die Medien reinfallen.«
»Ich war da. New York ist heute die sicherste Großstadt der Welt.«
Und wir schwiegen wieder. Ihre Geschichten beziehungsweise Anregungen wiederum mochte ich ebensowenig wie sie meine, weil sie so sinnlos waren. Es war sinnloses, absurdes Ableben von Situationen nach Originalitätskategorien, und das konnte mir altem Aufklärer und passioniertem Didakten nicht gefallen. Dessen eingedenk war es gut, ja genial, so vollständig von den Drogen ruhiggestellt zu sein während dieser Fahrt.

Zürich ist tatsächlich so eine Art Hauptstadt des Alpenstaates, den man aber nicht mit Österreich verwechseln darf, schon wegen Haider. Also: Ich war, all der an mir vorgenommenen sexuellen Ausbeutung zum Trotz, zum ersten Mal in der Schweiz, und das war ein Erfolg an sich. Sogar das Finden der komplizierten Adresse, sonst der

Punkt, an dem alles endgültig scheitert, gestaltete sich wie auf Pille. Und so waren wir plötzlich in meinem Schweizer Verlag.

Ich wurde von allen Seiten mit lautem Hallo begrüßt. Ich hatte zunächst, in den ersten Minuten beziehungsweise Sekunden, wie es meine Art war, nach jungen Praktikantinnen und anderen schönen Frauen Ausschau gehalten. Ich wurde aber bald dem Chef vorgestellt, und zwar von meinem Lektor, der mich als erster erkannte. Ebenso wurde Jutta dem Chef vorgestellt, und das war schon seltsam. Sie schien ihm zu gefallen. Aber noch bevor ich fragen konnte, wieso (das hätte mich nun WIRKLICH interessiert), wurde ich der Frau des Chefs vorgestellt und danach einer Lektorin. Die sah nun allerdings Winona Ryder ähnlich.

Ich lief kreuz und quer durch den Verlag, immer rauf und runter und im Zickzack, denn ich bin von Geburt an orientierungsgestört. Hinzu kommt, daß mich soziale Situationen irritieren. Ich kann mich immer nur auf eine Person konzentrieren. Deswegen hatte ich ja die Nacht davor mit Jutta verbracht, damit ich insgesamt ein bißchen relaxter war. Die mir sonst anhaftende extreme Schüchternheit, ja, nennen wir es nur beim Namen: mein fast im medizinischen Vollbild ausgebrochener Autismus hätte es mir unter normalen Bedingungen unmöglich gemacht, ein stunden-, ja nächtelanges Bad in der Menge zu nehmen. Das nämlich stand jetzt bevor. Aber ich war nun so leergefickt, daß mir alles wurscht war, von dieser Winona Ryder einmal abgesehen.

Ich versuchte natürlich sofort, mit ihr ins Gespräch zu kommen, stellte das aber so einfallslos und schwunglos an, daß sich nichts daraus ergab. Ich stellte mich nur vielsagend neben sie, oder vor ihr auf, und sie wußte nicht, was ich wollte. Dabei hätte sie glänzend die Hauptrolle in »American Beauty II« spielen können, Angela Haze. Aber das wußte sie nicht, und so stellte sie mir die nächsten Leute vor. Es kamen Fotografen, die mich fotografierten, was mir in meinem Alter natürlich schmeichelte. Immer wieder wurde gesagt: »Dies ist Johannes Lohmer, unser neuer *Jung*autor.« Ich hörte den Stolz dabei heraus.

Jutta hielt sich abseits und redete mit einem alten, weißhaarigen Mann, sicher dem Vater des noch jugendlichen Chefs. Ich glaube inzwischen aber, er war gar nicht der Vater, sondern hieß Ernst Szepan und hatte Joyce noch gekannt oder so; jedenfalls war er weit älter als ich und hatte jede Erinnerung an seine sexuell aktive Zeit bereits verloren, so daß er Tag und Nacht ein erotisches Tagebuch füllen mußte, wie Casanova in den Bleikammern von Venedig. Und deswegen sprach er auch gern mit Jutta, die unbeschreiblich nackte Beine mitgebracht hatte. Auf diesen Säulen ruhten diverse Galerien in Köln, München und sogar Basel.

Schon nach einer knappen Stunde hatte ich mit so vielen Leuten gesprochen, daß ich eine Auszeit brauchte. Wie gesagt, die »soziale Situation« war meine Sache nicht. Wir fuhren zum Hotel Dufour, das in derselben Straße lag. Zur Frau des Verlegers hatte ich augenzwinkernd gesurrt, wir hätten solch eine romantische Nacht hinter uns, una notte d'amore, daß wir dringend etwas Erholung bräuchten. Und am besten gleich noch ein bißchen Nachschlag amore-amore, was? Kinder, die Liebe ist eine Himmelsmacht (theatralisches Seufzen) …

Ich sollte noch erwähnen, daß Jutta mit dem Chef, also dem Verleger des Verlages, vorher noch eine Viertelstunde in dessen Privatgemächern verschwunden war.

Das Hotel war schön schäbig, wir nahmen das oberste, billigste Zimmer, eine Dachkemenate. So schön romantisch die kleine, an die untergegangene DDR erinnernde Bude auch war, so mußte ich doch immer an Winona Ryder denken. Jutta zog sich sofort aus, und ich dachte, es habe keinen Sinn, etwas anderes zu tun. Ich ging ins Badezimmer, das auf dem Flur lag, und schluckte eine 50er-Viagra und zwei Einheiten Lexotanil. Ein Fehler! Ich hatte doch erst die ganze Nacht über dieses Zeug geschluckt und hatte doch kaum geschlafen, vielleicht vier Stunden. Und vor allem: Ich hatte in dieser Nacht keinen Orgasmus gehabt. Eine echte Premiere: die erste Liebesnacht meines Lebens ohne Orgasmus.

Niemand sieht kaputter und grauer aus als jemand, der mit jemandem geschlafen hat und dabei zu keinem Orgasmus gekommen ist. Nun ging das Spiel von vorne los. Wieder dieses schon ärgerliche, idiotische Handwerken, es war, als sollte ein Computerfachmann einen Maurermeister vertreten oder umgekehrt. Ich war für diese Bereiche (im Fachjargon »guter Sex« genannt) nicht zuständig. Ich rief den Frauen normalerweise zu, mit ausgebreiteten Armen, wenn sie sich einfach zu toll aufführten: »Ich bin alt! Ich bin häßlich! Ich bin verbraucht! Was, in Gottes Namen, wollt Ihr bloß von mir?« Ich hatte ein Leben lang behauptet, Sex gebe es nicht. Damit hatte ich gemeint, daß die Körper an sich tot seien. Eine wahrlich bekannte These. Die unterschreibt jeder.

Mit Jutta aber sollte es »Sex«, also: sollte es so etwas wie »Sex an sich« geben (nicht zu verwechseln mit Onanie). Vielleicht mißverstand ich sie auch, ganz sicher liebte sie mich und dachte sich während der absurden Verrenkungen alles mögliche, aber ich begriff es trotzdem nicht. Ich war schließlich AUCH liebesfähig und dachte viel, wenn der Tag lang war, aber das: gräßlich.

Nun war es auch noch hell, und ich konnte ihre im Sonnenstudio verbrannte, bräunlich-fleckige Haut sehen. Dennoch war das nicht in allerletzter Instanz der Punkt. Der Punkt war das, was ich ihre ganz bestimmte »tragische Stimmung« nennen möchte. Sie, Jutta, war immer, wenn sie mit mir im Bett war, so todernst existentialistisch. Das war schon früher so gewesen. Da hörte der Spaß auf, wenn es denn je einen gegeben hatte. Es wurde nicht mehr gesprochen, es war die andere Welt, in der man sich nun angeblich befand, die Welt der Wahrheit, der Liebe, des Todes. Die Welt, in der Leben erschaffen wurde. Hier starb das Ich, hier erstarb das Witzwort auf den dünnen Lippen, fiel die Maske, hier wurde die Stimme tonlos, die in die Stille hinein flüsterte: »Je t'aime.«

Tja, das mochte es alles geben, aber nicht für mich. Ich war schon tagsüber ein anderer, ich mußte es nicht auch nachts noch werden. Gerne wäre ich nachts Jean Gabin geworden, wenn ich tagsüber Spencer Tracy gewesen wäre, aber ich war beides nicht. Jutta dagegen war im Bett Anna Magnani, obwohl mir Verona Feldbusch lieber gewesen wäre. Na, man bekam nicht alles im Leben. Ich hatte nur einen Trost: an Winona Ryder zu denken.

Wieder rumpelten wir da im Bett herum, und nach zwei Stunden hatte Jesus Christus einen Moment der Gnade und ließ mich einschlafen. Etwa 45 Minuten lang fiel ich in Tiefschlaf.

Normalerweise hätte mir das ganz entscheidende neue Kräfte zuführen müssen, aber diesmal war es etwas anderes: Als ich in den Spiegel sah, sah ich älter aus als Jean Gabin und Spencer Tracy zusammen. Insgesamt 22 Geschlechtsakte hatten Spuren des Todes in mein Gesicht gegraben. Wie sollte ich mit diesem Tschetschenien-Gesicht zurück auf die Party? Hitler ließ in solchen Fällen immer schnell einen ausgewachsenen Bullen schlachten und aß dann die noch warmen Hoden. Ist natürlich das Ekligste, was ich je gehört habe, aber es stimmt. Ich habe ein Buch darüber. Na ja, daran zeigt sich wieder mal, was das für einer war, der Herr Hitler. Thulegesellschaft, Esoterik, Aberglaube: Alles nicht mein Programm. Ich konnte nur zwei Äpfelchen essen, die Jutta mir gab, um wieder einigermaßen frisch zu werden.

Auf der Party sagte man mir, daß ich recht blaß aussähe. Zum Glück fand ich einen Kaffeeausschank, und genau da blieb ich dann stundenlang stehen, trank einen Kaffee nach dem anderen. Äußerst starke Espressi mit jeweils sieben großen Stücken Zucker waren das, und ich wurde sogar wieder ein wenig wie früher. Wahrscheinlich sah ich immer noch sehr schlecht und grau aus, und die Augen mußten durch die maßlos vielen Tabletten so rot wie die eines alkoholisierten Albinos aussehen, aber einem Erfolgsautor verzeiht man alles. Ich mußte eigentlich gar nichts beweisen. Ich konnte nichts falsch machen. Lallen wäre blöd gewesen, aber dank des Kaffees kam die Redefähigkeit vollständig zurück. Ich sprach mit den Kollegen, zum Beispiel Max Goldt, neben den ich beim Essen plaziert wurde. Da in der Schweiz gerade das Gerücht durchsickerte, der Kanzler sei als SPD-Vorsitzender zurückgetreten, fragte ich Goldt, was er davon halte.

»Seit wann hätte ich jemals etwas mit der SPD zu tun gehabt!?«

Er wies mich brüsk in die Schranken. Dafür zeigte er sich in anderer Weise behilflich – ich durfte in seinem Auto mitfahren. Zurück nach Deutschland! Ein rascher Ausstieg aus dieser Drogen-, Sex- und Krankheitsfalle, das konnte nur gut für mich sein. Der künstliche Sex hatte mein Rheumaleiden nur geringfügig lindern können. Das angegriffene Herz mußte mit den vielen überdosierten Substanzen erst noch fertig werden. Und in den Beinen breitete sich nun eine seltsame Fühllosigkeit aus. Eines der beiden Ohren hörte nicht mehr. Das Schlimmste: Mein Gleichgewichtsnerv war abgestorben! Ich konnte nicht mehr gerade gehen.

Ich war deswegen froh, daß Max Goldt mich in seinem Porsche Carrera 4 blitzschnell von der Bühne abzog. Keiner merkte, daß ich gar nicht mehr laufen konnte. Jutta wurde vom Verleger umworben – auch das ein unfaßliches Glück für mich. Sie war mir nicht böse, daß ich floh. Im Nachhinein war sie mir schon fast wieder sympathisch. Wie ich später erfuhr, hatte sie den Verleger sogar dazu gebracht, mir einen neuen, verbesserten Vertrag zu geben.

Zu Hause ging ich natürlich sofort zum Arzt, der steif und fest behauptete, der Gleichgewichtsnerv sei definitiv abgestorben und würde nie wieder nachwachsen. Ich sei Frühinvalide und könne nie wieder radfahren. Ich dachte, daß die Sache sich anders darstellte, wenn ich erst mal zwei Tage ausschliefe. Und ein bißchen war es auch so. Danach versuchte ich, die Lehren aus dem Eskapismus der letzten Zeit zu ziehen.

Mein heimlicher Sohn hatte die Ausbildung geschmissen und war auf Nimmerwiedersehen im Nachtleben versackt. Sex wirkte auf mich lebensgefährdend. Nette Kollegen retteten mich und gaben mir ein gutes Gefühl. Ich beschloß daher, mich den Menschen meiner Zunft zuzuwenden. Im Dunstkreis echter Solidarität wollte ich wieder zu mir kommen. Das Handy warf ich in den Teltowkanal.

Wenn ein Mann nicht mehr weiterweiß, sollte er sich in die Arbeit stürzen. Die reizende taz-Redakteurin und ihr Mann, der gutmütige Provinzredakteur des Mannheimer General-Anzeigers, hatten mich in ein Lokal namens »Markthalle« in Kreuzberg eingeladen. Vorsichtig lugte ich hinein. Ich vermißte meine Freundin April: Mit ihr zusammen machte es mir nie etwas aus, öffentliche Versammlungen zu betreten. Es war so schön, nicht allein zu sein in der bösen, lauten, alkoholisierten, verrauchten, öffentlichen Welt.

Seltsam, daß es so große Unterschiede gab: Mit Jutta klappte es nicht, obwohl ich sie manchmal wirklich mochte und sie mich auch und obwohl wir gern zusammen in der Öffentlichkeit waren. Mit der April dagegen fühlte ich mich wohl, in jeder Lage. Ob es am Ende DOCH die »Richtige« gab, auf die Eli und mit ihm 14 Millionen deutsche männliche Singles warteten?

Ich hatte das ja immer weit von mir gewiesen. »Die Richtige« und »der Richtige« waren Denkfallen des Systems, das an Vereinzelung und Entsolidarisierung interessiert war. Und nun merkte ich: Es stimmte! Und in die Falle war ICH gelaufen, indem ich dachte, man müsse noch andere Waren im Angebot testen und konsumieren. Frauen mit frischem TÜV. Mit mehr Leistung, größerem Busen, längeren Beinen.

Ich blickte in die Runde. Da saß eine Frau mit einem Donnerbusen, den sie auf dem Jahrmarkt ausstellen konnte. Karla Sommer. Sie hatte ein Jugendbuch geschrieben. Sie kam an meinen Tisch und beugte sich weit vor, so daß mir die Monsterbrüste richtig entgegenfielen. Ich konnte nicht anders, als nahezu unentwegt hinzustarren. Was für stramme Dinger, oder wie soll ich es nennen, man will ja nicht sexistisch wirken, was für Granaten!

Ich schämte mich für meine Empfindungen, zumal ich gerade mit Jutta erlebt hatte, wie absurd reiner Sex war. Auch die Bedienung gefiel mir auf Anhieb, schon wieder eine Russ-Meyer-Phantasie, und ich machte ihr schöne Augen. Mit *der* im Bett, das wär's doch! Sie glubschte erfreut zurück. Im Berlin der Neuzeit machte wohl niemand mehr einer Russ-Meyer-Phantasie schöne Augen. Und auch sonst nicht. Niemand machte noch irgend etwas. Und ich auch nicht mehr.

Andererseits, und das war das eigentliche Problem, langweilten mich die Kollegen. Wolfgang Herrndorf zog mich zum Beispiel in folgenden absurden Dialog:

»Was macht ›Frauen in Freiheit‹?« fragte er.

»Tja. Wie ich höre, treten wir zusammen auf?«

»Was?! Nein, wo denn?«

»Weiß nicht. In … Klagenfurt.« Das war das Kaff, in dem die Oscars unserer kleinen Bücherwelt verliehen wurden.

»Klagenfurt? Wer sagt das?«

»Mein Agent. Ich habe gerade mit ihm gesprochen.«

»Hast du nicht. Aber ich habe mit ihm gesprochen. Über dich.«

»Ach, richtig, wir haben ja den gleichen Agenten.«

»Also wo treten wir auf? Wer ist denn dein Juror in Klagenfurt? Marius Meller?«

»Ich kenne keine Juroren.«

»Dann bist du auch nicht eingeladen.«

»Das macht der Verlag alles für mich.«
»Welcher Verlag?«
»Darüber darf ich nicht sprechen. Ich glaube, wir treten in Wien zusammen auf.«
»Niemals! Wann soll DAS denn sein?!«
»Frag Max! Der hat es gesagt.«
»Der redet doch gar nicht mit dir!«
»Herrgott! Max liebt mich! Der tut alles für mich!«
»Wie dein Agent, was? Ich habe ›Frauen in Freiheit‹ auf seinem Schreibtisch liegen gesehen. Wir haben viel gelacht.«
»Das habe ich ihm gar nicht geschickt. Ich hatte es dabei, habe es aber wieder mitgenommen.«
»Da lag es aber.«
»Du lügst.«
»Ich lüge? Du erzählst doch immer nur QUATSCH.«

Die Busenmami beugte sich wieder nach vorne, bis ihre Glocken den biernassen Holztisch berührten. Was für eine Abwechslung. Ich rief unbeherrscht:

»Gehst du mit mir morgen auf die Berlinale, Karla?«

Leider lehnte sie ab. Erst die lasziven Blicke – die Lider immer halb über die Pupille – und wenn man zuschnappte: Njet! So war das nämlich bei den Medienberuflern. Kontakte untereinander: aber bitte, aber gern. Aber zurückhalten mußte man sich können, denn Flirten war tabu. Immerhin setzte sie sich zu mir. Artig fragte ich nach ihrem Buch.

»Ein Jugendbuch schreiben – wie schön. Das wollte ich auch immer mal.«

»Ja, es ist komplizierter, als man denkt. In der Planung ist es echt anstrengend.«

»Wie bist du bloß darauf gekommen?«

»Ich hatte sowieso so eine ABM-Stelle bei www.jugendbuch.de und hab das dann einfach ausgebaut. Ich dachte: Wenn ich da schon arbeite, dann gleich als Autorin.«

»Und – verkauft es sich? Wie heißt es denn?«

»›Immer Zoff in der Penne‹. Bisher sind 6000 verkauft worden.«

»Geil!«

»Ich habe dein Wiedervereinigungsbuch zu Hause, habe es aber noch nicht gelesen.«

»Lies es, ich hole mir dafür dein Buch. Und dann gehen wir zusammen zur Berlinale.«

Sie wurde frostig und redete mit einem anderen. Nämlich mit Sven Lager, dem Autor von »Phosphor«, der von einem anderen Tisch herübergekommen war. Ich beobachtete ihn. Hatte er dieselben »Schwierigkeiten« mit ihr? Mitnichten. Er schien ihre Reize schlicht nicht wahrzunehmen. Er stand sogar mühelos vom Tisch auf, ohne Erektion, und ging zum WC.

Ich setzte mich zu Max, einem SAT.1-Redakteur. Wir nannten ihn liebevoll »Honz«, weil er ab und zu einen Kellner verprügelte. Natürlich nur verbal. Ein niedlicher Sport.

»Mensch, Honz! Noch immer nicht gefeuert bei SAT.1! Das freut mich aber.«

»Ich stand schon mehrmals kurz davor. Zuletzt sagte mein Chef zu mir: ›Ich wollte dich ja gern rauswerfen, aber die Produktionsleiterin hat ein gutes Wort für dich eingelegt.‹«

»Mir kommt's so vor, als sei SAT.1 ein ganz anderer Sender geworden. Ich sehe nur noch Sendungen über Hurricans in Louisiana und über Tiere.«

»Klar. Wenn sie sogar Harald Schmidt rauswerfen.«

»Die kaufen nur noch alte US-Konserven ein, nicht wahr?«

Er seufzte. Auf den leitenden Konferenzen mußte inzwischen englisch gesprochen werden. Alles Deutsche war verpönt, galt als antiglobalistisch. Honz hatte eine Krawatte mit der amerikanischen Flagge drauf. Vor allem Harald Schmidt galt als letztes Symbol einer eigenständigen neuen deutschen Kultur der Gegenwart. Wer sich in Debatten auf ihn berief, wurde sofort entlassen – und zwar auf englisch.

»Ist ja furchtbar«, stammelte ich. Honz stöhnte:

»In zehn Jahren werden wir selbst in diesem Lokal nur noch englisch miteinander reden können. Und wer noch einen Volkswagen fährt, gilt als rechter Spinner.«

»Und wird vom Verfassungsschutz beobachtet.«

»Der dann nicht mehr Verfassungsschutz heißt, sondern National Security Council.«

»Oder gleich Central Intelligence Agency.«

»Und Volkswagen heißt People's Car.«

»Bleibt aber verdächtig.«

»Klar. Könnte eine Tarnorganisation sein.«

»Von überlebenden Führungskräften des Dritten Reiches, die in Südamerika ein Spinnennetz mit Al-Quaida-Leuten aufgezogen haben. Da heißt es dann: Holzauge, sei wachsam! Der Feind ist überall!«

Wir waren uns einig: Das alles würde kommen, wenn George W. Bush wiedergewählt würde.

Immer mehr Kollegen sprachen mich an. Es machte mir zunächst nichts aus, obwohl ich mich gesundheitlich noch nicht fit für die »soziale Situation« fühlte. Mir wurde heiß und kalt, die Herzrhythmusstörungen meldeten sich immer mal wieder zu Wort.

Als ich einmal aufstehen wollte, merkte ich, daß es nicht ging; ein stechender Ganzkörperrheumaschmerz hielt mich am Stuhl. Ich hätte, wenn Karla Sommer mir ein Zeichen gegeben hätte, ihr gar nicht zu den Waschräumen folgen können. Wie sollte ich aus dem Lokal wieder rauskommen?

Der große Herrndorf kam wieder näher, setzte zur nächsten Runde an. Ich fand den Mann absurd, aber er war zweifellos einer der drei größten lebenden deutschen Gegenwartsautoren. Er hatte »In Plüschgewittern« geschrieben, einen Mitte-Roman, den die jungen 35jährigen wie eine Bibel im Tornister trugen. Der Titel war natürlich affig, aber der war auch nicht von ihm. Er hatte das Buch »Verweht, vorbei« nennen wollen, in Anspielung auf Ernst Jüngers legendäre Tagebuchnotizen. Nein, Herrndorf war ein ganz Großer, wie Beckenbauer sagen würde.

Er haßte mich, hätte aber sein Leben für mich gegeben. Auch ich kämpfte für ihn und gegen seine vielen Feinde, die auch meine waren. Ich hätte viel für ihn getan, zum Beispiel eine Freundin treu geteilt, wenn es nicht gerade die April gewesen wäre.

Leider wurde Herrndorf Nacht für Nacht von einer Frau gequält, die einen Thriller über radikalfeministischen Sadismus geschrieben hatte. Sie stammte aus Niederbayern und war zum Glück nicht anwesend, aber jetzt, da ich an sie dachte, erinnerte sie mich an die Zeit, die ich selbst als Kind in Niederbayern mit meinem Bruder Gerald und meinen zerstrittenen Eltern zugebracht hatte. Mein Bruder wohnte inzwischen sogar in Berlin. Und, große Überraschung, großes Glück: Er war älter als ich! Genau die Sorte Mensch, die ich fortan um mich haben wollte: die definitive Nichtjugend. Der letzte Popsong, den mein Bruder gehört hatte, war »My Way« von Frank Sinatra gewesen.

Wenn die rheumatische Lähmung nicht verschwand, wollte ich ihn anrufen, damit er mich evakuierte. Als Bruder war er dafür wie geschaffen. Es war seine natürliche Aufgabe. Vielleicht kratzte ich bald ab? Dann war er froh, mich nun womöglich retten zu dürfen. Wie damals, als die niederbayrischen Unterschichtskinder mich an den Marterpfahl gebunden hatten.

Ich tippte eine entsprechende SMS ins neue Motorola und sandte sie unbemerkt ab. So was konnte ich: SMS schreiben, unter dem Tisch, und dabei dem Gesprächspartner konzentriert zuhören. Das war in diesem Fall der liebe Cörk.

»Wie geht es in diesem Jahr mit dir weiter, wie ist der Plan?« fragte er.

»Erst mal gewinne ich Klagenfurt. Ich nehme einfach ein Kapitel aus ›Frauen in Freiheit‹ und lese es. Dann gewinne ich. Das steht fest.«

»Welchen der Preise gewinnst du denn?«

Ach ja, es gab mehrere Klagenfurtpreise. Wie hieß doch die, die dort gewohnt hatte ... Liselotte Bachmann? Ich nannte ihren Namen.

»Du wirst offizieller Bachmannpreisträger 2004?! Das hat nicht einmal Günter Grass geschafft!«

Ich strahlte. So war die Lage. »Frauen in Freiheit« würde sich noch besser verkaufen als »Hulebeck auf deutsch«. Das verdankte ich alles meinem treuen Verlag, der einfach alles druckte, was ich schrieb.

»Warum kommt der ganze Scheiß immer sofort raus, den du verfaßt?« schaltete sich Feind Herrndorf ein. »Meine Sachen brauchen fünf Jahre, bis sie erscheinen.«

»Ich weiß, an ›Plüschgewittern‹ hast du zehn lange Jahre gesessen. Es waren harte Jahre, vor allem mit dieser Freundin an deiner Seite! Statt dessen habe ich einen Verleger, der an mich GLAUBT. Der verteilt keine Schläge, sondern Schecks.«

»Laß Thea aus dem Spiel!«

»Ich habe den Namen nicht genannt.«

Bockig drehte er sich weg, strich sich über die Mitte-Glatze, als fühlte er noch die Striemen der vergangenen Nacht. Dafür fühlte ich noch die Strapazen mit Jutta und die Strapazen der Jugend, sprich Elias.

Ich hätte niemals versuchen sollen, ihn nach Berlin zurückzuholen. Gerade weil unsere Gesellschaft eine Jugendkultur geworden war, hätte ich auf das alles pfeifen sollen. Weg aus Deutschland, weg aus Berlin, weg aus Mannheim! Bei uns blieben die Babyboomer noch zehn Jahre an der Macht. Ich hätte nach Wien gehen sollen. Dort galt das Alter noch was. War bei denen nicht sogar Kurt Waldheim Bundespräsident? Ein Offizier und Gentleman, der 1936 mit seinem Pferd Gold für Deutschland geholt hatte oder so ähnlich? Was für ein Land!

Leute liefen aufgeregt durchs Lokal, Zeitungsverkäufer und andere. Das Gerücht, das ich bei meinem Schweizer Verleger vernommen hatte, war wahr geworden: Gerhard Schröder war zurückgetreten! Der Tagesspiegel titelte: »Der Kanzler gibt die SPD ab«. Die taz schrieb: »Schröder im Eimer«, der SPIEGEL sollte es als Titelgeschichte bringen: »Der halbierte Kanzler«. Die Bild-Zeitung verkürzte die Nachricht auf »Scheiße, Gerd!«. Ich wollte aufspringen, aber konnte ja nicht. Fassungslos las ich die schnell gekauften Zeitungen.

»Was sagt ihr dazu?« stammelte ich. Mein geliebter Kanzler! Aber diesen Zynikern war es egal. Sie hätten Stoiber lustiger gefunden. So las ich alleine weiter.

Als ich dem lieben Cörk die neue Lage erklärte, sah ich, daß er sich zwar nicht für Politik interessierte, sich aber interessieren ließ, wenn mir das wichtig war. Er hörte aufmerksam zu und versprach, irgendwann auch einmal wählen zu gehen. Es hätte ihn immer schon interessiert, wie es in einer Wahlkabine von innen aussah.

Schließlich kam mein Bruder und trug mich hinaus. Also, er hakte mich unter, oder ich mich bei ihm. Wir humpelten so hinaus. Ich mußte an Martin Kippenberger denken, der bei seinem letzten Auftritt anläßlich seiner Ausstellungseröffnung in Mönchengladbach unerwartet im Rollstuhl erschienen war.

»Was machst du denn im Rollstuhl, Kippi?!« wurde er gefragt.

»Och, nichts. Hat nichts zu bedeuten.«

Nur ein bißchen Nierenversagen. Tage später war er tot. Innerhalb von Stunden hatte er alles gleichzeitig bekommen: Nierenschaden, Leberkrebs, Blutzucker und noch irgendeine Viruserkrankung. Hoffentlich ging es mir nicht auch so. Denn ich war nicht so bekannt wie Kippenberger, und man würde mich bald vergessen. Wenn ich einmal starb, hatte ich nur drei Freunde: meine beiden Haustiere Gerli und Kirstin, und die April. Ach ja, Gerli. Ich hatte den männlichen Papagei nach meinem Bruder genannt. So gern hatte ich ihn. Und jetzt brachte er mich nach Hause.

Durch die gemeinsame Durststrecke in Niederbayern verband uns eine so negative Erinnerung, daß wir uns immer aus dem Wege gingen. Nur zu Weihnachten sahen wir uns sowie zu Ostern und an den Geburtstagen. Zur Weihnachtszeit sahen wir uns sogar zweimal: einmal, um Geschenke für Geralds Tochter Ann-Sophie zu kaufen. Und dann am zweiten Weihnachtsfeiertag. Die Geburtstage legten wir auf einen Tag zusammen. Ich war am zwölften, er am sechsten Oktober geboren. Meistens trafen wir uns am neunten Oktober. Somit trafen wir uns viermal im Jahr.

Es war ein stilles Übereinkommen, sich niemals sonst zu sehen. Wenn wir uns sahen, sprachen wir immer über Niederbayern. Wenn uns die Erinnerung auch quälte, so war es immer noch besser, sie zu beschwören, als sie als dunkles, unausgesprochenes Etwas über sich zu wissen. Wir sprachen schwer atmend davon, mit stierem Blick, langsam, mit Kunstpausen. Es war ein Ritual. Daß ich den Bruder nun einfach zu mir bestellte, mußte einen schlimmen Grund haben. Deshalb war er sofort in seinen blitzenden Audi A 8 gestiegen und gekommen.

Dummerweise hatten wir eines Tages Streit bekommen. Das war eine Zäsur, denn da sich unsere Eltern immer stritten, hatten wir entschieden, uns niemals zu streiten. Wir hatten jahrzehntelang ein höfliches Verhältnis gepflegt, als Kinder, als Jugendliche, als Erwachsene.

Eines Tages vor nicht allzu langer Zeit wurde Gerald Vater. Das überraschte viele, denn er hatte das vierzigste Lebensjahr schon fast erreicht. Er erlaubte mir, ihn einmal außerhalb der Ritualtage zu besuchen, um mir das Baby anzusehen. Ich fuhr hin, sah das Baby, brachte ein Geschenk mit. Einen ganz normalen Stoffhasen. Das führte zum Streit. Der Stoffhase war nämlich nicht ökologisch unbedenklich, sondern enthielt womöglich schädliche Substanzen.

Gerald war außer sich. Er verlangte, den Synthetik-Hasen gegen einen handgenähten Greenpeace-Basthasen zu tauschen. Er schrieb mir alles genau auf: die Firma, den Laden, das Produkt, die Größe, die Farbe der Schürze, die Anzahl der Eier im Korb. Ich machte alles richtig, bis auf die Farbe der Schürze. Sie hatten die blauen nicht mehr, also nahm ich eine rote Schürze. Erneut war mein Bruder außer sich. Ich kannte ihn ja gut und wußte, was in ihm vorging, wenn seine Nasenflügel bebten und er röchelte bei den ersten Worten einer Rede:

»Ich muß leider sagen, daß es mich sehr traurig macht, zu sehen, daß es dir vollkommen gleichgültig ist, ob Ann-

Sophie das Geschenk bekommt, das sie sich wünscht und das ihr Freude macht und das das kleine Mädchen vielleicht ein kleines Stückchen glücklicher durchs Leben gehen läßt. Du denkst immer nur an dich. Du bist der größte denkbare Egoist. Mir graust vor dir!«

Keine Frage, daß ich alles daran setzte, alsbald die blaue Schürze zu besorgen. Doch beim ersten Geburtstag wiederholte sich die Szene. Wieder hatte ich eine komplizierte Geschenkaufgabe zu meistern, und wieder passierte ein Malheur. Das Geschenk war zwar am Geburtstag da, aber das dazugehörige Fax war im Büro gelandet. Ohne persönliches Anschreiben schenkte aber mein Bruder nicht. Das Baby ging somit leer aus. Erst am Tag danach bekam es das Zeug – zu spät.

Für meinen Bruder stand nun fest, daß ich ein Verbrecher war. Ich durfte sein Baby niemals anfassen, und es wurde das höchste Gebot im Hause Gerald, daß das Kind niemals mit mir allein in einem Raum war. Passierte es dennoch, sah mich das Kind so angsterfüllt an, daß ich selbst schnell verduftete. Als es älter wurde und sprechen konnte, versuchte es immer, »häßlich« über mich zu lachen. Es sagte zum Beispiel, ich sei der blöde Jolo, und lachte dann gewollt häßlich. Ich konnte mir ausmalen, wie mein Bruder über mich sprach, wenn ich nicht dabei war. Dennoch bestand er darauf, daß ich dem Kind an dessen Geburtstag das vorgegebene komplizierte Geschenk schenkte beziehungsweise schickte. Jedesmal gab ich mir Mühe, jedesmal fand Gerald doch noch das Haar in der Suppe, und jedesmal war er dann »unsagbar enttäuscht« von mir.

Einmal schrie er sogar vor Wut! Ich hatte ihn in vier Jahrzehnten nicht einmal schreien gehört. Spätestens da war mir klar: Der hatte irgendeinen Tick mit dem Kind, und ich wollte nicht daran rühren.

Natürlich war es unvermeidlich, daß ich das Kind zu hassen begann. Ob das der Sinn der Übung war? Er hatte alles mit mir teilen müssen, nun wollte er das Kind ganz für sich haben? Das war idiotisch, da wir uns doch nie sahen. Nein, ich löste das Geheimnis nie. Erst später fiel mir auf, daß nahezu alle neuen deutschen Väter so handelten. Das Kind stand nicht nur im Mittelpunkt, es wurde zur obersten Instanz erhoben. »Wir fahren nicht nach Tunesien, weil Magdalena-Anna das nicht will.« Wehe, man gab zu bedenken, daß Magdalena-Anna mit zwei Lebensjahren noch nicht die Kompetenz für Urlaubsentscheidungen besaß: Die Leute hätten einen totgeschlagen. Und zwar wegen Gotteslästerung. Im besten Glauben also.

Das Verhältnis der neuen deutschen Eltern zu ihren Kindern war schlicht religiös. Sie beteten die Kleinen an. Da wollte ich nicht in die Quere kommen und achtete peinlich genau darauf, solche Leute zu umgehen. Sie waren immer getrennt lebend, das kostbare Gut Kind pendelte hin und her, als goldener Zankapfel. Natürlich war auch Gerald inzwischen geschieden und verfluchte seine Frau bis zum Jüngsten Tag.

Es gab auch Eltern, zumal unter Künstlern und Schriftstellern, die ihre Kinder normal behandelten. Die, als wäre es ganz selbstverständlich, zusammenblieben. Die Kinder dieser Leute, kleine echte Menschen aus Fleisch und Blut und keine Monster, gefielen mir. Sie waren neugierig, freundlich, gut erzogen und verstanden mich auf Anhieb. Geralds Tochter dagegen, die einzig Auserkorene, die ich nicht meiden konnte, lachte nie, trug die Nase weit oben und hatte ein Herz aus Stein.

Ich tröstete mich immer damit, daß Kinder nur das meinten und fühlten, was ihre Eltern wollten. Nach der Pubertät schlug dann alles ins Gegenteil um. Dann wurde ich der vergötterte Onkel, und die Aktien der Eltern gingen in den Keller. Dann mußten sie mich fragen, was sie tun konnten, damit das Töchterlein ihnen mal wieder eine Postkarte schrieb. Ich konnte dann sagen: »Die nächsten 20 Jahre hängt sie in Berliner Clubs ab. Wenn ihr Glück habt, kommt sie kurz vor eurem Tod noch mal zu sich!« Ich kannte sie ja inzwischen, die Endlosschleife »Jugend«.

Ich konnte mich auch täuschen. Vielleicht blieb das Mädchen so aseptisch und blöd, wie es immer war, und ließ die Pubertät einfach ausfallen.

Das Neue an der Jugend von heute war ja, daß sie ihre Eltern wie ihre besten Kumpels behandelte. Mir sollte es recht sein. Dann hätte Geralds Kindsfanatismus doch noch einen Sinn gehabt. Er mußte nicht einsam und alleingelassen sterben. Seine Tochter behandelte ihn nicht so grausam, wie wir unsere Eltern behandelt hatten. Ich fand also, daß alles gut war. Es hätte immer so weitergehen sollen. Viermal im Jahr das Ritualtreffen, ansonsten Schweigen. Doch nun war es plötzlich anders.

Ich saß mit Gerald außerplanmäßig in seiner Küche und hatte tote Beine. Hatte das Leben eine überraschende Wende mit mir vor? Ich sah mir meinen Bruder genauer an. Er war braungebrannt und sah gut aus, schlank, kräftig. Ich erfuhr, daß er gerade zwei Wochen in Gomera zugebracht hatte, mit seiner neuen, jungen, gutaussehenden Frau. Ich wollte gern ein bißchen über sie erfahren, aber Gerald kannte nur ein Thema:

»Ann-Sophie hat vor einiger Zeit von dir gesprochen.«

Er sagte das äußerst bedeutungsvoll, sein Blick war stechend.

»Hm! Ist ja interessant! Was ... was hat sie denn ... gesagt?«

»Es ging um das Geburtstagsgeschenk!«

»Ah! Ist ja irre! Was hat sie sich denn so dabei gedacht? Will sie etwas Ausgefallenes haben?«

»Nein, soweit ist sie nicht gegangen. Der Geburtstag ist ja erst am zwanzigsten April. Nee, sie hat einfach nur gesagt, daß sie dir ja noch einen Wunschzettel schreiben will.«

»Aaaah! Ist ja großartig. Da freue ich mich aber schon. Sag ihr bitte, daß ich mich schon sehr darauf freue, von ihr demnächst den Wunschzettel zu bekommen!«

»Das werde ich tun. Ich denke, sie wird das entgegennehmen.«

Gerald wirkte befriedigt. Er atmete schwer durch. Das Thema – das wichtigste – war vom Tisch. Nun konnten wir zum gemütlichen Teil übergehen.

Wir sahen uns alte Fotoalben an, und Gerald sagte:

»Guck mal, da sieht Papi ja gar nicht so blöd aus.«

Und er hatte recht. Unser Vater legte die Arme um uns Jungs und lächelte.

Ich zeigte bewundernd auf ein Bild meiner Mutter.

»Sie trug immer Kostüme, egal, was sie tat, in jeder Lebenslage. Und hohe Absätze!«

Gerald lächelte selig. Dann sahen wir uns die Bilder aus frühester Kindheit an, und das Elend begann. Auf allen sah mich ein zutiefst zerknirschtes Baby an. Dieses Baby war ich. Immer unglücklich, immer genervt, immer ... Ich dachte über das richtige Wort nach. Ob Gerald es nicht auch sah?

»Meine Fresse, dieses Unglück damals ... ich sehe ja aus wie ... Boris Jelzin ... ich weiß noch, wie schlecht es mir ging.«

»Ach was, du siehst doch goldig aus.«

»Nein, das war die Zeit unmittelbar vor dem Rollerunfall.«

Ich war die ersten fünf Lebensjahre wirklich am Arsch

gewesen. Die Eltern haßten sich und waren einfach nicht da. Nur der Bruder war da. Immer und ewig.

»Wir hatten doch praktisch gar keine Eltern gehabt, Gerald. An uns wurde eine neue Pädagogik ausprobiert: Kindheit ohne Erziehung, ohne Eltern.«

»Es war eine schöne Zeit.«

»Nein, Mann! Ich erinnere mich genau, wie beschissen ich mich fühlte!«

»Jetzt wirst du vulgär. Wir haben uns sehr wohl gefühlt. Weil wir uns mochten, du und ich.«

Tatsächlich hatte ich dann mit fünf Jahren diesen Rollerunfall. Ein verkappter Selbstmordversuch. Ich fuhr einen Berg hinunter, immer schneller, bremste nicht, stürzte, und die stählerne Lenkstange des Tretrollers durchbohrte mich und kam an meinem Rücken wieder heraus.

Ich hätte gleich sterben können, zumal meine Eltern wie immer bei der Arbeit waren. Ein Passant hob mich auf, und das war zufällig der einzige Arzt im Dorf, der alte Doktor Forchheimer. Der wußte natürlich, was zu tun war. Mit seinem Mercedes fuhr er mich erst zu meinen Strindberg-Eltern, fand das Haus aber leer, und dann ins Krankenhaus. Inzwischen war ich fast gänzlich verblutet, und die Ärzte gaben mich auf. Nach sechs Wochen Intensivstation war ich aber wieder obenauf und sollte nach Hause verlegt werden. Mein treuer Bruder hatte mich jeden Tag besucht und Kekse mitgebracht, die ich nicht essen durfte, weil mein Magen genäht war.

Bei dem Gedanken, nun wieder Tag und Nacht zu Hause allein zu sein – allein mit dem Bruder natürlich –, bekam ich eine Viruserkrankung und blieb weitere sechs Wochen im Krankenhaus. Danach wurde ich zu meinen Großeltern nach Westdeutschland gebracht, und dort endlich begann das Leben. Mit vernünftigen Erwachsenen, die sich um mich kümmerten und die sich nicht stritten. Vor allem aber ein Leben ohne Gerald. Endlich.

Wir sahen stumm die ästhetischen Schwarzweißfotos an, die Papi mit seiner teuren Voigtländer Bessamatik gemacht hatte. Ich weinte auf allen Bildern, Gerald lächelte diffus. Natürlich hatte ich nicht *wirklich* etwas gegen meinen Bruder, im Gegenteil. Er war der einzige Mensch in meinem Leben. Um ihn jetzt nicht weiter gegen mich aufzubringen, sagte ich:

»Irgendwie war es doch alles gar nicht so übel, was?«

Er nickte eifrig:

»Wenigstens hatten wir eine tolle Jugend!«

Ich schluckte. Es kam wohl etwas krächzend heraus, als ich ihm formal zustimmte:

»Tja. Kann man wohl sagen.«

Beim Abschied sagte er versöhnlich:

»Bitte grüße April recht schön.«

»Ja, danke, und alles, alles, alles erdenklich Gute natürlich für deine wunderbare Tochter ...«

Ich stolperte nach draußen.

Eine tolle Jugend! Der Mann mußte ... so anders sein als ich. Wie konnte er nur so verwegen falsch die Dinge sehen? Wie konnte er, nachdem wir erstens blutsverwandt waren und zweitens das halbe Leben wie siamesische Zwillinge gemeinsam verbracht hatten, so diametral anders werden als ich? Wir sahen uns ja sogar recht ähnlich. Dennoch wäre nie jemand auf die Idee gekommen, uns miteinander in Verbindung zu bringen. So wie man Eric Clapton und den Geißbock des 1. FC Köln nicht miteinander in Verbindung brachte. Beides waren liebenswerte Wesen, die, jedes für sich, »respect« erwarten durften. Aber eine Gemeinsamkeit konnte man sich beim besten Willen nicht vorstellen. Gerald und ich hatten keinen einzigen gemeinsamen Freund. Dabei arbeiteten wir beide erfolgreich in den Medien. Er drehte pausenlos Kulturfilme für Arte, ich schrieb Romane für Elke Heidenreich. Und nun das: Gerald nannte unsere gemeinsame Jugend toll. Was konnte er nur meinen?

Nachts dachte ich darüber nach. Natürlich waren wir auch ins gleiche Gymnasium gegangen. Wir waren die sogenannten Post-68er-Kinder. Bekanntlich hatte diese erste echte deutsche Revolution nicht nur in Berlin und Frankfurt, sondern auch in allen kleinen und winzigen Städten stattgefunden. In jedem Dorf, in jeder Scheune. Die einzige Ausnahme war der entlegene Landstrich, in dem unsere kleine Kleinfamilie unfreiwillig wohnte, Bayrisch-Kongo.

Wir waren also froh, als wir in den 70ern zurück nach Hamburg zogen. Ich sah zum ersten Mal in meinem Leben Hippies. Auch mein Bruder wurde sofort ein Hippie, und ich nahm ohne rechtes Interesse zur Kenntnis, daß er der kommunistischen Partei beitrat. Ich glaube, er führte eine Lehrlingsgruppe. Das fand ich seltsam, da wir doch Oberschüler waren. Übrigens auf einer reinen Jungenschule.

Mein jüngerer Cousin zeigte mir, welche Musik man hören und welche Konzerte man besuchen mußte. Ich besuchte aber nur zwei. Beim dritten blieb ich vor der Tür, um Mädchen anzusprechen. Ich lernte dabei auf Anhieb einen Mädchenring kennen, also eine Gruppe befreundeter pubertierender Mädchen. Es waren fünf Stück. Es war mir eine Selbstverständlichkeit, ja ehrenvolle Pflicht, meinen Bruder unverzüglich in den Kreis zu integrieren. Er bekam die dritthübscheste und blieb mit ihr ein Jahr zusammen. Immerhin seine erste Freundin. Mir selbst gefiel eine 15jährige Blonde am besten. Man traf sich in einer der Wohnungen, wenn die Eltern weg waren, verteilte sich in den Zimmern, hörte sphärische Musik, trank Tee bei Kerzenschein, erzählte sich intime Dinge, meist Sorgen, Nöte, Ängste. Man lagerte dabei auf Matratzen, berührte sich ständig, kuschelte sich an die anderen Körper wie junge Hunde an die Beine des Herrchens. Oft ging man zu zweit in ein Nebenzimmer und knutschte so heftig, daß Elias vor Neid erblaßt wäre. Aber meist blieb man in der Gruppe und redete. Es war die Urchristen-Situation.

Als Gerald seine Freundin verlor, verließen wir beide den Kreis. Ich hatte eine neue Freundin und verkuppelte ihn mit einer Frau, die ich nicht so toll fand, sie aber mich. Das hatte den Nachteil, daß sie meinen Bruder nur als Weg zu mir sah und ihn immer dazu zwang, über mich zu reden. Ihm ging das extrem auf die Nerven. Aber es war seine zweite richtige Freundin. Nach einem halben Jahr verließ sie ihn. Wir unternahmen eine dritte Verkuppelungsaktion.

Gerald war es anschließend – es hielt nur ein paar Monate – leid, nur der Bruder des tollen Johannes zu sein, und wandte sich von mir ab. Er zog nach Berlin, um sich dem Dienst fürs Vaterland zu entziehen. Ich wiederum zog nach München, wo ich in den Strudel der Kommune I um Rainer Langhans geriet. Das war früher ein Erfinder jener 68er-Revolution gewesen, die wir eine Dekade davor in »Straubing« verschlafen hatten. Die Kommune gab es aber immer noch, wurde nur in »Harem« umbenannt, da außer Langhans nur noch Frauen in ihr wohnten. Es war so ähnlich für mich wie die gerade erwähnte Gruppierung junger Schulmädchen.

Da ich den Einfluß von Langhans allein nicht brechen konnte, überlegte ich, Gerald nachziehen zu lassen. Doch der hatte, oh Wunder, in der Hauptstadt eine »eigene« Freundin gefunden. Mir imponierte das ungemein, und ich dachte damals, in Berlin müsse es ein grandioses Überangebot an Frauen geben. Jahre später machte ich die gegenteilige Erfahrung. Dort mußte ich mich stets fernversorgen lassen durch Frauen aus anderen Städten.

Ich war ja damals schon einmal mit der April zusammengewesen, fand Berlin großartig und wollte, daß die geliebte Freundin nachzog. Als dann die Mauer fiel, wurde es evident. Ich rief sie an und jubelte:

»April, die Mauer ist weg! Jetzt mußt du kommen!«

Sie reagierte mit Fassungslosigkeit:

»Was? Weswegen soll ich kommen müssen? Wegen einer *Mauer*?! Kannst du mir irgendeinen halbwegs vernünftigen Grund dafür nennen?«

»Ja, April! Berlin ist der historische, literarische und politische Atem, der durch mich hindurchgeht!«

»Häää?! Bist du jetzt völlig durchgeknallt? Wieso soll das Berlin sein und nicht Köln, Mannheim oder Basel?«

»Kennst du denn nicht den Unterschied zwischen einer führenden europäischen Hauptstadt und einer rheinischen Provinzmetropole?«

»Du mußt wirklich zum Arzt. Das ist das einzige, was mir dazu einfällt.«

Diese Debatte führten wir wohl hundertmal. Die April weigerte sich, mich in der Hauptstadt zu besuchen, da sie ihrem Hund die Reise nicht zumuten wollte. Ein blöder kleiner Hund war ihr wichtiger als die deutsche Einheit! Sie drückte es umgekehrt aus: eine blöde kleine Wiedervereinigung, von der kein Schwein etwas hatte, war mir wichtiger als *ihr Hund*. Sie dachte da keineswegs anders als die meisten Rheinländer, und sie war sich ihrer Sache so sicher, daß sie mich ernsthaft vor die Wahl stellte, mir einen Psychiater zu suchen oder von ihr verlassen zu werden. Natürlich begann ich die April dafür zu hassen, allerdings nur, wenn ich in Berlin war. Für mich war es auch ein Déjà-vu aus der

Kindheit: Immer hatten wir die bayrische Provinz gehaßt und uns nach Hamburg gesehnt, der Metropole, dem Geist, dem Theater, dem Film. Vor allem war es natürlich das Trauma meiner Mutter, die ja aus Berlin kam und in Straubing an geistiger Unterernährung zugrunde ging. Nun also durchlebte ich als Wiedergänger meiner armen Mutter dasselbe Schicksal. Sie war ihrem Mann aus Liebe in den Busch gefolgt, und ich versank aus Liebe zur April in den Niederungen des kölschen Karnevals. Die Beziehung litt darunter sehr, zerbrach aber nicht. Auch meine Eltern hatten sich nie getrennt.

Allerdings zog ich in den 90er Jahren dann ganz nach München zu dieser Haremskommune und blieb fast zehn Jahre lang dort der heimliche Freund einer der Langhans-Frauen, nämlich Elias' Mutter. Immer wieder wurde mir ein handfestes Liebesverhältnis zu der attraktiven Frau nachgesagt, aber es stimmte fast nie. Freilich waren wir auf verteufelt gute Weise eng miteinander befreundet, so daß Langhans darüber graue Haare bekam. Ich hatte eine geistige Freundin, die im Leben nicht darauf verfallen wäre, das Interesse an der deutschen Einigung als schweren Fall geistiger Umnachtung zu sehen. Viele Jahre lang dankte ich ihr diese inhaltliche statt psychologistische Weltsicht, indem ich mich aufopferungsvoll um Elias kümmerte. Ich wollte nicht, daß er Rainers Irrlehren zum Opfer fiel.

Langhans hatte sich nämlich von der Politik ab- und dem allgemeinen Aberglauben, der Hexerei und der Esoterik zugewandt. Ich wollte, daß der Junge wenigstens eines Tages nach Los Angeles auswandern konnte, zum rettenden und absurd wohlhabenden anderen Teil seiner Familie, den Gettys.

Die Zwillingsschwester seiner Mutter war die Frau des Ölmilliardärs Paul Getty III. Ich war dann selbst oft in Kalifornien, nahm die April sogar mit, und die Jahre vergingen. Meinen Bruder vergaß ich ganz. Bis ich Anfang des neuen Jahrhunderts aus beruflichen Gründen doch wieder eine Zweitwohnung in Berlin bezog, wie alle Medienwessis damals. Man vergißt schnell, jetzt in der Misere, daß noch im Jahre 2000 der New-Economy-Superboom auf seinen Höhepunkt zusteuerte ...

Das alles dachte ich nachts, als ich nicht einschlafen konnte. Mein Bruder faselte von unserer tollen Jugend – aber ich erinnerte mich nicht mehr daran. Nicht wirklich. Meine erste Freundin, seine erste Freundin? Es stellte sich kein Gesicht, kein Gefühl ein. Wenn ich an Jugend dachte, dachte ich an Elias. An sein Kinderzimmer. An seinen ersten Commodore. An seine ersten Drogenabstürze mit 13. Er war meine eigentliche Jugend. Und die hatte ich nun überwunden. Ich freute mich auf das Alter. Auf die April und auf Wien.

Freunde hatten mich zu einer Lesung eingeladen. Mit dem Nachtzug passierte ich Ende Februar die deutsch-österreichische Grenze. Schneestürme tobten, als ich gegen sechs Uhr auf der rumpelnden Pritsche aufwachte. In Österreich hatten sie offenbar immer noch Winter.

Max Goldt, der getreue Freund von letzter Woche, holte mich am Bahnhof ab. Wenig später trafen wir die April in einem Wiener Kaffeehaus mit extrem hohen Wänden namens Café Sperl. Dort, wo vor nicht einmal hundert Jahren die feschen Ulanen-Offiziere ein- und ausgingen, saß ich nun mit der lieben Freundin und dem erfolgsverlassenen Schriftsteller.

Ich betrachtete die alten Messinglampen, die Holztäfelung und die abgewetzten Sessel aus dem 19. Jahrhundert. Max redete nur über Sex. Er wohne gegenüber einer sadistisch-masochistischen Bar und so weiter. Ich registrierte es aufmerksam. In Österreich war das also noch ein Thema. Die Jugend in Deutschland hatte sich dem ja vollkommen entzogen. Wahrscheinlich wurde hier der Geschlechtsverkehr noch richtig vollzogen. Männer und Frauen schliefen noch miteinander. Vielleicht war das MEIN Land? Ich sah mich um.

Süße Mädel suchte ich vergebens, natürlich gab es auch keine Uniformen mehr. Das Burgtheater mußte in der Nähe sein. An den Wänden hingen Schwarzweißfotos großer Mimen. Oskar Werner als Hamlet, Bernhard Minetti als Götz von Berlichingen, Heinrich George als Herzog von Burgund. Auf der gegenüberliegenden Wand entdeckte ich sogar Liselotte Pulver als Fräulein Mizzi und O. W. Fischer als Graf von Monte Christo. Johannes Heesters glänzte als Leutnant Ferdl in »Kanonen für Samarkand«, und direkt unter seinem Konterfei saß, ganz real, ein junges Wiener Singlemädchen. Immerhin! Es gab nicht nur dicke, alte, schlecht gekleidete, wasserbeinige Rentnerinnen in dem Lokal. Das Singlemädchen stand auf und hatte eine enge schwarze Cordhose an, die aufs vortrefflichste mit ihrer schwarzen Haubenfrisur korrespondierte. Wie melancholisch sie schaute! Zum knackigen Hintern trug sie eine weiße Windjacke, registrierte ich zwanghaft, bis ich merkte, daß ich mental noch immer in Berlin steckte. Ich rief mich zur Ordnung. Es kamen drei Freunde: Rex, Gerda und Thomas.

Thomas war 18 Jahre zuvor von Bochum nach Wien gezogen und dann, ja was?

»Don bin i hia hängen gebliebnn.«

Er sprach die Konsonanten unendlich weich. Schnell trank er zwei, drei, vier große Humpen Bier, und Rex und Gerda taten es ihm gleich. Es wurde sofort so gnadenlos und unvergleichlich gemütlich, daß ich bald sagte:

»Kinder, wißt ihr, was? Ich bin fertig mit Deutschland.«

Insgeheim aber dachte ich: »Scheiße, hier ist ja der Hund begraben. Ich sollte Eli eine SMS schicken, daß er mit seiner Bande anrückt, bis ich die verdammte Lesung hinter mir habe.«

Freilich hatte ich noch die April. Ich war sehr verliebt in sie und konnte ihr die Tischunterhaltung überlassen. Zunächst richtete ich ein weiteres Mal die Grüße meines Bruders aus. Die Wirkung war wie erwartet.

»Hat er das wirklich getan?«

»Ja! Und du weißt, wie selten er jemanden grüßen läßt.«

Die Wände waren seit 40 Jahren nicht gestrichen worden. Das Mobiliar war schrottreif, das Holz hatte Sprünge, die Lehnen waren zerkratzt. Wieso wurde hier niemals investiert? Gehörte das Land nicht zum Kapitalismus? Woher kam diese stillschweigende Verabredung, alles möglichst morbide aussehen zu lassen? Literaten waren hier keine mehr, und wenn doch, worüber schrieben sie? Natürlich über Haider. Das war ein liebgewordenes altes Feindbild von ihnen. Oder hatte der schon Selbstmord begangen? Ich wußte es nicht mehr.

Die April war dagegen ganz reizend. Ein Kompliment jagte das nächste. Sie kannte alle österreichischen bildenden Künstler. Mit neuer Frisur und Netzstrümpfen sah sie noch lässiger aus als das melancholische Singlemädchen. Der eine Tischnachbar wollte wissen, ob April mit mir zusammen war, worüber sich ein Gespräch über die richtige Anrede entwickelte.

»Ich würde sagen, ich bin die Frau an seiner Seite.«

Sagte man noch »mein Mann«? In Österreich sprach man angeblich ganz unverblümt über »meinen Liebhaber«. Na, dann gute Nacht, Austria.

Ich bestellte eine Sachertorte, aber sie hatten nur noch Kuchen im Sortiment, keine Torten mehr. Das Schlagobers schmeckte nach Wasser. Die Bedienung hatte nicht einmal mehr eine ordentliche Dienstkleidung an und war auch nicht anständig jung. Eine Rentnerin wankte durch die Reihen, den gräßlichen Kuchen in der Hand. Es fiel mir schwer, ihr Trinkgeld zu geben. Noch schwerer wäre es mir gefallen, auch noch mit ihr zu flirten – obwohl doch gerade das den Reiz des Kaffeehausbesuches ausmachte, wie schon Schnitzler wußte. Ich konnte mich allerdings auf später freuen. Im Bett mit der April, denn das zählte nun mehr als alles andere. Gesagt, getan. Aber irgendwann sitzt man halt doch wieder im Kaffeehaus, auch und gerade wenn man eine heiße Nacht hinter sich hat. Man denkt: »Jetzt ein schönes Frühstück, das wäre nett.« Die April sagte:

»Wir müssen ja nicht in dasselbe Kaffeehaus gähn. Vielleicht hat's ja noch a scheneres.«

Und so gingen wir nicht mehr ins heruntergekommene Café Sperl, sondern ins Café Mozart. Diesmal machte uns die seltsam verschrumpelte Klientel nichts mehr aus. Wir hatten unseren Frieden gefunden. Das Café Mozart war sogar einmal in den 50er Jahren renoviert worden. Wir blickten auf alte Männer in oller DDR-Kleidung: lila Jogginghose, graue Haare, Glatze, geschmacklose Jeans, billige Brille. Niemand trug ein Jackett, einen Anzug, etwas Dunkles. Auch die Nichtrentner hatten auf den zweiten Blick etwas Rentnerhaftes. Schwer vorstellbar, daß von diesen verbiesterten Visagen noch jemand arbeitete.

»Wenn es mit deinem Job in Köln nicht klappt, können wir doch hierhinziehen?« fragte ich die April. Sie erschrak. Vor allem über die Vorstellung, keinen Job mehr zu haben. Sie sah sich um, duckte sich unwillkürlich.

»Sag doch bloß so was nicht«, flüsterte sie.

»Gefällt es dir denn hier nicht?«

»Oh doch – der Kellner hier hat etwas an sich, das eine frische Atmosphäre schafft.«

Richtig. Der Mann wuselte so. Er trug einen abgewetzten schwarzen Leichenbestatteranzug und gerierte sich verlogen-beflissen wie eine Karikatur. »Bitt schön, der Härr, bitte schnell, bitte gleich, danke schön, danke schön.« Alles sagte er doppelt. Durch die Kurve bog er wie ein gekrümmter Eisschnelläufer. Mir gefiel das, auch wenn seine Augen tot waren und er keinen Humor hatte. Auf diverse Witze meinerseits antwortete er nur mit einem sinnlosen »Danke schön, Danke schön«.

»April, hier würden wir zu uns selbst kommen.«
»Ja ...« Sie sah mich verliebt an. »Wir würden morgens und abends bohnern und zwischendurch im Kaffeehaus Zeitung lesen ...«
Von draußen drückten die Wiener Protz- und Prachtbauten durch die wandhohen Fenster auf unsere Wahrnehmung. Alle Bauten waren um ein Vielfaches größer als vergleichbares Gemäuer in Berlin, München und Hamburg. Die Burg, die Sezession, die Albertina, die Hofreiterei. In der Burg lebte angeblich immer noch der Bundespräsident. Alles lugte übermächtig in das kleine Café Mozart herein, das freilich immer noch die Ausmaße der Münchner Uni-Mensa hatte. Gern hätten wir etwas Anschluß gehabt an die Wiener Gesellschaft. Aber als ich diese Bitte unseren Freunden vortrug, sahen sie sich ratlos an und schwiegen.
»Was sollen wir machen?« fragte schließlich die Frau.
»Bringt uns mit euren Freunden zusammen!«
Sie lachten:
»Wir haben keine Freunde!«
»Dann macht ein Essen, und ladet gute Bekannte, Kollegen, Ehefrauen und so weiter ein.«
»Gibt es nicht. Außer Thomas; den könnten wir einladen.«
»Und Familie? Sicher habt ihr Brüder, Nichten, Paten, geschiedene Schwestern, uneheliche Kinder, heimliche Geliebte und so weiter!«
»Nein. Nur eine Nichte. Die ist erst 17 und wohnt nicht in Wien.«
Sie luden also wieder Thomas ein. Wir saßen schon zum zweiten Mal in derselben Konstellation zusammen. Die Gastgeber tranken sehr schnell ganz viel Champagner, kamen aber nicht in Stimmung. Alles war schon gesagt worden, und zwar am ersten Abend.

Seltsam gerädert stapften April und ich nach Hause. Ich hatte nichts getrunken, aber die arme Freundin hatte mithalten wollen und war nun arg zerstört. Aus lauter Erschöpfung begann sie zu streiten. Wäre auch ich betrunken gewesen, hätten wir uns zerkracht in dieser Nacht. Ich kannte diese Gefahr. Es gab dafür einen bedeutenden Präzedenzfall, den Streit im Januar 1990. Damals waren wir beide betrunken gewesen. Noch heute litten wir unter diesem damaligen ganz und gar unsinnigen Streit. Aber diesmal behielt ich die Nerven, und tief in der Nacht schliefen wir sogar miteinander, und ein paar Stunden später noch einmal. Am Morgen saßen wir wieder einträchtig im Kaffeehaus; diesmal im Café Tiroler Hof.

Überall lagen wieder im Übermaße Zeitungen herum. Österreich hatte davon schon mehr als Deutschland, und die deutschen Zeitungen wurden noch draufgelegt. Das Tollste aber war: Die Zeitungen wurden auch wirklich gelesen. Ich konnte mir nicht vorstellen, was in der Süddeutschen Zeitung anderes drinstehen sollte als in der Frankfurter Allgemeinen. Nein, ich wußte es sogar: Es stand dasselbe drin. Zehn Jahre lang hatte ich aus Berufsgründen beide Zeitungen abonniert, dazu die WELT und noch andere Blätter. In allen bildete sich das gleiche faktenhörige, inhaltslose, kleinbürgerliche Bewußtsein ab, im Grunde das Gegenteil von Bewußtsein. Nach der Lektüre einer dieser Zeitungen war man noch informiert. Nach der Lektüre aller hatte man gar nichts mehr im Kopf, nur Datenschrott.

Dennoch blickte ich nun freundlicher auf dieses Volk. Ich registrierte wohlwollend, daß keine Touristen im Lokal waren. In einer Koje saß sogar eine Schriftstellerin und schrieb auf einem No-Name-Billiglaptop einen Kaffeehaus-Roman. Es handelte sich sogar um eine halbwegs bekannte Autorin, die wie Karen Duve aussah.

In einer anderen Koje saßen drei alte lebenslustige Damen, die sich ausschütteten vor Lachen und sich Geschichten erzählten. Alle drei sahen aus wie Muschi Stoiber, aber nur eine konnte es sein. Später betraten alte füllige Herren mit Hut und gefärbten Haaren das Kaffeehaus. Da vergaß ich so manche Entgleisung, wie den lila Jogging-Rentner eben oder die fette alte Wachtel in speckig glänzenden schwarzen Lederhosen am Nebentisch.

Die Physiognomien waren schon unsagbar häßlich, da biß die Maus den Faden nicht ab. Es kamen nun auch junge Frauen herein, doch alle waren sie durch große, fleischige, breite Bogennasen entstellt. Was nutzten da die drei großen und neun kleinen Kronleuchter! Die Mädchen wurden dadurch nicht schöner. In Deutschland wäre längst die AOK eingeschritten und hätte kosmetische Operationen angeordnet, anständig abgerechnet und bezahlt. Aber wozu meckern? Die Tische waren aus Marmor, die Sofas und Sessel gut gepolstert, die Zeit blieb stehen, und die Jugend von heute, die mich so gequält hatte, war wie vom Erdboden verschwunden!

Auf dem Nachhauseweg duckten wir uns vor den Schneelawinen, die von den hohen alten Dächern herabsausten. Wieder in der Wohnung, wußten wir nicht, wie wir so lange hatten draußen zubringen können – fast zwei Stunden! Das war sehr unwienerisch. Der alteingesessene Österreicher blieb den ganzen Tag zu Hause und verzehrte seine Pension. Auch in unserer Wohnung lebten unbemerkt diverse Menschen. Wir bekamen sie nicht zu Gesicht, aber sie waren da.

Da gab es zunächst unseren Gastgeber. Er hieß Jonathan und steckte zweifellos in einem der Zimmer. Wenn man anklopfte und seinen Namen rief, tat sich nichts. Man mußte ihn auf dem Handy anrufen, dann kam er wenig später in den Flur gewankt, etwas irritiert, aber jederzeit freundlich. Meist sagte er, er habe gerade ein wenig geschlafen. Dann gab er uns alles, was wir brauchten. Handtücher, Obst, Kaffee, Schokolade, einen Computer, Kopfschmerztabletten, Wiener Schnitten. Aber es gab auch noch Leute in der Wohnung, deren Handynummern wir nicht kannten und die wir niemals sahen.

Da war die Freundin unseres Gastgebers, Tina, die gerade erkältet war. Schwer erkältet. Wir hörten sie tagelang husten. Manchmal schleppte sie sich zu den Waschräumen, aber wir waren nicht schnell genug auf den Beinen, um sie zu sehen. Tina kam aus Ägypten, und wir hätten natürlich gern gewußt, wie sie aussah.

Dann war da noch eine Schwester von Tina und deren Mann Wolfgang. Die Schwester hörten wir noch nicht einmal, da sie nicht erkältet war und nicht hustete. Dafür saß ihr Mann Wolfgang manchmal neben dem Festnetztelefon, nur mit einer ekligen Unterhose bekleidet. Wolfgang war scheußlich. Auch die April meinte eines Tages zu mir:

»Dieser Wolfgang hat eine äußerst unangenehme Ausstrahlung.«

Keiner von diesen Leuten verließ jemals die Wohnung. Sie war groß und zeitlos schön wie alle Wohnungen im sechsten Bezirk. Überall hatte es alte hölzerne Doppelfenster, große helle großzügige Räume mit einer so soliden Bausubstanz, daß niemals renoviert werden mußte. Die Häuser waren zehn Meter höher als anderswo und gleichzeitig 50 bis 100 Jahre älter. In den oberen Etagen herrschte völlige Ruhe. Keine Autos. Man sah auf andere Dächer, jede Menge Kirchtürme, auf die Alpen in naher Ferne. Die Wohnungen waren in der Regel mit Holzöfen beheizt, da man Zentralheizungen 1860 oder 1815 noch nicht kannte.

Natürlich stand in jeder Wohnung ein großes Klavier,

dazu baumhohe Zimmerpflanzen, die nie starben, eine Bibliothek, in der kein Klassiker fehlte: Grillparzer, Stendhal, Heidegger, Kafka, Artaud, Proust, Hegel, Fichte, Handke, Moravia, Simone de Beauvoir und Elias Cannetti.

Die April stand lange vor den endlosen Buchreihen und atmete die Titel förmlich ein. Ich sagte ihr, man könne sich auch von Kultur ernähren, und sie stimmte halb zu. Ich stellte mir vor, wie das wäre: mit den Büchern zu leben, eine kleine Pension vom Verlag zu beziehen, den leicht schleifenden Nuscheldialekt zu sprechen, nie wieder einen Menschen unter 30 zu treffen – wunderbar.

Natürlich gab es auch immer ein Haustier, das zwischen dem alten Mobiliar herumschlich. Im Falle Jonathans war es ein ungewöhnlich großer Feldhase, wie von Dürer gezeichnet und wahrscheinlich auch so alt. Bei Rex und Gerda, unseren nächsten Gastgebern, war es eine Riesenschildkröte von den Galapagos-Inseln. Dorothee Rösser hatte eine lautlose, genveränderte Katze von der Größe eines Pferdes. Und niemand hatte Kinder. Niemand, niemand, niemand. Dafür waren alle gegen Haider. Und gegen Schill.

Alle elf großen Tageszeitungen meldeten am Montag als Aufmacher, dieser wichtige Mann namens Schill sei bei der Hamburger Rathauswahl unter fünf Prozent geblieben. Als würde der Globus von ein paar rechten Spinnern verheert werden – einem Skilehrer und einem geschaßten Richter – und nicht vom Kapitalismus. Aber so war es eben im Jelinek-Staat, das politische Bewußtsein, zum Grausen dämlich. Es paßte zur realen Lage wie die Faust aufs Auge.

Ich merkte plötzlich, daß ich die Jugend von heute, die deutsche, vermißte. Daß diese jungen Leute hundertmal mehr vom Kapitalismus verstanden als diese Jelinek-Deppen. Die

Jelinek-Deppen verdrängten den Kapitalismus und setzten an seine Stelle ausgedachte Menschheitsfeinde wie Haider, Aids und Kinderschänderei. Zu Hunderttausenden demonstrierten sie gegen ihre selbsterschaffenen Popanze. Kein Wunder, daß sie dabei komplett humorlos wirkten, denn tatsächlich waren sie ja vollkommen verrückt.

Die Jugend von heute dagegen sah dem System furchtlos ins Auge. Sie ließen sich ausbeuten, sie machten mit, sie litten. Sie führten diesen aussichtslosen Kampf und verloren heroisch. Sie wußten nicht, wer Haider war, weil sie es ablehnten, sich verarschen zu lassen. Von Aids und Sex wollten sie nichts mehr wissen, weil dieses Terrain vom Konsumismus restlos verseucht war.

Ich schlief gern mit der April, auch wenn jede Bewegung, jede Geste, jede Sekunde von der Werbung und von den Medien vereinnahmt war und somit nicht mehr mir gehörte. Ich lieh diese Stunden von der Werbung, und sie gefielen mir trotzdem. Ich liebte die April von Tag zu Tag mehr und fühlte mich herrlich erwachsen.

Eines Tages schlug ich ihr vor, ins Café Kafka zu gehen. Auch dort gab es wieder diese altbraun gebeizten Polstermöbel und die entsprechenden vermoderten Menschen. Man hatte uns das Café Kafka extra als spezielles Jugendcafé genannt. Und wirklich saßen da zwei, drei, vier Loserfiguren, die man im Vor-Wende-Deutschland als nordbayrische Kriegsdienstverweigerer identifiziert hätte. Oder als die Leute, die sie dann als Zivis zu betreuen gehabt hätten. Unser neuer Gastgeber hatte gesagt:

»Das Kafka gibt es noch gar nicht so lang!«

Erst 1981 war es in der heutigen Form gegründet worden, vorher hieß es Café Weinheber. Aber Weinheber, den großen Lyriker, kannte man im 19. und 20. Jahrhundert kaum noch, so daß der Namenswechsel nötig geworden war. Ein brodelnder Kohleofen beheizte die kleine Stube. Wir sahen uns um.

Seltsam, auch hier, dieses vollständige Fehlen jeglicher Sexyness. Die Leute sahen regelrecht körperlich behindert aus – das konnte doch alles gar nicht wahr sein! Ich starrte auf die obligatorischen Kronleuchter und zurück auf die Leute. Was waren das wohl für Existenzen, die hier hingingen? Arbeitslose Ex-Studenten? Warum nur war die deutsche Jugend so sexy, sah so fantastisch aus, die Jungs so athletisch und männlich, die Mädchen alle bauchfrei und supercool? In Mitte waren von zehn entgegenkommenden Frauen acht unter 30, und sieben davon waren direkt einem MTV-Clip entstiegen.

Hier dagegen nichts von alledem. Selbst am Montag, dem ersten Werktag der Woche, blieb diese Bewegungslosigkeit. Niemand hatte etwas zu tun. Niemand mußte irgendwohin. Sie saßen in ihren herrlichen alten Ohrensesseln und lasen Freud im Original und Hegel in der 23bändigen großen Gesamtausgabe von 1882. Im Café Kafka spielten sie österreichische Jazz-Improvisationen aus den 50er Jahren, ein bißchen Getröte plus Mundharmonika. Oder Astor Piazola, der argentinische Akkordeonspieler. Verschnarchter ging es wirklich nicht.

Trotzdem merkten die April und ich, daß der Instinkt sich meldete bei uns. Und was sagte uns der Instinkt? Daß wir genau das brauchten. Daß es uns jeden Tag besserging. Daß die ersten vereinzelten grauen Haare, die uns plötzlich wuchsen, gut in die Stadt paßten. Wir waren angekommen! Das Leben – es war endlich vorbei!

Einmal fragte ich die April, ob unser Leben, das nun hinter uns lag, eigentlich gut köstlich gewesen sei. Ob es noch etwas gäbe, das noch getan werden sollte. Eine Versöhnung mit einem alten Feind vielleicht. Ob wir uns noch mit den alten Gegnern aussprechen sollten, bevor die Klappe hier endgültig zufiel in Österreich?

»Nein, wir sollten direkt mit dem neuen Leben hier anfangen« – sie lachte bei dem Wort Leben – »und gegen Haider was tun. In der Otto-Mühl-Sache zum Beispiel.«

Die FPÖ hatte eine Aktion gegen den verdienten Staatskünstler Otto Mühl geplant. Seine Ausstellung »Kinderfikken 1960 – 2004« sollte von Haider-Leuten angegriffen werden. Ich sagte, das sei recht unappetitlich, egal auf welche Seite man sich stellte.

»Ich weiß. Aber man muß Prioritäten setzen. Gegen Haider muß man in jedem Fall sein, wenn man im Kulturbetrieb noch was werden will.«

So gingen wir hin. Die Vernissage fand im Museum für angewandte Kunst statt. Wir bestiegen ein Taxi. Der Taxler war ein bekennender Oskar-Werner-Verehrer. Er wohnte in dem Haus, in dem Werner zur Welt gekommen war.

»Er soll ja sehr beliebt gewesen sein in Wien …«, tastete ich mich heran.

»Jo, die Weaner hom Oskar Werner geliebt.«

Er berichtete von einer Lesung im Jänner 1975 im Burgtheater. Werner hatte sie kurzfristig per Zeitungsnotiz angekündigt. Der Saal war bis auf den letzten Platz gefüllt. Werner las Schiller, nur Schiller. Man konnte eine Stecknadel fallen hören. Seit 1961 – dem Film »Jules et Jim« – war Werner nicht mehr aufgetreten. Dreißig Minuten Schlußapplaus. Die Leute standen heulend auf und klatschten und klatschten. Keiner konnte sich dieser Welle des Gefühls entziehen. Keiner, der nicht weinte. Weinte und klatschte, bis die Haut aufsprang. Oskar Werner!

Da der Taxler recht betagt auf mich wirkte, fragte ich

ihn, ob er Werner auch einmal auf der Bühne gesehen hätte. Ja, sagte er, der Oskar Werner habe ja den »Knechtl« in Hamsuns Stück »Erde« so gut gegeben, da sei er mehrmals reingelaufen, 1943.

Ich hatte keine weiteren Fragen mehr. Ich wollte nicht wissen, was er über Otto Mühl dachte. Ich wußte es schon: ein großer Künstler und ein großer Verbrecher, was bittschön säuberlich zu trennen sei. Es lebe die Freiheit der Kunst, es lebe Mühl! Eine große Menschentraube vom Museum bis weit den Ring hinunter begehrte Einlaß wie zum Studio 54.

Die Wahrheit war: Der Typ war ein großer Verbrecher und überhaupt kein Künstler. Oder eben ein sehr kleiner. Nicht der Rede wert. Die Menge sah uns bewundernd nach, wie wir im Schlepptau des Bundeskanzlers Schüssel durch die Sperre flutschten. Ein Trick aus alten Tagen. Prominente drehen sich nie um und sagen: Hey, der gehört nicht zu uns! Das wäre uncool, und es ist auch nicht ihr Job. Die Security-Leute wiederum denken, der Prominente kenne einen vielleicht.

Im Museum selbst bewachten Hunderte von Polizisten jeden einzelnen Besucher doppelt und dreifach. Es konnte ja ein Haider-Anhänger darunter sein mit gefälschter Einladungskarte, der eine rechte Parole rief, etwa »Das ist doch alles Schweinkram«. Da die gemalten Bilder so schlecht waren, gingen wir wieder. Das Fernsehen hatte uns gesehen, wir hatten Flagge gezeigt gegen den Nazi-Pöbel – und tschüß!

»Es hat richtig weh getan, dieses bemühte Gemurkse anzugucken«, murmelte die April. Ich nickte nur.

Wir gingen in ein Lokal, das »Alt Wien« oder so ähnlich hieß. Der nichtssagende Thomas erwartete uns dort. Inzwischen hatten wir aber viel telefoniert und einiges aufgeboten. Eine Jugendfreundin, mit der ich mit 14 einmal zusammen war und die ich seitdem nicht wiedergesehen hatte, lebte in Wien. Über zehn Ecken hatte ich sie ausfindig gemacht und in das Lokal bestellt. Die April wiederum hatte zwei amerikanische Künstler, die sie in den frühen 90er Jahren einmal in New York getroffen hatte, aufgespürt. Die kamen nun auch. Schließlich war noch unser erster Gastgeber zugegen, Jonathan. Uns zuliebe verließ er erstmals im neuen Jahr die Wohnung. Es wurde ein lustiger Abend, fast wie in Berlin unter Elias' Ägide.

Die Jugendfreundin hatte einen Vorteil, der unter normalen Umständen ein Nachteil gewesen wäre: Sie war das, was sie selbst und vielleicht auch andere als »umwerfend« bezeichneten. Das war die Rolle, die sie schon als Kind für sich gewählt hatte. Sie war einfach umwerfend, eine phantastische Frau sozusagen, wirklich »hammermäßig«.

Schon im Taxi, als sie zu uns fuhr, hatte der junge Taxler angeblich beim Zahlen gesagt:

»Verzeihen Sie, gnädige Frau, doß ich dös sage, aber ich wollte immer schon eine Frau wie Sie kennenlernen. Ich kann mir genau vorstellen, wie Sie im Bett sind.«

Er gab ihr seine Karte. Er hatte bestimmt auch »Sex and the City« gesehen, genau wie sie. Das verband natürlich. Auch er fand sie umwerfend. So alt und trotzdem so knakkig und respektlos. Eine Kamikaze-Fliegerin, mit 45! Sie war zwar erst 36, sah aber älter aus. Das Leben als Umwerfende ließ einen schnell altern. April war auch 36, sah aber jünger aus, wie 28.

Die April und die Jugendfreundin wirkten wie Mutter und Tochter beim Männerfang. Wobei die April niemals auf Männer achtete, da sie cool war. Die Jugendfreundin legte einem schon nach dem ersten deftigen Schlag auf den

Rücken das Kondom auf den Tisch. Das sollte eine Provokation sein.

Mit 14 war sie in Unterwäsche herumgestakst, behängt mit Kruzifixen, Strapsen, Schnullern, Straß und Teddybären, zwei Jahre vor Madonna. Ihre Opfer waren die Boheme-Stars der damaligen wilden Malerei-Szene in Deutschland gewesen, mit denen sie in Kirchen, U-Bahn-Schächten und ich weiß nicht wo kopulierte. An ihrer Seite hatte sie damals eine andere 14jährige gehabt, die ebenso agierte, aber noch dazu bildschön war.

Zu zweit hatten sie die ahnungslosen armen jungen Männer in den Wahnsinn getrieben, bis in den Tod, als hätten sie Wedekinds Stück Lulu schon in der Grundschule durchgepaukt. Wer konnte, brach den Kontakt dann in den 80er Jahren ab, so auch ich. Die Mädchen gingen dann nach Wien. Das eine starb nach unzähligen Therapien, von dem anderen hörte man zwanzig Jahre lang nichts mehr. Bis heute.

Interessant zu sehen, was aus solch einem Madonna-Lebensentwurf also wurde. Es war schließlich der Lebensentwurf, der sich im Laufe zweier Dekaden gesellschaftlich durchgesetzt hatte. In sechs von sieben Videoclips zappelten brutale Schulmädchen herum, die Pink hießen und die Inneneinrichtung von Saloons zertrümmerten. Alt geworden, waren sie also immer noch »umwerfend« und unterhielten eine Runde verschnarchter Österreicher mühelos.

Nacheinander verschwand das Mädchen mit einem der Tischherren und brachte ihn aufgewühlt und runderneuert zurück. Sogar der schwule Freund des amerikanischen Künstlers wurde aufgeschlossen und erzählte von der Prärie und den Pferden seiner Heimatranch.

Unsere neuen Gastgeber erzählten Skurrilitäten. Das war sehr wienerisch. Allerdings gab es auch in Deutschland in einer bestimmten Generation diese Geisteshaltung. Es war die 90er-Jahre-Generation, die ausschließlich auf das vermeintlich Skurrile achtete. So hatte unsere Freundschaft mit den neuen Gastgebern einst damit begonnen, daß der Mann uns Faxe schickte, auf denen die Zeiten vermerkt waren, die er beim Schwimmen erzielt hatte. Jeden Tag ging er schwimmen und nahm die Zeit dabei.

Die mehreren tausend Zeiteintragungen der vergangenen Jahre teilte er uns also schriftlich auf etwa 35 Faxseiten mit. Doch damit nicht genug. Er wiederholte diesen Vorgang noch mehrere Male. Er zeigte uns damit, was er in seinem Selbstverständnis war: ganz anders, ganz anders und nochmal ganz anders! So wie er war gar gar gar kein anderer!! So dermaßen ausgefallen. Wir akzeptierten stillschweigend.

Daß es quälend werden kann, wenn Leute das Skurrile mit dem Leben verwechseln und einen mit Skurrilitäten zutexten, erfuhren wir erst jetzt so richtig. Überraschend war dabei, daß sie einfach nicht verstanden, was man meinte, wenn man vom nichtskurrilen Leben sprach, von wichtigen Fragen, von Globalisierung, Nationalökonomie, Liebe, Gott, Kunst, Geburt, Tod und so weiter. Es war für sie, als spräche man chinesisch. Ein vollständiges und selbstverständliches Verbot aller ernsten Themen beherrschte ihr kümmerliches und nichtvorhandenes Bewußtsein. Nach der siebenten Geschichte über einen südostindischen Fußnagelbett-Splitterentferner-Arzt, der sich weigerte, sein selbstgemaltes Straßenpraxis-Schild zu verkaufen, bis er durch tausend gute weltläufige österreichische Worte und Gesten doch noch dazu gebracht wurde, wollte man nur noch brüllen:

»Und ihr?! Wie geht es euch?! Was ist euer Anliegen auf Erden?!!«

Sie lebten das Leben lebender Toten. Wenn man das ansprach, sagten sie:

»Jo mei, des Ausgehen ist uns mit den Jahren zu anstrengend geworden.«

Sie dachten also, die Alternative zum Zombie-Leben sei das Nachtleben. Wenn man erwiderte, auch und gerade tagsüber könne man etwas erleben, könne man Menschen kennenlernen, Gefühle entwickeln, Freunde finden, Dramen erleiden, sich verlieben, inspiriert werden, Kinder in die Welt setzen und so weiter, wiederholten sie, als habe ihr Gehirn einen Zugriffsfehler:

»Naa, dös Nightlife is nimmer dees, wos mir jetzat unbedingt hobm deern muaß.«

Zu Hause herumschnarchen oder nachts am Tresen Skurrilitäten erzählen – etwas Drittes gab es in ihrem Weltbild nicht. Da war ich doch echt froh, diese Jugendfreundin am Tisch zu haben. Als der neue Gastgeber einmal gedankenlos zum Klo schlurfte, sauste sie hinterher und versorgte ihn nach allen Regeln der Kunst. Er kam zurück wie ein Glühwürmchen, das man ans 220-Volt-Netz angeschlossen hatte.

Leider hatte er kein Verhaltensmuster für dies neue Gefühl, und so kam es, daß er nur lauter wurde, aber nicht anders. Er erzählte seine Storys inhaltlich unverändert weiter. Die Jugendfreundin konterte mit Fickgeschichten in Wiener Kathedralen. Überall hatte sie es schon getrieben, vor allem mit Fremden, sogar mit Katholiken. Sie war einfach umwerfend. Der neue Gastgeber sparte beim Abschied nicht mit Komplimenten. Er nannte sie eine großartige, ja phantastische Frau und so weiter. Die April teilte diese Anschauung nicht. Als der US-amerikanische Künstler vorschlug, noch eine weitere Bar aufzusuchen und dort ein paar hundert Euro zu lassen beim Anhören skurriler Anekdoten und gänzlich nichtskurriler Zoten, brach sie den Abend ab, und ich war froh, wieder mit ihr allein zu sein.

Ich gewöhnte mich an Wien. Eine wunderbare Stadt. Ich schlief bis in den Nachmittag hinein und ging abends früh zu Bett.
  Mein Gastgeber taute langsam auf. Eines Tages machte er von sich aus den Vorschlag eines Spaziergangs. Er wollte mir das Kaffeehaus zeigen, in dem Thomas Bernhard vierzig Jahre lang jeden Tag gesessen hatte. Café Bräunerhof. Es war gar nicht weit weg, wir erreichten es zu Fuß. Es war normal besucht, also an fünf Tischen saßen Pensionisten jeglichen Alters, zehn Tische waren leer. Mein Freund nahm ein halbes Dutzend Zeitungen und begann, die vielen Jörg-Haider-Artikel zu lesen. Haider als Landesobmann, Haider als Kärnter Feuerwehrchef, Haiders Politbombe bei der Bundespräsidentenwahl, Haiders Einsatz für den Bundesrechnungshof, Haiders Abstieg und Wiederaufstieg bei der FPÖ, Haider beim Tiroler Blumenfest, Haider beim traditionellen Spargelsuppenessen in St. Pölten.
  »Hats denn koanen anderen Politiker bei aich ois nur den?« fragte ich. Der neue Freund schüttelte den Kopf. Ich verstand allmählich, warum es so wichtig war, gegen ihn zu sein. Er hatte ein Propellerflugzeug gechartert, mit dem er über die Berge flog, von Dorf zu Dorf. Auf den Wiesen standen die Menschen und winkten ihm zu, vor allem Frauen in Dirndlkleidern. »Haider über Österreich« hieß die Kampagne. Das durfte nicht so weitergehen. Mein Begleiter bekam Hunger.
  »I möcht jetzt einen Börger essen!«
  »Woos?«
  Verrückter Kerl! Mitten im Kaffeehaus bekam er Appetit auf einen US-amerikanischen Doppel-Cheese-Whopper

und stand auch gleich auf. Einen Straßenzug weiter hatte es eine entsprechende Braterei mit dem Namen »McSport«, in dem McDonald's-Produkte verkauft und zugleich Football- und Baseballfilme gezeigt wurden. Auf riesigen Leinwänden lief die aktuelle Sportberichterstattung amerikanischer Sportkanäle. Man sah diese widerwärtigen Marvel-Comic-Typen mit den verbreiterten Schultern, kleinen Köpfen, körper- und schwanzbetonten Bodys, wie sie gegeneinander anrannten wie hirnlose Tiere.

Wir aßen jeder einen Burger und zahlten über 20 Euro dafür. Das Zeug schmeckte wie kaltes, rohes Fett, weiß und glibberig, sah auch so aus, war es wohl auch. Mir wurde speiübel.

»Welcherne Spoortarten mogst du?« fragte der Gastgeber. Ich zuckte die Schultern. Den FC Bayern? Die belgische Tennisspielerin Hernez-Ardenne ... und, ja: Michael Schumacher. Manchmal einen Boxkampf im Schwergewicht. Mehr fiel mir nicht ein. Nun aber er!

»I mog Curling. Bobfahren. Wurfpfeil. Biathlon. Sumi-Ringen. Wok-WM. Festeis-Schwimmen.«

Ich versuchte nun ebenfalls anzugeben:

»Wen magst du lieber: Adrienne Hernez-Ardenne oder Kim Cluisters?«

Er kannte keine der beiden scharfen Belgierinnen. Ich erklärte es ihm:

»Kim Cluisters ist Pink und Hernez-Ardenne ist Avril Lavigne!«

Doch er kannte auch die beiden nicht, und Evanescence erst recht nicht, denn er kannte nur Ausgefallenes. So hatte er gerade Bobby Womack ausgegraben, einen ehemaligen Soulsänger aus der Nixon-Ära.

Ich stellte mir vor, er würde das Elias verkaufen wollen. Der hatte das Wort »Nixon« noch niemals gehört. Ich würgte an dem Fettbörger. Hätte er nicht 20 Euro gekostet, hätte ich ihn längst weggeschoben. Doch plötzlich, mitten im Kauen und Würgen, als der letzte Bissen schon tief in der Kehle steckte und partout nicht weiterrutschen wollte, mußte ich kotzen. Ich rannte ein paar Schritte in eine Richtung, in der ein Klo hätte sein können, dann spuckte ich den sperrigen Bissen auf den Teller eines verwunderten Österreichers. Die Leute hier hielten den Laden für ungeheuer hip und cool und neumodisch, wirkten dabei aber vollkommen verloren und traurig, irgendwie ausgelöscht. Ich entschuldigte mich und sorgte dafür, daß wir schleunigst zurückliefen zum guten alten Thomas-Bernhard-Kaffeehaus.

Inzwischen kannte ich den Kellner schon. Sein Gesicht zugedeckt von einem dichten, kräftigen, aber korrekt geschnittenen roten Bart, einer noch dickeren schwarzen Brille und einem Toupet, lugten nur die manischen, verrückten, bösen Idiotenaugen aus dieser Faschingsverkleidung hervor, zu der auch noch die Fliege, das Opernhemd und der abgewetzte Stehgeigeranzug gehörten. Ein Typ wie von Helge Schneider ausgedacht. Und auch die übrigen Typen im Raum wirkten wie die Komplettbesetzung von »Praxis Dr. Hasenbein«. Ganz Österreich war Helge-Schneider-Land.

Uns gegenüber, also Thomas Bernhard gegenüber, denn ich saß wieder auf seinem Stammplatz, saß ein monströs fetter Glatzkopf mit Zigarre, der Kringel in die Luft blies. Goldrandbrille, Tropen-Rolex, langer Schal, schwarze Jeans, übertrieben gelangweilter Gesichtsausdruck. Seine Frau, der er schweigend und angeekelt in die Augen sah: handtellergroßer Silberschmuck auf allen Körperteilen, kurze schwarze Haare, aber eine blonde Strähne vorne, 50 Jahre alt, schwarzbraun getönte Haut, Brille auch sie, monströs fett auch sie, schweigend und rauchend auch sie. Es gab keine Torten, keinen Kuchen, nur ein paar Quarktopftaschen, die auf verbogenen Blechtabletts gebracht wurden.

Und wieder sah ich keinen einzigen Menschen unter 30. Bis ich genauer hinsah, mich dazu förmlich zwang, und entdeckte, daß es sie DOCH gab. Leute um die 25, sogar um die 20 – sie sahen nur nicht so aus. 17jährige Mädchen sahen wie Matronen aus dem vorvorigen Jahrhundert aus, 25jährige Studenten wie alte Tippelbrüder aus dem Süden der USA während der Großen Depression Anfang der 30er Jahre. Aber es war ja dunkel. Man sah die anderen Gäste im Lokal nur als Schatten ihrer selbst, als verwischte Bilder vergangener Zeitläufte, als Hintergrundfiguren verwitterter Ölbilder einstmals gemalter, längst vergessener Motive. Ich sank in mich zusammen und überließ mich der Schwermut, dem Haß, dem Dünkel. Thomas Bernhard, here I come!

Mein Begleiter las wieder Zeitung. Diesmal die Klatschseiten. Eine Nina Proll spielte die Barbarella im gleichnamigen Musical. Zur »Wetten, daß …«-Sendung in Klagenfurt verschenkte Jörg Haider seine beiden Freikarten, da er beruflich verhindert war. Die Otto-Mühl-Ausstellung wurde als Meilenstein gefeiert.

Ich betrachtete still meinen neuen Gastgeber und verlor mich in Gedanken an früher. Ich kannte ihn seit einer Ewigkeit. Noch im alten, geteilten Deutschland hatten wir uns kennengelernt. Ich war ein blutjunger Autor gewesen und hatte gerade zum ersten Mal veröffentlicht. Er, eigentlich aus Hamburg kommend, hatte für sich Wien entdeckt und lud mich daraufhin zur Lesung in die k. u. k. Stadt. Am Vorabend der großen Veranstaltung fiel die Berliner Mauer, was dort keinen interessierte. Doch ich war nervös und fuhr vorzeitig ab. So kam es, daß ich diesen Teil Deutschlands nie recht kennengelernt hatte. Aber mit meinem Freunde war ich in all den 15 Jahren in Kontakt geblieben.

Ich mochte ihn, und es war nicht recht, daß ich seine Vorliebe für das Skurrile ablehnte. War ich nicht selbst skurril? Hielt ich mir nicht selbst zugute, einen anderen Geschmack zu haben als jeder andere? Ich mochte Gerhard Schröder, Oskar Werner plus Konrad Adenauer plus Blonde Redhead: Diese Kombi hatte gefälligst einmalig zu sein und mich mehr anders zu machen als selbst meinen neuen Gastgeber mit seinen Schwimmzeit-Tabellen-Faxen, seinen Hamburger Höflichkeitsfloskeln und seinem erlernten Wiener Dialekt.

Im Wettbewerb um die größte Andersartigkeit wollte ich mich von keinem schlagen lassen! Doch jetzt, da ich auf dem Polstermöbel vom Bernhard saß, auf einem Bezug, für den das Wort »abgewetzt« neu erfunden hätte werden müssen, wurde ich milde. Ich lächelte meinen Freund an. Er sah kurz hoch und las in aller Ruhe weiter. Ja, ich mochte ihn. Auch seine Frau mochte ich. War sie nicht wie meine Frau April, loyal an seiner Seite, unaufgeregt, unkokett, nachsichtig, vorausschauend? Man sah ihr an, daß sie ihn liebte, auf eine ganz altmodische, unzweideutige, bedingungslose Weise.

»Laß uns zu unseren Frauen gehen«, schlug ich vor. Er nickte. Wir zahlten unseren Tee und betraten wieder die toten Straßen der großen Stadt, ließen uns den kalten Wind um die Ohren wehen. Es tat gut, einzuatmen und auszuschreiten. Wir schwiegen dabei, wie all die anderen lebenden Toten. Aber wir fühlten uns wohl.

Die April war nach New York geflogen, Fotokunst machen, und ich verbrachte notgedrungen ein paar Tage mit der in gewisser Weise reizvollen Frau unseres dritten Gastgebers. Eigentlich waren die Wiener alle recht gastfreundlich gewesen. Diese Person, auch eine Fotografin, sah nun, daß ich ohne Frau war, und ich tat ihr leid. Sie fragte mich, ob sie mir nicht ein bißchen die Stadt zeigen solle. Ich war einverstanden. So zeigte sie mir eine Reihe von Cafés, die ich noch nie zuvor gesehen hatte, auch eine Café-Kette, vergleichbar mit unseren Tchibo-Ausschänken der 70er Jahre. Die Kette hieß, glaube ich, Café Przymbl. Es gab ein Café Przymbl am Justusdom, eines am Heldenplatz, eines für Schwule und eines für ältere alleinstehende Frauen, die noch Sex haben wollten. Das Gute an dieser Ladenkette war, daß es dort noch richtigen Kuchen gab, ja sogar echtes Schlagobers ohne Wasserzusatz. Leider waren die Kuchenstücke winzig, wie für Kinder, und kosteten drei Euro fünfzig, so daß ich in jedem Testcafé schon nach wenigen Minuten einen zweistelligen Eurobetrag verzehrt hatte. Wahrscheinlich mußten die Küchlein aus der Schweiz importiert werden. Wenn meine Gastgeberin arbeiten mußte und ich allein in der Wohnung war – wieder 160 Quadratmeter, sechster Bezirk, siebenter Stock, unter Metternich erbaut –, telefonierte ich mit aller Welt. Die April war ja nicht da. Ich rief einfach alle an, die ich kannte. Zum Beispiel Elias. Doch was war mit dem? Er war krank! Sicher vermißte er mich zu sehr. Er konnte kaum sprechen.

»Was geht ab in Wien?« krächzte er. Er wirkte guter Dinge, nur eben krank.

»Hey, Mann – die Leute gehen hier nie aus dem Haus. Die hängen zu Hause ab, mit ihren Frauen.«

»Echt?! Die kuscheln den ganzen Tag?«

Kuscheln! Das Wort schwirrte unschön in meinem Kopf. Sollte ich den armen Jungen schon wieder damit anrempeln, daß normale Menschen Geschlechtsverkehr hatten? Nein, dazu war er gerade zu schwach.

»Hm ... so wird es wohl sein, Eli.«

»Geil.«

Ich sprach über Wien und über Österreich, dann über Deutschland und Berlin.

»Hier kannst du nichts aufstellen, selbst in Bestform nichts. Die Menschen sind alle alt, auch die jungen. Oder traust du es dir zu?« fragte ich. Mit Elias wäre ich vielleicht geblieben. Ich hätte gern gesehen, wie er in zehn Nächten eine Jugendkultur aus dem Boden stampfte.

»Tja ... ich würde Leute ansprechen und herauskriegen, wo man hingeht, und dann die besten kennenlernen. Aber ich bin jetzt wieder in Berlin.«

»Du gehst wieder zur Schule?!«

»Ja!«

»Und wie ist es so? Gefällt es dir?«

»Ja! Übrigens habe ich Miranda wiedergetroffen. Sie fragt nach dir. Komm doch auch nach Berlin, es lohnt sich jetzt. Es ist der richtige Zeitpunkt für Berlin!«

»So so ...«

Das war ja wieder typisch. Bestimmt wollte er nur, daß alles wieder so werden sollte, wie es immer war. Mädchen aufstellen, cruisen, Nightclubbing und chillen bis zum Jüngsten Tag. Ein Joint schon am Morgen und ein weiterer Tag ohne Sorgen. Ein bißchen Studium, ein bißchen Geld verdienen und dazwischen ein kleiner Laber-Flash. Als hätte es meinen Zusammenbruch nie gegeben, meine Läuterung in Wien, das Ende der Ära Bush. Ich sagte:

»Hey, was sagst du übrigens zu J. F. Kerry, Mann?«

Er hielt ihn für den neuen Präsidenten. Ich sagte, ich müsse die Berlinoption erst prüfen, und wir verabredeten uns für später.

Es stimmte auch: Ich wollte die Lage in Deutschland erst mal sondieren, indem ich weitere Stimmen sammelte. Da war es immer gut, erst einmal mit Thomas Reitwinckel zu telefonieren. Der galt, wie der IFO-Geschäftsklimaindex, als sicherer Frühindikator für Stimmungen im Lande, genauer gesagt: für private Stimmungen in meiner Clique.

Er lebte inzwischen in Nordnorwegen, auf einem verlassenen Landgut, mit seiner Frau und zwei Katzen. Man konnte, soweit das Auge reichte, keine Spur von Zivilisation außerhalb des Guts sehen. Natürlich hatte er auch noch eine Stadtwohnung in Hamburg.

»Hallo, Thomas!«

»Oh Gott, oh Gott ... na, Jolo?«

»Ich wollte dich mal wieder anrufen.«

»Ach, es ist alles so furchtbar ...«

»Ja, ja, das kann man wirklich sagen.«

»Jetzt Spanien wieder, dieses Chaos und die Unordnung, überall zunehmende Umweltkatas –«

»Spanien?«

»Ja, weißt du's noch nicht?«

»Nein.«

»Da haben sie zehn Bomben gleichzeitig gezündet, über 200 Tote und all der Driß, das ganze Streckennetz lahmgelegt ... ach, Mensch!«

»Und warum?«

»Wegen der Kreuzzüge. Weil Spanien bei den Kreuzzügen mitgemacht hat, Irak und so weiter, aber auch früher schon, vor 1000 Jahren. Das wird alles immer schlimmer, sag ich dir, Jolo. Und die Umweltkatastrophen!«

Umwelt – was? Das Wort hatte ich seit Alice Schwarzers Zeiten nicht mehr gehört. War das nicht letztes Jahrhundert?

»Hast du eben Umweltkatastrophen gesagt?«

»Ja, klar. Überall steigen die Flüsse, vermehren sich die Winde, stürmen die Stürme, schlägt das Meer zum Himmel ... was wiederum den Zusammenbruch der Versicherungswirtschaft bedeutet, und das den Niedergang der ganzen Wirtschaft. Der Golfstrom fließt bald nicht mehr, davon geht selbst das Pentagon aus, und dann ist es vorbei mit uns.«

»Thomas, du mußt das relativieren. Lies doch mal ein bißchen die Geschichte des Mittelalters nach, Braudel und so. Dann weißt du wieder, wie gut es uns geht.«

»Nee, nee, nee, nee, du. Mit dem Umlenken des Golfstroms ...«

»Das vergiß mal schnell!«

»Selbst wenn es nur bei den Prognosen bleibt, ist das schon katastrophal für die Wirtschaft! Aber es wird alles ...«

... immer schlimmer werden. Thomas zeichnete ein düsteres Bild. Die Auftragslage sei nach dem 11. September von einem Tag auf den anderen schlecht für ihn geworden.

Er lebte als freier Zeichner eigentlich erstaunlich gut. Aufträge von Siemens, BMW, der Staatsregierung von China. Er zeichnete Zukunftsstädte, Pavillons, neue Automobile, Animationen für die Werbung, neue Joghurtbecher, Comics für Zeitschriften und eigene Comic-Bücher. Er hatte soviel Geld auf der Bank, daß er mit 35 nicht mehr arbeiten mußte. Nur die Frau trieb ihn an, eine drahtige, unendlich energische Muster-Schwedin. Mit der hatte er bestimmt viel Spaß, nachts, wenn die Katzen schliefen. Diese beiden Katzen bedeuteten ihnen alles. Ihretwegen waren sie aufs Land gezogen.

»Wie geht's den Katzen?« fragte ich mitfühlend.

Thomas behauptete von sich selbst, »Animalist« zu sein. Das war übrigens auch meine Freundin April. Auch Thomas' Schwester Juliane war Animalistin. Ich sah zuletzt überall nur noch Animalisten. Das war das neue Ding. Ich selbst schaffte mir zwei Haustiere an, die mir tatsächlich nicht unsympathisch wurden nach einiger Zeit. Im Ernst, die beiden Tiere schafften es, durch ihr zielgerichtetes Verhalten mein Interesse, ja Wohlwollen zu erregen. Zu meiner Überraschung schienen sie gar keine eigenen Bedürfnisse zu haben, bis auf das, mir zu gefallen. Wenn ich schlief, waren sie so still, als wagten sie nicht zu atmen. Wollte ich geweckt werden, merkten sie es und begannen laut zu quatschen (es waren Papageien). Ihr Käfig war immer offen, trotzdem hielten sie sich fast immer dort auf. Sie imitierten mich, wo immer sie konnten. Da ich viel schlief, war ihr liebstes Spiel »Schlafen«. Sie machten die Augen zu und schnarchten höchst sachte. Oft ließ ich die Balkontür auf, aber sie flogen einfach nicht weg. Wenn ich schrieb, saßen sie mir links und rechts auf der Schulter und guckten wie ich auf den Monitor. Ich ließ sie wochenlang allein; dann schalteten sie auf künstliche Totenstarre und kamen mit einem Korn pro Tag aus. Von Fremden nahmen sie nichts an. Bei meiner Wiederkehr platzten sie dann vor Freude. Ja, nette Kerle, die Tiere, ich gab es ja zu. Thomas allerdings übertrieb es:

»Ach, die Katzen! Wenigstens die laufen noch unbeschwert herum. Eigentlich sind wir ja nur ihretwegen hier, so dumm sich das auch anhört. Aber nach einem so langen Stadtleben sollten sie wenigstens noch ein paar Jahre die richtige Natur haben können.«

Zwei altersschwache Katzen hatten den Mann nach Nordnorwegen gebracht!

»Vielleicht solltest du mal woanders hinfahren, Thomas. Das tut dir vielleicht gar nicht gut, da oben.«

Er wurde zornig, ärgerlich, ungeduldig:

»Ach, um mich geht es doch gar nicht. Die Umweltkatastrophen finden auch ohne mich statt!«

»Aber solange wir unseren Kanzler Schröder noch haben, ist es nicht zu spät!«

Nun lachte er ein bißchen. Wir kamen auf andere Themen, Gott sei Dank. Vor allem Kinder natürlich. Er giftete sofort:

»Kinder! Kinder! Bin ich froh, keine zu haben! In dieser Konstellation, heutzutage, in dieser Lage! Es war schon immer unverantwortlich, aber heute wäre es ... wäre es ... das allergrößte Verbrechen!«

Als ich das Gespräch beendete, dachte ich: Kein gutes Zeichen, wenn einer der engsten Freunde Untergangsprophet wird. Er war zwei Jahre jünger als ich, aber geistig um Generationen älter. Wie alt war ich überhaupt? Laut Perso 46. Aber war ich damit alt oder jung? Natürlich jung, in unserer jugendfixierten Gesellschaft. Sogar unser neuer Bundespräsident Horst Köhler war angeblich sehr jung. Alle Zeitungen bescheinigten ihm etwas Jungenhaftes. Er war so frisch und schlaksig und ungeduldig, mit 61. Sein Vorbild war Richard von Weizsäcker, 81, der auch noch recht jung und unverbraucht rüberkam. Bei den Politikern gab es sogar noch jüngere, zum Beispiel die Jungen Wilden von der CDU. Das waren Roland Koch, Friedrich Merz und andere inzwischen 47jährige.

Nein, ich war voll und ganz im Jungsein, mehr Jungsein ging gar nicht mehr. Ich hatte mir jetzt sogar einen Rucksack gekauft. Und wenn die Haare weiter so schnell grau wurden, legte ich mir die erste Basecap zu. Vielleicht war ich ja in zehn Jahren der erste Junge Wilde der SPD? Das Leben dauerte ja inzwischen ewig. Alles war erstarrt. So wie es war, blieb es.

Ja, ich mußte wieder nach Berlin. Dort spielte die Musik der wahren und ewigen Jugend. Sollten doch andere am Nordpol den Tag der Abrechnung erwarten – ich nicht. Auf zum letzten Tanz! Allerdings mußte ich dazu zunächst die österreichische Grenze überwinden. Das war verblüffend schwierig, ja unmöglich.

Im Nachtzug wurden allen Reisenden die Pässe abgenommen. In meinem Abteil waren fünf Japanerinnen, und eine fand ihren Paß nicht. Daß sie nicht an den blauschwarz glänzenden Haaren gepackt und herausgeschleift wurde, war noch milde. Sonst wurde sie wie eine Terroristin behandelt. Verstärkung wurde per Walkie-Talkie geholt, Schäferhunde fielen über die jungen Frauen her. Mit einem Spezialstock stach einer der Beamten unter die unteren Pritschen, um weitere Wirtschaftsflüchtlinge aufzustöbern. Dann fand das Mädchen den Paß endlich – zu spät! Der Verdacht war erregt und nährte sich aus immer neuen Indizien. Alle Taschen und Intimbeutel – bei Japanern immer heikel – wurden auf dem Boden entleert. Ich wurde mit vorgehaltenem Karabiner in den Gang getrieben und mit Schlägen traktiert:

»Gemma, Bürscherl! Gemma!«

Was war mit dem Schengener Abkommen? Meiner Ansicht nach durfte es doch gar keine Grenze zwischen der Bundesrepublik und Österreich mehr geben. Ich sagte gequetscht nach hinten:

»Wos is des? Hot's jetzt wieda a Grenz' zwischen uns? Wir sand doch Deitsche ollesamt!«

Daraufhin lockerte er den Griff und ließ mich im Restaurant einen Kaffee trinken. Dort traf ich auf einen türkischen Kellner, mit dem ich ein bißchen reden konnte. Ich hatte es nötig.

»Sagen Sie, werden jetzt wieder die Pässe an der Grenze kontrolliert?«

»Ja, mein Herr! Sehen Sie, ich werde Ihnen das ganz genau erklären. Sie, mein Herr, sind ein anständiger Bürger. Ihnen wird nichts passieren. Viele sind wie Sie anständige Bürger. Denen wird überhaupt nichts passieren!«

Hm. Worauf wollte er hinaus? Er sprach nur mit leichtem Akzent, sein Deutsch war wirklich gut.

»Aber, nicht wahr, mein Herr, nicht alle sind so wie Sie. Nicht alle sind anständige Bürger. Es gibt schwarze Schafe. Und dafür sind die Paßkontrollen da. Damit die schwarzen Schafe gefunden und zur Strecke gebracht werden.«

»Werden denn alle Pässe geprüft? Oder nur die von verdächtigen Personen?«

»Alle! *Alle*, mein Herr! Ausnahmslos! Die haben da so Laptops und geben die Nummer ein – und zack!«

»Und das Schengener Abkommen? Die Grenze ist doch längst abgeschafft, dachte ich.«

»Sehen Sie: Man muß den Paß nicht abgeben. Es ist freiwillig. Man *muß* es nicht tun. Aber wer ihn nicht abgibt, macht sich verdächtig. Der wird auf der Stelle abgeführt!!«

Einer der Beamten hatte ein kleines durchsichtiges Zellophantütchen unter einer Pritsche gefunden. Ich erkannte es wieder. Es war das Tütchen, in dem ein großer Reserveknopf nebst zwei kleineren Reserveknöpfen meines neuen Jacketts gesteckt hatten. Nun waren die Knöpfe weg, aber das Tütchen noch da. Nur ein hochmodernes Labor konnte feststellen, ob sich noch Restspuren von Kokain oder Sprengstoff darin befanden.

Natürlich sagte ich nicht, daß das Tütchen mir gehörte, und sah statt dessen zu, wie die rasenden Grenzer ins Fleisch schneidende Plastikfesseln um die Handgelenke der Schlitzaugen banden. Ich wechselte lieber rasch die Seite:

»Kommen die jetzt nach Guantánamo Bay oder wie das heißt, auf Kuba? Sicher ist sicher, gell, Herr Wachtmeister?«

Er antwortete nicht. Der Zug war immer noch zwischen Wien und Linz, also mitten im Inland, Stunden von der Grenze entfernt. Die Pässe wurden erst von Sondereinheiten des Landes Kärnten kurz nach Salzburg auf einem toten Gleis gecheckt. Mir war klar: Wenn sie meinen Paß prüften, war ich dran. Dann kam ich ins Gefängnis, was noch nicht einmal so schlimm war. Schlimm war, daß ich nie wieder herauskommen würde. Dazu war die Struktur dieses Staates mir gegenüber viel zu feindlich eingestellt.

Ich überlegte, in Linz einfach auszusteigen. Dummerweise wollte ich vorher noch meinen Paß wiederhaben. Ich zögerte. Der ganze Zug war voller Betrunkener. Gerade als ich den Schaffner ansprechen wollte, der meinen Paß eingesammelt hatte, merkte ich, daß wir mit hoher Geschwindigkeit durch Linz hindurchfuhren, also gar nicht hielten. Ich fragte einen Betrunkenen:

»Hält der Zug nicht in Linz?«

»???!!!«

Ich sah in ein Gesicht vollständiger Idiotie. Die Frage zu wiederholen, war sinnlos. Ich fragte noch weitere Betrunkene, alle verstanden keinen einzigen Piepton meiner verzweifelten Rede.

Dann kam Salzburg. Wenigstens hier hielt der Zug. Als er schon stand, sagte ich zum Schaffner:

»Ich steige hier aus. Sie müssen mir noch meinen Paß geben.«

Er starrte mich an. Wieder solche manischen Augen. Man sah, was in seinem Spatzengehirn vor sich ging. Man sah, wie er dachte: »Do! A Terrorist! Wos jetzt?!« Ich sah ihn ruhig an. Auf diese Sekunden hatte ich mich lange vorbereitet. Er *mußte* mir den Paß geben. Das wußte ich, und das wußte er. Ich zwang ihn zu einer Reaktion.

Er zeigte auf das Büro im nächsten Wagen. Dort, im Abteil des Oberschaffners, seien die Pässe verwahrt. Ich dankte müde und ging absichtlich langsam dorthin, während er sofort zu einer Kollegin eilte, hektisch auf mich zeigte und auf sie einredete. Ich betrat das Büro und forderte vom Oberschaffner meinen Ausweis. Ich nannte meinen Namen. Schon wieder derselbe Gesichtsausdruck. Die Kinnlade fiel ihm herunter. Er starrte mich an. Ich las auf seiner Stirn:

»Sakra! Dos da Bin Laden so ausschaugt, hätt i nia net denkt!!«

Er tat nichts. Ich sagte:

»Ich steige hier aus.«

»Aber sonst geht es Ihnen gut?«

»Ist schon in Ordnung. Sie müssen mir noch den Paß geben.«

Ich streckte meine Hand aus und gähnte. Es war alles völlig normal. Ein Fahrgast wollte einfach in Salzburg aussteigen. Er war vielleicht müde geworden und konnte im Sechser-Abteil nicht schlafen. Wer konnte das schon wissen? Womöglich hatte er Verwandte in Salzburg? Er konnte doch am nächsten Morgen weiterfahren. Sah der Fahrgast nicht vollkommen solide aus? Ein bißchen jung vielleicht, erst 46, aber deswegen schon ein Bombenleger? Nein, er wollte einfach nur seinen Paß zurück.

»Sind Sie sicher, daß Sie aussteigen wollen?«

Ich nickte gutmütig, die Hand weiter ausgestreckt. Der

Beamte überlegte fieberhaft, was er mich noch schnell fragen konnte. Da ihm nichts einfiel, gab er mir den Paß. Ich dankte und ging langsam weg, raus aus dem Zug. Auf dem Bahnsteig sah ich gleich das Schild »Ausgang« und bewegte mich dorthin. Aus den Augenwinkeln beobachtete ich die beiden Hilfsschaffner, die zum Oberschaffner strebten. Ich hörte, wie der eine fast schrie:

»Genau das habe ich mich auch gefragt!«

Ich ging sehr langsam. Trotzdem hatte mich der Ausgang nach wenigen Sekunden verschluckt. Und so viel Routine hatte ich, daß sie mich von da an nicht mehr finden konnten. Die Nacht war dunkel. Längst war ich in einer unbekannten Seitenstraße in Salzburg, als sie noch vor dem Bahnhof die Türen der wartenden Taxen aufrissen ...

Ich nahm ein billiges Hotel. Am nächsten Morgen mietete ich bei Sixt einen Mercedes der A-Klasse und pilotierte das häßliche Auto eigenhändig und unbemerkt über die Grenze. Auf der Autobahn, in Sichtweite der deutschen Kollegen, konnten sie nicht so sehr den Haider-Staat raushängen lassen. In München gab ich das Auto ab und fuhr mit der Deutschen Bahn zur deutschen Hauptstadt. Glücklich rief ich:

»Endlich wieder in einem Land, das die Menschenrechte respektiert!«

Ich wollte nun doch wieder in Berlin leben.

Ich hatte mich entschieden. Für Berlin, für die Jugend von heute. Ich konnte Artikel über neue Frisuren schreiben, Trends, Musik, neue Filme. War das nicht ein schönes Leben?

Und als hätte ich es geahnt, rief prompt Elias an.

»Hi, Eli! Woher hast du meine neue Handynummer?«

»Hi, Jolinger ... die wurde automatisch gespeichert, als du mich angerufen hast.«

»Kraß. Und, was läuft?«

»Du, Jolo, du kannst es dir nicht vorstellen, du mußt nach Berlin kommen. Was da zur Zeit bei mir abgeht, ist der Hammer. Gestern und vorgestern –«

»Ich bin bereits in Berlin!«

»Stark. Vorgestern, also ich habe mit meinem System mal wieder total recht behalten. Rate, wer jetzt total hinter mir her ist!«

»Äh ... Hase? Valonia? Jassi?!«

»Julia eins!!«

»Nein!!«

»Doch!! Mit Jassi ist auch was gelaufen, aber mit Julia eins bin ich zusammen, seit vorgestern.«

Mir rutschte das Telefon aus der Hand, es polterte laut auf den Holzboden. Hektisch griff ich es wieder und preßte es mit aller Kraft ans linke Ohr.

»Jassi war auch dabei, und Jonas, David und Angelus. Ich lag unten, auf so einer Privatparty, und Jassi saß auf meiner Brust und schlug mich. Alle sagten, daß sie seit langem nicht mehr soviel Spaß –«

»Jassi hat mit ihren kleinen Händen auf dich eingeschlagen?!«

»Ja! Total wild! Die war echt außer sich, kriegte einen Lachkrampf nach dem anderen. Julia eins fand mich plötzlich »schnuckelig«. Wir hatten alle Absinth getrunken, das war richtig nett: Raoul hatte seine letzte Flasche Absinth für uns kommen lassen. Das war schon ziemlich gut, aber dann passierte noch was viel –«

»Welcher Raoul?«

»Raoul Hundertmark. Hör zu, es kommt noch besser: Irgend jemand hat mir, ich war schon total betrunken, einfach eine Ecstasypille in den Mund gesteckt, und das habe ich erst am nächsten Tag bemerkt!«

Er lachte niedlich.

»Ich dachte, Hundertmark steht nur noch auf Samsunit?«

»Hab ich auch gedacht. Ich finde das ja nicht mehr so gut, Ecstasy ja eigentlich auch nicht. Ich bin ja gerade die Sorte Typ eigentlich, die mit Ecstasy nichts zu tun hat, im Prinzip, und deswegen ist es wirklich besonders lustig. Jedenfalls kam dann Yana, und weil, also man sagt doch, Ecstasy ist diese Liebesdroge, und da –«

»Du sagst doch, es war eine Privatparty?«

»Ja, so ein privater Rahmen, irgendwas mit Hiphop, 400 Leute, CD-Präsentation, schlag mich tot, ich weiß nicht, was das war, eben Raouls Leute. Jedenfalls diese Yana, die muß ich dir beschreiben. Sah aus wie ein Hippie, so 80er-mäßig, mit so ostigem Gesicht, so gut verwahrlost, so »Wir Kinder vom Bahnhof Zoo«-mäßig, also wirklich gut, blonde Haare, blaue Augen, aber eben Yana, dieser Name. Ich frage sie, ob –«

»Wie alt ist sie?«

»So 20. Ich frage sie, woher sie den Namen hat, ob ihre Eltern Hippies waren. Und was meinst du, was sie sagt?«
»Weiß ich nicht.«
»Es sind Hippies! Letztes Jahr war sie mit ihren Hippie-Eltern in Indien!«
Er lachte und lachte.
»Hm, hm, ist ja toll. Und nun zu Julia eins!«
»Ja, also ich verliebte mich plötzlich ziemlich in Yana. Aber ich weiß schon, was ich da machen werde. Weißt du, was ich einfach tun werde?«
»Nein. Wie kam Julia eins überhaupt nach Berlin?«
»Ich werde Yana die Wahrheit sagen. Daß ich nur verliebt war, weil man mir eine Ecstasy in den Mund gesteckt hatte.«
Wieder lachte er sonnig und glücklich. Was für eine göttliche Unschuld! Mein kleines Bübchen …
»Gute Idee, dann bist du nicht verantwortlich.«
»Genau! Um die Verantwortung geht es. Shiva besucht ja immer ihre Eltern in München, bei der Rückfahrt hat sie Julia und andere mitgenommen.«
Shiva war eine erfolgreiche »Tatort«-Schauspielerin, die seit zehn Jahren trotzköpfige junge Frauen spielte, die in Berlin lebten und dort Opfer eines Sexualdelikts wurden, das die zuständige SoKo dann zu klären hatte. Sie hatte ihre Lippen aufblasen lassen und ihre Brüste auch, was ihr aber gut stand. Wer es nicht wußte, hielt sogar den extrem vergrößerten Schmollmund für echt.
Sie hatte ein Kind, das sie oft bei den Eltern parkte, wie gesagt in München, dazu einen großen Hund, ein Au-pair-Mädchen und einen »Liebhaber«. Sie sagte in entwaffnender Ehrlichkeit, daß für sie grundsätzlich das Kind an erster Stelle stünde. An zweiter der Hund. Erst an dritter Stelle Au-pair-Mädchen und Liebhaber – beide wurden im Jahresrhythmus ausgetauscht. Man konnte sich gut vorstellen,

wie das arme ukrainische Au-pair-Mädchen bei der unerwarteten Ausweisung die Nerven verlor oder wie der mißbrauchte Liebhaber in Panik ein Sexualdelikt an Shiva beging.

Elias schaffte es nie bis zum Lover, machte aber im Laufe der Jahre Fortschritte. Er hatte sie einst im Fernsehen gesehen und mich gezwungen, bei der Produktionsfirma anzurufen.

»Erzähl weiter, Eli. Ihr wart also im Café Peking, stimmt's?«

»Nein, ich sag doch, es war eine private Veranstaltung. Ach, hab ich dir schon gesagt, daß Jonas und Pipo nicht mehr zusammen sind? Das ist aber diesmal nicht meine Schuld.«

»Schluck! Das darf nicht wahr sein. Pipo … sie war so verbittert!«

»Ja, gell … sie hat mit ihm Schluß gemacht. Sie hat gesagt, sie hat ihn in so vielen schrecklichen Situationen erlebt, daß sie nicht mehr zu ihm aufschauen kann.«

»Sie hat ihn tatsächlich geliebt. Aber sie war verbittert dabei, unendlich verbittert.«

»Und die Mutter war unglücklich, weil Pipo 19 war und er 30.«

»Und ein Schwarzer.«

»Nee, das war egal. Sie verstehen sich jetzt auch viel besser. Alles ist wieder gut. Gestern war der erste Frühlingstag. Wir sind rumgelaufen und haben Mädchen angesprochen …«

»Die Stimmung ist gut in Deutschland, ja? Das höre ich gern. Ich dachte, die Stimmung sei am Nullpunkt angelangt. Haben mir Freunde jedenfalls erzählt.«

»Warum denn? Ich wüßte nicht, wieso.«

»Na ja, der Bombenterror –«

»Interessiert keine Sau.«

»– und die Regierung am Ende, Merkel vor den Toren des Kanzleramtes –«

»Merkel?! Wer will die denn?«

»Würdest du noch in Deutschland leben wollen, wenn die CDU dran wäre?«

»Lieber mit der CDU, aber ohne Bush leben, das wäre okay. Bush ist doch der einzige, der stört ... du, jetzt klopft jemand an. Ich ruf dich später zurück.«

»Schon klar, Eli.«

Man konnte junge Leute nie länger als zehn Sekunden an das Thema Politik binden. Weil das Thema nur noch aus zwei Worten bestand: »Bush« und »scheußlich«. Man lief sogar Gefahr, tagelang nichts mehr von ihnen zu hören, wenn man den Fauxpas beging, einen real existierenden Politiker zu erwähnen. So auch jetzt.

Ich fuhr nach Schöneweide. Dort wohnte mein Freund FO Wartburg. Von ihm wußte ich, daß er gern über Politik sprach. So sehr ich die Kids inzwischen schätzen gelernt hatte, glaubte ich doch, mal wieder etwas Altersgemäßes tun zu müssen.

Schöneweide liegt im Osten Berlins. So weit im Osten, daß noch niemand zu Besuch gekommen war, noch hinter Lichtenberg. Ich nannte ihn FO Wartburg, weil er mir einmal beim Kauf meines geliebten Autos geholfen hatte, eines neuwertigen Wartburg Tourist 353 Super. Es war das erste Auto, das nie kaputtging.

In Berlin fuhren noch so viele davon herum, daß ich nicht auffiel. In Westdeutschland bildeten sich an jeder Ampel Trauben kreischender Schaulustiger, die mich auslachten und das Fuck-Zeichen machten. Ich konnte mir vorstellen, wie ich mich gefühlt hätte, wenn ich ein echter

Ossi gewesen wäre. Ich liebte das Auto, da es mich an meine früheste Kindheit erinnerte.

Ich unterhielt mich also nett mit FO Wartburg, der eine liebe Frau und zwei Kinder besaß. Er war ein wirklich kluger Kopf, Offizier bei der Nationalen Volksarmee, Student des Marxismus-Leninismus, und einen guten Namen hatte er auch: Manteuffel, das »von« hatte er einst wegmachen lassen.

Er war ungefähr 34 Jahre alt, also für Westverhältnisse im besten Jugendalter, im Osten aber schon steinalt. Seinen letzten Tanzschuppen hatte er vor der Wende betreten. Die Dame führte er damals steif über das Parkett und siezte sie. Ich ließ mir genauestens davon erzählen und merkte wohlig, wie ich mich augenblicklich zu langweilen begann.

Berlin-Schöneweide hat eine merkwürdige Bausubstanz. Alles sieht aus wie im 19. Jahrhundert, aber nicht wie in Liverpool, sondern wie Karl Marx sich Liverpool um 1950 vorgestellt hätte. Ich fragte FO, wie er das Viertel entdeckt habe.

»Ich kam ja eigentlich vom Land, vierzig Kilometer östlich von der Hauptstadt. Schöneweide war der erste Punkt Berlins vom Osten aus, wo man einkaufen konnte. Es war dicht besiedelt, es gab jede Menge Industrie. Neben der Straße und der Straßenbahn wurde noch eine Güterbahn geführt, die all die Betriebe versorgte. Alles wimmelte von Menschen, Bahnen, Betrieben, Geschäften, es gab sogar ein Kaufhaus! Ich war als Kind einfach platt. Dagegen mußte New York ein Dorf sein!«

Wahnsinn. Also echt super. Ich gähnte zufrieden. Ich mochte FO, und ich war gern in seiner Wohnung. Ja, ich liebte Erwachsene! In der Wohnung herrschte noch das alte Gegenuniversum der sozialistischen Zeit. Es gab alles, was es auch im Westen gab, aber anders. Tausend kleine Gegenstände, alle anders. Die Zuckerdose, andere Form, andere Idee, anderes Material. Der Marienkäfer aus Stoff, andere Punkte, andere Farbe, ein ältliches Gesicht und in Wirklichkeit ein Kosmonaut. Und so weiter.

Wir blieben bei der Politik. Bis heute waren 250 000 Arbeitsplätze verschwunden. Die Menschen waren aber immer noch da. Aber anders als im Ruhrgebiet, wo man Erlebnisparks und Baggerseen eingerichtet hatte, blieb in Schöneweide alles wie es war. Es sah aus wie Industrie, war aber keine. Die Menschen hielten den Atem an und warteten auf irgendwas. Ich räusperte mich und fragte geradeheraus:

»Nun, äh, mein lieber Freund, wie ist denn deiner Ansicht nach im Moment die politische Großwetterlage? Sozusagen vom Klassenstandpunkt aus gesehen, he he?«

Er beugte sich vor.

»Jetzt ist es zum ersten Mal wieder wie unter Honecker! Die Regierenden reden die Welt schön und reden dabei zu hundert Prozent an der Wahrnehmung der Genossen, äh, der Bürger vorbei. Gespenstisch. Agenda 2010, da lachen die Leute doch, alles Phraseologie, wie beim Erich!«

Wenn das keine Steilvorlage war, wie Old Stoiber gesagt hätte ... ich konnte also einmal ganz hochoffiziell meine politische Meinung sagen. Kein Jugendlicher hätte mir das je erlaubt! Ich formulierte nun recht hübsch:

»Guck mal, Bush brauchte den Krieg – vor allem diesen Zeitpunkt –, um die 600 Milliarden geborgtes Konfettigeld ins Land schleudern zu können, unbehelligt. Davon wird nur jeder vierte Dollar ausgegeben, der Rest wandert auf die Konten der Reichen. Macht 150 Milliarden, was ausreicht, exakt zur Wahl einen Fake-Boom auszulösen. Bush wird logisch wiedergewählt, noch in der Wahlnacht kommt der Crash.«

»Aber wie kurzsichtig das ist ... selbst für die Reichen.«

»Keineswegs. Diese 3000 martinisaufenden alten Männer aus der Old Economy werden dabei so reich, daß ihre Familien noch in hundert Jahren davon in Saus und Braus leben werden, ganz egal, ob gerade Krise ist oder nicht.«

Er gab mir recht und schälte sich umständlich eine Apfelsine, während seine liebe Frau die Ohren langmachte beim Sockenstopfen. FO Wartburg sagte:

»Stimmt. So ist Kapitalismus. Hab ich im Oberseminar gelernt.«

Nach einer Kunstpause brachte er erwartungsgemäß das Gespräch auf den Ost-West-Konflikt:

»Der SPIEGEL schreibt in seiner neuen Ausgabe, im Osten würden jedes Jahr 100 Milliarden Euro sinnlos verbrannt, und deswegen bricht der Westen zusammen. Was sagst du dazu? Gibt es plötzlich wieder West-Propaganda?«

Ich verneinte. Es stimme, daß jährlich diese fast unvorstellbar hohe Summe wirkungslos im Osten verglühe. Ja, es sei richtig: Dadurch sei die westdeutsche Volkswirtschaft ruiniert worden.

»Aber doch nicht davon allein!« rief FO Wartburg.

»Doch. Nur dadurch allein«, sagte ich fest und meinte es auch so.

»Und die Mißwirtschaft der Politikerkaste?!« empörte sich der Freund. Ich ließ nicht locker:

»Die Politiker haben das Schlimmste bisher verhindert. Ich bin davon überzeugt, daß wir die besten Politiker der Welt haben und die anständigsten Unternehmer dazu, und die flexibelsten Gewerkschafter. Ohne diese gewaltigen Anstrengungen wäre Deutschland heute im Zustand Mexikos. Die haben ungefähr dieselbe Ausgabenstruktur.«

Er fiel in sich zusammen. Die kleine evangelische Frau guckte verwirrt durch ihre Lesebrille. Wollte ich unsere

Freundschaft gefährden? Da ich aber ausnahmsweise einmal in aller Form gesagt hatte, was ich *wirklich* dachte, konnte ich es nicht zurücknehmen. Daher flüchtete ich in einen Appell:

»FO, mein Freund! Diese ökonomischen Zusammenhänge bestehen unabhängig von dir und mir, wenn du so willst sogar von Ost und West. Aber sie betreffen uns, uns beide! Nichts betrifft uns so sehr wie das! Und niemand sagt es! Die Wirtschaft ist im Eimer, du hast kein Geld, ich habe kein Geld, niemand hat eine Perspektive – aber niemand nennt die Ursache! Weil die Medien einzig die Interessen der Werbekunden ...«

Seine kleine Frau unterbrach mich ziemlich unhöflich:
»Was hältst du eigentlich von Wiedergeburt?«
»Wie?!«
»Von Wiedergeburt! Ich habe da ein sehr interessantes Buch gelesen ...«
»Ja, sogar der FOCUS berichtet davon in der Titelgeschichte!« sekundierte FO Wartburg froh.
»Du liest FOCUS?! Ich dachte, du liest den SPIEGEL!«
»Nein, wir lesen FOCUS.«
»Aber der SPIEGEL lag da doch vorhin auf dem Tisch!«
»Kann sein. Eigentlich lesen wir immer FOCUS.«
Ich ließ mich zu dem gemurmelten Satz hinreißen, wer den FOCUS lese, dürfe sich nicht wundern, eines Tages im Nichts zu landen, da dort nichts drinstehe.
»Was?« wunderte sich seine Frau.
»Ach, nichts. Es ist halt das einzige Nachrichtenmagazin ohne Nachrichten.«
FO Wartburg lachte wieder. Ich sah ihn dankbar an und referierte ein paar Meinungen über Wiedergeburt, die ich von Miranda hatte.

Es war ohnehin falsch, meine Freunde als FOCUS-Leser zu diffamieren. In dem Haushalt wurden noch die Berliner Zeitung gelesen, der Eulenspiegel, und das Neue Deutschland gab es zumindest noch im Abo. Ich verzieh ihnen auch den Ausrutscher mit der Wiedergeburt. Ich wollte nur ein bißchen ausruhen, von der Jugendkultur und der hektischen Zeit, ein bißchen mit alten Leuten plaudern, mich mal wirklich im guten Sinn langweilen. Natürlich lasen sie irgendwann nicht mehr das Neue Deutschland, auch sie, diese letzten aufrechten Mohikaner. Eines fernen Tages würde FO Wartburg vielleicht sogar ein Westauto kaufen. Bis dahin aber konnte man noch so manches gemütliche Stündchen durchdiskutieren. Ihm war nun endlich doch noch ein Argument gegen meine These von den ruinösen West-Ost-Transferleistungen eingefallen. Nämlich: Auch die Rentner – und zwar in Ost *und* West – erhielten sozusagen sinnlose Transferleistungen. Dagegen könne man doch wohl nichts haben? Ich schlug den Ball longline zurück:

»Danke für dieses neue Thema, FO! Du sprichst von dem Buch des FAZ-Herausgebers Frank Schirrmacher ›Das Methusalem-Komplott‹. Darüber kann man natürlich reden.«

»Wir sind ja auch nicht aus Dummsdorf«, erklärte die liebe kleine Frau etwas schnippisch und gab zu Protokoll, das nämliche Machwerk an einem einzigen WE in der Datsche durchgelesen zu haben. Es ging darin um den Krieg der Alten gegen die Jungen. Ich sagte:

»Ein schönes Buch. Aber leider nicht radikal genug. In Wirklichkeit ist alles viel schlimmer ...«

Mir fiel ein, wie Raoul in einem seiner Vorträge einmal gefordert hatte, Sammeldörfer für deutsche Rentner auf den Teutonengrills der Welt zu erbauen, den Erlös aus den enteigneten Immobilien in die Jungen hierzulande zu investieren und die Enkel der Nation in den Ferien runterzuschicken, wo sie von den Rentnern Handwerk und Hausarbeit lernen sollten. In den Alten stecke neben dem unerträglichen Geiz ein enormes Potential an Bildung und Erfahrung, das sie andernfalls mit ins Grab nähmen.

Die Frau schenkte selbstgemachten Eierlikör ein und öffnete die alte Dresdner Keksdose mit den übriggebliebenen Sterntalern von Weihnachten. FO Wartburg entzündete per Mausklick das virtuelle Kaminfeuer ihrer koreanischen Ofenattrappe zwischen den bequemen Stoffsesseln aus Schweden. Wir sprachen über die Alten und die Jungen und sparten nicht mit Zahlen und Fachwissen jeglicher Art. So sagte ich, bis zum Frühjahr '90 habe die Ostfrau doppelt so viele Kinder geboren wie die Westfrau. Daher gebe es heute im Ostteil Berlins doppelt so viele Jugendliche wie im Westteil, was jedem, der die Viertel durchfahre, auffalle. Ich schloß mit der tatsächlich so gemeinten Generalthese, daß der nur die Welt und damit auch die Jugend verstehe, der die Nationalökonomie verstehe.

»Vom Klassenstandpunkt aus gesehen ...«, formulierte FO Wartburg nun vorsichtig eine erste These gegen den FAZ-Bestseller, »müßte man in diesem Krieg die Partei der Jungen ergreifen, da alles Kapital in den Händen der Greise liegt. Wo würdest du stehen, Genosse Schriftsteller?«

Ich skizzierte etwas langatmig meine Odyssee der vorangegangenen Monate: wie ich erst Berlin verlassen wollte, da es die Hauptstadt des Jugendwahns sei. Wie ich dann meinen Neffen retten wollte und dadurch erst recht in die Abgründe des Clublebens geschlittert sei. Wie ich als unfreiwilliger Feldforscher die bislang unbekannte Ethnie »Jugend des dritten Jahrtausends« kennenlernte, ganz wie der Ethnologe Nigel Barley den Stamm der Dowayos im Norden Kameruns. Und wie ich in Wien eine Lektion lernte: Alles war besser als das Altersheim. Nun sei ich auf seiten der Jugend, täte mich aber gern ab und zu davon bei netten Senioren wie ihnen erholen. Ich blinzelte den Thirty-Somethings versöhnlich zu.

FO Wartburg meinte es aber ernst: Würde ich Molotowcocktails gegen Luxus-Altenanlagen werfen? Würde ich an gewaltsamen Befreiungen internierter Jugendlicher teilnehmen? Würde ich den letzten überlebenden Jugendlichen unter Denkmalschutz stellen lassen, später, 2050?

»Schirrmacher verlegt den Krieg Alt gegen Jung in die Mitte des 21. Jahrhunderts. Das ist sein Fehler. Er will damit ablenken von der Ungerechtigkeit, die schon heute besteht. 2050 wird es diesen Krieg eben gerade *nicht* mehr geben, weil schon 2010 die jüngere Generation das Land verlassen haben wird.«

»Du übertreibst.«

Ich nippte an dem gelben Likör. Hammerhart, das Zeug.

»Das denkt man immer. Man hat auch nicht geglaubt, daß die Menschen ihre Heimat in den neuen Bundesländern verlassen würden. Man denkt immer, Heimat sei ein starkes Element. Aber was ist Heimat? Das ist, wo die Gleichaltrigen sind. Die Leute ziehen alle weg. Und genauso leicht, wie die Jugend die neuen Bundesländer Richtung Westen verlassen hat, in nur wenigen Jahren, wird sie auch den Sprung über die Bundesgrenze tun. Die sind plötzlich alle weg. Dann besteht Deutschland aus 70 Millionen alten Knackern. Und die will niemand mehr besuchen, glaubt mir. Die sterben dann weg, und übrig bleibt Wüste ...«

Der Eierlikör tat seine wie immer verheerende Wirkung. Schließlich fielen uns allen vor lauter Schlauheit und Besserwisserei die Augen zu. Ich erhob mich und fühlte dabei, wie schwer und morsch mir die Knochen bei diesem Ausflug ins Alte Europa geworden waren. Zum Abschied spielte mein ostdeutscher Verbündeter noch ein passendes Lied, in dem es um die heutigen jungen Leute ging. Der Sänger sang:

»Sie haben es wirklich nicht leicht,
Aber auch nicht richtig schwer.
Vielleicht ist das ihr Problem.
Wenn man es so sieht, könnte man Mitleid haben.
Und überall hört man die Eltern klagen:
›Mein Gott, was haben wir falsch gemacht?‹
Also, wenn du mich fragst, ich kann's dir nicht sagen,
Aber wenn das mal nichts mit dem
System zu tun hat ...!«

Wir sahen uns ernst an. Neuer deutscher Pop mit Systemkritik.

»Alle Achtung«, preßte ich hervor.

Er lächelte. Wir hörten das Lied zu Ende.

»Also, respect, Junge! Wo hast du denn das her?« fragte ich aufatmend.

»Das ist in der Hitparade gerade. Haben die Kinder aufgenommen, beim Fußballturnier in Mecklenburg.«

»Ist das ›Wir sind Helden‹?«

»Nein, das ist ›Blumfeld‹.«

»Aha.«

Wir umarmten uns alle wie evangelische Kirchentagsteilnehmer, ich ließ mich in den Wartburg fallen, und tschüß.

Erst am Wochenende klingelte wieder das Telefon.

»Jooloo ...«

»Hallo Alter! Was geht? Wo bist du?«

»In Barcelona!«

»Was?! Du rufst aus Spanien an? Weißt du, was das kostet?«

»Meine Flatrate gilt EU-weit. Das solltest du auch machen. Du kannst 60 Stunden telefonieren, ohne zu paniken. Das würde dir guttun, mit deiner Angst vorm Geldausgeben. Du, weißt du, wer neben mir sitzt gerade?«

»Nein! Wann bist du wieder hier?«

Bei Elias mußte man immer aufpassen, daß das Gespräch nicht gleich wieder abriß.

»Und weißt du, wer mir eben einen Kuß gegeben hat, der eigentlich kein Kuß war, sondern: Sie hat sich Bier in den Mund getan und mir dann in den Mund gespült beim Küssen.«

»Mann! Jetzt sag nicht Julia eins!«

»Doch!«

»Ich dreh durch! Und ich bin in Berlin! Was machst du da in Barcelona? Ich bin deinetwegen jetzt in Berlin, Junge!«

»Komm doch auch! Wir haben aus dem Internet 29-Euro-Flüge gebucht, von Easy Air, das ist diese neue Fluglinie, weißt du? Mit der Werbung mit dem Koffer …«

»Ja ja, kenne ich. Der Koffer, der nicht mitfliegen will …«

Wir kamen überein, daß ich es mir überlegen wollte. Aber es war Blödsinn, da die beiden schon am Sonntag wieder zurückflogen. Ich sagte, und das kam mir später wirklich prophetisch vor, er solle diesmal nicht wieder das Osama-Bin-Laden-T-Shirt tragen, nach den furchtbaren Bombenexplosionen, die nur Tage zurücklagen. Er lachte:

»Doch, gerade! Ich hab das Bin-Laden-T-Shirt an und Julia das mit den Türmen! Aber Julia ist ein Schisser, sie deckt es immer zu …«

»Du bist ja einer! Ist es nicht zu kalt für T-Shirts?«

»Es sind 30 Grad!«

»20 Grad?«

»Dreißig, Jolo! Hier ist Sommer! Du solltest wirklich auch kommen.«

Danke sehr. Gerade war Berlin noch the place to be.

»Elinger, du mußt zurückkommen! Wegen dir bin ich wieder hier.«

Aber Elias plapperte einfach weiter. Er gestand mir, daß er Julia eins gar nicht mehr so toll fände, deswegen wäre es auch so gut mit ihr. Inzwischen war er schon bei einer Liane, die er noch in Berlin kennengelernt hatte.

»Jolo, wir waren zusammen essen, und wir haben uns drei Stunden lang ununterbrochen in die Augen geschaut und uns aneinander gefreut.«

»Eli, du bist mit Julia eins in Barcelona. Nimm, was du hast!«

»Ja, ja! Weißt du, wenn man mit jemandem sich unterhält, ist man oft nicht ganz interessiert und hat Mühe, ununterbrochen ein interessiertes Gesicht zu machen, aber bei Liane ist es anders – jede Sekunde war für uns gleichermaßen vollkommen interessant.«

Sie sei zur Hälfte deutsch, zur Hälfte italienisch, und das sei die beste nur denkbare Mischung. Und sie sei so schön, so schlank, so ... italienisch. Er wollte von mir wissen, wie er sich verhalten solle.

»Immer weiter mit ihr essen gehen und nie mit ihr ins Nachtleben eintauchen!«

Es knisterte in der Leitung, und dann hörte ich nur noch, wie er rief:

»Jolo! Du mußt einfach kommen, 30 Grad! ...«

Ich hängte ein. Das T-Shirt hatte ich ihm damals aus Bangkok mitgebracht. Das war kurz nach den Anschlägen auf die Twin Towers, ganz unschuldig, denn keiner konnte sich damals vorstellen, wie sich das alles noch entwickeln würde, also diese Bin-Laden-ist-der-Teufel-Diskurse, die kamen erst später.

Heute würde ich solche Hemden nicht mehr kaufen, da ich ja nun weiß, daß das Böse in ihnen steckt. Meine Nichte Hase hatte sie auf ihrem schmalen Leib getragen, verborgen unter einem dicken Pullover. Die Zollbeamten hatten uns in Heathrow vier Stunden festgehalten und jede Zahnpastatube aufgedreht, aber dem frühreifen Kind unter die Bluse zu fassen – das hatten sie als einziges nicht gewagt.

Ob mir dann das gleiche passiert wäre wie Eli? Noch am selben Nachmittag rief mich eine etwas seltsame, mir unbekannte Frau namens Corinna Harfouch oder so ähnlich an. Sie könne nicht offen sprechen, aber es ginge um meinen Sohn, und ich solle in die Redaktion einer bestimmten Zeitung kommen. Auch die Zeitung war mir unbekannt. Sie hieß »Global Attac«. Ich sagte, meines Wissens hätte ich gar keinen Sohn. Doch, doch, sagte sie sehr bestimmt.

Sie nannte mir die Adresse, druckste komisch herum und stellte sicher, daß ich auch wirklich kommen würde. Ich konnte mit dem Anruf wenig anfangen. Die Frau wirkte unsicher, aber nicht verängstigt. Ich hatte nicht das Gefühl, daß etwas Schlimmes bevorstand. Wohl war sie sympathisch, dafür aber null erotisch; vielleicht eine Lehrerin?

Ich ging erst mal bei »Penny« einkaufen, das war ganz in der Nähe. Dann steuerte ich den Wartburg Tourist in die beschriebene Toreinfahrt bis in den dritten Hinterhof. Man sollte angeblich das Auto nicht sehen können.

Ich fand ein Schild mit der Aufschrift »Global Attac, 3. Aufgang, 4. Stock« und klingelte. Sofort öffnete sich oben ein Fenster, und eine Frau warf einen Schlüssel nach unten, der an einer sich im Flug weit bauschenden Plastiktüte befestigt war. Ich schloß damit die schwere eiserne Tür des Warenaufzugs auf, kletterte hinein und fuhr nach oben.

Oben erwartete mich eine Kulisse, die an »Blade Runner« denken ließ. Es war sehr dunkel, man konnte die Hand vor Augen nicht sehen. Ich watete durch Berge von Papier. Millionen von alten Zeitungen stapelten sich an den Wänden, sicher säuberlich geordnet. Kein Zweifel, dies war die verlassene Redaktion einer Zeitung aus dem letzten Jahrhundert. Es waren aber trotzdem Menschen da. Erst sah ich nur einen kleinen Kopf, ein blasses Gesicht unter einer 25-Watt-Lampe, das war, wie mir später gesagt wurde, die Innenpolitik. Dann erkannte ich allmählich noch weitere Menschen, nämlich die Kultur, das war ein Mann mit dem Aussehen Holm Friebes, der aber nicht Holm Friebe war, die Geschäftsleitung, das Feuilleton und den Sport.

Der Mensch, der die Geschäftsleitung darstellte, war die Frau, die mich angerufen hatte. Sie stakste unbeholfen auf mich zu, lächelte unsicher, wollte mir nicht die Hand geben. So schön wie die Innenpolitik war sie leider nicht. Die Innenpolitik trug wilde oder selbst geschnittene schwarze Haare, einen schwarzen Kapuzenpullover und nagelneue Attac-Stiefel zum Zutreten, bei drohender Gewalt von rechts. Sie mochte 26 Jahre alt sein und hatte noch keinen Freund. Aber die Geschäftsleitung lenkte mich ab.

»Dein Sohn hat genau das Richtige gemacht!«

»Elias oder wer?«

»Natürlich. Er hat einen Mittelsmann angerufen, der dann alle anderen angerufen hat. Man hat ja nur einen Anruf, bevor sie einen hochnehmen.«

»Ach!«

»Die meisten rufen dann irgendeinen Anwalt an, und das ist schon falsch. Noch ärger ist es, wenn sie sich einen fremden Anwalt geben lassen, weil ihnen kein eigener einfällt.«

»Was ist denn passiert?«

»Dein Sohn ist in Spanien festgenommen worden, weil er mit den Bombenanschlägen in Madrid in Zusammenhang gebracht wird.«

»Nein!«

»Er hat sich angeblich in der Nähe eines Lieferwagens aufgehalten, in dem Bücher mit islamistischen Schriften gefunden wurden sowie Gegenstände, die noch nicht identifiziert wurden.«

»Unsinn. Wie kommt er jetzt wieder zurück?«

»Da müssen wir sehr vorsichtig sein. Wir dürfen nicht selbst verdächtig werden. Deswegen ist es wichtig, am Telefon das Thema zu vermeiden. Das wird alles überwacht, jedenfalls bei ›Global Attac‹.«

»Aber er hat doch das Bin-Laden-T-Shirt angehabt!«

»Eben.«

»D-d-das ist doch ein Scherz! Welcher echte Terrorist würde sich sowas um den Leib binden!«

»Einer, der sich in die Luft sprengen will.«

»Aber –«

»Was?«

»Aber ... er hätte sich nicht ... ich meine, er hatte nie eine Freundin, das schon, das war natürlich ein Problem. Er kriegte nie was zum Bohnern. Das war hart. Ich gebe es zu. Aber er hätte sich deswegen niemals umgebracht!«

»Natürlich nicht. Das sind Schweine, die Bullen.«

»Ich hätte es sogar verstanden. Also ich hätte mich an seiner Stelle womöglich in die Luft gesprengt. Aber er war nicht so! Er ist ...«

»In Spanien hatten sie vor einer Generation noch echten Faschismus. Unter Franco!«

»Er ist ein sonniger kleiner Kerl. Das müssen die doch sehen!«

»Das ist, als wenn Hitler noch in den 70er Jahren bei uns

öffentlich Widerstandskämpfer hingerichtet hätte. Das geht nicht so schnell weg.«

»Weiß seine Mutter davon?«

»Ja. Sechs Leute wissen bisher davon. Keiner wird telefonieren. Du kannst dich darauf verlassen.«

»Wer ist das?«

»Darf ich dir nicht sagen, ist besser für dich.«

»Habt ihr schon das Auswärtige Amt eingeschaltet?«

»Wir dachten, das solltest du tun.«

Wir redeten nun ein bißchen über Gott und die Welt, um uns gegenseitig besser einschätzen zu können. Sie sah schnell, daß sie einen feuerfesten Globalisierungsgegner vor sich hatte. Meine Bewunderung für Gerhard Schröder und meine Mitgliedschaft in der SPD verschwieg ich, zumal die Innenpolitik mitsamt ihren glänzenden Schnürstiefeln hinzugezogen wurde. Sie hatte extra ihren Macintosh-Computer von 1984 samt Programm Word 3.0 ausgeschaltet und war mit den zentnerschweren Beinklötzen effektvoll durch das endlose Loft auf uns zumarschiert, vorbei an selbstgeschweißten Stahlkonstruktionen, Stahltischen, Stahlregalen und Stahlstühlen. Hier war Underworld, Mann! Ein toller Film. Eli hatte eben immer die richtigen Freunde. Ich erklärte mich ohne Umstände bereit, das Außenministerium zu kontaktieren.

Wieder zu Hause am Hackeschen Markt, kam mir das alles wie ein schlechter oder auch guter Scherz vor. Was war wirklich geschehen? Eli hatte einen Dummejungenstreich gemacht und war von einem humorlosen Schupo auf die Wache geschleppt worden. Wahrscheinlich war er schon wieder frei, und wenn nicht, dann eben morgen früh. Man sollte eben, wenn die Bilder der schreienden Verwundeten noch über die Sender gehen, nicht gerade stolz ein Bild des ruchlosen Anführers auf seiner Brust präsentieren. 200 Tote! Wäre mein Bruder oder Nachbar darunter, hätte ich einem Bin-Laden-Clown eins auf die Fresse gegeben. Wozu hatte man als Polizist denn seinen schönen Schlagstock? Das war doch alles ganz normal.

Die Reaktion des Auswärtigen Amts war dann aber doch ganz anders als erwartet. Erst stieß ich auf die in Deutschland übliche Freundlichkeit, auf das wirklich gute Benehmen unserer politischen Beamten, und das blieb auch so, von Stelle zu Stelle, bis ich merkte, mich im Kreise zu drehen. Niemand war in letzter Konsequenz zuständig, und als ich die Leute schon zum zweiten Mal am Apparat hatte, empfahl man mir, mich doch ans Innenministerium zu wenden. Dort wiederholte sich das Spiel, und ich hatte am Ende mit nahezu allen Mitarbeitern außer Otto Schily gesprochen.

Ich war natürlich erschöpft und vollkommen lustlos geworden. Andererseits hatte ich mir zweifellos Mühe gegeben. Hätte Eli nicht stolz auf mich sein können? Und sollte soviel Mühe nicht erst mal ausreichen? Immerhin war ich gar nicht sein richtiger Vater. Das hatte er nur gesagt, um Druck auf die obskuren Mittelsmänner auszuüben, um wiederum Druck auf mich auszuüben.

Die langbeinige Innenpolitik ließ ich verständlicherweise in dem Glauben. Ich rief sie sogar mit belegter Stimme an und sagte vieldeutig, das alles mache mir sehr zu schaffen. Sie verstand mich auf Anhieb und zwar total. Trotzdem lehnte sie ein Date schroff ab. Attac-Leute haben bestimmt ihre eigenen Rituale auf diesem Gebiet oder eben gar keine. Es zählte nur der Kampf, nie das Bett. Deswegen ja auch die Stiefel. Eigentlich blöd; blöd für mich und für Eli. Denn nun hatte ich noch weniger Lust, mich mit den Behörden und der Polizei herumzuschlagen. Außerdem befürchtete ich, selbst verdächtigt zu werden. Was geschah, wenn der Bub den Folterern gestand, wer ihm das T-Shirt geschenkt hatte? Hm? Dieser Gefahr durfte ich mich nicht aussetzen.

Wenn ich den Status behalten wollte, der es überhaupt möglich machte, ihm zu helfen, mußte ich äußerst zurückhaltend sein. Es war nun meine heilige Pflicht, ein paar Tage anderen den Fall zu überlassen: seiner Mutter, den Anwälten seiner Mutter, seinen Kombattanten, sprich Freunden, seiner neuen Freundin und deren Familie. Ich machte mir also ein paar schöne Tage in der Hauptstadt, nur zu gut wissend, daß gleich das Handy klingeln würde, mit Elias in der Leitung, der Entwarnung gab:

»Hey, Jolinger, I'm free!!«

Jedoch – das Handy klingelte nicht. Elias blieb verschwunden. Natürlich telefonierte ich viel mit Barbara, wobei ich die Sicherheitshinweise meiner neuen Freunde bei »Global Attac« unberücksichtigt ließ. Die junge Mutter wirkte ungewöhnlich ernst. Sie war zwar immer ernst, doch jetzt wirkte sie todernst. Wenn man sie sprach, dachte man anschließend, es sei Krieg und der Sohn gefallen. Um sicherzugehen, keinen Fehler gemacht zu haben, fragte ich:

»Mal ehrlich, ich bin doch nicht der Vater?«

Blödes Gefasel! Ich sei doch viel zu jung gewesen.

»Paul war auch erst 16 …« gab ich zu bedenken. Die Zwillingsspiele hatte ich damals nicht immer durchschaut.

Barbara warf mich fast aus der Leitung. Ich war mir wieder sicher. Der junge Mann ging mich nichts an! Er war freilich mein bester Freund, so absurd es auch klang. Deswegen tat ich ja auch soviel für ihn.

Ich erkundigte mich pausenlos nach dem Fort- und Ausgang des Malheurs. Doch keiner kam weiter. Niemand konnte mit Elias sprechen. Wir wußten alle nicht, wo er war. Wir nicht und die Behörden auch nicht.

Eines Tages rief mich Lukas an.

»Lukas, wie geht's, wie steht's?« Ich wußte, wo Lukas war, war auch mein Elinger. Endlich!

»Jolo, wir sind alle im Café Peking.«

»Geil. Soll ich da auch hinkommen?«

»Jop.«

So war die Lage. Ich sollte mich in meinen Schrott-Wartburg setzen und Old Hundertmark die Ehre geben. Ich hatte gehört, daß er das an das Café Peking angrenzende »Kino National« noch dazugekauft hatte. DEN neuen Club-Komplex wollte ich mir gern anschauen. Hundertmark monopolisierte die Berliner Clubszene inzwischen so stark wie einst Springer den deutschen Zeitungsmarkt.

In langen Sechserschlangen, durch dicke rote Kordeln unterteilt wie bei amerikanischen Blockbuster-Kinos, standen seltsame junge Leute vor den Eingängen. Ich war mit einem noch jungen Literaten und seiner norwegischen Bekannten da, die mir nicht von der Seite wich. Auch der Skandinavier war mir zugetan. Unser Verleger hatte ihm wohl einiges über mich erzählt, damit er die Deutschen besser verstand. Der »junge« Literat Kjell hatte ja gerade einen Bestseller geschrieben, ein nordschwedisches Familiendrama über Drogen und Zerrüttung, und war bester Dinge. Seine Bekannte sah gut aus, aber nicht so gut wie die April, weswegen ich das Gespräch mit ihr mied. Sie zwang es mir dennoch immer wieder auf, über Hamsun, Björnson, Zappenträll und so weiter.

Es war sehr laut im Café Peking, so daß ich so tat, als hörte ich die Sätze der Frau nicht. Sie sprach über das Theater. Offenbar spielte sie an der Volksbühne. Ich schrie, mein Vater sei Finne und meine Nichte Hase mit einem Dänen befreundet; einer meiner Onkels sei Schwede und meine Frau bereise gerade die Lofoten. Ich sah die Norwegerin verstohlen an. Sie hatte ein wunderschönes Profil, aber sie deswegen mit der April tauschen? Niemals.

Wir waren inzwischen ins Innere des Monsterladens vorgedrungen und hatten jeder 25 Euro bezahlt. Ein Hundertmark-Mann hatte mich erkannt und durchgewunken, nachdem mein Kollege, der mit seinem Parka von 1984 und der fatalen Helmut-Kohl-Goldrandbrille ein bißchen Old School wirkte, sich festgerannt und mit dem Personal zerstritten hatte. Ich hatte Angst, daß sich Elias mit seiner Eifersucht gegen diesen jungen Mann an meiner Seite prompt nicht blicken lassen würde, doch dann sah ich ihn.

»Elias! Elinger!« schrie ich. Ich mußte die beiden unbedingt miteinander bekannt machen. Aber bei dem Lärm konnte selbst die Norwegerin mich nicht verstehen.

Elias stand keine zehn Meter von mir entfernt. Er hatte richtig lange Haare bekommen, woran ich merkte, wie lange wir uns nicht gesehen hatten. Er trug ein braunkariertes Baumwollhemd und darüber einen Pullover mit der Aufschrift »The Getty Center«. Seit vier Tagen hatte er sich nicht mehr rasiert. Auf seiner Haut, die nicht ungesund wirkte, glänzte nasser Schweiß, der an Nase, Kinn und sogar der Unterlippe heruntertropfte. Aber bevor ich ihn erreichte, war er in einem Seitengang mit einem Mädchen verschwunden. Der gute Elinger. Er war sicher dabei, etwas wirklich Großes aufzustellen. Ich erwischte ihn nicht mehr und sprach dafür Franko an, das Verbrechergesicht.

»Mein Gott, bin ich froh, daß Elias zurück ist!«

»Was?«

»Elias! Daß er wieder da ist. Oder war er das eben gar nicht?«

»Elias?«

»Ja! Der war doch in Spanien verlorengegangen!«

»Du, ich hab den seit Wochen nicht gesehen. Tut mir leid, da hab ich keine Ahnung.«

»Ich glaubte eben, ihn gesehen zu haben, hier in deiner Nähe! Aber es war ziemlich weit weg!«

»Tja.«

»Ich wär' echt erleichtert, wenn er es gewesen wäre!«

»Ach was, das paßt schon.«

»Wie?«

»Was soll's, Mann?«

Ich grinste verkrampft und ging weg. Daraufhin sah ich mir das neue Hundertmark-Imperium genauer an. Die Skandinavier und ich streiften durch die verschiedenen Seitenflügel der Anlage.

Klugerweise hatte der neue Besitzer die alte Futurismus-Ästhetik beibehalten, ja noch verstärkt, diese damalige Raumschiffhoffnung, diesen DDR-Utopismus der 70er Jahre. Man saß in einem intergalaktischen Versammlungsheim, in dem gleich vom jungen Erich Honecker im Star-Trek-Kostüm eine Rede gehalten wurde, Thema: »Arbeiter- und Bauernwohlfahrt im System der Milchstraße«. Und dann ein Kurkonzert für verdiente Space-Senioren gegeben wurde. Der Blick auf die Stadt durch die zehn Meter hohen verglasten Wände war gigantisch. Man sah ganz oben den Vollmond, dann die achtspurige Karl-Marx-Allee und nebenan das erleuchtete »Kino National«.

Eigentlich war dieser Ort viel zu großartig für die Leute. Hier konnte nie soviel passieren, wie eigentlich passieren müßte. Die mit dem Lineal gezogenen klaren Linien der weißen sozialistischen Prachtbauten, die schwarze sternenklare Nacht, das Spiel der Scheinwerfer mit der Dunkelheit und die klare Eleganz aller Elemente insgesamt erinnerten an Antonionifilme aus den frühen 60er Jahren. Oder an Brasilia. Oder an das Atomkraftwerk Greifswald. Beglückt entfuhr es mir:

»Weiß Gott, der Sozialismus!«

Aber das Publikum paßte weit weniger ins Bild. Hundertmark hatte die letzten Typen aus der Provinz mobil gemacht, Leute, die immer wie »Sonnenallee« aussahen, fünf Jahre zu spät. Schiefer Anzug, viele Nummern zu groß, Turnschuhe, filzige Haare, eckige Hornbrillen und Omas Pelzmäntel – wurden die Österreicher neuerdings in Bussen nach Berlin gefahren? Aber es war ja nur *ein* Club von vielen, und offenbar fand jedes Bewußtsein den richtigen Eingang samt Türsteher. Zum ersten Mal begriff ich, wie wichtig die Style-Kontrolle in den verschiedenen Abteilungen war.

Ein bißchen schwierig war es mit meinen Kollegen aus Skandinavien. Vom Parka und der Brille her hätte er in den Raum gehört, in dem eine ostdeutsche Beatband »The Strokes«-Titel nachspielte. Die attraktive Schauspielerin an seiner Seite – weniger attraktiv als die April – prädestinierte ihn für den Raum, in dem eine Zeitung für elektronische Musik namens de:bug gerade eine Jubiläumsparty schmiß. Ich wiederum, mutmaßlicher Onkel der Hipgröße Elias und privater Amigo des Chefs, gehörte in einen der hinteren VIP-Räume. Da sie bei meinem Kollegen unerbittlich waren, marschierten wir erst mal durch dieses Klassenfest zeitloser Kleinstadtkultur. Ich wollte es mir ja ohnehin alles ansehen.

Ich sah 17jährige Mädchen mit weißen Nyltestblusen, die ich zuletzt als Gymnasiast in der Tanzschule wahrgenommen hatte. Wurden die denn wirklich noch hergestellt? Bei der Musik konnte man nie sagen, ob gerade Nena oder »Wir sind Helden« dran war. Das waren aber keine Helden, sondern Schlager. Die »tanzenden«, d. h. hüpfenden Jungs hätte ich ohne weiteres für Behindis gehalten und das eine weißhaarige Mädchen für Kroko, die ihre Strafstunden in einer sozialen Einrichtung ableistet. Als nun auch noch Kjell »das Tanzbein schwingen« wollte, zog ich uns schnell weiter.

In dem Raum für elektronische Musik tanzte eine, die Miranda hätte sein *können*. Sie war es! Sie tanzte zu uns, gab meinem Kollegen und der Norwegerin die Hand, küßte mich auf die Wange und verschwand wieder winkend auf der Tanzfläche.

Ich sagte Kjell, daß Miranda eine ganz besondere Freundin sei, die einzige schwarze Frau, die ich kannte. Nur sei Miranda leider ohne »Bewußtsein«. Sie sei die typische Vertreterin eines Geschlechts oder einer Generation, der man das Bewußtsein über ihr Schicksal geraubt habe. Das war natürlich ungenau.

»Auch wenne sie ihre Schicksal nicht kennet, hatte sie trotzdem eine!« Kjells Singsang-Deutsch war leider grauenhaft, so wie das seiner Bekannten.

»Aber was nützt es ihr dann noch?« sagte ich unbeherrscht. »Ein Mensch, der sein Gedächtnis verloren hat, irrt blind umher.«

»Dann müßt du ihr doch helfen!«

»Erstens müßte ich dann allen jungen Leuten helfen, denn sie alle leiden unter demselben Fluch. Und die Alten auch. Die ganze Menschheit leidet darunter, daß die Götter sie derart gestraft haben.«

Ohne daß ich es gewollt hätte, sprach ich nun lange über Miranda – ausgerechnet mit diesem Fremden. Das ärgerte mich. Ich bestand darauf, daß sie typisch sei. Verleugnete ihre Biographie, wähnte sie qua Wiedergeburt als ehemalige blonde Countrysängerin. Der seltsame Eierkopf ließ nicht locker:

»Aber iste sie nicht mehr als dieses? Für dich iste sie alles.«

Was redete er da für einen Unsinn! Ich merkte, wie ich mich verhärtete. »Nein, sie ist nur extrem. Extrem im Schein und extrem im ... also, durch sie habe ich meine Lektion gelernt.«

»Wie gelernet?«

»Sie hat mich zum Reden gebracht. Aber so wie sie sind viele in der entfesselten Warenwirtschaft.«

Die Norwegerin beugte sich herüber und rief:

»Ich bin sehre gegen die Kapitalismus in die moderne Theater!«

Kjell sagte kurz etwas zu ihr auf schwedisch, und sie verstummte.

»Aber du sagte doch, sie hörte dir gut zu!«

»Auch Shrinks hören gut zu. Leute, die einen zum Reden bringen. Die Sätze sagen wie: ›Haben Sie schon einmal darüber nachgedacht, warum Sie mich gerade dies gefragt haben?‹, wenn man ihnen eine Frage stellt. Die so schön zuhören können und selbst nichts sind. Bis niemand mehr etwas ist.«

Er sah mich ratlos an. Ich hatte wohl zu schnell gesprochen.

»Ich möchte« – ich sprach wirklich mehr als verbissen – »wenn ich sie das nächste Mal nach ihren liquidierten Eltern frage, nicht mehr hören, daß sie wahrscheinlich das falsche Sternzeichen hatten.«

»Und was hat sie für eine Sternzeichen?« fragte der Schwede lachend.

Ich war geschockt. Wollte er wirklich Mirandas Sternzeichen wissen?

»Jugend, Kjell, Jugend ist Mirandas Sternzeichen. Das, was wir längst hinter uns gelassen haben.«

»Seie nicht so ideologisch. Es glaubte dir doch niemanden«, sagte Kjell ernst.

»Gut. Da sie heute anwesend ist, werden wir es ja sehen«, rief ich unwirsch und verdrückte mich aufs andere Klo, wo nicht weniger Menschen herumstanden als oben. In Berlin drängte alles nur noch zur Toilette.

Eben hörte ich Elias, glaube ich, wie er jemandem zuschrie: »Ich hab mir Mira vor dem Klo gepackt! Und sofort die gute alte Packinger-Nummer durchgezogen!« Er lachte unkontrolliert vor sich hin. Der gute Junge. Immer genau dann als Retter zur Stelle, wenn es mir zu langweilig wurde. Mit ihm würde ich besser über Miranda reden können als mit dem neunmalklugen Schweden. Wie hatte ich überhaupt davon anfangen können! Nur weil er erfolgreicher war als ich. Er wußte noch nicht einmal, daß Mirandas Vater der Che Guevara Äthiopiens gewesen war ...

Ich drängte mit Macht zu Elias, also in die Richtung seiner Stimme, aber ich entdeckte wieder nur Lukas, der traurig an einer Wand lehnte.

»Jolo, hi!«

»Wo ist er?« brüllte ich gegen den wabernden Musikbrei an. Lukas zuckte nur die Schultern. Er gestikulierte in die Richtung, in die die Menschen wanderten.

Mit Lukas wollte ich auch nicht mehr reden, eher mit Joachim Schaffner, der auf einem DDR-Stoffsofa neben der Mädchentoilette saß. Neben ihm war noch frei. Ich mußte dann nicht so schreien und hörte auch mehr, wenn ich ihm mein besseres Ohr, das linke, hinhielt. Aber eigentlich wäre mir Elias lieber gewesen, aus Gewohnheit. So sagte ich gleich:

»Du, hast du Elias gesehen?«

»Was?«

»Du kennst doch meinen Neffen!« Er schüttelte den Kopf. Ich wußte aber, daß er ihn kannte.

»Der Typ, mit dem wir auf Harriets Party waren!«

»Wie?!«

»Der dir das Samsunit aufgestellt hat!«

»Ach so. Nee, weiß ich nicht mehr.«

»Hey, Mann, der Elias, mit dem wir … der uns zu Angie gefahren hat … mit dem du …«

»Du, echt keine Ahnung, da war ich so was von betrunken, glaube ich, da erinnere ich mich an gar nichts mehr.«

»Aber du weißt doch noch, wie er aussieht.«

»Kollege, solche Abende, wo irgend so ein Typ was aufstellt …«

»Schon gut.«

Zum Glück erinnerte ich mich in dem Moment daran, daß ich ihm zuletzt eine Freundin vermittelt hatte. Die kleine Kellnerin, Julia dreizehn. Da hatte ich doch tatsächlich interveniert und die an den Apparat geholt, am nächsten Tag. So konnte ich das Thema wechseln. »Wie ist es mit deinem Schatz weitergegangen? Julia aus dem Hackeschen Hof?«

»Schatz?! Was für ein schönes altes Wort!«

»Und?«

»Ooch … das ist erst sehr gut gegangen und dann sehr schlecht.«

»Sie hat dich wirklich angerufen?«

»Ja.«

Er erzählte. Ich hatte die Kleine gebeten, ihn anzurufen, und sie hatte es getan. Das war schon mal der Wahnsinn.

Dann ist sie mit ihm in ein Lokal gegangen, und sie waren die letzten Gäste. Sie wurden spätnachts regelrecht rausgeworfen. Angeblich küßten sie sich die ganze Zeit. Dann trafen sie sich wieder und bestiegen den Fernsehturm. Auch dort, im Restaurant, waren sie wieder die letzten Gäste und wurden rausgeworfen. Auch da küßten sie sich die ganze Zeit. Sie trafen sich nun jeden Tag und waren sozusagen das, was man in anderen Epochen ein Paar genannt hätte. Er nahm sie mit in ein Lokal in Kreuzberg. Nach dem schönen Truffaut-Titel »Sie tranken und sie küßten sich« fraßen sie sich gegenseitig vor Begehren auf. Er brachte sie nach Hause. An der Haustür wieder hemmungslose Küsse. Sie sagt:

»Du weißt doch, daß du jetzt dabei bist, die entscheidende Grenze zu überschreiten?« Er äußert sich indifferent, sie geht allein in die Wohnung, macht am nächsten Tag per SMS mit ihm Schluß.

»Und weiter?« fragte ich routiniert. Die ganze Geschichte klang so vertraut nach Elias. Ich brauchte ihn wirklich nicht zu vermissen. Nicht im Nachtleben.

»Nichts weiter. Die SMS war eindeutig.«

»Was stand denn drin?«

»Ich solle sie nicht mehr kontakten, sie habe es sich anders überlegt.«

»Sie war halb so alt wie du.«

»Ja. Wunderbar.«

»Und du hast keine Erklärung gefordert?«

»Doch, hab ich sogar noch. Nach ein paar Tagen habe ich mich noch weiter entblödet und vorgeschlagen, miteinander zu reden.«

»Und?«

»Sie sagte, der letzte Abend sei ihr doch äußerst merkwürdig vorgekommen.«

»Hm. Zu viele Küsse? Zu wenige Küsse?«

»Wahrscheinlich haben wir es übertrieben.«

»Quatsch. Sie wollte gebohnert werden. Habt ihr denn zwischen der Küsserei auch viel geredet? Hast du ihr vermitteln können, daß du der berühmte Titanic-Star bist?«

»Ja, bestimmt. Wir haben wahnsinnig viel miteinander geredet.«

»Dann hat sie einfach Angst vor der eigenen Courage bekommen. Sie dachte, du wolltest sie nur vernaschen, wie viele kleine süße Kellnerinnen vor ihr.«

»Ja, ja ... Einmal fragte sie mich, ob ich sie vorher schon oft im Hackeschen Hof beobachtet hätte. Ich sagte nein, und sie folgerte: ›Du wolltest also nur eine Frau.‹«

»Wann war das?«

»Am letzten Abend.«

»Und dann hast du anschließend keine Liebesarien gesungen? Hast nur so schwul rumgelabert und kraftlos dementiert?«

»Nee ... ich liebe sie ja wirklich, und da ... fällt es einem nicht so leicht ...«

Ganz Elias. Er sah bedröppelt auf seine Knie. Ich versprach, das kernige junge Ding noch mal in die Mangel zu nehmen, und damit es nicht so peinlich rüberkam, wechselte ich schnell das Thema. »Deutschland geht ziemlich den Bach runter, findest du nicht?«

»Nee. Warum denn das auf einmal?«

»Na, nimm den Fußball. Da wird wahrscheinlich Werder Bremen Meister. Die haben eine Elf mit elf Ausländern. Und die sprechen noch nicht einmal Kanak-Sprak.«

»Na und? Stört mich nicht.«

»Mich erst recht nicht. Aber sie holen diese Leute jeden Samstag in fünf Talkshows. Und dann geht es los: ›Wir Meister gut, Bremen Mannschaft gut, ich Tor, Bremen Tor, alles gut-gut.‹«

»Ist doch großartig!« Der Edellinke lachte vergnügt. Er hatte ja auch recht. Also machte ich eine Schleife nach oben:
»Ja, großartig, find ich auch, aber weil es un-pc wäre, sich das anmerken zu lassen, führen die Moderatoren das ›Gespräch‹ bierernst 20 Minuten lang zu Ende. Seriöse Fragen an einen Wortschatz von fünf Wörtern. Tor gut, wir Bremen Meister, ich Tor immer. Das Perverse ist, daß es niemand merkt. Das Perverse an Deutschland, meine ich.«
»Laß uns lieber weiter über Julia reden.«
»Nein, nein, ich meine es so! Ich glaube wirklich, daß dieses Land zusammenbricht, wirtschaftlich zumindest, und nicht erst in zehn Jahren.«
»Sondern?« »Jetzt!!«
Ich sah auf den hausgroßen alten Kristalleuchter genau zehn Meter über uns und dachte, jetzt müßte er sich eigentlich lösen und endlich mit Getöse herunterkrachen. Joachim Schaffner lachte mich natürlich ob meiner ökonomischen Spontanprognose aus, und ich tat so, als sei es doch wieder ein Scherz gewesen. So mußte man sich verhalten im linken Spektrum. Innerlich kochte ich.

Joachim gab das Zeichen zum Ortswechsel. Wir starrten auf die Menschenmassen, die sich von einem Clubtrakt zum anderen schoben. Wir folgten ihnen und kamen durch einen Raum mit roten, blauen und gelben Lampen. Das war sicher der Weihnachtsbasar, wäre gerade Weihnachten gewesen. Ich hörte richtige Bässe, solche, denen die Knochen sofort gehorchen. Ach, endlich wieder zu Hause! In der Hauptstadt. Ich hatte Lust, Miranda zu treffen oder eben Raoul Hundertmark, den großen Paten, den Verbrecher.

Vor mir tanzte ein Mädchen mit einem apfelsinenkleinen schwarzen Lackrucksack auf dem Rücken. Ihre Haare waren an der linken Schläfe kraß abrasiert, aber es waren noch genügend übrig, die hinten üppig herumflogen. Sie hatte glutvolle Augen, und auf ihrem ärmellosen Unterhemd stand »Israel is real«. Riesige luxusrenovierte rote Kronleuchter hingen über ihr, mußten Raoul ein Vermögen gekostet haben. Ich sah ihn nur kurz. Er sagte lediglich:

»Hey, Mann, ich fahr' morgen nach Hamburg. Da gibt es den jüngsten Othello Deutschlands, so ein dünner weißer Pickelblond spielt einen fetten Afrikaner. Spielt auch die Hauptrolle in ›Kokain‹ an der Volksbühne.«

Alle hatten es in Berlin mit der Volksbühne. Er fragte mich, wie es mir gehe, und ließ mir sofort eine Dose Whisky-Cola kommen. Ich fragte ihn nach seinem Manifest der Intoleranz, aber er zeigte auf die Tanzfläche:

»Ich habe jetzt alles, was ich immer wollte. Schöne Frauen, sieh!«

Ich sah ein paar Frauen, stimmt. Aber ich konnte nicht glauben, daß er das meinte. Er hatte auch im Sexy Stretch schon viele Frauen gehabt.

Seine Sonnenbrille nahm er nicht ab. Gern hätte ich ihm gesagt, daß ich mich nun wieder wohl fühlte in Berlin und daß ich erkannt hätte, wie glücklich ich mit der April sei, nur ließ er mich nicht zu Wort kommen. Er sprach über das Café Peking, was mir unangenehm war, denn eigentlich mochte ich den Laden gar nicht, wie mir plötzlich klarwurde. Das konnte ich ihm natürlich nicht sagen.

Ich war froh, als er sich einem fetten, häßlichen Mann zuwandte, der neben ihm stand und den er mir als seinen räudigen 75jährigen Kumpel Tommy 6000 vorstellte. Ein Typ, der mal Iggy Pop im P1 umgehauen habe, aber jetzt seit geraumer Zeit scheintot sei. Tommy 6000 war sehr unangenehm betrunken und krakeelte. Wahrscheinlich war er bei Tageslicht ein netter Mitbürger, doch hier im Nightlife bestand er nur aus Bluthochdruck und Verzweiflung. Wer ihn sah, dachte daran, eine Sterbeversicherung abzuschließen, und trank seinen Drink nicht mehr zu Ende. Mir jedenfalls ging es so. Für ein paar Minuten war ich deprimiert. Das wurde auch nicht besser, als ich Lukas wieder aufgabelte.

»Ach, ach ... Jolo, es ist nicht so leicht, weißt du ...«
»Du vermißt deine Freundin, stimmt's?«
»Ja, ja, sehr ...«
»Jetzt allein in deiner kalten Wohnung, ohne Freundin – das ist sicher hart, das kann ich mir vorstellen, Lukas.«
»Ja, Jolo, genau. So ist es, ja ...«
»Du Armer. Wo ist denn Elias? Ich suche ihn schon die ganze Zeit.«

Aber Lukas seufzte zum Steinerweichen. Ich dachte wirklich: ›Der Mann bricht mir gleich in Tränen aus.‹ So sagte ich:

»Du hättest nicht auf den Eli hören dürfen, als er dir die Mira madig gemacht hat.«
»Nein, nein. Wirklich nicht.«

Der große Junge stand gebeugt und verheult neben mir, und ich gelobte innerlich, nie mehr ohne die April auszugehen. Ohne Frauen war es öde im Kapitalismus.

Mein schwedischer Kollege hatte es noch gut. Er unterhielt sich angeregt mit der Norwegerin, das heißt, er schrie auf sie ein, da es irgendwann zwei Uhr war und die Musik unerträglich laut. Ich glaubte, ihm einen überflüssigen Rat geben zu sollen:

»Kjell, Clubbing ist einzig zum Sexaufstellen da! Reden tut man zu Hause!«

Ich drehte mich wieder zu Lukas, der in ein großes gepunktetes Taschentuch seiner alleinerziehenden Mutter schneuzte. Gerade hatte sie sich wieder den Rücken verrenkt, und er mußte für sie da sein. Vom Thema Mira bis zum Thema Miranda war es nicht weit.

»Und, die Miranda, wie sieht's mit der aus? Läuft da wieder was?«

»Oh, Jolo! Die Miranda! Die ist ja so krank! Ich sag's dir. Die ist ja auch da heute.«

Nur zu wahr. Ich schluckte. Nervös hörte ich mir eine der typischen Geschichten über ihre Fehlleistungen an. Sie war in seine Wohnung eingedrungen, ohne sein Wissen, und hatte ihm und seiner neuen Tanzstunden-Flamme aufgelauert und ihnen eine Szene gemacht, die so brutal war, daß die Nachbarn sich beschwerten. Ich glaube, er hatte mir das alles schon einmal erzählt. »Ich schrei' das Haus zamm! Ich schrei' das Haus zamm!!« hätte sie gerufen. Daran erkannte ich, daß der gute Lukas wieder etwas vom Pferd erzählte. Niemals hätte Miranda im Schwabinger Dialekt gefrucht. Die neue Freundin war ihm auch wieder weggelaufen.

Ich fragte nun, wo Miranda wohl gerade sein könne. Er meinte, er habe sie vor einer Stunde im nbi gesehen. Das war der Insider-Club innerhalb des Insider-Flügels. Dort kam ich nur hinein, wenn Raoul Hundertmark persönlich mich begleitete. Keine Ahnung, wie Lukas dort reingekommen war. In München hielten ihn alle für diesen Fußballspieler und winkten ihn durch, aber in Berlin? Sicher hatte er sich bei Miranda untergehakt. Ich ging also wieder zu Raoul, und bei der Gelegenheit sprachen wir über Samsunit. Er beschwerte sich über Elias. Der schulde ihm das Geld für zwölf Lagen.

»Zwölf Lagen – was?«

»Samsunit, Mann. Immer wieder hat er groß rumgemacht und erzählt und nicht gezahlt, Mann. Und nicht mal den kreativen Input gebracht, Mann. Wenn er wenigstens den kreativen Input gebracht hätte! Er hat mich so genervt, der Typ! Der hat mich so dermaßen genervt, der Elias.«

Schluck! Mit zwölf Lagen Samsunit konnte man die gesamte Fahrgastmenge der Berliner oder New Yorker U-Bahn narkotisieren. Mit der Menge konnte eine Bürgerkriegspartei, medizinisch gesehen, einen mehrjährigen Bürgerkrieg durchstehen. Die Virchow-Entbindungsklinik konnte damit bis ins vierte Jahrtausend Kaiserschnitte vornehmen. Man konnte sich überhaupt nicht vorstellen, wieviel das war. Hundertmark sagte, während er zum ersten und einzigen Mal seine Sonnenbrille abnahm:

»Außerdem poppt er mit häßlichen Weibern, die sonst niemand anschaut, weil sie so häßlich sind. Aber –«

Er kam ganz nahe und senkte die Stimme:

»Aber ich möchte, daß es ihm weiterhin gutgeht.«

Das beruhigte mich. Er würde den Kleinen nicht fallenlassen. Sonst hätte er das nicht gesagt. Meiner Meinung nach war Eli sowieso seine große Liebe. Undenkbar, daß er seine Leute losschicken würde, ihm irgendwas anzutun. Ich drückte ihm warm die Hand. Eher würde den »häßlichen Weibern« mal was passieren, dachte ich. Rührend, daß er so eifersüchtig war, so grundlos! Er ging wieder, und wenige Minuten später sah ich Miranda. Ich ging auf sie zu, das »Hallo« auf den Lippen. Sie kam mir zuvor:

»Was willst du von mir?«

Das war hart und unfreundlich. Wir waren in einem Saal mit rötlichem Parkettboden, der zur Hälfte mit roten Polstersesseln aus früheren Zeiten zugestellt und zur anderen Hälfte frei geblieben war; eine Art Flughafen-Wartehalle, in der auch getanzt wurde, nämlich zwischen den Sesseln.

Miranda war kurz aufgestanden, und ich setzte mich auf einen Sessel neben sie. Unsicher stammelte ich, wir seien uns doch einig gewesen, immer befreundet sein zu wollen.

»Was willst du wirklich? Du hast dir die Strategie doch schon auf die Hand geschrieben.«

Tatsächlich standen auf der Innenfläche meiner linken

Hand Stichworte. Ich schrieb mir immer auf, was ich noch tun mußte. Eine alte Angewohnheit, die nichts mit Miranda zu tun hatte. Ich las, wie zum Beweis, die Worte vor. Sie unterbrach mich mit dem nächsten schmerzhaften Satz:

»Ich habe über dich nachgedacht und weiß jetzt alles über dich. Du bist wie eine Freundin von mir. Ihr habt mich ausgesaugt. Alle beide. Lukas auch. Ich habe mich immer gefragt, warum ich mich so schlecht fühle nach den Treffen mit euch. Weil ihr etwas von mir wollt. Weil ihr etwas nehmt. Aber nicht gebt.«

Heiliger Bimbam, nicht dieser olle Schmock! Waren wir jetzt bei Hermann Hesse und schrieben das Jahr 1927? Leider sah sie noch besser aus als früher. Offenbar lebte sie eine Lebensweise, die sie jedes Jahr schöner und jünger machte. Mir blieb nichts anderes übrig, als um sie zu kämpfen:

»Miranda, wir beide sind nur introvertiert. Wir reden wenig und hören lieber zu. Dich strengt es an, selber reden zu sollen, und deswegen bist du danach erschöpft. Ich kenne das, es geht mir selbst so!«

»Aber es ging mir immer zwei Tage schlecht, nachdem ich dich getroffen hatte. Wie bei dieser Freundin. Immer rief sie an, wollte ins Kino, wollte dies und das. In Wirklichkeit wollte sie meine Energie stehlen. Sie war ein heimtückischer Energie-Räuber.«

»Nein, nein. Sie mochte dich. Deswegen wollte sie mit dir ins Kino. Ich mag dich auch. Weil du so ... äh, intelligent bist. Oder denkst du, ich spreche dich nur an, um dich anzugraben?«

Die Frage interessierte mich wirklich. Da ich in die April verliebt war, konnte ich unmöglich diese notgeile Ausstrahlung haben, die mich sonst oft auszeichnete. Das mußte ich ausnutzen.

»Nein, deine Energie ist von einer anderen Art.«

Sie sah mich fast dankbar an und rückte näher. Irgendein Schalter schien bei ihr umgelegt zu werden.

Plötzlich wurde sie nett. Vor allem, als ich auch noch erzählte, die April bald zu heiraten. Ich wollte jetzt einfach viel reden, damit ich sie nicht wieder »aussaugte«. Ich sprach von den Bildern, die die April in New York verkaufte, und von Elias, der sehr erfolgreich eine Lehre als Kleinhandelskaufmann bei Hundertmark durchlaufe. Sie ignorierte meine mitleidheischende Bemerkung, mein Neffe sei angeblich verschwunden.

»Du sollst nicht April heiraten! Du sollst mich heiraten!« rief Miranda, halb lachend, halb wütend.

Wie in Lukas' Schauergeschichten, wo sie ihn immer abwies, wenn er ihr nahekam, und eine Szene machte, wenn sie ihn mit einem anderen Mädchen sah, ging sie plötzlich in die Offensive.

Sie meinte, sie sei so einsam und hätte auch gern einen Freund wie mich. Einen, der so gut aussehe.

»Ich seh' doch nicht gut aus!« entfuhr es mir fast entsetzt.

»Doch, du hast so weiße Haut und ein gutes Gesicht, natürlich siehst du sehr gut aus, und das weißt du auch ganz genau!«

Sie war fast böse, daß ich sie zwang, Dinge zu sagen, die doch jeder wußte. Daß ich, trotz meiner Schönheit, noch nach Komplimenten fischte. Dann wurde sie fast nachdenklich, lächelte verträumt, sprach von meinen schönen Händen. Schnell starrte ich auf ihre, die *wirklich* schön waren, im Gegensatz zu meinen, die nur groß und warm waren; sie verwechselte da offensichtlich etwas. Nun faßte sie mit ihren dunkelsilbernen, schmalen Traumhänden auch noch meine Pranken, so daß ich zusammenzuckte. Es konnte keinerlei Zweifel mehr geben: Miranda war noch schöner als Julia eins. Das mußte ich Eli sagen.

»Was ist aus dem Mann mit dem Mini geworden, dem Werbetexter, äh, dem Märchenprinzen?« fragte ich. Der exakte Terminus wäre »Traummann« gewesen, das fiel mir gerade nicht ein.

»Ich habe jetzt einen anderen Freund, obwohl, der andere ist jetzt auch hinter mir her. Aber ich mag ihn nicht mehr.«

»Du hast einen Freund?!«

»Ja, obwohl ich Affären eigentlich nicht mehr haben will.«

»Affären?! Du hattest doch noch nie eine!«

»Ah, stimmt ... trotzdem will ich keine in Zukunft haben, meine ich.«

»Was für ein Freund ist das denn?«

»Ein Popstar! Hier aus Berlin.«

Ich wollte nicht nach dem Namen fragen. Meines Wissens lebten keine Popstars in Berlin. Oder doch? Ich wollte sie keinesfalls wieder aussaugen, wie gesagt. Aber sie drängte mir die folgenden »super hot news« fast auf:

»Es ist die wahnsinnigste Geschichte, die je passiert ist. Seitdem glaube ich wieder an die Vorsehung ...«

Sie sagte nicht »Vorsehung«, sondern gebrauchte ein anderes Wort, das mir entfallen ist, wahrscheinlich »Magie« oder sogar »Gott«, was aber keinen Sinn macht, da sie ohnehin bekennende Christin war.

»... also du weißt ja, daß ich bete. Und so habe ich gebetet, daß ich ihn treffen würde. Den Popstar. Und bin ins Kino gegangen. Und weißt du, was dann war? Ich saß auf dem Platz von ihm!«

»Hm. Du kanntest ihn schon? Ihr habt euch begrüßt? Im Kino rumgemacht und so?«

Ich stellte mir vor, wie Elias gleich die Packinger-Nummer gemacht und sie abgeknutscht hätte, noch vor dem Hauptfilm. Doch es war anders.

Der Herr, auf dessen Platz sie saß, forderte sie unfreundlich, ja aggressiv auf, zu verschwinden, was sie auch wortlos tat. Gesehen hatte sie ihn vorher noch nie. Ob der Herr ein Popstar war oder nicht, konnte man nur mutmaßen. Ob sie ihn danach noch einmal getroffen hatte, erzählte sie nicht. Ich überlegte. Wahrscheinlich hatte sie gebetet, jemanden kennenzulernen.

Im Kino lernte sie dann diesen Fuzzi kennen. Oder kannte sie ihn wirklich schon aus den Medien, und hatte sie sich exakt *ihn* vorher gewünscht? Dann wäre es wirklich *magic*. Ich glaube, sie bestand auf letzterer Version. Da sie aber trotz scharfer Befragung nicht mehr rausrückte, fokussierte ich die Ermittlungen nunmehr auf den Traummann. Den mochte sie nicht mehr, weil er ihr, seitdem sie einen Freund hatte – den Popstar –, nachstellte.

Sie hatte ihn auf der Jahresparty des Art Director's Club getroffen. Richtig, sie war ja in der Werbung tätig. Sie war ja keineswegs dumm, jedenfalls nicht dümmer als die anderen 30jährigen Jugendlichen in Deutschland; sie hatte einen Hochschulabschluß. Und ihr Liebesleben war nicht »verrückter« als das anderer, im Gegenteil. Sie war der absolute Signifikant ihrer Generation. Schön, klug, gebildet – und komplett irrational, oder sagen wir: verstandesentkernt. Deswegen interessierte sie mich auch so.

Ich sah ihr in die Augen. Etwas Schönes geschah. Ich fand, daß ich sie als Person sah, früher hätte man gesagt: als Wesen, und zwar zur Gänze. Keine Lüge, keine Haltung, keine Rolle stellte sich gerade ein. Wir trafen uns plötzlich, also unsere beiden Persönlichkeiten, früher hätte man gesagt: Seelen. Und so guckten wir uns ohne Arg an, voller

Freundlichkeit und Unvoreingenommenheit, bestimmt zehn Sekunden lang, was ja eine kleine Ewigkeit ist in so einer Situation.

Sie schlug als erste die Augen nieder und redete weiter über den Traummann. Auf der Party hatte er sich zugetrunken und sie belästigt.

»Ehrlich?! Wie denn das?«

»Ach, er war doch die ganzen Jahre hinter mir her. Ich habe es ja in Wirklichkeit gewußt.«

»Was hat er GETAN?«

»Er hat es echt drauf angelegt diesmal. Ist aufs Ganze gegangen, aber so vulgär, so hammermäßig. Während er die ganze Zeit vorher so wenig gemacht hat, hat er da das Gegenteil getan. Ich sag's dir.«

»WAS HAT ER GETAN?«

»Also, ich bin so die Treppe runtergegangen, und er ist sie zur selben Zeit raufgegangen. Er war schon sehr betrunken. Als wir uns also auf halber Höhe trafen, sagte er abschätzig: ›Du kommst wieder hoch.‹ Ich fand das widerlich. Also daß ich kehrtmachen und ihm sozusagen nachlaufen würde.«

»Hm. Find' ich eigentlich auch widerlich. So ... wie im schlechten amerikanischen Jugendgang-Film. Wie alt ist denn der Traummann?«

»38. Ich bin natürlich nicht wieder hochgegangen. Er hat gewartet und ist dann runtergegangen, zu mir. Hat weiter getrunken und mich angegafft. Aber ich habe ihn nicht mehr beachtet.«

»Der Mann ist nicht zufällig dein Boß, Miranda?«

»Doch, klar. Also er ist der Geschäftsführer von Young & Glatt. Er fährt Ferrari. Immerhin, habe ich mir gedacht: Wenn ich ihn nehmen würde, hätte ich einen Millionär!«

Sie strahlte. Die Vorstellung gefiel ihr so gut, daß sie gleich ein schlechtes Gewissen bekam:

»Es ist natürlich schlecht, daß ich noch darüber nachdenke, ihn zu nehmen, jetzt, wo ich gebunden bin. Moralisch schlecht, meine ich.«

Diese Aussage war nun leider *zu* blöd, selbst für meinen verliebten Kopf und meine korrupte Seele. Der Chef der angesagtesten Kreativ-Agentur Europas benahm sich wie ein Hiphop-Hosenmatz in einem Britney-Spears-Video. Wer da nicht abkotzen gehen mußte, hatte nie die Grundschule verlassen, geistig gesehen. Ich machte also die Fliege, nuschelte was vom Getränk, das ich jemandem bringen müßte, und daß ich noch was anderes am Start hätte. Ich zog die Augenbrauen hoch und grimassierte vielsagend.

»Man sieht sich!«

»Geht klar, Mann, hau rein ...«

Es war nur der Schock. Schon zehn Minuten später fand ich Miranda wieder okay. Manchmal war es eben ein Tropfen Blödheit, der das Faß zum Überlaufen brachte, doch das verlief sich wieder.

Gegen drei Uhr brachte Raoul Hundertmark mir eine Frau vorbei, stellte sie mir vor und verschwand wieder. Jetzt erkannte ich wieder seine Klasse. Ich verstand, warum er so groß geworden war im Nightlife. Er erkannte die Bedürfnisse der Menschen und befriedigte sie. Wie andere Menschen Worte *hörten*, so *fühlte* Hundertmark die Sehnsüchte seines Gesprächspartners und erfüllte sie.

Die Frau war mir wie auf den Leib geschneidert. So eine Blondine mit Straß, Typ Verkäuferin, so ein *Gestell*. Ich brauchte keine fünf Sekunden, um mich restlos in sie zu verlieben und Miranda für immer zu vergessen, oder zumindest für den Abend. Da ich das nicht wollte, also mich schon wieder verlieben, um Gottes willen, und wir auch schon wieder beim Thema Religion waren, verließ ich fluchtartig den Palast. Aber beim Rausstürzen sah ich, daß das Publikum sich in der letzten Stunde vollkommen ausgetauscht hatte. Die dummen Jungs aus der Sonnenallee waren verschwunden. Die Menschen bewegten sich selbstsicher, tanzten selbstsicher, lachten viel.

Ein gutes Publikum. Der Abend begann erst. Auffallend war der Garderobenwechsel. Viele wohlhabende Töchter aus Charlottenburg und Umgebung tanzten in Abendkleidern, die Rastafarilocken um sich werfend. Athletisch schöne Lesben tanzten mit den Freunden der elektronischen Musik und Redakteuren der Zeitschrift de:bug, und auch mein Kollege aus Schweden wirkte um Jahrzehnte schöner, jünger und unwiderstehlicher. Man verstand die Gesetze des Nachtlebens eben nicht, wenn man nicht bis zum Ende blieb. Erst um vier Uhr ging es wirklich los. Alles davor zählte gar nicht.

Die Leute sah ich nun anders. Sie lebten in einer Welt, die den Kapitalismus bereits hinter sich gelassen hatte. Eine Welt, die in sich funktionierte, in der jeder schön war und in der die Musik die Sprache ersetzt hatte.

Hier waren Menschen, deren Gesichter leuchteten und die längst alles verstanden und überwunden hatten, was die müden Feuilletons jeden Tag vor sich hinbeteten. Leute, die arbeiteten, sich liebten und verstanden ohne Worte und in der Kälte lebten mit einer schicken Wollmütze auf.

»Es iste die Utopie des Moments«, erklärte Kjell, der sich mit der nordischen Zukunft auskannte, »der Moment, der siche an den nächsten reihte und an dene nächsten, eine ganze Leben lang.«

Die Frauen tanzten, und die Männer wippten ihnen glücklich in der warmen Musik zu. Was sie aufgestellt hatten, dauert immer in einem fort. Auch wenn mir niemand sagen konnte, wo Elias wirklich steckte.

Ich ließ mich dazu hinreißen, ein paar Takte mitzutanzen, und verlor dabei prompt die Orientierung. Ich wußte nicht mehr, wo der Ausgang war. Plötzlich stand ich vor einer Stahltür, die ein Notausgang zur Straße hätte sein können. Es war schon sehr spät, niemand achtete mehr auf mich, als ich in die Luft sprang, um den Industriestahlbügel herunterzubiegen, also die verschlossene Tür zu knacken. Ich gelangte in einen anderen Bereich des Café Peking-Labyrinths, in die *Verbotene Stadt*. Nicht einmal die VIPs durften hier hinein, hatte mir Nichte Hase einmal erzählt. Nur im Studio 54 im 70er-Jahre-Manhattan habe es vergleichbare geheime Katakomben gegeben. An einer Wand las ich dann auch: »First we take Berlin, then we take New York.«

Ich lief durch leere schmale Glasfluchten, dann durch büroraumartige Zimmer mit grünem Filzboden, Gartenstühlen, toten Telefonen, dann mehrere Treppen nach unten. Es waren kaum Leute da, aber die sahen nett aus, so familiär, ganz anders als die Konsumenten oben. Es hätte mich nicht gewundert, gleich auf Elias zu treffen im Gespräch mit Henry Kissinger oder auf diesen Superenthüllungsjournalisten vom SPIEGEL, Matussek oder wie der hieß, plötzlich ganz privat, mit seinem schlafenden Sohn auf den Knien, auf den er aufpassen mußte. Ich war zu betrunken, um meine Phantasien noch kontrollieren zu können.

Ein verglaster Verbindungsgang führte auf eine kleine Lounge mit einer Bühne, die etwa ein Drittel des Raumes ausmachte und auf der elf Musiker standen und musizierten. Absurd: Ich passierte einen Kassenstand, einen Berliner Jungen in 30er-Jahre-Klamotten, der mich bat, Geld in seine Schiebermütze zu legen. Er nannte es »Spende für die *Lokalrunde*«. Ich hatte aber nichts bei mir und ging weiter, auf die Bühne zu. Im Publikum saßen etwa zehn Leute, die bester Stimmung waren. Sie riefen den Auftretenden aufmunternde Sätze zu und bekamen freche Antworten. Ich setzte mich. Elias sah ich nicht, aber wieder Hundertmark, der hier wie ausgewechselt wirkte. Seine Sonnenbrille und seine Beatnikperücke hatte er abgelegt. Er setzte sich neben mich und sah mir warm ins Gesicht. Statt mich cool abtropfen zu lassen, sagte er, als wäre ich Tieck und er Brentano:

»Mein Freund – wie schön, daß du gekommen bist!«

Schon Nichte Hase hatte mir von dieser *Lokalrunde* erzählt, auf die der Chef so stolz sei: das Herz der ganzen Hundertmarkbewegung, das spirituelle Zentrum des Movements. Sie selbst hatte es aber auch nur von Dritten. Aber sie hatte recht. Hundertmark wollte nicht reden, vermied jedes Wort, deutete immer aufgeregt auf die Leute auf der Bühne.

»Letzte Woche war es epochal, Jolo, aber sieh selbst!«

Ich schaute gebannt auf Künstler und Publikum. Es wirkte alles sehr intim und sehr ... zeitlos. Auf der Probebühne von Brecht dürften dieselben Verhältnisse geherrscht haben. Oder auf der von Wladimir Kaminer im Kaffee Burger Anfang der 90er Jahre des letzten Jahrhunderts. Kaminer lebte ja noch, war aber nun schon zu alt für die Bühne. Von Brecht hörte man gar nichts mehr. Auch »Cabaret«, der Film von Bob Fosse über ein Berliner Kleinkunstkabarett kurz vor der Nazizeit, war zum Glück in Vergessenheit geraten. Doch Hundertmark machte weiter, unter der Erde, ohne jedes Wissen der verhaßten Medienwelt. Ich nahm eine Samsunit. Wie die Urchristen dem unbesiegbaren Römischen Imperium in ihren unterirdischen Kanälen trotzten, so trotzte er dem globalen Medienfaschismus – durch das Feiern jener Werte, die dieser scheinbar besiegt hatte: Nähe, Singen, Lachen. Oder auch, nur diesmal ohne Häme: Friede, Freude, Eierkuchen.

Die braven Stand-up-Comedians verlasen auf zerfledderten DDR-Kladden ihre gerade erst selbst verfaßten kleinen Alltagsgeschichten, immer unterbrochen von Zurufen, Provokationen, falschen Einsätzen der Musiker. Diese »Musiker« waren auch direkt aus Stetln in Galizien entsprungen, Hitler hatte es nie gegeben. Eine, wie es einst hieß, Pankokenkapelle. Fidelgeiger, Pauke, Blasinstrumente. Natürlich kamen sie nicht aus Galizien, aber immerhin aus Friedrichshain und Pankow, und sie waren jung und bettelarm. Daher die Spende. Damit wurden die BVG-Tikkets für den Frühzug der S-Bahn bezahlt.

Hundertmark strahlte und hörte gar nicht mehr auf. Ich sah es von der Seite und auch, weil er mich immer wieder glücklich ansah. Für ihn war jetzt Weihnachten. Ich erinnerte mich nun an den Hundertmark, den Freund von früher, der mir in Berlin meine erste Wohnung besorgt hatte, direkt im Sexy Stretch-Building, mietfrei bis heute. Der Mann, der mich in Berlin eingeführt hatte. Der mich mit mindestens einem Dutzend aufregender junger Frauen bekanntgemacht hatte, von der schönen Jaina bis zu Steffi Swatch. Und dem verblüffenden Diana-Rigg-Verschnitt jetzt neben mir, lieber Gott, seit meinem zehnten Lebensjahr hatte ich so ein Gesicht nicht mehr gesehen. Der Zauberer, der Träume auf der Stelle erfüllte (gleich würde er sie mir vorstellen). Der Kulturvisionär, der immer mit mir diskutieren wollte, wenn er nicht gerade den Obersnoop Doggy Dog geben mußte, berufsbedingt. Wie undankbar doch die Menschen waren, vor allem ich. Echter Idealismus wurde erstaunlich selten erkannt.

Ich schaute wieder nach vorn, zu den Kacheln, den weißen Lederfauteuils, die sich nun doch langsam füllten. Es war ein Kommen und Gehen, auch die Auftretenden wechselten immer wieder ins Publikum, und von draußen kamen neue Leute, die sich aber benahmen, als wohnten sie hier. Wer keine verrückte Ost-Frisur trug, war auf andere Weise gaga oder besser: Dada. Mit »verrückt« meine ich: stehengeblieben, ohne Retroabsicht in den 50er Jahren lebend. Auch Diana Rigg neben mir war einfach nur ostisch. Für ihre hervorspringenden Wangenknochen konnte sie nichts; da, wo sie herkam, hatten das alle. Was für eine Welt! Wahrscheinlich war es genau jener geographische Punkt in Europa, wo Ost- und Westjugendkultur zusammenwuchsen. Und ich war dabei, wenn auch auf Pille.

Die Leute flezten sich in die Sessel, oder lagen auf der Bühne, oder zogen an einem Joint, alles lief durcheinander, und doch paßte alles. Frank Zappa hätte seine Freude daran gehabt. Ich beugte mich zu Raoul und sagte ihm das.

»Das ist ja wie Frank Zappa goes Harald Schmidt!«

»Nein, das ist die *antikonsumistische Jugend*, Alter!«

Ich wußte nicht, was er damit meinte. Ich krächzte: »Es ist alles so perfekt, wie habt ihr das gemacht?!«

Hundertmark aber lächelte nur selig. Ich sah ihn nun ebenfalls mit warmen Augen an und mußte an meinen Vater denken, der mit demselben Enthusiasmus zehn Jahre lang in Hinterzimmern aufgetreten war, als Politiker in Niederbayern. Als kleiner Junge war ich manchmal dabei, weil sich meine Eltern niemals einen Babysitter leisten konnten, wirklich niemals. Die betrunkenen Bauern röhrten wie die Beatniks hier durcheinander, es war das Chaos, das Fegefeuer, das durch meinen norddeutschen Vater, einem Bilderbuchhamburger und besessenen Liberalen, gebändigt wurde. Er stand auf dem Tisch und verteidigte sich nach allen Seiten wie Störtebecker bei der versuchten Gefangennahme. Wohl vierzig Bauern hieb er das Ohr ab, bis er das kleine Kind nahm und über Dach und Fenster flüchtete. Ein Idealist, der von keinem Menschen auf dieser Erde …

»Wirkt's schon?« fragte Hundertmark.

Aber ich sah nicht Hundertmark, sondern meinen Vater, der mir zulächelte und rief: »Junge, wir schaffen das. Das ist das wahre Leben!«

Die Bauern aber krakeelten weiter, und ich dachte daran, wie er von keinem erkannt und geliebt wurde. Zum ersten Mal hatte das Samsunit die gefürchtete bewußtseinserweiternde Wirkung auf mich. Wurde er denn nicht wenigstens von unserer Mutter geliebt? Undenkbar, sie stritten doch jeden Morgen beim Frühstück, jeden Mittag beim Mittagessen und jeden Abend beim Abendbrot. Aber wenn sie sonntags nicht aus dem Schlafzimmer kamen, stritten sie nicht. Da blieb es seltsam still. Immer. Jeden Sonntag. Sie kamen einfach nicht aus dem Zimmer. Die Sonntage waren wie Leerzeichen. Da machte die Zeit eine Pause. Als wäre der Strom abgestellt und der Fernseher kaputt.

Mein Bruder und ich warteten ab. Der Tag hatte keine Struktur, man vergaß irgendwann, die Stunden zu zählen. Die Eltern liebten sich und redeten so leise miteinander, daß nichts nach außen drang. Sie erzählten sich irgendwelche Geschichten. Von früher, von jetzt, von ihren Problemen, von ihrer Jugend, von ihren und unseren Vorfahren. Der enge Horizont, in den sie sonst gezwungen waren, weitete sich. Erst ein bißchen, dann mehr, dann, nach dem dritten Mal, ganz. Dann lagen sie da und hatten nichts mehr gegen den anderen, wirklich überhaupt nichts. Sie verstanden jedes Detail am anderen, jeden Gedanken, jedes Gefühl, jede Not, waren aus ihren Schützengräben herausgestiegen, hatten den Karabiner weit weggeworfen und lagen sich gegenüber, Nasenspitze an Nasenspitze, sahen sich an, Stunde um Stunde. Wir Kinder saßen derweil mit unseren Steiff-Tieren untätig im Flur.

»Was ist?« fragte von weit weg die Stimme von Raoul.

»Nichts. In Grottamare«, nuschelte ich schon fast ohne Bewußtsein, »war jeden Tag Sonntag ...«

»Was? Hey, Jolo!«

»Warum haben wir das nie begriffen ...? Daß sie sich *doch* geliebt haben ...«

Das waren meine letzten Worte. Ich haßte Drogen. Ich fühlte mich plötzlich wie Stuckrad-Barre, der Anke Engelke verloren hatte. Aber dann dachte ich an die April, das war meine Rettung. Endlich konnte mich einer von Hundertmarks Leuten nach Hause fahren. Es sollte das letzte Mal sein.

Nach einigen Tagen reifte in mir ein seltsamer Gedanke. Er war eigentlich von Anfang an dagewesen, nur hatte ich anfangs nicht den Mut besessen, ihn wirklich zu denken, also mir zu erlauben, ihn zu denken. Nämlich: Was geschah eigentlich mit meinem Leben, wenn Elias wirklich nicht mehr da war? Konnte ich dann nicht endlich erwachsen werden? Wäre es dann nicht unerbittlich vorbei mit dem Schwanken zwischen den Welten? Dieser Gedanke schmeckte mir, je länger Elias verschollen blieb, immer besser.

Ich wollte endlich eine eindeutige Antwort haben. Ich wollte sie erzwingen, wie ein Kind, das keine Geduld mehr aufbringen kann und endlich wissen will, nach all den Andeutungen, was es zu Weihnachten bekommt.

Seine Mutter Barbara war am Telefon weiterhin verschwiegen, und auch bei der »Global Attac« kannte mich plötzlich niemand mehr. So stand ich schon früh auf und rannte mich im politischen Berlin fest. Ich lief, wie man früher gesagt hätte, von Pontius zu Pilatus, von Fischer zu Wowereit, von Schily zu Schröder, von Behörde zu Behörde. Ich hatte mich mit einer gehörigen Portion Nervpotential ausgestattet und gab nie auf, bevor man mich nicht jedesmal handfest rauswarf.

So gelangte ich schließlich zum dritten Mal an einen Staatssekretär des AA, der die Lage endlich erkannte. Seine Lage. Nämlich daß er mich ohne echte Antwort niemals loswerden würde. Er ahnte auch, daß ich ihn seltsam schonen würde, wenn er mir eine solche Antwort gab. Er beugte sich vor und ließ mich nicht aus den Augen, als er mir leise, aber nicht undramatisch mitteilte, sie wüßten, wo er sei, aber ich würde es nicht wissen:

»Heute nicht und nicht in zehn Jahren.«

Ich sah ihn dankbar an.

»Sie sind ein Mensch«, flüsterte ich.

Er blieb wie ein Buddha sitzen und atmete schwer. Ich sah, wie sein Brustkorb sich hob und senkte. Er drehte seinen Kopf blitzschnell nach hinten, sah mich dann wieder lauernd an. Immer noch niemand da. Ich hätte jetzt gehen können. Aber mit den Augen signalisierte ich ihm, daß noch etwas kam. Etwas Wichtiges und Letztes. So wartete er.

Ich beschloß, seine dramatische Art ebenfalls anzuwenden, sie zu spiegeln, um zu zeigen, daß wir uns verstanden, und beugte mich nun meinerseits langsam vor, sah ihm forschend in seine Alkoholikeraugen und flüsterte nach einer elend langen Kunstpause:

»Kuba?«

Diesmal sahen wir uns noch länger an. Ich glaube, es waren zehn Sekunden, bis er unmerklich nickte. Ich wartete nun ein bißchen, ehe ich ebenfalls unmerklich nickte. Sein unmerkliches Nicken hieß *Yes* und meines *Roger*. Dann begann ich ganz langsam, »verschwörerisch« zu lächeln, und auch das erwiderte er nach einer Pause. Dann war die Show vorbei, und wir redeten wieder normal.

»Als Autor hat man es nicht leicht im heutigen Berlin, das kann ich Ihnen sagen.«

»Was meinen Sie damit?«

»Vor zwei, drei Jahren, da war das hier Boomtown für Journalisten. Heute muß man ständig sehen, daß man überhaupt noch sein Geld bekommt.«

»Ja, die Zahlungsmoral ist rapide gesunken, das hab' selbst ich mitgekriegt. Und ich bin Beamter!«

Er lachte herzlich. Ich stimmte ein und erhob mich.

Vom Werderschen Markt ging ich zum Gendarmenmarkt und beobachtete die Menschen dieser Stadt und auch die dazugehörigen Bauwerke. Das Schauspielhaus, den Französischen und den Deutschen Dom, das Pflaster, die Tauben, die Berufspolitiker, die zur Orchesterprobe heranlaufenden Musiker mit ihren Instrumenten – das Schauspielhaus war ja in Wirklichkeit ein großer Konzertsaal. Das war also Berlin. Ohne Elias. Endlich.

Paperbacks bei Kiepenheuer & Witsch

Sven Lager / Elke Naters
Durst Hunger Müde

Mit Bildern von Antje Dorn
KiWi 849
Originalausgabe

Was ist das für ein Leben mit Kindern? Man langweilt sich auf Spielplätzen, anstatt Sex zu haben, Partys finden ohne einen statt, man gibt Geld aus für überteuerte Schokopops und Spielzeug, das sofort kaputtgeht und hat unübersehbare Essensflecken auf dem Rücken. Keiner sagt es einem, Freunde lächeln gutmütig und verschwinden für immer.

Was ist das Geheimnis dieses absurden Lebens, in dem Glück und Verzweiflung eine so überwältigende Kraft besitzen?

Sven Lager und Elke Naters erzählen klug und liebevoll von einem Familienleben, in dem die Liebe größer ist als eine Hüpfburg, nur leider nicht so praktisch.

www.kiwi-koeln.de